A DAMA DO COLISEU

GABRIELA MAYA

A DAMA DO COLISEU

2ª Edição

sarvier

Copyright © 2021 Gabriela Maya
Todos os direitos de edição reservados à Sarvier Editora.
Nenhuma parte pode ser duplicada ou reproduzida sem expressa autorização do Editor.

2ª edição, 2021.

REVISÃO DE TEXTO
Flávia Portellada

CAPA, PROJETO GRÁFICO E DIAGRAMAÇÃO
Indie 6 – Design Editorial

IMPRESSÃO E ACABAMENTO
Digitop Gráfica Editora

IMAGENS
Depositphotos
Gettyimages
Unsplash (Debby Hudson e Mathew Schwartz)

Dados Internacionais de Catalogação na Publicação (CIP)
(Câmara Brasileira do Livro, SP, Brasil)

Maya, Gabriela
  A dama do coliseu / Gabriela Maya. -- 2. ed. --
São Paulo : Sarvier Editora, 2021.

  ISBN 978-65-5686-009-1

  1. Ficção brasileira I. Título.

20-47667   CDD-B869.3

Índices para catálogo sistemático:
1. Ficção : Literatura brasileira   B869.3
Maria Alice Ferreira - Bibliotecária - CRB-8/7964

sarvier

Sarvier Editora de Livros Médicos Ltda.
Rua dos Chanés 320 – Indianópolis
04087-031 – São Paulo – Brasil
Telefone (11) 5093-6966
sarvier@sarvier.com.br
www.sarvier.com.br

Para os meus maiores amores; Gustavo, meu marido, porque foi quem acreditou em Mirta e ouviu primeiro sua história e para Jonas, meu filho, pequeno sonhador que me inspirou o corajoso Rhodes.

Para Annie, minha querida mãe que é a melhor contadora de histórias.

No dia 30 de Julho de 2011, entramos no Coliseu. Era sexta-feira, às 22:00. Naquele verão, a Superintendência Arqueológica de Roma organizou uma visita noturna aos porões do Coliseu, e os turistas mais informados desfrutaram da temporada. Ao caminhar nos porões senti que alguém me observava. Disparei a máquina fotográfica várias vezes.

Revendo as fotos no hotel, encontro quem me olhava.

Tempos depois, eu soube quem era ela...

CAPÍTULO I

"Galiae est divisa in partes tres" [1]
– Gaius Iulius Caesar

As florestas misteriosas da Gália estavam agitadas. Muitas haviam sido queimadas pelos guerreiros gauleses liderados por Vercingetórix. Na tentativa de aniquilar o exército de Júlio César, as aldeias resistentes sacrificavam suas próprias casas. O sustento da gente que se rendeu ao domínio romano, agora jazia no solo seco e sem vida. Com isso, deixavam um recado: "se não houvesse liberdade gaulesa, não haveria sobrevida para os forasteiros de Roma".

Vercingetórix enviava mensageiros por toda a Gália Narbonense, invocando reforços, alardeando ideais há tempos adormecidos. Ele havia servido no exército romano a convite de César, logo após a morte do pai, Celtil, um poderoso líder averno. Não demorou

---

1. A Gália está dividida em três partes. – Caio Júlio César, As guerras na Gália.

para perceber que César, cônsul de Roma, deixaria a cargo dos avernos a eleição de um novo líder, consequentemente, a sucessão do poder naquela região. O general romano considerava essa postura estratégica. Garantida a colaboração com Roma, deixava os nativos exercerem suas funções de líderes. Tudo dentro das leis que ele próprio, Caio Júlio César, aprovava. Vercingetórix abandonou o exército romano levando consigo táticas e manobras avançadas de guerra. Esse era um dos riscos que César empreendia ao integrar gauleses entre seus homens. O gaulês voltou para os Avernos, mas logo foi expulso, pois seu tio, enxergando no sobrinho as mesmas aspirações monárquicas do irmão, tratou de bani-lo. Mas àquela altura, Vercingetórix já havia dividido seu povo e decidiu subjugar seus oponentes começando pela espinha dorsal: Gaius Iulius Caesar.

Naquele fevereiro de 52 a.C., aquartelado na Gália Cisalpina, norte da Itália, César se surpreendeu com a proporção da insurreição liderada pelo gaulês averno. Parecia que alguém havia subestimado os rumores da revolta e agora, a pleno vapor, ela chegava até César. E o general precisava empreender esforços rapidamente numa direção. A inércia levaria o inimigo às fronteiras das províncias promissoras, há muito pacificadas. A Gália Narbonense, que há mais de um século rendia tesouros aos cofres de Roma, estava ameaçada. Ele sabia que uma retirada forçada sem o tempo hábil para as estratégias militares deixaria muitos de seus homens amotinados. Era possível também que fosse a Bourges, onde, avançando em marcha forçada, chegaria dentro de pouco tempo.

César rendeu uma pequena homenagem à Optimus Júpiter, o adorado deus romano. Sacrificou um de seus corpulentos cavalos e recebeu de Marte, o deus da guerra, um sinal: o sangue do animal abatido escorreu na direção da Gália Narbonense. César recebia informações de que Vercingetórix havia dizimado centenas de cidadãos romanos em Cenabo, queimando casas, matando crianças e tomando como escravos os poucos sobreviventes. Os Carnutos apoiavam o príncipe averno. O perfil do guerreiro gaulês, moldava-se no tudo ou nada. Deixou claro que não haveria mais acordos ou rendições por parte de sua gente. Para tanto, usou de crueldade decapitando e mutilando desertores. Os que se mantinham cativos e fiéis a Roma seriam seus inimigos e por isso, mereciam a morte. O significado de seu nome, por si só, trazia um legado indelével: "chefe dos grandes guerreiros". Talvez por isso e por se sentir no direito sucessório da monarquia averna, nada o faria recuar. Somente a derrota.

Foi um momento decisivo para os gauleses; por um longo tempo não veriam liderança como aquela, estavam cansados das guerras e das mudanças de poder que os fez perder filhos, esposas e terras, não só para os romanos como para as facções espalhadas pelas Gálias. A maioria preferia render-se ao mais forte, o Exército Romano. Além disso, César costumava cumprir suas promessas. Proteção territorial, leis, acordos com a República. Em contrapartida, os povos dominados pagavam impostos, fornecendo víveres quando preciso, e lhe ofertavam escravos. O cônsul de Roma manteve sua política nesses moldes durante seis anos. Recebia de bom grado os desertores de povos insurgentes, oferecendo-lhes confiança e mostrando os benefícios dessa escolha. Ele precisava erradicar o domínio de Roma e seu poder sobre o povo celta. A Gália, ou Gálias — em razão de suas divisões religiosas e políticas — ainda precisaria se render, na totalidade, à República de Roma.

Mas o movimento de Vercingetórix, incitando a liberdade e encorajando o patriotismo adormecido dos gauleses, desviou o curso dos planos de Júlio César, deixando o sangue quase tépido do general fervendo sob a lorica musculata.

No começo, quando chegou à Gália depois de eleito para o consulado do ano 59 a.C., César precisou de tempo até estabelecer sua conduta diplomática. Ele foi enviado à Gália Narbonense e à

Cisalpina, ambas províncias de Roma. O domínio da região ocorria desde 113 a.C., nasciam motins isolados entre uma e outra tribo, mas a desunião geral dos gauleses favorecia prolongadamente a política romana. Cabia aos líderes locais a decisão de resistir e duelar com os romanos, ou manter sua gente cativa em prol de acordos que César considerava produtivos. As negociações em alguns pontos chegavam a um impasse, e nesses momentos o confronto era inevitável.

César notou que por conta da aptidão de um de seus soldados, Ícaro, conhecedor de vários dialetos gauleses, suas propostas eram recebidas mais facilmente e, em geral, conseguia poupar seus homens de lutas desnecessárias. Havia uma aceitação razoável que confluía, aos poucos, no alvo do general. Logo, decidiu manter o soldado como "intérprete permanente", seu objetivo era firmar o consulado, deixando os senadores a par de suas conquistas.

No entanto, não era interesse de César despertar a fúria dos deuses gauleses. Esse era um princípio fundamental em suas batalhas: "Não se conhece o poder dos deuses, venham de onde vierem". Além disso, sua boa relação com os druidas naquela região — líderes religiosos e políticos — o levava a evitar um confronto corpo a corpo. Ao menos em algumas tribos. O serviço prestado pelo soldado Ícaro, como intérprete oficial, tornou-se primordial na Narbonense. A superioridade tática dos romanos era inegável, mas César queria trazer os gauleses para o seu lado, e negociar era a palavra de ordem.

Era inverno, e César sabia o quão dificultoso se tornava o terreno naquela época do ano. Na Gália Cisalpina, cruzariam as montanhas cobertas de neve em tempo recorde; ele não pretendia abrir espaço para Vercingetórix, a brevidade era sua arma. Foi nesse cenário de baixas temperaturas que os lendários homens confrontaram seus destinos.

Os Allobroges

A liderança de Vercingetórix era crescente, mas o gaulês precisaria ampliar esforços e demonstrar mais força ao enfrentar o exército romano. Na floresta de Orleans, antiga Cenabo, ele sabia que estava em vantagem sobre os romanos, embora fosse uma questão de tempo. César contava com um efetivo consideravelmente superior ao do gaulês, embora seus homens estivessem dispersos em terrenos isolados e Vercingetórix, ciente disso, iniciou o cerco ao general. Era um jogo de previsões. Ninguém tinha uma vantagem declarada. Parecia que a disputa ficaria a cargo do destino e dos deuses. Os galos-cabeludos, como eram chamados os não romanizados, decidiram revolver as alianças de Júlio César, invocando o senso de patriotismo quase morto de sua gente, forçando o general de Roma a refazer, contrariado, todas as rotas preestabelecidas e reverter sua atenção para aquele inimigo.

Foi por entre o Rio Ródano e os Alpes que César chegou à aldeia dos allobroges. Era o ponto perfeito para uma empreitada combativa a Vercingetórix. Então, seus homens montaram mais um acampamento dos tantos que fincaram na Gália. Dez anos antes, o povo allobroge havia se revoltado contra os romanos. De 62 a 61 a.C., foram travadas lutas que pareciam intermináveis, mas os romanos acabaram por derrotar os équites gauleses. O líder allobroge, Catugnato, fora assassinado e seu povo se rendeu logo depois. Com o tempo, as campanhas romanas, alicerçadas por acordos e o domínio local, tornaram o clã submisso e colaborador. E foi para lá que César havia decidido mandar suas seis legiões, para evitar que seu opositor começasse a enfraquecer as alianças e o domínio romano.

Além disso, seus legionários soldados poderiam descansar até o próximo confronto. Quase um século antes, naquela mesma aldeia, o general de Roma certamente não teria ajuda alguma.

Os avernos e allobroges haviam se unido contra Roma, mas agora, separados pela denominada confederação allobroge, onde cada aldeia decidia de que lado ficaria, esta se aliara ao lado mais forte, a República de Roma. Para César, contar com a colaboração daquela gente — alvo de Vercingetórix —, representava um passo importante. César jamais contava com a vitória prematuramente, isso o mantinha alerta e disposto para situações imprevistas.

Naquela tarde, seus homens montaram as tendas, antes que a lua cheia tomasse lugar no céu de milhares de estrelas invernosas. Tochas acesas iluminavam um terreno minado ao inimigo. Sem dúvida, o clima da Gália era bem diferente do de Roma. Ali o vento soprava tão forte que, às vezes, rasgava a pele tal como as espadas gaulesas. Mas César gostava do clima, tanto que no inverno se refugiava nos Alpes.

Horas antes, tinha se reunido com líderes locais e ficou a par das últimas investidas do rival averno, soube o número de desertores de Roma com os quais o gaulês podia contar.

Os allobroges, no fundo, pareciam não estar ao lado de ninguém a não ser de si mesmos. Antigas alianças com romanos, desgastadas por promessas não cumpridas, os deixaram receosos e arredios. Por fim, acharam melhor manter a situação de cativos e deixar que a organização política e religiosa de sua aldeia permanecesse de pé. Cícero, senador influente de Roma, anos antes havia prometido benefícios e colaboração financeira para a melhoria da *oppida* — a cidade amuralhada dos celtas —, mas suas investidas favoreceram apenas o seu lado. Mais uma vez, César via seu destino esbarrar em seu adversário político. Não fosse por isso, os allobroges estariam bem mais dispostos naquele momento. Mesmo assim, foi apenas uma questão de tempo. Logo a veemência e persuasão de César os convenceu de qual era a escolha mais acertada.

A marcha forçada pesava nas costas do general. César estava com quarenta e oito anos, embora isso não o impedisse de mostrar aos seus legionários o que queria deles.

O general fazia apontamentos minuciosos das rotas e táticas implantadas contra os resistentes. Seus relatos eram ricamente detalhados, o que mais tarde o consagrou como um grande historiador, no famoso *Commentarii di Bello Gálico* — Comentários à guerra na Gália. O número de homens, as designações, bem como legiões ou hordas que o acompanhavam, eram descritos nesses registros. As distâncias e características geográficas dos recônditos da Gália ficaram para a posteridade.

Serviçais deixavam-lhe à mão boa quantidade de velas para acender ao longo da noite, período no qual sentia-se pleno para essa espécie de ritual. Não raro, atravessava madrugadas pondo na escrita observações meticulosas sobre a ocupação maciça do exército comandado por ele.

Numa daquelas noites, percorrendo as horas como se minutos fossem, saiu de sua tenda consular a fim de analisar, os campos banhados de orvalho. Precisava perceber a nova conquista, frutífera e pacífica. Apesar de temido pela precisão tática, por seus soldados bárbaros e formação bélica irretocável, César preferia poupar vidas quando a ele não se opunham, embora a fama de implacável corresse aos quatro cantos. Por isso, aquela era uma noite inspiradora na qual o lado diplomata tomava o assento do general. A marcha de seis centúrias o surpreendera; seus legionários nunca o decepcionavam e reconheciam no líder um verdadeiro *imperator*, título com o qual costumavam saudá-lo entre as batidas do gládio. Estavam num ótimo terreno e poderiam arquitetar, com vantagem de tempo, o próximo ataque a Vercingetórix.

Como em uma pose meditada, os ombros impecavelmente eretos e a face inclinada, César tomou para si o ar frio da Gália. Gostava da Cisalpina, mas a Narbonense parecia igualmente agradável. A beleza selvagem das florestas altivas, exalando um perfume novo, o impressionava. Embora seus pensamentos estivessem nas estratégias contra Vercingetórix, César sabia que o descanso o renovaria para, nos próximos dias ou semanas, derrubar os planos de seu mais novo adversário.

Em meio aos pensamentos militares, notou uma pequena silhueta passando acima do acampamento, ao largo das trincheiras, numa distância considerável entre um tomador de terras e seu verdadeiro dono. Ela estava para além das paliçadas e os homens se agitariam em caso de ameaça.

No papel de holofote natural, a lua lhe permitiu notar a imagem de um corpo pequeno e delicado embrenhando-se na relva. Vestes rotas e escuras combinavam com os cabelos longos da estranha, invocando uma inusitada curiosidade em César. O vento soprava forte no sentido contrário do corpo, tornando visível o formato harmonioso. A túnica longa e puída pela ação do tempo, era, ao menos macia e obedecia aos ditames do vento, dando passagem ao frio da madrugada que tardava em findar. Talvez por conta da leveza com que o corpo frágil se movia, César se permitiu desvendá-la, enquanto a urgência de seu domínio se distraía. A mulher parecia comprometida com o impalpável, alheia a qualquer um. Sabia estar sendo observada, pois o ângulo do acampamento favorecia somente a visão do general.

O cônsul de Roma passou alguns minutos desfrutando da visão que o agradava. Ambos envolvidos em suas causas, embora ele não conhecesse as dela. Direcionando o olhar a um de seus soldados, indicou a mulher. Imediatamente o soldado respondeu ao comando, atento à ordem muda de César. Ele acompanhou os movimentos do centurião se aproximando da mulher. Distraída, ao ser abordada, a estranha não apresentou resistência e caminhou ao lado do legionário no mesmo compasso da marcha, transformando de imediato a visão do observador. Pela proximidade com a aldeia, certamente tratava-se de uma aldeã allobroge.

À medida que se aproximavam da tenda, o olhar astuto e analítico do futuro ditador de Roma apressava-se no julgo da desconhecida.

Gostou do que viu, embora fosse prematuro admitir. O soldado se pôs em posição de sentido, cumprindo o dever da entrega, e a gaulesa estática se pôs a fitá-lo com o mesmo olhar: reto e inquisitivo. Era destemida e calma, incomodamente audaz. Definitivamente, a mulher não fazia a menor ideia de quem era o homem altivo que se punha a analisá-la, como um comprador escolhendo escravos nos mercados de Roma. Percebia o poder que nele residia, mas importância alguma deu a isso.

O general notou um ramalhete de folhas e flores em suas mãos, pequenas e delicadas. De perto, era menos frágil e mais bonita. Seu vestido preto, quase acinzentado, insinuava o formato dos seios rijos pela friagem, e o orvalho umedecia os fios de cabelo levemente embaralhados, arrematando um aspecto selvagem.

Com mais um comando mudo, César ordenou que o soldado tomasse o que havia nas mãos da camponesa, e o general analisou com cuidado o inofensivo ramalhete, como quem procura algo mais. Não havia objeto algum capaz de ferir alguém, apenas as frescas e aromáticas folhagens dos campos da Gália. E a mulher, quase ainda menina, se perguntava o que o homem à sua frente faria com ela. Se soubesse o número de almas que enchiam os céus e o inferno por seu intermédio ou comando, se conhecesse as alianças e acordos que o levaram até lá, seus inimigos, se frequentasse a aristocracia da virtuosa República romana, se o visse com o escudo montado em seu cavalo de guerra e as tantas legiões que o seguiam, saberia que aquele era um homem imprevisível. Mas nem assim o temeria.

César a encarou fixamente por mais alguns instantes, manteve o ramo em seu poder, e, depois, sinalizou ao soldado que a deixasse partir.

Antes que o soldado tocasse o antebraço da moça e a conduzisse para fora do acampamento, ela esticou a mão direita na altura do peito do general. Olhando profundamente nos olhos dele como quem exige um pagamento, esperou corajosamente pelo que era seu. César deu um passo à frente e, sem tirar seus olhos dos dela, libertou os frutos da terra, ainda molhados, nas mãos da bela e indulgente gaulesa. Aquele instante fugaz mudaria suas vidas para sempre.

CAPÍTULO II

Naquela madrugada, duas centúrias romanas partiram na direção da insurgência gaulesa. Com a ajuda dos guerreiros locais, perscrutavam atalhos, cortavam córregos e seguiam confiantes na astúcia dos colaboradores. Enquanto isso, César lançou-se na direção contrária, impulsionado por sua intuição militar. Se seus soldados esbarrassem com o exército de Vercingetórix, de um lado, os coortes — grupos com dez unidades da legião romana — desmembrariam a força contrária, ainda que isso importasse em baixas. Por outro lado, as aldeias gaulesas reticentes a ambos os generais pensariam duas vezes antes de se unir ao opositor de César. Sua intenção era abalar a confiança exagerada do gaulês. O que, de fato, ocorreu.

Depois de quase uma semana fora do acampamento, as centúrias voltaram em companhia do general. Três dias antes eles haviam se reunido no ataque a Cévennes, no território dos Avernos, bem no meio do coração da gente de Vercingetórix. Foi uma surpresa para o príncipe dos avernos, que estava há quilômetros de lá, e não imaginava a rapidez com que o general romano e seus poucos homens se organizaram para atacá-lo. Mesmo assim, com o alegado lastro de vitória, César perdeu alguns de seus melhores homens, enquanto outros voltavam feridos até os ossos.

    Os soldados chegavam exaustos. Na noite anterior, César enviara mais tropas na direção do inimigo, tornando certo o ataque. Foi mais uma batalha vencida pelos centuriões romanos, embora o líder gaulês, acompanhado do exército de alguns reis bretões, tenha conseguido matar dezenas de soldados romanos e deixado muitos feridos, alguns em estado lastimável. Os homens de César acabaram dissipando o acampamento gaulês, mas a captura do líder Vercingetórix falhou.

    Àquela altura, o clã dos allobroges participava como auxiliar do exército romano. Muitos se comunicavam em latim, pois o consulado de César exigia o aprendizado da língua. O convívio caminhava cada vez mais pacífico, embora a passividade nas Gália fosse permeada pelo medo. As crucificações de gauleses, por ordem do general romano, faziam tremer a população nos lugares por onde passavam. Não raro, os lictores — homens encarregados de abrir caminho à frente dos magistrados — executavam à machadadas os devedores de impostos. Mas com os allobroges, que tinham líderes politicamente experientes, César sentia-se confortável para abdicar desse tipo de estratégia. Por isso, era comum a ajuda de mulheres e homens peritos em primeiros socorros, cuidando de soldados que chegavam feridos das batalhas nos campos úmidos da Gália.

    Ao cruzar o acampamento, envolto em seu *paludamentum* — a capa militar que lhe acentuava o ar de superioridade —, César lançou os olhos calculando a perda de seus soldados, o que sempre o abatia. Mais do que perder uma batalha, perder soldados era como perder irmãos que lutavam pela causa maior de Roma.

    Os homens ajudavam uns aos outros. Ícaro, o centurião, se pôs a correr para segurar com força tremenda os punhos de Marcellus, bravo combatente da centúria. Uma convulsão frenética de seus músculos fazia o corpo rijo esticar-se numa tensão assustadora. Os dentes trincados mordiam a língua, fazendo escorrer um filete de sangue para trás da orelha. Era epilepsia, a doença que no Egito conheciam como dádiva e na cultura romana, um castigo dos deuses. Um ancião da aldeia, que a tudo via, pôs-se a bradar um nome: "Mirta, chamem Mirta!" Outras duas mulheres, com a ajuda de seus cavalos, em meio a corpos jazidos, correram para a aldeia. César tentava camuflar seu olhar catatônico diante da cena agoniante protagonizada por Marcellus. Demétrius, seu servo fiel, bem sabia os motivos. O general altivo nunca tinha visto em outra pessoa o mal que lhe acometia. Poucos sabiam, mas em breve toda Roma comentaria a doença que fazia do procônsul um animal possuído.

 César adentrou a tenda carregando consigo aquelas imagens. O mover de braços e pernas, cabeça e olhos do soldado comum, que nada podia contra aquele infortúnio, revirando-se inconscientemente na luta contra os malefícios da doença, era o espelho refletido que, até então, desde sua mocidade, ninguém havia lhe mostrado. Jogou a espada e o escudo sobre a cama, recostou a couraça aos pés da mesa de leitura e buscou a bacia de prata com água para refrescar o rosto perplexo. À medida que sentia o frescor da água escorrendo pelos braços, desejava que sumissem de sua mente os minutos anteriores. Depois, recostado no trono revestido com a pele de um tigre abatido na Macedônia, César procurava se libertar daquelas sensações numa postura meditativa.

 Finalmente, após alguns minutos, dirigiu-se a mesa, tomando conhecimento das mensagens, quase nunca amenas. Todos os dias suas funções como Máximo Pontífice e Procônsul de Roma, tinham de ser conciliadas com os estratagemas de general.

 Demétrius, seu homem de confiança, prestando socorro aos feridos – mas consciente dos efeitos que a visão da doença esboçada em Marcellus surtira em seu *domino* - logo veio ter com ele. Os dois se entreolharam e, sem dizer palavra, o escravo grego se aproximou de César com a caneca cheia de vinho misturado à água. Não era o remédio ideal, considerando que o álcool nunca foi um alento para aquele homem, mas, diluído, minimizava seus efeitos e aproximava César de uma suposta paz. Aceitando a caneca, segurou-a com ambas as mãos, como se não quisesse deixá-la escapar. Tomou o primeiro gole lentamente, concentrado, de olhos cerrados, aguardando por alguns segundos o resultado relaxante da bebida. Precisava afastar de si a visão de Marcellus, quase como quem afasta uma doença com o antídoto. Com os sentidos dominados, se dirigiu a Demétrius, expondo suas dúvidas.

— E o soldado... finalmente descansa?

— Trouxeram da aldeia a moça que, segundo contam, cura os espíritos atormentados por essa doença — respondeu o homem, mais servo do que escravo.

Demétrius pensou na hipótese de cura de seu senhor. César fingiu negligenciar a resposta e repetiu a pergunta de forma objetiva.

— Marcellus descansa?

Quase hipnotizado, Demétrius respondeu negativamente, dizendo que a moça ainda não havia terminado o ritual.

— Ritual?

Impaciente, César tomou o segundo gole de vinho, desta vez ligeiro, e saiu da tenda envolto na manta de lã que o cobria durante a noite. Com o cenho franzido, caminhou em direção ao aglomerado de soldados da XIII Legião. Encontrou todos em silêncio, como se velassem um corpo, com as cabeças inclinadas na direção de Marcellus que, deitado de olhos fechados, parecia ter o sono dos deuses. Ao seu lado, ajoelhada, uma moça de porte pequeno ungia a testa do soldado que perdera a expressão de descontrole e agora recebia pelas mãos da mulher, a esperança da cura. O corpo delicado sustentado pelas pernas simetricamente dobradas e os pés unidos, deixavam à mostra as solas descalças da gaulesa. As pontas dos cabelos, castanhos, longos e partidos ao meio, quase tocavam a grama.

    César aproximou-se do grupo que se abriu à sua passagem, deixando um espaço capaz de destacá-lo dos demais. Por maior que fosse a empatia entre o general e seus soldados, a hierarquia nunca era rompida.

    Mais de perto, reconheceu a figura que agora atraía a atenção de todos: a mesma mulher que encontrara na noite em que chegaram à aldeia, rondando as colinas do acampamento e colhendo as plantas vindicadas a ele. O vento tímido levava o aroma seco de um perfume agradável. Aquele cheiro ele jamais esqueceria: lavanda. Vinha das mãos da gaulesa que agora aproximava suas palmas no rosto do soldado, dizendo palavras indefinidas em um tom baixo e preciso. Era revelador ouvir a voz da estranha destemida que fizera tanta questão de recuperar seu ramalhete das mãos de César. A voz rouca e baixa tirava-lhe o aspecto frágil. As surradas vestes pareciam as mesmas a não ser pela faixa de couro, delineando a cintura estreita. Mais uma vez, ele se sentiu atraído por ela, concentrou-se, porém, naquilo em que a gaulesa se propunha: curar o soldado amaldiçoado pelo mesmo mal do general de Roma.

    De braços cruzados na altura do peito, prendendo a coberta pelas axilas, César esperou pelo desfecho da cena. O acampamento em silêncio. A expectativa por ele disfarçada. Como todo romano, César também tinha seus rituais religiosos. Juno, a deusa poderosa e mãe de Marte — deus da guerra — estava presente em quase todas as entoações sagradas de Roma. O general era supersticioso, apreciava os rituais das terras estranhas. Talvez, inconscientemente, buscasse a cura para seu mal.

    Minutos depois, o corpo pequeno da curandeira se ergueu. De pé, a moça sussurrou algumas palavras, indecifráveis aos ouvidos romanos, mas compreendidas por Ícaro. Marcellus levantou parte do corpo esboçando um leve sorriso, com um semblante calmo e liberto. Em seu rosto, César notara uma suavidade jamais vista. Trazia na face nova expressão. Era, finalmente, alguém sem o *malum*.

    A moça pegou a tina de barro em que trouxera seu unguento e, ao se virar, deparou-se com o olhar penetrante de César. Devolveu-lhe o mesmo olhar. Estavam predestinados às mesmas trocas de olhares e ao frio no estômago que um causava no outro. Ela tomou o caminho de volta para a aldeia, solitária, como da outra vez. O cheiro exalado pelas mãos da gaulesa tomou conta de parte do acampamento, marcando o lugar com seu dom. Naquela noite, César, pensativo e inquieto, custou a se render ao sono. Nem mesmo os apontamentos noturnos tomaram seu pensamento, a não ser a bela e misteriosa gaulesa, qualquer outra coisa era expulsa de sua mente. Uma incômoda vontade de revê-la o instigou, e aquele era um homem que perfilhava suas vontades.

A chuva intimidava a chegada do dia e os soldados feridos agradeciam a ordem de César: descanso absoluto e irrestrito. Era preciso cremar os corpos dos combatentes mortos e render-lhes homenagens dignas dos soldados de Roma. Vercingetórix, temporariamente desfalcado pelos homens que perdera, em breve se renderia ao plano tático e silencioso do incansável general, não sem antes fatigá-lo. Os mensageiros eram os únicos não contemplados pela ordem de César; afinal, era preciso dar continuidade à corrente incessante de cerco aos resistentes da Gália. Confeccionados no entremeio da madrugada, os pergaminhos com os comandos do general tinham urgência.

César reuniu seus comandantes distribuindo esquemas e estudando mapas. Em quase sete anos na Gália, tinha a impressão de não a mapear mentalmente por completo.

Naquela tarde, ele se dispôs a registrar as anotações da última batalha, em que, às custas de seu contingente corajoso, tomou parte de Gergóvia. Com escrita meticulosa, pormenorizou todas as referências do dia anterior. Exceto uma... a imagem da gaulesa ungindo o centurião Marcellus — isso guardaria para si.

Discreto e sofisticado para os padrões romanos, César mantinha intactas suas relações amorosas. Boatos difundiam que as conquistas românticas de César, jamais se encerravam. Seu poder de atração, envolvente e astucioso, enredava as mulheres. Praticamente a mesma relação de fidelidade mantida com seus soldados. A exceção, Pompeia, sua segunda esposa. Devido à um deslize moral, fora banida definitivamente de seu círculo. Rumores ligeiros correram por Roma, espalhando um infortúnio ocorrido na casa de César. A mulher do cônsul, promovendo uma festa religiosa só para mulheres, a Bona Dea, "boa deusa", recebera como convidado Públio Claudio, um pervertido da nobreza romana que, travestiu-se de mulher para passar a noite desfrutando do jantar. A festa feminina aguçava a imaginação dos homens, porque o máximo que podiam colher, escapava através da visão corruptível dos escravos. Somente as mulheres, em companhia das vestais, sabiam o que se passava no culto à Bona Dea. Havia uma versão de que a própria Pompeia teria engendrado o disfarce do amante. Ao final, a farsa foi descoberta e César, sem comentar o incidente, deu fim ao seu casamento citando apenas a frase que posteriormente se tornaria célebre: "A mulher de César não basta ser honesta, tem que parecer honesta". O general, impecável com os princípios da República, no futuro se mostraria mais benevolente com os inimigos do que com as mulheres.

Ao terminar seus escritos, o general mandou chamar Ícaro, mas o soldado devotado abdicara do descanso para lecionar latim no clã dos allobroges. César, aproveitando o pretexto, montou em seu robusto cavalo branco, dispensando a escolta. A tarde chuvosa cessara e um resto de sol sonolento lançava os raios sobre as poças, deixando cruzar no céu um presságio excitante na forma de um arco-íris.

Buscando o sentido de sua inquietação saiu a galope, e a galope também seguiam seus questionamentos sobre a gaulesa.

A Aldeia Allobroge

Rodeada por florestas labirínticas, a aldeia amuralhada dos allobroges situava-se entre a Gália Narbonense e a Gália Transalpina, e resistia intacta há séculos.

Lendas celtas alardeavam a magia do lugar invisível ao inimigo. César interpretava as crendices de forma restritiva sob a ótica geográfica que, de fato, dispensava ao local posição privilegiada em meio a montanhas rochosas e rios desgovernados. Obviamente, sem a ajuda dos irmãos Roucillus e Egus, filhos do respeitado líder gaulês Adubucillus, os homens de César jamais encontrariam esse oásis incrustado na Gália. Naquele momento de busca implacável por Vercingetórix, isso, sem dúvida, era uma grande vantagem.

Os préstimos valiosíssimos dos irmãos garantiram muitas vitórias às legiões de Roma e contribuíam ao cerco que se fechava cada vez mais ao último inimigo de Roma na tomada da Gália. Eram nobres équites, exímios cavaleiros e homens de confiança de Júlio César.

Do alto da colina que dividia o acampamento do clã, segurando firmemente as rédeas de seu cavalo, César avistou as muralhas de pedras escurecidas que circundavam as moradas daquela gente. Daquele ponto, percebeu o movimento cotidiano dos aldeões esperando pela chegada do crepúsculo. Num galope preciso, atravessou a distância residual cruzando os portões abertos onde sentinelas denunciavam o domínio romano do lugar.

Desde que fincara seus pilos na aldeia, duas semanas atrás, havia entrado somente uma vez na cidadela dos allobroges, num primeiro encontro com os líderes do clã, intermediado pelos irmãos gauleses. A conversa sacramentou a tomada da aldeia como ponto de apoio ao exército de César. Apesar de situada na chamada Província de Roma — que compreendia aquela porção de terra — era preciso estabelecer laços de confiança com os líderes religiosos e guerreiros allobroges. Ainda que em qualquer parte da Gália o solo ostentasse os estandartes com a águia e as insígnias SPQR — *Senatus Populusque Romanus*, o "Senado e o Povo de Roma" —, César conhecia a natureza imprevisível dos gauleses.

A guerra lhe trazia lições primordiais — a principal era o respeito entre os adversários. Por isso, a mantença dos cultos religiosos era condição *sine qua non* para a tomada definitiva da terra. César conhecia o forte condão que unia o povo celta aos seus deuses; assim como os romanos se entregavam a Júpiter e Marte nos campos de batalha, os gauleses rendiam-se aos auspícios do deus Smértrios e o interesse de César, sobre a cultura do povo, se mantinha declarado em suas observações valiosas sobre a Gália.

Naquele fim de tarde, muitos motivos justificariam a ida do procônsul ao aldeamento, mas apenas um garantiu sua presença — a ânsia de rever a gaulesa curandeira.

César desceu do cavalo deslizando rapidamente os olhos à sua volta, num ligeiro movimento em busca de Mirta. Entregou as rédeas do animal ao soldado que se colocara a postos, subserviente. Com as mãos para trás e olhar atento, observou com calma tudo ao redor. A tensão constante movida pelas lutas assíduas, raramente permitia-lhe proximidade com a gente comum. Isso lhe faltava no discurso técnico recorrente sobre a guerra na Gália. As buscas incessantes por poder e domínio esmagavam as experiências humanas. Fugiam-lhe as brincadeiras das crianças, os trabalhos dos artesãos, as construções cuja arquitetura já absorvia a influência da alvenaria romana. Por isso, cada passo descompromissado permitia à mente perspicaz do general traçar o perfil daquele povo.

Um agradável aroma de ave defumada, misturado à fuligem e às baixas temperaturas, aguçou seu apetite. Naquele instante, um homem alto e de fala gentil, ensimesmado no aspecto rústico, o convidou para ter com os líderes do clã. Era um dos tios de Roucillus e Egus. Muitas vezes o cônsul de Roma desejou passar despercebido, aquele foi um desses momentos. Mas isso implicaria despojar-se de todos os esforços envidados em sua autopromoção, culminando no anonimato, fato que César jamais suportaria. Aceitou o convite e atravessou a aldeia, escoltado pelo mensageiro, colecionou rostos e trejeitos dos habitantes. Percebeu as influências do domínio romano e sabia que as referências mudariam para sempre a cultura daquela gente. Misturando-se aos costumes celta-gauleses, a cultura romana miscigenada evoluiria além das fronteiras itálicas e talvez ele mesmo não a veria se transformando, como de fato ocorreu com o idioma francês, muitos séculos depois de sua morte.

Os gauleses eram sisudos, durões, guardavam em si a antítese da vivacidade e extroversão dos romanos. Mas o convívio com a gente da Gália fez de César um observador privilegiado, ao se permitir comparar traços relevantes daquele povo em relação ao seu. Em Roma, César era amado pelo povo das sete colinas e odiado por boa parte da aristocracia, por isso precisava se proteger, mais do que na própria Gália. À exceção daqueles que o idolatravam mais e mais a cada dia, muitos homens, mesmo alguns considerados aliados, surpreendiam-no constantemente pela traição. Na terra dos celtas seus inimigos tinham nome e rosto, colocavam-se em campo para enfrentá-lo e, não raro, após mensagens de cunho pacificador, voltavam-se para o lado do Exército Romano. Os gauleses possuíam características singulares que muito o cativavam: eram austeros e fechados, mas mantinham sua palavra quando empenhada, fosse por bem ou fosse por mal. A seriedade e a dureza eram proporcionais à fidelidade. Já em Roma, sua terra natal, César sabia o quão raro e custoso era encontrar um aliado fiel. A ganância e o poder impediam os romanos de se amarem, e a República manipulava mentes em nome de uma falsa virtude, até mesmo a dele. Na Gália, a disputa versava em nome da terra, dos frutos, dos espíritos que se recusavam a admitir o domínio dos forasteiros. Isso os tornava genuínos e livres.

A refeição com os líderes foi proveitosa. O aspecto político desses momentos reforçava as alianças e permitia que o general mostrasse, por meio de sua presença, o compromisso com as promessas feitas em troca de apoio. Sentia-se cansado de tantas batalhas; estava há quase oito anos na Gália comandando seus legionários soldados, respondendo aos clamores do Senado, além de exercer o papel de máximo pontífice de Roma. Ao mesmo tempo que se via fatigado, sabia que jamais conseguiria viver sem os títulos que ostentava. Escravo de um círculo vicioso.

César saiu da choupana e logo avistou Ícaro.

Invocou a presença do soldado, que se aproximou de imediato. Indagou-lhe, então, sobre a evolução das aulas de latim ministradas àquele povo, e quis saber em números quantos dominavam sua língua. Ícaro deixou o general a par de todos os detalhes, escalonando em faixas etárias o aproveitamento do aprendizado da língua latina pelo povo allobroge. Entre as crianças, o aproveitamento era unânime. Embora ao longo da vida não pudesse conviver com elas, César admirava profundamente a capacidade de adaptação das crianças. Por causa de seus anseios políticos pouco usufruiu do crescimento de Julia, sua única filha. Agora, já mulher e casada com Pompeu — um dos homens mais ricos e influentes de Roma, em breve lhe daria um neto. César estava feliz em ver a gens dos Julius atravessando o tempo.

Entretido na conversa com Ícaro, finalmente encontrou a imagem que buscava. Numa distância de trinta passos atrás do soldado, a moça brincava com aldeõezinhos agarrados na barra de suas vestes. Justo quando poderia desfrutar da imagem, César precisou conter a excitação: os líderes do clã vinham em sua direção. Diante desse cenário, manteve a calma de um general contido em seus propósitos, quando na verdade, um instinto curioso o incitava na direção daquela mulher.

As crianças puxavam-na afoitas, como se esperassem receber um presente. Aos poucos, sentaram-se ao redor da gaulesa, olhando fixamente para o seu rosto. Ela, por sua vez, parecia deleitar-se diante da expectativa de seus pequenos admiradores. César assistia a tudo perifericamente, administrando a conversa desinteressante com os líderes que o obrigava a posicionamentos rápidos. De longe, os gestos da curandeira transformavam-na em contadora de histórias. Sua voz alternava em tons graves e altos, excitando a plateia de pequenos gauleses. A cena prosseguia, pincelando para ele uma nova faceta da mulher misteriosa, sua versatilidade o fascinou. A seriedade demonstrada na noite em que se conheceram agora desfigurava-se em cenas de graça e beleza. As crianças gargalhavam com suas expressões cênicas.

Aproveitando a presença daqueles homens, o cônsul de Roma, astuto e discreto, apoderou-se do hiato entre um assunto e outro emendando a pergunta:

— É costume do seu povo contar histórias quando a noite chega?

Os homens disseram-lhe que em noites de inverno como aquela, as brincadeiras ao redor do fogo entretinham não só as crianças, como os anciões, e Mirta era a melhor contadora de histórias da aldeia.

Mirta! Finalmente descobrira seu nome. Um canto de sua boca guardava um sorriso contido como de quem desvenda um segredo.

Desde muito cedo César aprendera a controlar seus instintos, principalmente com relação às mulheres. Sua mãe dedicada o criara nos moldes de uma família rígida, preocupada com a formação do filho varão, educando-o com tutores gregos e talhando sua personalidade em regimes militares. O pai, homem respeitado na sociedade romana, o levava a reuniões públicas no Fórum Romano e cerimônias, embutindo no filho aspirações políticas, o que no futuro, dado seu tenro envolvimento, o manteve atento às mutações no poder de Roma. César era um homem centrado, calmo, mesmo quando seus inimigos lhe instigavam com insultos e sarcasmos, ele nunca os saciava. Até mesmo nas retóricas combativas da tribuna romana, quando adversários obcecados por sua desmoralização desejavam veementemente um deslize, César jamais perdia o controle. Sua natureza diplomática, esculpida pelos anos dedicados à filosofia grega, nutriam a fama de homem galante e sedutor nas altas castas romanas. Arrematando uma agradável imagem para os gostos femininos e uma invejável postura, para os masculinos. O físico fora mantido desde a infância às custas de exercícios de luta corporal, nado e equitação.

Por isso, disfarçar o interesse pela gaulesa era tarefa simples. Não obstante, eram inegáveis os batimentos acelerados em seu coração maduro, fazendo sua mente racional traçar, pouco a pouco, um plano de aproximação. Não porque precisasse — a autoridade do general, inquestionável pela chancela de porta voz máximo da República de Roma, lhe dava poder suficiente para possuir qualquer mulher naquela terra, principalmente uma camponesa, pela qual, ao que parecia, ninguém reclamaria pudor.

Mas esse, definitivamente, não era Caio Júlio César. Arrancar o prazer à força, da fêmea que o interessava, não lhe causava o menor gosto. Seu estilo era conquistar. Foi assim com o povo e o senado de Roma e foi assim na Gália, com seus legendários soldados. Algumas vezes pela eloquência, outras pela persuasão, ou simplesmente por um singelo aceno da mão em riste, o que se via era a maestria com que sua figura se impunha.

    Os tratados negociados naquela noite, bastavam ser transcritos por secretários e assinados por ele na primeira oportunidade para que se tornassem lei. Por isso, chamou um soldado mensageiro dizendo-lhe que na manhã seguinte os compromissos firmados seriam levados ao clã com a devida chancela, antes da refeição primeira.

    Com aquela determinação, sutilmente, dava por encerradas as questões oficiais e abria a cortina para os assuntos menos formais.

    Sem rodeios, movido por um rompante de atração, dirigiu a pergunta que o inquietava na gestação da noite...

— A moça que brinca com as crianças... quem é?

Entre os homens que cercavam César, um sacerdote druida respondeu que Mirta era a pessoa confiada por Belisama na cura dos gauleses. Contava com dezoito anos na ocasião, mas desde menina dedicava-se ao estudo da cura através de ervas e plantas. Seus pais, aldeões avernos foragidos, pediram que a menina fosse criada na aldeia, assim não seria entregue aos romanos como escrava. Fugindo das guerras que assolaram sua gente, ambos doentes e idosos, deixaram-na ainda pequena em companhia dos allobroges, e a tribo a acolheu como um dos seus.

    Certamente ele queria aquela mulher. Uma força estranha o fazia desejar mais e mais oportunidades de fitá-la. O sacerdote continuou dizendo a César que Mirta era um reflexo do foco irradiante dos celtas. Como uma descendente dos espíritos de luz, ganhou a missão de curar.

    Corria nas bocas de Roma que nas relações amorosas, César mostrava-se seletivo e racional. Seus casamentos, todos motivados pelas ligações com famílias politicamente influentes de Roma, afastavam a ideia de homem passional ou apaixonado e, se assim o fosse, seu equilíbrio e concentração não permitiriam revelar. Até mesmo suas amantes, numerosas, eram patrícias inseridas nas questões políticas de Roma. Decerto, uma camponesa gaulesa seria a escolha improvável para aqueles que, conhecendo sua natureza e histórico, jamais apostariam nessa possibilidade. Sua personalidade refinada e culta não se saciava apenas com a carne. Para ele, o intelecto atrelava-se inevitavelmente aos atributos que o atrairiam e para tanto, em regra, somente encontraria na nobreza tais características. Diferentemente de seus soldados, homens viris e calorosos que a cada tomada de terra se apossavam das mulheres da região, César sentia falta de companhia feminina, mas a ausência — pensava ele — não se extinguiria facilmente.

Simplesmente inusitado, era o que pensava daquilo tudo. O procônsul de Roma quase ria de si mesmo. Mas o raciocínio lógico limitava suas oscilações. Certamente seu interesse fora aguçado pela cena da noite em que a vira pela primeira vez, talvez trazendo para dentro de seu acampamento a cura do mal que o perseguia. Mas essa ideia trazia-lhe confusão. Ainda lutava contra o instinto que o consumia ferozmente. Além disso, não submeteria o lado nefasto de sua doença a qualquer gaulesa, menos ainda no meio de sua gente. Embora um receio fantasmagórico o assombrasse: o de ser acometido, publicamente, por uma crise daquela doença impiedosa. Até então, isso só ocorrera na presença de poucos e fiéis expectadores.

Decidiu voltar ao acampamento, deixando a Ícaro uma ordem expressa:

— Mande a curandeira à minha tenda, ainda esta noite.

O soldado obediente, bateu no peito e esticou o braço direito completando a saudação militar ao seu comandante.

CAPÍTULO III

A noite seguia intensa e auspiciosa. No interior da tenda, um silêncio proposital incitava o pretor de Roma a supor detalhes sobre a gaulesa.

Seguindo os passos do centurião, Mirta avistou a tenda cuja flâmula vermelha ostentava as iniciais SPQR. Dentro de seu justo coração, cogitava várias razões para o chamado, sendo uma delas a possível proibição do uso de suas fórmulas naturais nos soldados romanos e, se assim o fosse, responderia prontamente que atendia a solicitação dos anciões da aldeia na noite em que esteve no acampamento.

Agora ela sabia quem era o homem cujas ordens interromperam sua colheita noturna.

Sabia também que seus comandos eram prontamente cumpridos e isso a fazia pensar nos problemas que teria caso lhe fossem impostas situações às quais não se submeteria.

Em sua aldeia, belas mulheres estavam prontas para satisfazer os desejos carnais do romano. Mas sua beleza ultrapassava os atributos físicos. Apesar de aparentemente frágil e tímida, a firmeza dos gestos e a voz rouca contrastavam com um resquício de meninice, dando-lhe contornos atípicos e, para César, era suficientemente intrigante render-se a esses contrastes.

Anunciaram a chegada do centurião e rapidamente permitiram-lhe passagem. Ele e a encomendada presença gaulesa aguardaram o líder que não tardou em chegar. Tipicamente romanizado, César vestia traje civil, cobrindo o corpo por uma túnica branca transpassada pela rubra toga. Seguia denunciando na ausência de vestes militares a intenção pacífica. Atravessando a fina cortina que separava uma das divisões de sua impoluta tenda, deixou que os cabelos, ainda molhados, deflagrassem o asseio recente.

Sem tirar os olhos da moça, César inquiriu o soldado:

— Diga-me Ícaro... numa escala de um a dez, como classificaria o latim de Mirta?

A gaulesa que pousava o olhar num ponto neutro imediatamente volveu os olhos nos dele. Ouvir o próprio nome pronunciado pelo general de Roma acelerou seu coração, desmoronando suas defesas. Um misto de apreensão e fascínio irrompeu sua face multiplicando seus questionamentos.

Surpreender era uma arma daquele homem, tanto na arte da guerra quanto na arte da sedução.

Ícaro pigarreou antes de submeter a moça ao seu julgo. Obedecendo prontamente, respondeu:

— Oito, senhor.

César manteve a expressão contemplativa, mas regozijou-se pelo resultado que possibilitaria um diálogo sem intérprete. Dispensou o centurião até segunda ordem.

O tom claro do vestido cinturado, dificultava o distanciamento com o qual ele pretendia pautar a conversa. Ela tinha um medalhão de prata, preso por um comprido fio de couro ao redor do pescoço, margeando a distância entre os pequenos seios. Tudo nela inspirava virtude. A postura firme diante dele, os cabelos castanhos e brilhosos — sobretudo, a nítida intenção de demonstrar destemor —; a soma de tudo isso encantava César. O anfitrião, recostado na beira da mesa de carvalho cruzou levemente uma perna sobre a outra, num gesto que conotava o início do diálogo. Até aquela noite, a voz impostada e grave daquele homem não havia desferido qualquer palavra em sua direção. Seus encontros foram rápidos. Soube da presença do general na aldeia poucas horas antes, mas não o viu. Além disso, era discreta e evitava contato com os homens romanos, a não ser Ícaro, o soldado que lecionava o idioma latino. Reservava-se ao direito de permanecer afastada ao máximo daquela gente. Não por temê-los, mas pelo fato de atribuir a eles grandes perdas, incluindo a dos pais que a deixaram na aldeia allobroge, temendo a escravidão. Mas aquele romano em particular, que a observara diretamente, fazia correr por dentro de suas veias uma aflitiva sensação de empatia que ela, por sua vez, acreditava afastar.

César dirigiu-lhe a primeira pergunta:

— Ontem você esteve em nosso acampamento cuidando de um dos meus soldados. Conhece a doença dele?

Comprometida com um latim razoável, Mirta precisou de alguns segundos para assimilar a pergunta completamente e depois respondeu, com a voz que seduzia lentamente o virtuoso cidadão de Roma:

— No passado, uma criança em nossa aldeia sofria do mesmo *malum* e, então, as plantas da Gália a curaram.

— Você a curou com as plantas da Gália? — perguntou ele, num tom de correção.

— A Gália cura, eu sou a ponte.

A mente rápida do general desmembrou as palavras de Mirta, alcançando a personalidade da moça muito além do que ela podia prever.

— E o soldado, a Gália vai curar?

A gaulesa sabia exatamente aonde ele precisava chegar, mas recolheu sua intuição deixando-o à vontade para atingir o ponto crucial da conversa. Os dons de Mirta iam muito além do que ela mesma, naquela altura da vida, poderia saber. Às vezes manifestados por sonhos, outras de forma intuitiva. Desde menina, surpreendia-se com a forma com que os deuses se comunicavam e aceitava passivamente seu legado. Sentia que o homem à sua frente precisava de seus cuidados.

Mudando a expressão descontraída permeada em seu rosto, César se viu obrigado a abrir a cortina inviolável de sua intimidade.

— Você crê que a Gália pode me curar?

Imbuída de sua assumida missão, Mirta respondeu ao romano que agora se colocava simplesmente na posição de homem comum:

— A terra sagrada da minha Gália jamais negará ajuda aos homens, desde que suas almas a aceitem.

Ele sentiu a forte ligação entre aquela mulher e o solo que os romanos insistiam em dominar. Sabia que as palavras "minha Gália" surtiam o orgulho por sua terra. Resolveu não tomar como afronta. Entendeu, naquele momento, o respeito embutido na voz do ancião celta que lhe contara parte da vida da moça. Entendeu que Mirta era sagrada para os allobroge, por isso não estava incluída na bandeja de mulheres gaulesas ofertadas aos romanos.

O charme de César parecia não surtir efeito diante da botica. Sua postura assemelhava-se a de um soldado, não fosse pela delicada imagem, poderia alistá-la em um de seus coortes. Mas a astúcia masculina e a autoconfiança, davam-lhe instrumentos para avançar no tão atraente campo da sedução.

Ele questionou quais os elementos utilizados no unguento do soldado — ficara com o aroma impresso na memória olfativa e queria conhecer de perto o perfume seco que tanto o agradara.

A gaulesa, nesse momento, não resistiu à tentação de deixar o influente romano com uma expressão de ignorância raramente vista:

— *Lafant, lemon eli, salvia, muscus, olew blodyn yr haul* — e completou, com regozijo indisfarçável — desculpe, senhor, se desconheço algumas palavras de seu idioma.

César percebeu a ponta de sarcasmo na fala e isso o provocou ainda mais. Apesar da fama de conquistador temido por tribos em toda direção, dos recônditos da Macedônia à poeira do Egito, uma característica marcante delineava sua personalidade — ele respeitava aqueles que não o temiam. E em Mirta, reconhecia um incômodo destemor.

Contrariado, absorveu o golpe petulante e lançou sua última fala como um comando inegável:

— Então, amanhã à noite você virá para aplicar em mim suas "aptidões" de cura.

A ênfase era proposital. Devolveu-lhe o golpe na mesma moeda. Num latim corriqueiro, como o dela, palavras como aquela fugiriam de sua compreensão. A gaulesa, olhando diretamente em seus olhos, assentiu ao comando com certa obediência.

— Ícaro irá trazê-la em segurança até mim.

Mirta baixou suavemente a cabeça internalizando a ordem. Saiu da tenda, deixando o procônsul de Roma ansioso por seu retorno.

Na noite seguinte, a curandeira chegou pontualmente à tenda de César. Enquanto os romanos calculavam a noite com o uso de quatro velas a cada três horas, os celtas a calculavam pela posição da lua. Como um relógio imaginário, a gaulesa seguia à risca o compromisso firmado com o general romano. Afinal, por maior que fosse sua coragem, seus princípios e o orgulho de ser gaulesa, sabia exatamente até onde soprava a autoridade daquele homem. Além disso, os sacerdotes e líderes gauleses consideraram uma honra, e um sinal de confiança, César ter escolhido um membro da aldeia para seus cuidados pessoais. A moça, quando questionada, limitou-se a dizer que o general romano pedira ajuda em consideração ao seu servo de confiança, este sim acometido por males constantes. Achou prudente não revelar a identidade de seu verdadeiro paciente. Discrição era uma forte qualidade da gaulesa averna e isso, sem dúvida, era requisito inegociável para ele.

 Um longo vestido cor de trigo deixava à mostra as pontas dos dedos dos pés, e a faixa de tom amarronzado, presa à cintura, anunciava a silhueta delicada da moça, visível a olhos sagazes. Uma grossa e longa trança percorria o caminho cervical, finalizada pelo amarrado de uma fina tira de couro. Delicadamente, abraçado às curvas da trança, um ramo de lavanda perfumava pontualmente aquele momento. Mirta trazia em si, além do que se podia ver, um aspecto de qualidade moral, e isso, por si só, agradava o pretor de Roma.

 Ao entrar na tenda viu Demétrius de pé, aguardando-a. Foi acomodada em uma espécie de antessala, um quadrado espaçoso com quatro grandes cadeiras, dispostas umas de frente para as outras. Tochas acesas refletiam o brilho da madeira proveniente de duas mesas compridas e repletas de pergaminhos. Um imenso tapete da Pérsia cobria o chão e o vermelho vibrante tomava a atenção de Mirta. Aproveitando a solidão, permitiu-se admirar os desenhos do tear. Quando César entrou na sala, com o mesmo tipo de veste da noite anterior, capturou o instante em que a gaulesa, olhando para o chão, inclinava o pescoço como se acompanhasse um desfile do alto de uma torre. Sorriu por dentro ao notar seu encantamento, ele gostava de furtar momentos assim. Num reflexo instantâneo, Mirta pôs-se de pé aprumando a postura. Não se sentia à vontade diante dele, ao passo que abominava um comportamento subserviente. E mais, estava incumbida de ajudá-lo com suas ervas e plantas, o que de certa forma, dada a figura em questão, a tornava demasiado responsável pelo resultado. O dom de Mirta nunca fora um estorvo. Ao contrário, seu papel na aldeia proporcionava-lhe status respeitoso, tornando relevantes suas escolhas, inclusive na vida amorosa. Enquanto as moças da sua idade eram sujeitas às decisões dos líderes em relação ao matrimônio, a averna gozava de independência em virtude de seus dons, que a mantinham à disposição de muitas pessoas. O dom da cura viera desde muito cedo, tornando-a extremamente necessária ao bem-estar daquele povo. Além do carinho que dispensava à todos, Mirta possuía uma facilidade espontânea para mediar conflitos no clã, dado o respeito e a admiração que todos nutriam por aquela que não media esforços na cura de qualquer doente, mesmo os estranhos à sua gente, como fora o caso do soldado romano, e agora, do cônsul de Roma.

César fez um breve sinal, convidando Mirta a se sentar. Sua calma e gentileza trouxeram alento para a convidada. A contradição entre a incômoda atração e a agradável imagem do homem à sua frente, encurtou os efeitos daquele gesto. Os olhos dele diziam coisas diferentes do que a boca lançava. Eram olhos vivos, controladores, naquele momento pareciam investigá-la, procurando algo que Mirta acreditava piamente controlar.

Calma e firmemente, a moça fez menção ao corpo deitado, assim como o do soldado na grama do acampamento. César, então, levantou-se e conduzindo-a para a terceira e última divisória de sua tenda. Um ambiente ainda mais amplo do que o cômodo anterior, centralizava uma cama confortável e espaçosa, onde a pele de um animal desconhecido repousava. No canto, um apoio com suporte de mármore sustentava uma bacia e uma jarra de bronze. O quarto recendia a um aroma cítrico, mas Mirta não sabia dizer qual. Apenas duas tochas, maiores que as da sala anterior, ocupavam a cabeceira da cama, dando ao ambiente uma iluminação aconchegante. Ele acomodou a toga na cadeira onde a espada descansava. Mantendo apenas a túnica branca. Deitou o corpo sobre a cama, cumprindo a determinação estabelecida

Segurando a corda amarrada à garrafa de barro, Mirta repousou-a no chão e, agachando-se, molhou as mãos no unguento, entoando palavras que ele não podia compreender. Demétrius, do canto do quarto, observava a tudo como se ali não estivesse. Sendo o homem de confiança de César, eram raras as situações em que sua presença era dispensada. Mesmo que aquela mulher aparentemente frágil não representasse perigo iminente, não se podia expor o maior inimigo de facções gaulesas a quaisquer circunstâncias. Ainda que em território aliado.

O perfume da noite anterior, impregnou o aposento em poucos minutos, trazendo uma sensação de bem-estar, envolvendo os pensamentos de César. As pequenas mãos da gaulesa deslizavam suavemente por sua face, a começar pela fronte, num movimento de fricção sensível. As palavras murmuradas, quase inaudíveis, impediam qualquer identificação. Era uma espécie de reza causando paz àquela mente agitada. As mãos da curandeira percorreram toda a cabeça até o pescoço, libertando minúsculas partículas de flores, maceradas há pouco no pilão de pedra. O corpo do homem mais poderoso do império rendia-se aos cuidados de uma desconhecida averna, tamanha ânsia de livrar seu destino da doença que o perseguia. Seus membros pareciam finalmente relaxar como em anos não faziam, remetendo-o aos tempos de menino, quando carregar o estandarte de Roma não passava de um sonho. Época em que suas manhãs inauguradas com o rosto da querida mãe, traziam-lhe compromissos adiáveis ou furtivos. César divagava entre lembranças saudosas e desejos de glória. Aquele odor, do qual jamais esqueceria, permitia ao edil e pretor romano finalmente afastar os pensamentos exigentes, apenas sentindo a natureza movendo lentamente suas ambições ao limbo da ganância, esvaziando a cabeça astuta e preocupada. As plantas da Gália permitiam àquele homem alcançar um estado nunca sentido. As palavras sussurradas pela gaulesa não tomavam sua atenção, ao contrário, sustentaram o momento por horas até que no silêncio da aurora despertou, notando o cruzamento da noite que o conduziu ao sono. Sonolento, sentado na cadeira no canto do quarto, Demétrius relatava ao seu senhor a sequência detalhada da noite anterior:

 A moça terminou seu trabalho e partiu silente, deixando César dormindo profundamente.

Aquelas seriam longas semanas para todo o contingente do Exército Romano que se instalara na Gália Narbonense. O general tramava a lendária batalha contra Vercingetórix e não admitiria erros. Taticamente, no plano irretocável de César, cercariam o exército de gauleses em Alésia.

 Mais de vinte quilômetros de trincheiras foram cavados pelos legionários romanos ao redor da fortaleza de seu inimigo. Com isso, poucos mensageiros sobreviviam para consumar os pedidos de ajuda clamados pelo líder gaulês ao restante de seus aliados.

 Àquela altura, os nobres gauleses de média sabedoria consideravam uma aventura sem sucesso sublevar exércitos mal treinados contra os homens de Roma. Além disso, a natureza do general via com bom grado a rendição pacífica das tribos colaboradoras, poupando-as de sangrentas batalhas, quase sempre vencidas por ele. O lendário Cônsul destilava pouco a pouco a fama de piedoso e condolente com seus aliados, e isso garantia a mantença de suas tropas, evitando o desperdício de homens em conflitos locais, e ainda, aumentando seu contingente com os gauleses. Em contrapartida, Vercingetórix, munido de coragem desmedida e ideais fadados ao descarte, mantinha em seu exército a chama viva da liberdade, insurgindo-se até o fim contra o domínio romano. Mas o escolhido dos sacerdotes avernos, mensageiro da centelha céltica, não desistiria facilmente. Pouco a pouco a carne mal nutrida de seu exército, jazia nos cantos da cidadela fortificada mantida em Alésia. As manobras de César, desprovidas de grandes surpresas militares, alcançavam em cheio o ninho do adversário.

    O movimento nas imediações da aldeia fora intenso naquelas semanas. Os comandantes de César deslocavam seus coortes por todas as direções; o objetivo era cercar a região da Alésia e, com isso, no caso de alguns insurgentes fugitivos, a captura aumentaria o número de escravos dos soldados. Esse era um dos motivos que tornava gigantesca a locomoção dos homens de César na volta para casa — o número de escravos adquiridos ao longo do tempo em que estiveram na Gália, muitos deles, quando sobreviventes, eram oferecidos nos mercados e comprados por treinadores de gladiadores.

    No período antecedente ao confronto de César com seu último rival gaulês, o procônsul poucas vezes se ausentou do acampamento. Mantinha-se concentrado na tenda, respondendo aos tantos pergaminhos que o inquiriam sobre a tomada das Gálias. Enquanto o povo celebrava as suas vitórias, tornando-o a figura mais famosa do Império, o Senado preocupava-se com a popularidade do surpreendente Júlio César, que já havia provado no passado o alcance político na Vox Populis.

Na manhã seguinte à visita de Mirta, César degustou seu desjejum num estado de relaxamento nunca vivido. Os compromissos estavam vivos e latentes mantendo sua personalidade intacta, mas aliado a isso, um bem-estar sobre-humano o envolvia, deixando-o confiante. O aroma impregnado em seu quarto esculpia a imagem da gaulesa bem diante de seus olhos — ele nunca mais esqueceria seu rosto, tampouco seu perfume. Apesar do controle tão peculiar que exercia sobre o que o cercavam, entregar-se àquela espécie de cura fora imensamente gratificante, e ele podia sentir os efeitos prolongando-se ao longo do dia. A presença da jovem mulher em sua tenda espantara a chegada noturna da doença. César costumava se recolher cedo, pois temia surpreender-se com o ataque feroz de seu malefício publicamente. A luz do dia era uma aliada contra os sortilégios da noite — deixava-o produtivo e alerta. O entra e sai na tenda fazia as horas passarem apressadas até sua cavalgada diária. O esporte preferido de César era seu exercício e terapia. Além disso, atravessar o acampamento, ao menos uma vez por dia, fosse a cavalo ou a pé, fortalecia a relação com seus soldados, que se sentiam próximos e, consequentemente, alinhados em seus comandos.

Expor a imagem sempre fora uma de suas técnicas de proximidade com as pessoas, fosse no exército ou nas ruas de Roma. Sempre que possível, César se fazia ver apenas para manter-se temido. Era o líder que surpreendia por vezes chamando o efetivo pelo próprio nome o que, decerto, elevava sua estima e admiração. Pessoalidade e polidez eram a mescla marcante na personalidade do homem que aspirava à monarquia.

O trotar imperial da cavalaria romana trazia um frio na espinha de Mirta. Vez por outra, após a retirada de centuriões para sondagem territorial, o som do exército remetia-lhe a imagem do homem altivo e atraente que, por duas vezes, a fitara. Seu olhar, embora austero, deixava escapar um canto de sua personalidade do qual ela gostava. Crescia em Mirta a contradição entre repulsa e atração. Atração pelos castanhos olhos de César que insistiam em olhar a Gália como um troféu. Repulsa pelo homem que se sentia dono da terra que jamais lhe pertenceria, pois as deidades celtas nunca o reconheceriam sobre o manto sagrado da terra.

A incômoda presença dos homens de Roma, criando regras de convívio, instituindo o latim e dispondo das mulheres apenas para satisfazer suas lascívias, faziam-na pensar em guerra. *"Prefiro morrer em combate, a submeter-me aos romanos"*. Mirta desejou intimamente que seus líderes revolvessem repentina e sorrateira luta contra aqueles homens, cortando suas gargantas. Mas os revoltosos pensamentos acalmaram-se logo, ao ver as crianças sobreviventes beneficiadas pelo acordo travado entre César e seu povo. Acreditava que Belenus, o deus do Sol, com sua infinita sabedoria, queimaria todas as criaturas que oprimiam seu povo e suas almas jamais encontrariam abrigo noutra vida. A devoção de Mirta por seus deuses alimentava sua intuição e seu senso de justiça. Estava certa de que seu povo alcançaria a liberdade de outrora, através das forças célticas milenares que os acompanhava.

O Festim

Um grande evento se formou na aldeia dos allobroges. Chefes druidas — sacerdotes da religião celta — se reuniam com os aldeões para ofertar sacrifícios sagrados em homenagem a Belisama, Belenus, Epona e muitos outros deuses. Com a dominação romana, a construção de templos para deuses celtas se fez necessária — eles acreditavam que tal oferenda manteria distante os sacrilégios do povo bárbaro tomador da Gália.

    Os festins eram verdadeiros festivais em que a troca de receitas de magia e poções, sacrifícios e ritos em favor dos deuses, atravessavam noites a fio sob o clarão de fogueiras constantemente acesas. Naquele momento, o inverno rigoroso da Gália propiciava aglomerações e os gauleses, muito dependentes da natureza, aproveitavam a época do ano em que as chuvas visitavam pouco sua terra, deixando disponíveis as estrelas assaz reluzentes. César, comprometido em respeitar os rituais religiosos de seus colaboradores, oferecia, na ocasião, um número generoso de animais para as práticas de sacrifício. Era sabido que há muitos séculos o sacrifício humano estava afastado dos festins celtas, em respeito aos desejos da mãe Terra.

    A aldeia estava em festa. Para os banquetes, muitos assados e bebidas doces foram preparados. As músicas célticas melodiavam o ambiente, trazendo uma atmosfera totalmente nova para os soldados. Todos foram convidados, mas apenas aqueles mantidos na cidadela como guardiões e uns poucos curiosos ficaram para o evento. *"Essa gente da Gália é engraçada"*, comentavam os soldados entre si. Mesmo em suas casas de palha e barro amassado, pareciam bem mais felizes que os citadinos de Roma. Longe do que os romanos consideravam a verdadeira civilização, longe de Juno e Júpiter, o povo situado a mais de dois mil quilômetros da dita urbi parecia genuinamente feliz. Ainda que duelando entre os semelhantes, aquela gente era capaz de se unir por uma causa comum — a liberdade —, ao passo que o poder, tão somente o poder, sempre fora a causa comum dos homens de Roma.

Chás com infusões secretas de flores e frutos levavam os convidados a passeios imaginários dos quais muitos tardavam em voltar. Os celtas jamais poderiam imaginar que, muitos séculos depois, seriam perseguidos como bruxos, pois sua religião pagã, sustentada através de ritos milenares, se contraporia à igreja inquisitiva.

Um belo templo fora construído nos arredores do aldeamento, em homenagem à Belisama, a deusa da luz, e a Belenus, o deus do Sol. Um *nemeton* edificado em plena floresta virgem onde apenas os allobroges pisavam, permitia que a aldeia mística se sentisse protegida. Poucos meses depois da construção que abrigava a bela imagem de Belisama, as tropas de Júlio César se instalaram "pacificamente" próximas à aldeia. Isso fez com que os aldeões atribuíssem à deusa a oportunidade de paz. Naquela noite, após as iniciações festivas, Mirta e os sacerdotes druidas adentraram a floresta para o culto oferecido à sua mais importante deidade, Belisama. A gaulesa acreditava manter com a deusa um elo capaz de protegê-la das mais impiedosas adversidades, sabia da ligação que a tornava especial e mantinha constantemente suas oferendas no templo. Flores, principalmente lavanda, frutas e algumas pedras arrancadas do fundo do rio misturavam-se à terra escura que Mirta sortia sobre a oblata. A deusa representava luz, vida, perdão e amor, as únicas coisas que tinham sentido para aquela adoradora. Entoações célticas e fogueiras foram mantidas naquela parte da floresta para que os líderes religiosos renovassem mais uma vez seus votos. As oferendas de todos os elementos — água, terra, fogo e ar — eram jorradas sobre os que queriam bençãos. Assim como para os romanos, o sangue dos animais significava poder e proteção. O som das árvores alvoroçadas se misturava às flautas melodiosas que vinham da aldeia, criando um ambiente mágico para quem invocava seus deuses. Em meio às entoações mais antigas e sagradas dos celtas, uma sombra entre os troncos das faias acelerou o coração dos religiosos e também o de Mirta. Um cervo. O animal que inspirava a proteção daquela gente, a alma pura dos espíritos de luz, aproximou-se do grupo. Ninguém se moveu. Sabiam que ali não estava apenas uma criatura da natureza que os olhos humanos costumam ver. Aquele ser era o respaldo que os fazia seguir com suas tradições em favor de Danu[2] e de outros deuses. Lentamente, como num desfile triunfal, o animal circulou ao redor da imensa fogueira que os druidas haviam acendido. Seus olhos castanhos e expressivos fitaram os olhos do sacerdote do clã, Serviorix "o cheio de luz", reafirmando claramente para Mirta e os demais que a conexão entre os celtas e a natureza jamais poderia ser rompida; como a semente precisava da água para germinar, a cultura celta se embebia dos espíritos da floresta. No mundo celta, a transformação, a regeneração e a espiritualidade estavam representadas por ele e talvez aquele pedaço da Gália sofresse, em pouco tempo, uma mudança drástica. Mas a presença do cervo lhes dava força e segurança. O animal saiu lentamente do grupo, sem qualquer resquício de medo ou resistência e retomou sua caminhada em direção ao breu da floresta.

Na volta para a aldeia, Mirta foi direto para sua cabana; precisava retirar as vestes respingadas de sangue. O cônsul de Roma provavelmente não admitiria recebê-la em sua tenda com os resquícios de sua religião impressos à sua imagem. Vestida e asseada, tomou a garrafa de barro pelas mãos e pôs-se no rumo do acampamento. Supunha estar atrasada em relação ao horário da noite anterior, mas suas escusas, caso necessárias, albergariam

---

2. Acredita-se que os celtas batizaram o Rio Danúbio em homenagem a deusa Danu.

álibi nas solicitações dos chefes druidas, com quem César mantinha excelente relação.

Nos comentários sobre a guerra na Gália, César reservara um capítulo especial para descrever a importância dos religiosos celtas. Como homem devotado e supersticioso, ele sempre respeitava o culto de outros povos.

Como da última vez, Mirta notou que sua presença era aguardada. Por isso os soldados não a abordaram. Demétrius, sempre a postos, sinalizava o caminho. César já estava sentado em uma das cadeiras da antessala. Ao entrar, um frio rasgou o interior do ventre gaulês e, ainda afoita pelos passos apressados que a levaram até lá, afastou do rosto os fios insistentemente rebeldes da fronte suada. Sem dizer uma só palavra, se manteve de pé diante da figura masculina que placidamente lançou a frase:

— Pensava eu que meus amigos druidas impediriam o seu trabalho na noite do festim.

limitou-se a responder:

— Desculpe-me pelo atraso.

Era o suficiente para o homem que, percebendo rendição, baixava a guarda em favor das alianças, mais ainda com aquela que pouco a pouco estabelecia com ele o mesmo elo que mantinha com Vênus — a certeza de que em sua companhia a adversidade se esvaía.

Como da primeira vez, César a dirigiu aos aposentos de repouso. Deixando a visitante tomar à frente, vasculhou-a no espaço de tempo disposto entre os passos suaves e os movimentos delicados, até pousar a garrafa no chão. O mesmo ritual da primeira noite fora invocado, sendo que desta vez ela estava amiúde agitada. Enquanto o corpo dele descansava na cama, aguardando as mãos curandeiras, ela se manteve em silêncio. Só então iniciou o murmúrio que precedia a massagem perfumada ao redor da cabeça de seu paciente. Relaxado, César concentrou-se em permitir os efeitos da noite anterior, abrindo a retaguarda da atenção que mantinha seu corpo tenso, e deixou mais uma vez que as mãos da misteriosa gaulesa operassem os desígnios da cura em seu corpo. As palavras proferidas por ela se lançavam, soando até mais fortes que as da primeira noite, pois agora ela estava fortalecida pela renovação dos laços com seus deuses. O quarto abrigava um silêncio particular, mas era possível ouvir ao longe as vozes dos soldados, o zunido de espadas sendo afiadas, as gargalhadas dos homens que buscavam num jogo qualquer motivo para descontração. Era quase um som captado entre a modorra e o sonho. A distância entre César e Mirta rompia-se silenciosa e displicente. Eram dois pensamentos unidos pelo bem de um mesmo corpo e o desejo de cura e bênção convergia num espaço vazio de ambos: o do afeto. Sem que pudesse domar a proximidade entre eles, o general de Roma convidava os poros comprometidos de Mirta. Ao terminar o trabalho, a gaulesa pairou as palmas das mãos sobre o corpo do general que silenciosamente recebia o dom da cura. Antes que ela partisse, porém, César segurou sua mão. Desta vez, embora tranquilo e igualmente relaxado, não adormecera. Mirta sentiu no toque daquele homem, a vibração viril de seu corpo. Sentado na cama, ele abriu a mão direita ostentando um par de brincos, evidentemente ofertado a ela. Num gesto de agradecimento e seguidas desculpas, a moça deixou claro não aceitar pagamentos por seus dons.

Encantado e surpreso com a atitude de uma camponesa pobre, César falou em tom suave e contumaz:

— Este não é um pagamento, é um presente. E desejo que aceite.

Mirta os recebeu timidamente nas palmas das mãos, sem saber ao certo como agir. Em sua natureza simples, retribuiu com um sorriso. Os cantos dos lábios deitados realçavam o formato do rosto quadrado, e acentuavam a impressão de forte caráter. Aquele gesto os aproximou ainda mais. Não pela oferta, mas pelo sorriso que rompeu a barreira que os distanciava.

Mais tarde, deitada no forro que a protegia do chão, Mirta olhava pela janela semiaberta por onde passava o clarão da lua nova, guardiã das sementes. Em suas mãos, os brincos de madrepérola faziam-na pensar no caminho que percorreram até ela. Quiçá um dia conheceria a origem daquelas pedrinhas. Jamais vira coisa tão bela. Um pensamento suave reproduziu o momento na tenda em que a atitude daquele homem a tomou de surpresa. Pensava no cheiro da tenda luxuosa de César, um misto de pinho e linho se embrenhava com a lavanda de sua loção. A pele macia e vigorosa a atraía inevitavelmente. Na segurança do lar, as estranhas sensações andarilhas de seu corpo pareciam protegidas do olhar astuto de César.

Estava acostumada a viver em meio aos homens do clã que a viram crescer, mas Mirta sentia-se alheia a qualquer sentimento carnal, se não o afeto.

No entanto, o cidadão de Roma provocava-lhe um inusitado sentimento... algo indisfarçável que ela tentava, inutilmente, sufocar. A cada encontro, novos momentos colecionavam trejeitos e palavras que teimavam em povoar sua mente, somando-se aos anteriores e formando uma sequência de cenas repassadas. Em reprise, o pensamento arredio de Mirta afastava o olhar penetrante de César, mantendo uma paz ilusória. Embora lutasse para afastar a proximidade, sentia perder o controle de si diante dele.

Mas logo o tratamento do general chegaria ao fim e as noites da camponesa apagariam as lembranças daqueles momentos. Ele levaria seus homens para longe e com a chegada da primavera a campina acomodaria, no lugar do acampamento, os extensos campos de girassol.

CAPÍTULO IV

Primeira Noite de Amor

Aquela seria a última noite do tratamento dispensado pela gaulesa ao homem que se tornaria o maior mito de Roma. Enquanto passava as mãos sobre o rosto forte e corajoso de César, um pesar habitava o peito de Mirta. A despedida cavalgava ao redor. Continuou o ritual, ultrapassando cada etapa, mais dedicada do que nunca, desejava ardentemente ajudar o homem que confiara sua doença à uma estranha. Ele sabia mexer com os brios dos homens mais vaidosos da República Romana, com Mirta não seria diferente, pois sabia que por trás da missão havia o desafio de curá-lo.

Mirta tentava afastar seus pensamentos tolos e infantis, certamente não correspondidos... *César não sentiria sua falta, além disso era apenas uma camponesa, em quem ele confiou na ânsia de se livrar da doença, os olhares dirigidos a ela nada mais eram do que um reflexo da sua própria atração, não guardavam interesse algum*, pensava ela. *Em poucos dias irá embora e jamais se lembrará de mim.*

As mãos de Mirta deslizavam sobre as dele e subiam até o cotovelo, espalhando a loção composta por lavanda, alecrim e melissa. Seguiam num movimento contínuo de ida e volta, cessando nas palmas largas e quentes do general. Isso aumentava a paixão dentro dela. O corpo ao alcance de seus desejos, esticado sobre a cama, rendido aos cuidados daquela que, desejando se entregar, concentrava seus esforços a fim de terminar o trabalho.

Como quem tinha tudo sob domínio, César forjou não corresponder ao sentimento. Fingia ardilosa e conscientemente não notar o esforço da gaulesa em manter-se fiel aos próprios propósitos. Nos últimos dias, a proximidade entre os dois teceu um laço de intimidade sutil, permitindo a mútua percepção de suas intenções. Mas César aguardava o momento oportuno, a deixa crucial para apertar o último nó.

Aparentando um confortável distanciamento, recebia as bênçãos com respeito e resignação, pois sabia operar na mente os comandos que o corpo precisava, inaugurando nas células um novo destino. Ele havia dispensado Demétrius desde a segunda sessão, quando confirmou suas impressões sobre a natureza da moça. Poucas palavras vieram aos lábios de Mirta. Num gesto inconsciente, se permitiu dirigir os olhos aos dele. Desde o início, em virtude dos pensamentos confusos que lhe raptavam a paz, evitava, obedientemente, o que mais pareciam faróis no escuro da noite.

Mas naquele instante, motivada pela forte atração que a dominava, enquanto suas mãos deslizavam os dedos nas têmporas masculinas de César, fitou profundamente o rosto, que pensava, dali em diante, jamais ver. Ele retribuiu o olhar.

Tropeçando em pensamentos, Mirta afastou-se. Na tentativa tardia de disfarçar, esfregou as mãos reduzindo os resquícios da loção. Mostrou a ele a flor azulada de perfume inconfundível, dirigindo-lhe a receita, como fizera com o soldado no acampamento:

— Em boa parte da Gália há *lafant*. Procure mantê-la sempre por perto, e quando o *malum* vier, esfregue-a no pulso. Ela afasta os espíritos ruins e deixa o corpo em paz.

Com o semblante plácido e confiante, e o olhar penetrante, César parecia não escutar o que a mulher dizia. Levantou-se da cama e aproximando-se do rosto delicado de Mirta; erigiu seu queixo ao encontro dos olhos e sussurrou um pedido, entre os ouvidos tímidos da gaulesa...

— Fique comigo nesta noite. Não porque eu preciso de teus cuidados ou de teu tratamento. Mas porque desejas tanto quanto eu.

Sentindo latejar o corpo da gaulesa averna, num golpe certeiro e preciso envolveu as mãos sobre o delicado dorso puxando para si o corpo de Mirta. Beijou-lhe a face. Como quem sente o cheiro de uma rara flor, envolveu-a nos braços sem a chance de perdê-la. Os lábios permitiam-lhe sentir o frescor da tenra idade, alertando-o a possuir com cuidado aquela que certamente não tinha pertencido a nenhum outro homem.

Mirta ruborizou de imediato. Os pensamentos confusos soterraram a razão deixando escapar a paixão que nutria por ele e, num ímpeto assumido, aproximou-se do rosto romano beijando-lhe os lábios lentamente e percorrendo o caminho da face, libertou a libido na respiração contida. Depois, devolveu os quentes e macios lábios aos dele. César trouxe-a para si, apertando o corpo contra o dela. Deitados na cama, os cabelos de Mirta pousavam rendidos, enquanto ele libertava se livrava das vestes.

No êxtase do desejo, o conquistador de terras e destinos, admirou o corpo nu da gaulesa que se doava casta e apaixonada, abandonando os anseios do amanhã. A luz mantida pelas tochas dava ao cômodo uma sutil iluminação, permitindo o desfrute de seus corpos. A entrega de Mirta selou em César todas as impressões previamente instaladas, deixando-o ainda mais convencido de sua essência.

Encostando o peito largo sobre a pele da gaulesa, sentiu os seios pequenos e firmes sob poder, e uma sucessão de balbucios explodiu com a penetração viril de César. Atravessaram a noite se amando, entre palavras gaulesas e latinas, que fundidas num só idioma, resumiam a universal linguagem do amor.

No dia seguinte, Mirta sentiu que as horas se arrastaram até a chegada da lua. Na cabana, misturava folhas de carvalho, óleo de melissa, sementes de coentro e sua flor preferida, a lavanda, enquanto sentia o cheiro de César em sua pele. Alforjes, pilões de pedra, garrafas de ferro e muitos ramos de ervas, dividiam-se sobre uma humilde mesa de pedras, ocupando boa parte daquela morada.

Seu trabalho era silencioso, solitário. O povo da aldeia passava horas sem vê-la. No entanto, surpreendentemente, o semblante solidário da gaulesa surgia quando seus dons eram invocados. Como um espírito guardião, a intuição de Mirta a levava ao encontro dos doentes.

Com o fim do tratamento de César e a entrega apaixonada, Mirta mergulhou nos rituais com o intuito de exortar a lacuna que nascia entre o ontem e o amanhã. Tinha medo de não o ver mais. Medo de que, após uma intensa noite de amor, ele a ignorasse. Medo de que suas mãos não mais tocassem o corpo pungente e viril daquele homem. E o maior de todos os medos femininos: o de ser esquecida.

Se o paciente imponente de Mirta levasse o uso da lavanda à risca, afastaria sua doença, e certamente não requisitaria seus cuidados. Além disso, com a captura de Vercingetórix o acampamento romano levantaria os pilos na direção de outras terras. César nunca se mantinha por muito tempo num mesmo lugar. Fazia parte de sua estratégia manter-se nômade, assim, distraía seus inimigos enfraquecendo ataques e conspirações. Mas o que o coração aflito e despretensioso de Mirta não sabia, era que o futuro ditador de Roma a procuraria muitas, inúmeras vezes. Ele a desejaria como a nenhuma outra. Traçaria seu futuro, mudaria seu destino e colocaria toda a Roma a seus pés.

Uma ponta de esperança lançou os verdes e apaixonados olhos de Mirta na direção do acampamento, mas a campina que os dividia mantinha-se impávida, coberta por uma bruma suave. Ela esperava que no lugar da centúria uma escolta seguida de seu líder compusesse o cenário, mas os soldados seguiram em busca da missão que lhes fora designada desacompanhados de seu general.

No mesmo ritmo saudoso da gaulesa, seguia também o coração romano. Ele sentia a sua falta. Uma inesperada afinidade crescia entre aquelas duas pessoas que mal falavam a mesma língua. Duas vidas opostas por credos, por valores e posições, por visões, sentimentos e costumes, cujos caminhos se cruzaram apenas por um motivo chamado Vercingetórix. Apenas e somente por isso, César foi obrigado a lançar suas campanhas ao centro-sul da Gália quando vislumbrava a direção norte. O príncipe averno, ao desafiar o consulado de César, sem saber, atingia em cheio o peito de seu oponente, esvaziando-o da frieza e completando-o de amor. Tudo por causa de seus levantes audaciosos.

Por um instante, César pensou em mandar chamar Mirta. Parou pensativo sob a entrada da tenda, na eminência de escalar um mensageiro. Inalou o ar puro e fresco da Gália, aromatizado pelos troncos de ciprestes. Depois, libertou o ar juntamente com a ansiedade que o surpreendia, pois era mestre em manter o controle. A paixão como serva da razão. Esse era seu trunfo e sua lenda.

Mas um outro motivo também fizera César abster-se da presença de Mirta: domínio. Conhecendo bem a natureza feminina, ele sabia que o tempo nada seria senão um potencializador de desejos e seu jogo de sedução estava só começando. Confiante nas manobras táticas que pautavam suas escolhas, ele pensava em dominar o coração que, embora genuíno, ainda não era seu.

Voltou para os aposentos onde um pergaminho o aguardava à espera de apontamento, mas, dessa vez, a solidão o incomodou.

Na manhã seguinte, notícias do cerco contra seu inimigo refrescaram a aurora do dia; as tropas de Vercingetórix abandonavam seu líder e se entregavam cada vez mais rápido ao exército romano.

Os boatos da clemência oferecida por César aos inimigos eram um chamariz de rendição. Crianças, mulheres e anciões morreriam diante dos olhos de muitos centuriões, clamando por um pouco de pão e água.

CAPÍTULO V

Vercingetórix

Se existiu um sopro de liberdade no peito da Gália, vinha dos pulmões de Vercingetórix — um líder cujo legado fora arrancar de corações rendidos, uma gota de audácia. Com seu exército modesto e empobrecido, o guerreiro gaulês ousou ameaçar o domínio romano numa Gália partida, agonizante. Revolveu homens de todos os cantos, aldeias e cavernas nos recônditos inóspitos por onde passava. O "galo cabeludo", no linguajar romano, lutava até o fim usando a única arma capaz de derrubar os planos de Júlio César: união. Um povo unido era a chance concreta de derrubar o aclamado nome do pretor de Roma. Faltava liderança na oposição aos romanos, coesão entre os povos celtas, e por um longo tempo o império romano se prevaleceu dessa vantagem de guerra. No entanto, César, na condição de procônsul de Roma, o mais elevado cargo fora da capital da República, aproveitou a oportunidade de lançar-se sobre as massas orgulhosas, provocando o rancor dos invejosos inimigos do *senatus*. Naquele momento, depois de sete anos erradicando o poder nas províncias, subjugando os povos estrangeiros, tomando terras e ganhando aliados, e além de tudo, se aproveitando da condição de Triúnviro, não seria Vercingetórix o homem a destruir os planos de César.

Como se cumprisse o propósito etimológico da palavra *gallia*, cuja origem — *gal* — representa a fúria guerreira, Vercingetórix despertava nos corações corajosos de sua terra um desejo quase morto de liberdade. A máxima romana *divide ut regnes* — dividir e tomar — disseminada na Gália, estava em risco com a fumaça crescente vinda da região central onde Vercingetórix ameaçava surpreendentemente o domínio de César.

Contudo, Vênus Venerix, a deusa da família Julius, vencia os deuses gauleses. Ao menos ali. Assim como em qualquer guerra, a saída encontrada por César absteve-se da obviedade. Cercando com barricadas, valas, paliçadas e uma divisão estratégica em campo, num plano militarmente irretocável, os romanos aniquilaram a subsistência dos gauleses. O adversário, muito mais destemido que ardiloso, caíra nas garras de César e via, debaixo de suas barbas, seus aliados fracos e mortos de fome. Seus apoiadores; sacerdotes de outras tribos, druidas e guerreiros, não conseguiam ultrapassar as linhas romanas para levar-lhe víveres. Macarven, um famoso sacerdote, escreveu sobre isso, tempos depois. Acuado pelos romanos e impossibilitado de receber ajuda das forças aliadas, Vercingetórix resolve se entregar ao seu algoz; o exército romano. Convencido a salvar da morte os companheiros sobreviventes, Vercingetórix, tão surpreendente quanto seu inimigo — mas não tão rico como ele —, sucumbe diante daquilo que sonhara vencer; a República Romana.

Os galhos das árvores agitavam-se, declarando guerra ao vento forte e gélido da Gália. No oppida, os aldeões chamavam as crianças ao interior das moradas evitando que a fúria do vendaval lhes causasse algum mal, enquanto as mulheres recolhiam as peles dos coelhos abatidos, secando ao sol. Mirta reconhecia na força do vento um mau presságio — aquela tarde impregnou de sangue o ar da Gália. O exército de Roma passava apressado por cima da colina, rumo ao leste, na caça de Vercingetórix, cuja alma havia sido encomendada por César.

Desse dia em diante aqueles dois homens definiriam de que lado o destino os queria

Batedores cruzavam as montanhas trazendo mensagens de rendição até que, finalmente, o cônsul de Roma faria cessar os rumores: de que o divinizado representante perdera o controle das Gálias escondendo do povo suas derrotas e deixando ecoar apenas o que lhe fazia parecer um semideus. Com a sublevação dos milhares de gauleses partidários de Vercingetórix, a reputação de César sofria graves ataques no Fórum romano. Daí partia a necessidade de abater, definitivamente, aquela parcela significante das Gálias; reprimindo ferozmente os rebeldes, César enterrara de uma vez por todas a mínima fagulha de independência nos gauleses.

Vercingetórix diferenciava-se, e muito, de César. Um trazia o coração insensato e destemido dos gauleses pulsando entre reinos decadentes e aldeias resistentes, volvendo um exército bravo e crédulo que se jogou de peito aberto, sob o manto dos deuses, corajosamente, nos campos de batalha. O outro era o pensamento frio e calculista, esculpido no modelo grego de domínio da mente sobre o *animus*. A verdade encoberta pela disputa de poder é que a luta daqueles dois homens que representavam a liberdade e a glória do seu povo movia, a improvável história de amor entre um aristocrata romano e uma camponesa gaulesa. E a República romana se tornaria o maior empecilho dessa paixão.

No acampamento, César, aguardava a rendição do gaulês como um leão espera a presa encurralada. Agonizando nos cantos da *oppida*, entre a bravura e a inevitável derrota, o líder averno decide se render. Sobre o corpo magro combalido pela inanição, Vercingetórix veste sua melhor indumentária, tecida de malha macia, e envolve seus ombros baixos pela estola de pele de urso que fora de seu pai. Um elmo de ferro — confeccionado especialmente para ele — rompe a sisudez do aço com penachos de pássaros da Gália. Sua espada longa e afiada jaz encaixada no cinto de couro que circunda sua cintura. Seus clientes selam seu cavalo castanho de cabeça baixa. Sabem, todos eles, que a virtude da Gália Narbonense caminhava na direção do inimigo: o estrangeiro de Roma que se considerava um deus. As lâminas dos machados gauleses colidiam criando um corredor de guerreiros que saudavam pela última vez o líder Vercingetórix. O filho de Celtil passou de cabeça erguida e olhar horizontal, embora as pupilas mareadas deflagrassem sua tristeza. Maior pela despedida que pela rendição. O ardor de seu peito exalava o cheiro das matas da Gália, e quase queimava-lhe os pelos. A lenda de luta e morte pela terra mágica e misteriosa atravessaria séculos, pois na bravura impensada de um gaulês averno a hegemonia militar de Roma havia sido contestada, e esse foi seu maior legado. Sem saber, Vercingetórix sopraria seu nome por muito tempo entre ouvidos de sua terra, e não seria a última vez que os romanos esbarrariam no destemor daquela gente. Dizem que até as alianças contrárias choraram aquele momento.

Foram abertos os portões da *oppida do gaulês*. Do lado de fora, duas centúrias aguardavam sua rendição, o levariam até César. Algo muito maior que o próprio silêncio podia ser ouvido, a respiração da terra... ofegante, chorosa, incansável. As Gálias lamuriavam, mas não por muito tempo. Um tempo que é da natureza e não dos homens.

O Encontro no Nemeton

Na aldeia não se falava em outra coisa, a não ser na rendição de Vercingetórix. Homens e mulheres festejavam o fim da batalha. Significava que os guerreiros allobroges estariam livres da obrigação de perseguir o gaulês a mando de César, e mais ainda, em breve, tudo ao redor voltaria ao normal com a retirada das tropas romanas. Essa era a verdadeira comemoração, porque no fundo, ainda que os allobroges apoiassem César, nenhum deles, de fato, estava feliz. Foi a derrota da própria Gália que adentrou o acampamento de César naquela manhã. Diziam que o líder dos romanos não poupou esforços para humilhar Vercingetórix. Talvez impelido pelo ar aristocrata de seu prisioneiro que insistia em sustentar a condição de líder.

 O cavalo do gaulês, num trote fraco, acompanhado pela escolta da SQPR, pressentia o destino de seu dono, mas com ele manteve-se fiel ao propósito de impressionar César. Uma espécie de ritual anunciou a rendição. Vercingetórix direcionou as rédeas do animal para a direita, fazendo-o corrupiar duas vezes. Depois, repetiu o movimento na direção contrária, e só então desceu do alazão. Sentado no platô de madeira, onde um trono sustentava sua vitória, César manteve-se impávido. O olhar frio e desdenhoso minimizou a tradição gaulesa. Até os centuriões de Roma deixavam escapar uma ponta de compaixão — os homens da guerra reconheciam a bravura inimiga, ainda que estivesse fadada à derrota. Toda a veste que compunha a imagem combativa e real do gaulês foi arrancada; o corpo nu deixava que os ossos de suas costelas famintas ficassem à mostra. Uma vexação sem precedentes. Flamulando contra o vento, a bandeira da República a tudo assistia. Rubra e imponente. Ao contrário do que havia feito em outras vezes, desta vez Júlio César não mostrou compaixão. Aquele era o momento de subjugar a Gália na figura de Vercingetórix. Provar seu poder, espalhar a derrota do insurgente por todos os cantos, atestar fora e dentro das colônias que Roma era o poder e o poder estava com César. Embora na busca por Vercingetórix, sem que o general soubesse, outros e maiores conflitos se abundavam sob suas metas. Roma lhe reservava incômodas surpresas.

Como um animal de pouco valor, Vercingetórix foi encarcerado numa jaula pequena, sobre uma carroça. César sabia que os celtas acreditavam em outras vidas, em mundos invisíveis. Um guerreiro como Vercingetórix, criado por bardos e escolhido por um conselho de druidas, certamente desejaria uma morte rápida; o portal para uma nova e promissora quimera. Mas César não daria esta glória ao inimigo. Ele seria carregado como um troféu até Roma. Sua morte só estaria consumada seis anos mais tarde, num cortejo de vitórias em homenagem a César, às vistas dos plebeus e do senado.

Os allobroges não falavam de outra coisa, e reproduziam os detalhes do que havia ocorrido no acampamento romano. Mirta ouvia os relatos detalhados e por um instante, ficou sem juízo de valor. Emoções misturadas afastavam sua conclusão. No íntimo, suas origens estavam sob a batuta de César. Seu sangue gaulês era, sobretudo, averno. Ainda que pouco disso restasse em seus anais, a genética de Vercingetórix se esbarrava na dela. Os allobroges eram sua família, mas em seu sangue não corriam apenas as afinidades. De longe, ela pensava nos efeitos da rendição de Vercingetórix sobre os brios de sua gente. Era terrível admitir que para os gauleses restava apenas a eterna escravidão, e via nos allobroges que as promessas de César, tornaram-se a única opção. Mirta teve raiva de si mesma por ter se entregado àquele homem. Decerto, agora que conquistara mais uma de suas vitórias levaria consigo sua gente armada sem olhar para trás.

Foi entardecendo enquanto os pensamentos de Mirta reviravam sua coerência. Seu remoer só se interrompeu com o chamado de uma das crianças da aldeia, filha de um líder, dizendo que um centurião a aguardava na entrada da muralha a fim de transportá-la até o acampamento. De imediato, a gaulesa foi pessoalmente levar o recado a quem de direito. Disse que não iria a lugar nenhum. O centurião, sem saber direito o que fazer — entre cumprir a ordem de César e respeitar os acordos com os líderes allobroges —, a advertiu sobre sua relutância. A gaulesa se virou, dando-lhe as costas como resposta. Descalça, como de costume, seguiu o caminho de casa. Parecia que o destemor guerreiro dos gauleses era comum também entre as mulheres. Minutos depois, a contrariedade de César silenciou diante do centurião. Dispensou-o sem mais ordens.

O cavalo entrou galopante na aldeia sob o comando de César. À procura de Mirta, o general não disfarçava a pressa em encontrá-la. Saltou impaciente do animal a poucos passos de sua cabana, mas o couro vedando a abertura, denunciou a ausência da moradora.

A confirmação se deu pelo gesto ríspido do invasor, deflagrando sua contrariedade. Acostumado a ditar ordens e vê-las cumpridas prontamente, César continha com esforço a raiva de submeter seu controle ao sentimento que o dominava. Os aldeões disfarçavam a curiosidade e, aflitos, imaginavam o que Mirta havia feito para ser procurada por ele em sua casa. Soldados em guarda na aldeia rapidamente vieram ter com ele. Mas o rosto combativo de César buscava a presença da mulher inutilmente. Voltou-se para seus homens buscando um tom razoável e determinou que encontrassem a gaulesa, sem alarde. Poucos minutos depois um dos soldados lhe dizia que, segundo os aldeões, a moça saíra a poucas horas enveredando-se pela floresta, e apontando com o indicador, mostrou a direção norte.

Mal terminaram as explicações, César montou no animal e seguiu a galope para a muralha dos allobroges, em busca da gaulesa. Não admitiria que a curandeira lhe desse as costas. A noite de amor que tiveram não a eximiria da morte.

César sabia onde ela estava, no *nemeton*! O templo sagrado construído pelos allobroges em homenagem à deusa Belisama. Era a segunda casa de Mirta, onde ela se recolhia em momentos de solidão. Confiando na memória fotográfica que o orientava, cruzou os primeiros arbustos procurando o caminho há poucos dias percorrido. Uma trilha estreita formada por pedras medianas conduzia os visitantes ao templo. Era uma espécie de território sagrado para os allobroges, por isso preferiu circular ao redor da aldeia evitando mostrar que conhecia o templo de adorações celtas. Ela o levara onde apenas os aldeões podiam pisar. O aspecto sagrado do templo havia de ser respeitado pelos romanos, até pelo mais poderoso deles.

De longe, a imagem feminina da deusa encrustada na rocha ao lado de uma linda queda d'água constituía um quadro propício para acalmar o coração imponente de César. Um rio manso compunha a paisagem que parecia fugir do cenário combativo das campanhas nas Gálias. Próximo da imagem, César procurou o corpo indolente e desejado, sem sucesso. As velas acesas ao redor da deusa e o mel molhando os pés da estátua sinalizavam os rituais célticos praticados em oblação à Belisama. Uma deusa de longos e ondulados cabelos, que olhava para o céu indicando de onde vinham suas bênçãos. Flores brancas, recém-colhidas, acompanhavam o semblante sereno de pedra que parecia sentir o perfume delas. Notou, ao lado, uma veste jogada na grama.

A contrariedade do general lhe cobrava posição. Não deixaria que a insolente gaulesa se negasse a atendê-lo, tampouco diante de seus soldados. A levaria de volta, ainda que à força, mostrando a todos que não admitia insubordinações. Mesmo que a relação com os líderes allobroges fosse arranhada, no dia em que derrotara Vercingetórix, ninguém, nem mesmo a curandeira que o salvara de seu pior fantasma, provocaria qualquer sombra ao seu poderio.

Do outro lado da margem, o corpo de Mirta mergulhava, atravessando as águas calmas do rio. Os cabelos castanhos e compridos ondulavam sob o lençol cristalino a tempo de desnortear o pensamento agitado de César. Exsurgindo na margem oposta, o corpo nu da mulher mostrava os seios firmes e arrepiados. Sem dirigir a ele uma só palavra, caminhou na direção das vestes enquanto retorcia os fios de cabelo, fazendo escorrer até a púbis a água trazida do rio.

O cenho contrariado de César buscava com afinco uma forma impositiva de mostrar sua autoridade masculina. No entanto, a nudez inesperada causou-lhe uma excitação imprevista. Aproximou-se já sem controle, rendendo-se à beleza do corpo molhado, tomando-a pelo braço e secando a pele macia ao comprimi-la contra a dele. Carícias sucessivas irromperam a tarde de amor testemunhada por Belisama.

Nenhum dos dois ousou macular aquele momento de sussurros misturados por um orgulho gaulês e romano.

CAPÍTULO VI

Volo Te Mecum

Ele a levou ao interior da tenda. Dispensou os compromissos, o servo e as reuniões com o lugar-tenente. Queria somente a presença suave e apaixonante de Mirta e suas ordens inquestionáveis foram atendidas. Um banho quente os aguardava, preparado cuidadosamente com os óleos aromáticos, e foi então que a botica gaulesa soube a origem do aroma que impregnava as vestes e o corpo de Júlio César.

Naquela noite, eles assumiram a paixão e deixaram claro o desejo comum de ficarem juntos. Apenas os olhares, o carinho e a atração que os envolvia traduziam aquele momento, é o que os amantes costumam saber quando suas almas se unem.

Inexplicavelmente, uma camponesa da Gália Narbonense guardava em suas mãos os sentimentos mais profundos do cônsul de Roma. Como se os deuses romanos e gauleses selassem a paz nos céus — distantes demais de seus adoradores — uma união inimaginável gerada no interior das florestas alpinas escreveria o destino daquelas duas pessoas.

César molhou com precisão o corpo que já considerava seu e as pontas dos longos cabelos de Mirta escaparam, mergulhando na água aquecida da banheira. O banho mútuo aumentava a intimidade entre os dois, como se aquela fosse a casa que os abrigaria para sempre. E era nisso que a cabeça perspicaz e rápida de César pensava: no sempre. Embora soubesse que a companhia de Mirta se esvairia com sua partida, a mente visionária o impelia a buscar soluções para satisfazer o desejo de tê-la por perto.

Banharam seus corpos com os aromáticos óleos do oriente, massageando um ao outro, desvendando suas peles novamente com sensações de estímulo e ereção. Compartilharam um silêncio vívido, onde seus pensamentos se encontravam na mesma direção. Mantiveram sua intimidade submersa até que a temperatura da água os lembrou da noite. O espaço deixado por César, ao sair do banho, permitiu que Mirta desfrutasse um pouco mais do delicioso momento ofertado naquela "caixa de água quente". A vida simples na Gália, embora rica pelas belezas da abundante natureza, a afastava por milhares de léguas do que os romanos chamavam de conforto; e o paladino romano, secando o corpo de contornos harmoniosos, pensava nessas diferenças. Quando Mirta erigiu seu corpo na intenção de sair, encontrou amparo nas mãos do cavaleiro que habitava em César, e num gesto inimaginável, o general de Roma a envolveu em seu rubro *paludamentum*. O rosto jovem e forte da mulher que o fitava num olhar onde ele já havia se perdido, ficara envolto no vermelho aristocrático da veste militar, ressaltando sua tez alva e seus olhos cor de oliva. Num forte e prolongado abraço, ele a levou para a cama, retomando as carícias iniciadas na banheira. As frutas disponíveis em seus aposentos mantinham o ambiente perfumado, atraindo e aguçando o apetite dos amantes. Um figo foi partilhado entre os beijos trocados.

Deitado sobre a cama, César pensava nas palavras que seriam o início de uma grande história:

— *Volo te mecum*[3].

Enquanto as sobrancelhas retas de Mirta se uniram no esforço de compreender as palavras em latim, um sorriso partidário nasceu em sua face. Ele a amou novamente e atestou a paixão crescente no peito que chamava para si tantos desafetos. Cruzaram a noite como se fosse a primeira vez que se viam de perto, conhecendo o lado que a afinidade permitia desvendar, mantendo o desejo, mas criando o que nenhuma outra pessoa conseguiria criar em seus destinos: um amor sem fronteiras.

Quando as aves começaram a revoar sobre as copas das árvores próximas do acampamento, Mirta levantou-se suavemente para que o dono da tenda permanecesse em descanso, mas o braço forte de César impediu-a de fugir. Ela sorriu e o beijou na testa. Um abraço matinal os uniu. Mas ele conhecia a natureza discreta da moça, e sendo esse um dos predicados que o atraíra, permitiu que ela partisse. Sabia que a incomodavam os olhares na aldeia e no acampamento, e a maneira reservada que ela tinha de lidar com a relação dos dois assemelhava-se ao jeito dele. A natureza simples, porém, pontuada de trejeitos refinados, faziam-no pensar em tê-la em Roma, pois a Gália — depois da captura de Vercingetórix e o fim de seu consulado —, em breve seria abandonada. A verdade é que a terra fértil e desmembrada dos gauleses, coroava o general de Roma no pretendido posto de herói, e o povo romano o adorava mais e mais a cada dia, embora na exata proporção contrária crescesse o rancor dos senadores, temerosos por saber aonde a ambição de César pretendia chegar. Ainda que a paixão o tomasse de arroubo, não o deixava alheio aos planos nefastos dos *Optimates*, seus eternos inimigos.

---

3. Te quero comigo, *do latim*.

Após a captura do insurgente gaulês, foram designados vinte dias de preces públicas em homenagem à César. Em Roma, sua popularidade fora retomada com pompa e circunstância, bem ao seu modo e, para tanto, a gente devotada agradecia aos deuses. Mas Cícero, senador eloquente e adversário político de César, chamava a atenção dos senadores para as aspirações do vitorioso general, plantando o temor de seus feitos sobre a República. Com a empatia da plebe, largamente difundida, e o heroísmo em voga, César mostraria em pouco tempo até onde suas pretensões o levariam, e Cícero podia enxergá-las de longe. Por isso, usou de sua inquestionável sabedoria para enfraquecer as alianças de seu oponente, a começar por destilar sorrateiramente o confronto entre Pompeu, influente senador, e seu então aliado, Júlio César. Era como uma obrigação incessante, lutar em campanhas longevas pela riqueza de Roma, propagar a imagem que lhe cabia para o bem de sua reputação, sublevar coortes, traçar metas políticas, invadir territórios rebeldes. A batalha de César pelo sonhado apogeu, lhe exigiria muito esforço e o mais recente deles; adequar o desejo incontrolável de ter sua amante gaulesa por perto. A astúcia do romano o levava, quase sempre, a soluções inimagináveis, mas, dessa vez, ele mesmo se surpreenderia.

Uma nova guerra se avizinhava; em breve seria obrigado a mudar sua localização. Apesar do impenetrável caminho na incrustada cidadela que o abrigara, quase sempre revoava suas missões em rotas diferentes, evitando assim, o ardil dos inimigos em ataques inesperados.

César e Mirta se encontravam quase todas as noites, quando a Lua chegava trazendo a discrição das coisas veladas. Durante o dia, o compromisso de curandeira e a opulência do cônsul os obrigava a cuidar de suas causas. César estava leve, havia cumprido o dever de derrotar Vercingetórix, mantendo o domínio das terras gálicas. Além disso, a estranha e crescente vontade de estar com Mirta o deixava, temporariamente, em paz. Os centuriões descansavam até que a ordem de seu general os direcionasse de volta para casa. No entanto, isso não ocorreria tão cedo.

O Colosso

No entremeio da noite, a boca seca de Mirta buscou um gole de água. Ainda na cama, notou a intensidade da luz vinda do cômodo anterior — a sala onde César costumava receber seus tenentes. Passos suaves a levaram à jarra de prata, para saciar sua necessidade. Ela se perguntou se deveria interrompê-lo. Imaginando que a manhã tardava em chegar e que a ausência do corpo de César na cama a inquietaria, caminhou parcimoniosa até a divisória dos cômodos, na tentativa de invocá-lo à sua companhia. Sentado à mesa de madeira e debruçado sobre um pedaço do papiro, a mão arrojada do general, segurando uma pena, circulava precisamente o nanquim no centro da folha, plantando no desenho um plano imaginário. Entretido, não notou a presença de Mirta. Três círculos concêntricos compunham a imagem. Ao se aproximar, Mirta pôde ver a pena de César unificando as pontas do último círculo.

Às margens do papiro, várias anotações na direção do desenho central. Sobre os ombros largos do desenhista a gaulesa procurou a imagem em seu arquivo pessoal. Há anos, em companhia do Conselho de Druidas Allobroges, ela fora a Narbo, capital da Gália Narbonense. Lá teve a oportunidade de assistir a vários espetáculos no anfiteatro da cidade. Uma importante Assembleia Nacional de Druidas, na ocasião, levou parte dos líderes da aldeia e Mirta, em virtude de seus dons medicinais, acompanhou a legião. Sacerdotes e druidas de várias regiões, alojaram-se para trocar experiências religiosas.

Localizada ao sul da Gália, Narbo foi a primeira província de Roma fora da Itália. Por isso, a influência cultural dos romanos desde o ano 118 a.C. criou uma atmosfera romanizada, não obstante a natureza relutante e forte da cultura gaulesa, aos poucos um traço de Roma se impunha sobre as construções. Um fato geográfico facilitou a romanização da colônia Narbonense, a *Via Domitia* — principal estrada que levava as tropas romanas à Gália, chegando até a Hispânia. A rota frequentada por mercadores, camponeses e tropas militares permitiu a implantação do modelo dos colonizadores. Com a chegada de Júlio César em 59 a.C., boa parte da capital correspondia ao domínio romano. Mirta se lembrou de alguns duelos vistos dos bancos de pedra na arena, no anfiteatro, parecido com o desenho de César. Ele pousou a ponta da pena no pote de tinta, cuidando para que o material usado não escorresse. Só então puxou-a para si.

— Não consegues dormir?

Mirta assentiu com a cabeça e os olhos curiosos sobre os rabiscos de César.

— É um projeto antigo. Venho pensando num monumento do qual Roma jamais se esquecerá. Assim como o Colosso de Rhodes, na Grécia, foi uma maravilha do mundo, minha construção para Roma será colossal. Quando minhas alianças estiverem fortalecidas presentearei meu povo de maneira inesquecível. No futuro, todos poderão se reunir num só lugar e as lutas de gladiadores serão espetáculos produzidos para a multidão.

Àquela altura, os estudos de Mirta permitiram opinar sobre a questão:

— Roma já tem divertimento para o povo, no Circus Maximus, como me disse. Não há espaço suficiente?

César explicou que em seu projeto inovador construiria uma arena gigantesca para as lutas de gladiadores, diferentemente do Circo Máximo, cujas atrações eram as corridas de bigas. Cerca de 250 mil romanos se acumulavam nessas ocasiões, e ao lembrar dos eventos, o general quase podia ouvir os gritos da multidão ensandecida e alvoroçada quando os cavalos cruzavam a última volta da pista, glorificando o vencedor. Mas faltava outro centro para o povo. As lutas de gladiadores, tão comuns em pontos diferentes da cidade, atraíam multidões ao redor dos guerreiros e César sabia que agradar sua gente por meio de diversão era melhor do que lhes oferecer pão. Os espetáculos em Roma permitiam que o povo, sequioso de heróis, reconhecesse não só na face dos lutadores seus louros, como também naquele que proporcionara tal diversão. No passado, como edil de Roma, César aumentara sua popularidade patrocinando inúmeras lutas de gladiadores nas colinas da cidade. Contudo, aqueles três círculos bem torneados no papiro do cônsul eram muito mais do que qualquer homem de Roma poderia sonhar. Ele sabia que após a construção dessa obra grandiosa, seu nome definitivamente se ergueria no patamar da História, não só da República, como de todo o território além da Itália.

Ainda rapaz, César fora à Grécia estudar na famosa Escola de Rhodes. Assim faziam os filhos dos nobres romanos cujo objetivo era aprimorar a arte da retórica. Além disso, o berço da humanidade influenciava as cabeças pensantes da República de Roma de maneira favorável ao senado, que agia falsamente em nome de Platão.

Quando o rapaz astuto da família Julius chegou ao porto de Rhodes, imediatamente a lenda do Colosso veio à sua mente. Pesando setenta toneladas, aproximadamente, a escultura gigantesca do deus Hélio dava as boas-vindas aos viajantes. A estátua mantinha um pé em cada margem do canal do porto que carregava o mesmo nome da cidade. Disseram-lhe que fora fundida em bronze, e que todo viajante chegando pelo Mar Egeu atravessava o porto por baixo das pernas do homenageado deus. Uma das mãos carregava uma tocha, a fim de nortear os navegantes em sua direção, como um farol. Na época, a mente fresca e fértil do rapaz o fazia pensar na beleza da estátua que não pudera conhecer. Cinquenta e cinco anos após a edificação, o imponente Hélio — derrubado por um terremoto — fora lançado ao fundo do mar carregando a glória de seu criador, o escultor grego Carés. Na escola onde passara um tempo de sua juventude, César pôde notar a beleza do monumento através de réplicas expostas em várias salas. Os gregos demonstravam nos registros o ressentimento com a natureza. O Colosso de Rhodes fincara nas lendas gregas a grandiosidade do monumento e César queria para Roma uma obra igualmente colossal!

    A fala raramente animada do general descrevia as entradas da construção circular que ficaria próxima ao Fórum Romano. Mirta gostou de ver seu entusiasmo na terceira vela da noite; enquanto a maioria dos soldados descansava, seu líder avançava em benefício do povo romano. As campanhas na Gália haviam atingido o objetivo de César, mas ele, mais do que ninguém, conhecia o coração de seu povo e sabia que, em breve, as numerosas batalhas travadas nos divergentes cantos do território gaulês já não elevariam seu nome suficientemente. E César pensara na gigantesca e inovadora construção não apenas em favor do povo, mas principalmente em nome das impressões trazidas da Grécia. Mesmo diante da ausência do deus Hélio, o porto de Rhodes chorava a estátua naufragada, como se ao atravessar a entrada entre as duas muralhas, fosse possível sentir a sombra do corpo imponente e majestoso da estátua, reconstruída no firmamento do imaginário coletivo.

Enquanto as remotas lembranças de César contavam à Mirta as maravilhas da Grécia, o pensamento criativo da gaulesa construía a imagem da respeitada civilização onde seu tutor insistia em inseri-la. Nas horas em que estavam juntos ele se esforçava ao máximo em repassar avidamente os aspectos que considerava relevantes na sociedade grega, o que se tornava demasiado difícil para César, mesmo diante de seu conhecido poder de síntese. Ele era um adorador dos gregos, e não poderia deixar de ser. Seus primeiros e maiores conhecimentos sobre a natureza humana, e como controlá-la, tinham origem nos ensinamentos daquela civilização.

Mirta, como uma esforçada discípula, ouvia a narrativa, sem piscar. Sentia a obrigação de apreender os ricos ensinamentos de César e certamente nenhuma patrícia ousara imaginar aquela cena. Ele se comprazia com o interesse de sua amante e percebia nela sua capacidade em relacionar fatos, anteriormente ventilados, o que facilitaria sua incursão na sociedade romana. A cada dia os planos de César se encaixavam harmoniosamente para Mirta; não fosse a fonética do "R" arrastado de seu sotaque gaulês, a moça quase fazia as vezes de nobre romana.

Da mesma forma que corrigia seu latim, o professor e amante de Mirta apresentava-lhe o idioma grego. Esperando relutância por parte daquela que se esmerava em aperfeiçoar o sotaque que ouvia, surpreendeu-se com a facilidade que apresentava diante do novo desafio. A tenacidade aflorada de seus dezoito anos o fazia pensar nos benefícios da juventude.

CAPÍTULO VII

O Plano de César

Entre apontamentos feitos nos Comentários da Guerra na Gália, César buscou similitude entre os deuses romanos e celtas, embora isso fosse um tanto inapropriado para dos gauleses, pois sabiam que os deuses de Roma eram importados de outras civilizações, enquanto os seus eram genuinamente nascidos de sua terra. A maioria dos deuses romanos, correspondia aos deuses gregos rebatizados na capital com nomes latinos. Como Zeus que recebera o nome de Júpiter, e sua consorte Hera rebatizada de Juno. Juntos, tiveram Ares o deus da guerra a quem os romanos ovacionavam com o nome de Marte. E ainda sobre os deuses, César explicou a Mirta que, dois séculos antes, com as derrotas das guerras púnicas e de Aníbal, Roma foi invadida por povos que vieram do Sul trazendo para a capital uma série de cultos e superstições que ajudaram a desmoralizar os costumes da nobreza. Misturados à plebe, esses povos foram responsáveis pela releitura da religião dos romanos, tal transformação não se esgotou entre as classes desfavorecidas. O próprio culto religioso em homenagem ao deus Baco — o Dionísio dos gregos —, por ocasião da colheita de uvas, acabaria se tornando precursor dos famosos bacanais, cujas cerimônias culminavam em violações de leis romanas. César procurou uma linguagem fluída para explicar tudo isso a sua amante, que o olhava compenetrada na religião de Roma. Talvez assim ela descobrisse em que ponto os deuses da Gália haviam errado.

Mirta estava contente diante do empenho do general em lhe deixar a par de sua cultura, embora essa não fosse a motivação principal de César. Ele tinha um objetivo maior. Buscou relacionar Belenus e Belisama a Júpiter e Juno, mostrando para a gaulesa que, possivelmente, a maioria dos povos mantinha suas próprias entidades retratadas na imagem de homens e mulheres. Assim como a cultura gaulesa, na qual os druidas eram os sacerdotes e mentores políticos, Roma também possuía seus sacerdotes e áugures. Naquela época, a cidade já havia balizado a religião mais antiga, reinaugurando os antigos templos. Os livros de profecias e orações foram queimados ao ar livre para que o povo visse que as autoridades não admitiriam a continuidade das proscrições depravadas de certos cultos. Vários ritos arcaicos foram resgatados entre a aristocracia que, por sua vez, obrigava os escravos e lacaios a seguirem os costumes.

Mirta pensava na possibilidade de obrigar alguém à devoção.

Em Roma, entre tantas divindades, uma em especial se destacava no íntimo de César: Vesta. A deusa do fogo sagrado, protetora da cidade e dos lares romanos. A religião sempre esteve no cotidiano do cônsul — Júlio César era um homem devotado a muitos deuses, principalmente a Vênus, divindade da qual segundo ele, os Julius descendiam. Fortuna, deusa das bem-aventuranças, era constantemente agraciada em rituais de sacrifícios em seu favor. Mas Vesta era uma deusa tímida, pacata, apesar de sua importância.

A simplicidade da deusa era tamanha que nem mesmo uma figura humana fora atribuída a ela. Vesta era o próprio fogo! Foi por isso que César, depois de muito refletir, decidiu apresentá-la à Mirta.

— Em breve levantarei nosso acampamento. Meu consulado terminou, e o senado exige minha retirada da Gália. Sabes que prometi proteção e ajuda a teu povo. César cumpre suas promessas. No entanto, é bem possível que me afaste por um longo tempo das Gálias, preciso ir a Roma e tomar meu lugar antes que seja tarde.

A gaulesa baixou os olhos, buscando um canto onde pudesse libertar a tristeza. Ficaram tão próximos nas duas últimas semanas, que ela mal esteve na aldeia. Foram a lugares que só ela poderia levá-lo. Deitaram-se na relva sobre o *paludamentum* de César, até que a noite trouxesse as primeiras estrelas e os mandasse para o abrigo no acampamento. Ela lhe contou sobre lendas célticas e ele sobre aventuras de guerra. Era uma maneira suave de colocá-la a par dos nomes dos ilustres de Roma. Mirta incitava em César um merecido descanso, mas não por muito tempo...

— Tenho autoridade suficiente para levá-la comigo, mas de maneira alguma pretendo fazê-lo. A mim és estimada demais para ser escrava.

O coração da gaulesa, em poucos segundos, passou de um salto a tantos outros apressados.

— Quero que venhas para Roma comigo, se essa for tua vontade. De outra maneira, a respeitarei.

Jogando o corpo pequeno sobre o dele, a gaulesa nem precisou responder. Tudo dentro dela era de César, dos pensamentos às veias onde seguia apressada sua corrente sanguínea. Longe dele, não haveria a menor chance de alegria para ela. César sorriu, num contentamento masculino e militar, e tratou de introduzi-la na parte mais difícil.

— Teremos, entretanto, que fazê-la se passar por outra. Essa é a chance de ficarmos juntos sem que corras perigo em minha ausência.

Mirta se soltou do amante, olhando-o fixamente. Precisava entender melhor o que se passava na mente arquitetônica do general.

— Me passar por outra pessoa... não entendo.

César lembrou a Mirta seu papel na aldeia. Era uma curandeira de corpos, uma sacerdotisa dentro da religião céltica, uma mulher cujo papel ultrapassava as atribuições das outras. Uma conselheira para assuntos familiares, suas decisões em conflitos de guerreiros eram muito apreciadas. Em geral, sua prudência e sabedoria, apesar da pouca idade, remetiam César às sacerdotisas de Roma. Foi então que ele lhe contou seu "plano de proteção".

Em Roma, no centro do Fórum, na chamada Roma quadrada onde a Cúria, a Rostra, os órgãos públicos e muitos templos religiosos se mantinham imaculados e virtuosos, havia o templo de Vesta. Dizia-se que fora o mais antigo dos templos. Em seu interior, a chama sagrada de Roma ardia sob uma pira protegida dos olhos impuros. Para que nada acontecesse à chama de Vesta, sacerdotisas sagradas juravam protegê-la a qualquer custo. Em nome da deusa, se entregavam na mais tenra idade, castas e virgens para que longe dos prazeres da carne suas almas pudessem aproximá-las das obrigações religiosas. Somente as moças de famílias patrícias eram aceitas no Colégio Vestal, e após trinta anos, podiam escolher entre deixar a vida sacerdotal, voltando à vida comum, ou manter sua devoção à deusa.

— Onde vivem as vestais? Em suas casas? — a gaulesa não fazia a menor ideia de onde chegariam os planos de César.

— Vivem na Casa das Vestais, onde somente elas podem viver além das criadas. Nenhum homem pode tocá-las ou olhá-las de forma duvidosa. São sagradas e protegidas. Somente o pontífice máximo pode entrar no templo e no Colégio Vestal.

— Então é só você quem pode fazê-lo? — ela sentiu mais uma vez a importância de seu amante.

— Sim. Apenas eu, como pontífice máximo, posso e devo protegê-las. São custodiadas a mim até que eu morra e outro venha em meu lugar, com a chancela e o voto do Colégio dos Pontífices. Nem mesmo seus pais têm qualquer poder contra a decisão de vida e de morte do pontífice sobre as vestais.

— De vida e de morte? Não são sagradas para Roma? — era difícil para Mirta entender o conceito de sagrado para os romanos.

César explicou o lado negro na vida vestal. Como os votos das sacerdotisas eram de castidade e virgindade, caso houvesse violação desses preceitos, elas seriam mortas. Nessa hipótese, seus corpos eram jogados do Monte Tarpeia e o usurpador era queimado vivo para que todos soubessem o destino de quem ousasse contra a sacralidade das virgens. Outra punição aplicava-se àquela que deixasse a chama se apagar: era enterrada viva com pão e água para que somente os deuses decidissem o momento de sua morte. Se, ao contrário de infortúnios como esses, a vestal seguisse fielmente o caminho que lhe fora atribuído pela própria família, somente louros seriam colhidos. Os privilégios que gozavam na sociedade, somente a elas eram concedidos. Nem mesmo as mulheres mais ricas e de famílias poderosas, se igualavam em direitos com as vestais. Tinham poder de decisão sobre a vida de um condenado e aconselhavam políticos e religiosos, pois a elas era conferido o poder sobre presságios e auspícios. Quando entravam para a vida sacerdotal, as meninas eram isoladas do convívio familiar, salvo em ocasiões religiosas e festividades importantes. Dentro da casa em que viviam, além de respeitarem umas às outras, deviam obediência à Vestal Máxima. A tutora mor era a mais experiente e a mais velha de todas as sacerdotisas.

Assim que as explicações de César permitiram que Mirta se manifestasse, ela dirigiu-lhe a pergunta crucial.

— Não entendo. Como essas sacerdotisas poderiam nos ajudar?

— Mirta, para ficar a salvo em Roma, eu farei de ti uma vestal — as mãos largas e fortes do *imperator* seguravam as delicadas e perfumadas mãos gaulesas, sem, contudo, transmitir coerência.

A gaulesa questionava, incrédula, como isso seria possível. Ela não era romana, tampouco nobre, e mais, tinha orgulho de sua raça. Na Roma daquela época os gauleses eram escravos, cativos ou inimigos da República. Além disso, ele próprio havia carregado sua virgindade há pouco. Mirta pensou que algo de errado se passava na cabeça do cônsul, que embora ele não fosse inclinado aos prazeres do vinho, era possível que naquela noite tivesse se rendido aos benefícios da bebida. Um pensamento confuso nasceu no cenho de Mirta. Mesmo assim, queria partir com ele. O amava profundamente, e embora esse sentimento a perturbasse, era tarde demais para detê-lo.

— Esqueces que sou César? Jamais lhe ofereceria algo que não posso lhe dar. Você terá tutores que a deixarão preparada para o posto. Até chegarmos a Roma, eu mesmo a instruirei. Seu latim é bom e, com um pouco de disciplina, conseguirei extrair seu sotaque.

— De qualquer forma, minha origem não agrada a nenhum nobre romano. Assim que soubessem com quem falam, eles me escravizariam ou quem sabe... matariam.

— Não sejas tola. Direi a todos que és de Pompeia, província promissora de Roma. Localizada ao sul, fica distante da capital o suficiente para que não vasculhem tua vida e a de tua família. No Colégio, minha indicação vale muito, a mim todos os assuntos são submetidos. Se aceitares minha proposta, amanhã mesmo envio uma mensagem ao pontífice em exercício, e outra à Fábia Severo. Serás a filha de um rico comerciante de Pompeia a quem devo muitos favores. Planto agora tua indicação e assim que estiver em Roma, apresento-lhe ao Colégio. Estou certo de que a aceitarão.

Mirta mal tinha aceitado deixar sua gente para seguir seu amor e César já lhe pedia para abandonar a ela mesma. Teria de se passar por outra pessoa, conhecer e cultuar outros deuses, deixar a vida quase selvagem e mágica da Gália para viver em clausura. Ela não via em si mesma atributos para tal. Aquilo tudo era grande e pesado demais, embora a maneira como César apresentava aquela nova vida parecesse excitante e válida. Até então, ela não havia compreendido como eles poderiam ficar juntos numa vida cheia de privações e armadilhas como se houvesse catapultas prestes a disparar na direção dos dois.

Quando a imagem das vestais surgira em Roma, antes mesmo de sua fundação, as virgens eram filhas ou esposas dos reis de Alba. Existira um rei que ousara desposar uma sacerdotisa, pois o poder da monarquia permitiu-lhe tal capricho. Com César não era diferente. Ele se sentia quase divino, um descendente de Vênus que chegaria ao arauto de Roma, como monarca ou ditador. Em breve, todos se curvariam a ele, o povo, os nobres, os senadores; e quando isso acontecer, dizia ele, minhas vontades e ordens serão cumpridas com a velocidade do vento do sul.

Do contrário, se uma fatalidade ou mesmo uma conspiração o afastassem de seus ideais, Mirta estaria salva entre as sacerdotisas respeitadas e divinizadas da República. Gozaria de privilégios com os quais uma gaulesa jamais sonhara, nem mesmo em sua terra natal. Viveria rodeada de pessoas ilustres, aprenderia mais do que os homens ricos e poderosos de toda a Gália e da própria Roma. Seu bem-estar estaria garantido e seu futuro também. As sacerdotisas recebiam um pagamento pelos serviços religiosos prestados ao povo, já que, para tanto, eram obrigadas a renunciar a suas heranças e riquezas de família. No fim de um ano, as vestais ganhavam mais do que o salário dos senadores de Roma; os valores eram depositados nos tesouros públicos e após trinta anos de sacerdócio, elas poderiam retirá-los. Desta forma, custeavam seus dotes caso fossem desposadas, o que não era difícil tendo em vista a influência e o respeito conquistado ao longo das décadas.

Todas as vantagens apresentadas por César, no entanto, nada significavam para ela a não ser a ideia de tê-lo por perto, sobretudo porque a residência do pontífice era exatamente ao lado do

Colégio das Vestais. Mirta imaginou, por certo, que como tutor das sacerdotisas e responsável pela integridade das moças, era preciso se manter a poucos passos do templo e da casa. César deixara claro que para obter êxito no plano, Mirta teria muito trabalho pela frente. Mas garantiu que a tornaria uma grande mulher e que, sem sombra de dúvidas, ela teria proteção eterna em Roma. Enroscada no corpo de seu amante como uma criança, enquanto uma manta de pele de carneiro os aquecia, Mirta sentiu que, de alguma forma, a tarefa árdua podia ser cumprida. Naquele momento, tudo parecia uma aventura inimaginável, mas logo ela sentiria o peso de sua decisão. Deixar sua gente, o povo que a amava e respeitava, precioso para ela como o amor que nutria por César, pareceu-lhe a coisa mais difícil. Embora naquela noite eles só tenham falado sobre o "plano de proteção", horas depois a consciência de Mirta lhe cobraria explicações.

Com o passar dos dias, o general de Roma mostrou à gaulesa que não estava exagerando quando lhe disse que teria de trabalhar duro. Ele exigiu que a moça preenchesse vários pergaminhos, diariamente, com poemas gregos, pois ainda que Mirta não conhecesse a gramática, dizia ser importante que se familiarizasse com as letras e formatos. Ela perguntava por que estava fazendo aquele tipo de tarefa e César respondia num tom que impedia contestações:

— Para ser uma vestal.

Antes de partir por alguns dias, ele deixou inúmeras incumbências a ela, a começar pela tradução das tabuinhas que carregava consigo, contendo curtas mensagens entre generais da Gália, que cruzavam quilômetros nas bolsas de couro dos batedores. Ela teria que traduzi-las do latim para o grego, usando o pouco material que César deixara para consulta. Alguns ensaios de Cícero, então senador de Roma, cujo intelecto agradava à César mais do que as inclinações políticas, também ficaram sobre a mesa de pedra na cabana de Mirta. Às vezes, tomada por uma irritação incontida, pensava em queimar nas fogueiras da aldeia os pergaminhos e tabuinhas com as letras e símbolos que lhe perseguiam inclusive nos sonhos. Naquele momento, ela sentiu que estaria imersa naquela cultura por toda a vida, e a única chance de abandono significava abandonar também sua história de amor.

 Por mais estranho que parecesse, sua incursão na língua grega fortalecia o latim porque não havia a menor pista em gaulês do seria "ειρήνη των θεών", mas sim em *pax deorum* — "a paz dos deuses". Logo soube que o latim teria de ser sedimentado de uma vez por todas, tanto que mesmo durante os rituais e sacrifícios, se pegava pensando em latim. Aos poucos, a mente sagaz da gaulesa lhe dava provas de seus atributos. Mirta era ágil e perspicaz e César já havia notado isso. Sua intuição e sensibilidade pareciam propiciar tais qualidades. Mas só o tempo diria o quão hábil estaria para se tornar uma sacerdotisa de Roma.

Carta ao Sacerdote

Assim que Mirta assumiu o compromisso de levar a cabo o plano de César, o então pontífice máximo empunhou a pena e tratou de alinhavar a indicação da "filha mais velha dos Fraettellia". Na carta enviada ao sacerdote interino, César limitou-se a exigir diplomaticamente a designação da moça como uma virgem vestal. Considerando que o posto do destinatário fora ocupado pela indicação do remetente, sabia que não encontraria óbice naquilo que era praticamente uma determinação da voz suprema no Templo de Júpiter. Embora houvesse autonomia dos sacerdotes que gozavam de muito prestígio na sociedade romana em virtude da força religiosa, um pedido de Cesar era praticamente uma ordem. Numa Pompílio, segundo rei de Roma há mais de seis séculos, instituíra o Colégio de Pontífices, cujo titular, o *pontifex maximus*, era encarregado também de cuidar e organizar em grau de devoção as Virgens Vestais. Elas tinham, como principal obrigação, velar pelo fogo sagrado da cidade. Acreditava-se que originalmente o fogo viera de Tróia, trazido por Enéias. Por isso, vigiá-lo era um privilégio na sociedade romana, em contrapartida, deixá-lo se apagar intencionalmente era considerado um crime passível de morte. Um ponto importante que César fez questão de salientar, dizia respeito à idade avançada da candidata ao cargo, dezoito anos, o que podia ser um empecilho, pois as sacerdotisas geralmente eram admitidas na tenra idade. A versão do general limitou-se a explicar que a nobre família de Pompeia o ajudara financeiramente a fiscalizar os negócios no porto de Brundísio e, antes de partir para as Gálias, o procônsul havia se comprometido em indicar Mirta Fraettellia ao próximo cargo vestal. Mas os anos se passaram, e a promessa se perdeu. César, contudo, na versão factoide do procônsul, a moça havia permanecido durante anos no fuso da roca, encarcerada nos porões da casa em Pompeia. Era como as famílias provavam que suas filhas não se submetiam aos encantos da juventude, fazendo o que não deviam. Agora, por um dever cívico e religioso, o pontífice de Roma se via obrigado a cumprir a promessa diante dos inúmeros convites de casamento negados pela família em virtude da expectativa vestal.

    Semanas depois, o batedor trouxe ao acampamento a resposta de Claudio Sião, que submeteu a indicação aos demais sacerdotes e respondeu prontamente a correspondência de César, sinalizando a aceitação do colégio.

    O general respirou satisfeito pelo encaixe da peça inicial de seu quebra-cabeças.

CAPÍTULO VIII

Despedida de Mirta na Aldeia

Mirta estava pronta. Colocou seus pertences amarrados a um pano velho e deixou a morada onde viveu por anos. Na sua idade, a maioria das mulheres em sua aldeia já era mãe e servia a própria família. Mas, ao contrário de qualquer destino que a cercava, a mulher forte e meiga, querida por todos os gauleses allobroges, traçava para si um caminho único capaz de mudar para sempre a verdadeira história de Roma. Do lado de fora, um soldado romano a aguardava, com ordens diretas de seu comandante para transportá-la seguramente até o acampamento. Àquela altura, os homens mais próximos de César já sabiam do seu envolvimento amoroso com a curandeira. Mas não ousariam falar sobre isso, não fosse pelas ordens a serem cumpridas. Conheciam seus lugares e mantinham plena subserviência ao general.

Os olhos verdes de Mirta, marejados, denunciavam a imensa dor da partida. Jamais havia cruzado uma distância capaz de isolá-la do convívio com os seus. Mesmo nas noites mais belas da Gália, em que saía à procura das ervas utilizadas na cura dos males, nunca perdeu de vista a sua gente, seu povo, sua casa. Sentou-se num tronco recém-cortado, o cheiro fresco do carvalho tornou ainda mais doloroso aquele momento. Olhou os rostos conhecidos e ouviu os risos das crianças que não veria crescer, sentiu o vento soprando suave e terno em suas costas, tocou as folhas secas, nascidas das árvores da sua terra, e quis o mesmo destino delas. Mas o amor que trazia pelo cidadão de Roma tornava certa sua escolha. O homem que numa noite de inverno tomou de suas mãos os frutos da Gália, dava-lhe, num pulsar de vida, um caminho sem volta.

Despediu-se dos mais queridos e procurou consentimento em todos os abraços. Ela era forte, mas não tanto para se separar dos que amava. Para cada rosto que via pela última vez, pensava: *volo te mecum*.

No acampamento, César a aguardava ansioso. No fundo, receava que ela desistisse, e se assim fosse, não a culparia, sabia o quão custoso seria para a gaulesa abandonar sua terra. Neste particular, isso significava desligar-se das referências transcendentais do povo celta, porque a terra não era a mesma em qualquer lugar, fosse na Àsia ou na Bretanha. A terra da Gália era sagrada para os gauleses. Suas árvores e frutos, ervas e flores aromáticas, seu solo constantemente úmido, escuro e fértil, onde pastavam animais vigorosos, era a sua terra e nenhum outro lugar teria o mesmo cheiro, tampouco os espíritos celtas que protegiam os gauleses de infortúnios e tragédias. Segundo a lenda, toda vida gaulesa, ainda que brutalmente arrancada, seria ungida pelas sagradas fontes espirituais de seus deuses.

A Cisalpina

Era inverno de 51 a.C. e César decidiu voltar para a Gália Cisalpina. A colônia de Novum Comum, ao norte do Rio Pó, fora fundada por ele oito anos antes, e era lá que se albergava quando as batalhas na Gália pareciam suspensas. As questões relativas a seu consulado estavam confusas e seu refúgio, desde que chegou às Gálias, era nos Alpes. Ali tentaria viver um pouco da paz que descobrira em companhia da gaulesa curandeira, mesmo que no fundo, conhecendo sua natureza inquieta, soubesse que era uma questão de tempo: logo uma nova batalha o invocaria em busca de renome. Mirta mantinha sua rotina de estudos, mas não perguntava a César quando o plano seria posto em prática; silenciava para não despertar a despedida que em breve enfrentariam. Embora César às vezes se ausentasse por alguns dias, naquele refúgio os dois viveram por mais de um ano — foi ali que puderam realizar o sonho de estarem juntos, dividindo o mesmo teto. Ele escolhera uma cabana no alto de uma linda campina, de onde podia vigiar o acampamento e o movimento dos soldados que não o abandonavam.

Na Transalpina, César tratava os locais como romanos, pois há tempos respondiam ao modelo romanizado. Uma região pacífica, e embora não houvesse um tratado formal que lhes concedesse o status de cidadãos romanos, na prática, era assim que César os via, por isso os direitos civis dos romanos eram estendidos à gente da região. A tática de transitar por toda a Gália permanecia; por vezes, César reunia uma ou duas centúrias surpreendendo províncias com um aparecimento inesperado, em outras, como um fantasma que pudesse surgir em vários lugares ao mesmo tempo, mandava seus homens espalharem rumores de sua presença quando, em muitos momentos, era nos braços de Mirta que descansava. O céu, no inverno da Cisalpina, parecia uma cortina luminosa, com estrelas traçando de tempos em tempos os extremos celestes. Quando a neve suspendia os trabalhos, os dois se punham para fora da cabana sentados em cadeiras cobertas com pele de carneiro, e juntos contemplavam a noite de mãos dadas como se nada, abaixo da colina, os impedisse de viver o amor. Nos primeiros meses tudo parecia calmo e César evitava ao máximo dividir seus anseios políticos com Mirta; queria que os pensamentos de sua amante estivessem abertos exclusivamente para as lições de grego e latim. Mas para a gaulesa era impossível não notar a tensão que crescia no cenho do general. Em breve, teriam de abandonar o que — embora não soubessem — fosse a única chance de viverem juntos. Mirta sabia que em poucos dias partiriam da Cisalpina.

César estava agitado, e mesmo com o caráter retilíneo, vez por outra, alguns dos pergaminhos que traziam mensagens de Roma eram lançados ao chão em erupções de raiva. O senado violava acintosamente leis militares e civis em favor de Pompeu, ilustrando para César o cenário de inimigos dispostos a enfrentá-lo. Magistrados, senadores, cônsules, representando os interesses dos *Optimates* — facção conservadora e influente —, reuniam-se a alguns quilômetros de Roma, para a exclusiva vantagem de Cneu Pompeu, que por sua vez, nomeava arbitrariamente para algumas províncias, homens que estariam impedidos de ocupar tais cargos. Ele tinha um exército ao seu dispor.

Acontece que Pompeu era seu genro. Sempre tiveram uma relação produtiva. No entanto, como César não voltava da Gália, a fim de devolver seu consulado, seus opositores no Senado, minavam a relação entre César e Pompeu. Captando a vaidade de Pompeu, um general igualmente poderoso, os homens que temiam César enfraquecem a relação da qual ele tanto se orgulhava, e colocam Pompeu contra o sogro.

Pompeu não renunciara a seu exército, embora tivesse sugerido que César o fizesse se quisesse disputar o cargo de cônsul novamente. César, por sua vez, dissera que dispensaria seus lendários centuriões caso seu antigo genro também o fizesse. Ambos permaneceram impassíveis e César estava cada vez mais furioso com antigos aliados que mudavam vertiginosamente de lado, filiando-se à Pompeu. Com a morte de sua filha, Júlia, que era a mulher de Pompeu, o laço de afeto e afinidades que os unia se desfez rapidamente. Os senadores haviam chancelado a escolha de Lúcio Domício Aenobarbo para ocupar o cargo de cônsul da Gália; desafeto conhecido de César. Aenobarbo considerava a Gália uma espécie de feudo familiar, pelo fato de seu avô — Cneu Aenobarbo — ter derrotado o povo allobroge décadas antes, numa grande revolta na Narbonense. Decerto o sucessor de César, mantendo a política contra o povo allobroge, escravizaria aquela gente como seu avô havia feito. O pior é que a escolha do novo cônsul, abalaria em cheio a promessa de César à Mirta: zelar pela segurança de sua aldeia. No entanto, crente no seu poder de revide, o descendente de Vênus preferiu ocultar os detalhes para gaulesa.

As manobras do antigo genro e aliado, deixavam claro para César a iminente guerra civil. Ao contrário do que viveram no passado, naquele momento os triúnviros já não encontravam pontos comuns entre si. A distância com Roma só tornava seus inimigos mais fortes, César teria de agir. Àquela altura, cruzar a fronteira da Gália Cisalpina e da Itália, com seus homens bem treinados, seria uma questão de dias. O Rio Rubicão — marca territorial proibitiva a qualquer general munido de um exército —, só fora cruzado por Sulla e Mário, criando o estopim da primeira guerra civil. Roma estava prestes a vivenciar a segunda. Se César cruzasse o Rubicão, o senado atestaria para o povo algo do que o acusavam: Júlio César estava contra a República!

Numa perspectiva literal, o divisor de águas seria a glória ou a derrocada de César, porque cruzar a fronteira era o mesmo que estocar a República, embora aquela, ainda, não fosse a intenção do general. Mas era, segundo ele, a única chance de fazer chegar em Roma a sua versão dos fatos, o seu direito de voto no senado, e pleitear, tanto quanto Pompeu, uma chance de elucidar seus motivos e relembrar suas vitórias. Quem sabe até revolver de Pompeu a intenção de combater, formando uma nova aliança. Afinal, os antigos triúnviros poderiam, mais uma vez, derrotar qualquer oponente. César estava cansado de lutar, mas nada o faria desistir.

 No mar das decisões que teria de tomar, o amante de Mirta preferiu poupá-la dos últimos acontecimentos. Dentre milhares de preocupações, manter a mãe de seu futuro filho saudável e tranquila era uma condição da qual ele não abria mão. Eles já haviam perdido um bebê que habitara por pouco tempo o útero de Mirta, talvez na marcha forçada entre o trajeto da Gália Narbonense e a Cisalpina. César não queria sofrer essa perda. A morte de Júlia, sua única herdeira, abriu uma ferida em seu peito, e agora, mais do que nunca, precisava da força renovadora de um filho. Naquela mesma noite, ciente da máquina política que tentava romper o poder do *imperator*, César se pôs a escrever o que chamou de Bellum Civile — A guerra civil. Nele, o general tentava justificar aos pensadores, aristocratas e a seu próprio povo, os motivos que o faziam agitar as águas do Rubicão. César enviou mensageiros a Roma, pagando regiamente aos oradores que se punham de pé na Rostra, bem no meio do dia, no seio do Fórum romano, para contar ao povo sua versão dos fatos. Mas a gente de Roma, confusa e cansada, já não sabia de que lado estava. O sobrinho de Mário era amado, mas Pompeu também era.

 César, por sua vez, ainda não havia encontrado um momento propício para dizer a Mirta que não iriam juntos a Roma. Lançaria suas tropas legionárias cruzando o mar mediterrâneo até Alexandria, com a missão de solucionar a disputa de poder entre os irmãos Cleópatra e Ptolomeu, em meio à busca implacável do exército de Pompeu. O procônsul de Roma era também o porta-voz do maior Império do mundo, capaz de cortar o sublime fio da vida de milhares de pessoas e de poupá-las, o que o tornava ainda mais aclamado. Os assuntos da alma e do coração jamais tomavam os pensamentos de César, não fosse pelos amigos que perdia em nome da República, como Pompeu, ou da nítida devoção de seus soldados para com ele. Mas, desde o dia em que se rendeu ao perfume e a simples delicadeza de Mirta, aos dons que a tornavam única, excetuando-a do resto das mulheres que conhecera até então, lutava contra a incômoda facilidade de abstração. Isso o tornava vulnerável.

Quando contou a ela sobre seus planos para mantê-la por perto em Roma, protegida dos olhares do povo, César sabia que uma das condições de Mirta era a de tê-lo por perto, ainda que esporadicamente. Ela já havia se dado conta da importância e do poder daquele homem, diferentemente do primeiro contato que tiveram naquela noite de inverno nos campos da Gália. Passado esse tempo, Mirta ainda era a mesma mulher na essência, mas seu olhar camponês jazia na neblina do passado.

CAPÍTULO IX

ARIMINUM[4]

> *"O homem é mortal por seus temores e imortal por seus desejos."*
> — PITÁGORAS

A tarde não havia chegado em Ariminum, quando César, em companhia de duas centúrias, surgiu na cidade. O clima frio diminuiu os efeitos do odor de maresia que invadia a província litorânea, banhada pelo mar Adriático. Mesmo assim, a gravidez recente de Mirta mareou seu estômago. Apesar da repulsa pelo cheiro ao qual não estava acostumada, contraditoriamente, a beleza do mar causou-lhe fascínio. Eles haviam cruzado a Gália Transpadana em poucos dias, pois o general e seus homens estavam dispostos a surpreender as alianças de Pompeu.

---

4. Atual Rimini, Itália.

A notícia da travessia do Rio Rubicão por seu exército, logo chegaria a Roma e ele queria estar preparado para o contra-ataque. Antes de partir de Ravena, designações de formações militares em diferentes pontos foram enviadas aos seus tenentes, espalhados entre a Gália e a Itália. A região Emília-Romana era quase toda simpatizante dos Populistas — o partido de César. Mesmo assim, ele tinha pressa de agir.

Era preciso fortalecer seus homens e reuni-los de forma ordenada para que sua ousada estratégia desmembrasse fortuitamente o exército de seus opositores. A guerra civil era inevitável. Pela primeira vez, ele estaria no lado oposto do campo de batalha enfrentando espadas igualmente romanas, impelindo os soldados a lutarem contra seus próprios conterrâneos — isso, por si só, representava a estupidez do senado.

Um lindo e imponente arco de pedras anunciava a entrada da cidade e as duas colunas que o sustentavam carregavam as faces de Júpiter e Juno, os deuses protetores dos romanos. Anos depois, a construção levaria o nome de Augusto, sobrinho-neto de César e primeiro imperador de Roma; ele homenagearia a cidade onde seu tio recebera apoio. Rimini estava numa junção de estradas, conectando a Itália central pela Via Flamínia — por onde vinham desde a Gália — e o norte da Itália na Via Aemilia, que levava à Piacenza. Pela primeira vez, Mirta viu as faces dos deuses de César e se conectou em devoção. Era a imagem do casal que ela sonhava formar com seu romano, unidos pelos laços da eternidade, e um desejo profundo — de ser a única na vida de César — agigantou-se no peito da gaulesa.

A cidade parecia começar daquele ponto, onde a tímida presença de algumas árvores nuas insinuava um caminho a percorrer. Vários homens do general haviam se instalado com antecipação no local, tomando com facilidade o apoio da população, permitindo que César e Mirta se alojassem confortavelmente. As construções da cidade ao norte da Itália davam-lhe um ar bucólico e no futuro, talvez pelo fato de saber que ali se despediriam, as pedras de Ariminum ficariam gravadas na memória da gaulesa como testemunhas de seu amor. Uma fortificação de pedras, num estilo que Mirta nunca vira, foi o refúgio do casal em companhia da escolta de confiança de César. Desde que saíram da Gália, eles haviam decidido disfarçar a gaulesa com a malha de ferro comum usada pelos soldados em batalha e seus longos cabelos foram presos dentro de um elmo arrematado na nuca por plumas vermelhas. César achou graça do "novo soldado" quando a viu vestida em sua tenda, antes de partirem para a Itália. Isso tudo jamais sairia da memória do general que adorava planos surpreendentes. Muitos olhos viram o soldado de César ao seu lado, sem saber sua verdadeira identidade. Quando cruzavam cidadelas onde podiam ser vistos, Mirta montava no cavalo castanho que trazia consigo — o pouco tempo de gestação facilitava sua mobilidade, e além disso, os gauleses eram exímios cavaleiros, tanto homens como mulheres cresciam em companhia de muitos animais selvagens. Nos momentos mais difíceis, como as subidas íngremes de colinas elevadas, ele preferia que a mãe de seu filho fosse na carruagem fabricada no acampamento, seria o transporte de Mirta para Roma, assim que se despedissem. Foi preciso que se dispersassem em alguns trechos da viagem, quando César considerava mais seguro escoltá-la por uma centúria, mas em questão de horas se encontravam no ponto previamente estipulado. Ele sempre mantinha tudo sob controle, planejando o passo a passo de sua amada para que chegasse bem a Roma. Mas ali em Ariminum, ela sabia que se despediriam e a incerteza do reencontro começou a assombrá-la de maneira visceral. O gênio controlado e polido de César lhe trazia calma, mas a saudade antecipada a fez se apressar em colecionar palavras, gestos e ordens de seu amor. Ela sabia que as paradas das tropas eram marcadas por reuniões com aliados e repasses de metas a serem cumpridas por mensageiros e batedores. Além disso, o abastecimento de suprimentos para o numeroso exército de César se fazia necessário. Estavam em companhia de duas centúrias — uma delas a décima terceira, conhecida pelos seus veteranos e audazes combatentes — mas os homens infiltrados que preparavam o terreno onde seu general se estabeleceria até segunda ordem formavam um número ainda maior que a caravana de César.

Pelo cansaço do corpo e por causa dos compromissos de César, Mirta ficou no confortável quarto da estalagem. Um banho quente e relaxante fora preparado sob as ordens do general, mas era a mãe de seu filho que descansaria por um longo tempo na banheira aquecida. Ele se despediu com um beijo na testa e recomendações de descanso, não sabia a que horas voltaria. A rotina de um comandante, mesmo meticuloso como ele, não descartava imprevistos. Alicerçar o apoio que recebia através de generosos subornos, era uma tática comum nas campanhas de César. Nesses momentos, bem como fizera na Gália, deixava claro seu compromisso de proteger a gente aliada, garantindo a promessa com sua palavra. A guerra civil contra o exército de Pompeu e os magistrados que o apoiavam, cada vez mais próxima, causavam extremo temor em todas as províncias da Itália, pois o que se via com o passar das semanas era o senado dividido mais uma vez entre Populistas e *Optimates*. Era como uma repetição da história entre Sulla e Mário, sendo que desta vez, protagonizada entre antigos companheiros. César sabia que Pompeu, influenciado pela perda da mulher, fora usado por seus inimigos contra o cônsul da Gália, mas parecia inútil demonstrar a vontade de compor a ameaça de conflito. O senado resistia às propostas de César e ele sabia que sua ausência em Roma propiciava um terreno fértil para a difamação.

Da janela, Mirta podia ver o mar. A vastidão da paisagem aumentou o vazio em seu peito, mas o som das gaivotas reunidas acalmou seus pensamentos e, entre um e outro rasante, as aves lhe davam sinais de que não se perderiam umas das outras, bem como César não se perderia dela. Era o inverno de 49 a.C. e o céu acinzentado de janeiro diminuía a permanência do sol nas areias da praia. Recostando seu rosto nos braços, debruçados na janela, ela sentia o reflexo dos últimos dias pesando nas pernas e a revoada dos pássaros ajudou-a na decisão de render-se à cama. Um sono muito profundo levou Mirta a sonhar com rostos desconhecidos, reunidos num salão oval cercado por escadas de pedras. No centro do salão, uma nobre cadeira acolhia Júlio César, mas os homens não ouviam as palavras proferidas por ele, como se não pudessem vê-lo. César discursava sozinho, em tom inaudível. Seus adversários conspiravam contra ele e teciam planos de morte. Mas César também não podia ouvi-los.

Aquilo não era um sonho. Era o fragmento do futuro se apresentando para Mirta. No entanto, por muitas luas ela esqueceria disso.

Muito tempo se passou naquela noite, até que o corpo de seu amado a envolvesse na cama. O breu que crescia no cômodo fora surpreendido por velas acesas em pontos opostos. Sem abrir os olhos, Mirta recebeu os braços de César que após oferecer um banquete regado de vinho para muitos clientes e seu contingente de homens, saiu com a promessa de retornar à reunião depois de um banho. O que não aconteceu.

Por alguns dias ele se afastaria da localidade pretendendo despistar possíveis espiões, e assim, se despedir de Mirta.

Ambos disfarçados com andrajos, seguiram na companhia de seis legionários escolhidos a dedo, entre eles, o fiel Ícaro. Atravessaram as areias da praia de Ariminum ao som das curtas ondas do mar Adriático. Netuno parecia descansar naquela noite em consonância com a vontade de quem passara por lá. Com o fito de não despertar curiosidade, o grupo se dividiu mantendo a distância de alguns metros. À frente, a gaulesa e três soldados experientes atravessavam sem alarde as espumas salgadas que jaziam na areia. Os cascos dos cavalos formavam trilhas simétricas no solo arenoso, mas logo se apagariam sob o movimento do mar. Na penumbra da noite, César mantinha os olhos fixos na direção de Mirta. Entre os milhares de pensamentos que o agitavam, a perene despedida daquela que o acompanhava há dois anos, também lhe abatia. Por vezes, ele pensava na comodidade dos sentimentos do homem que foi, sem envolvimento emocional, e sem sombra de dúvidas valorizava as escolhas do passado, quando suas campanhas na Gália passaram ao largo da tribo allobroge.

Agora, o coração habitado por ela e seu bebê o prendiam em meio a decisões diárias invocadas pelo momento de instabilidade. Mesmo assim, apesar de sua impertinente vulnerabilidade, ele a queria por perto e os três dias que ficariam ali, longe de tudo, precederiam o imenso vazio provocado pela partida de Mirta.

Quase meia hora depois da tranquila cavalgada, uma simples choupana os abrigou. César determinou que os homens acampassem a poucos metros dali e o sinal de alerta seria o triplo gorjeio de uma coruja. Assim, o general saberia caso algo de estranho rondasse a morada. No interior do abrigo, muitas frutas frescas, água em abundância e alguns preparados para saciar o paladar dos visitantes. Na presença da vegetação típica daquela região, o ninho encontrado pelos homens de César correspondia exatamente às suas expectativas. No alto de uma encosta e cercada por pinheiros nus, a casa humilde seria o destino improvável de Júlio César em meio às ameaças que sofrera nos últimos meses. Ali, pretendia ficar por alguns dias, retirando sua imagem de circulação, ocultando sua localização e confundindo seus adversários. Uma chance de colocar seus planos esquematizados na ponta da pena e de redigir suas mensagens aos comandantes que aguardavam ordens do general a qualquer momento. O coração de César estava dividido e Mirta sabia disso. Por mais que se esforçasse para protegê-la, por mais que a abraçasse e lhe transmitisse força para seguir sozinha dali em diante com o plano de proteção, o pensamento preocupado tomava seu semblante entre uma frase e outra.

Mesmo assim, a noite com o cálido vento adriático os manteve abraçados até que o sono levasse suas tensões. Ambos sabiam que, embora Mirta estivesse quase preparada para viver como uma romana, a incerteza do porvir em meio a guerra que se aproximava entre Júlio César e parte do senado, poderia afastá-los por muito tempo e talvez sua indicação como vestal, ainda que sob a chancela do Pontífice Máximo, sofreria um possível abalo sísmico. De qualquer forma, não havia a menor chance de ficar mais tempo com ela se quisesse preservar o sigilo da relação e ainda, o nascimento de seu filho. A cada cidade que atravessavam, César se sentia mais vigiado e vulnerável aos olhos do inimigo.

Quando estavam na Gália, ele sabia que podia contar com seus homens, seus soldados e centuriões. Parecia estranho, mas, depois de uma década, às vezes ele tinha a impressão de fazer parte daquela gente, mais do que da própria Roma. No pedaço de terra onde quase se podia tocar os cabelos ensolarados de Belisama, o general sentia-se como nunca se sentiu em nenhum outro lugar.

César não achava seguro para Mirta, e o bebê, continuar acompanhando as travessias apressadas de suas tropas. Quanto mais cedo ela chegasse à casa de Ícaro e tomasse seu posto como itálica, mais rápido as coisas se assentariam dentro do plano que traçaram. E mais, a pouca idade do feto permitia que ainda se disfarçasse sob as vestes da mãe, mas em pouco tempo isso mudaria e o transporte se mostraria mais perigoso. César sentiria a falta dela, sentiria saudade do cheiro da lavanda e de estar calmo, perto do corpo pequeno que se enroscava no seu no inverno da Gália. Desde que Mirta lançara os dons de cura sobre sua cabeça, a doença não mais o assombrara. Ele estava nos braços da paz.

    Na cabana, César evitou massacrar a gaulesa de perguntas, já haviam repassado mil vezes os detalhes da nova vida de Mirta. Preferiu acreditar que seus atributos de exímio professor a lapidaram como desejado. Não queria desperdiçar o pouco tempo que tinham com milhares de explicações sobre Roma. Aquele era o momento de serem um do outro, como no início de tudo. Seria como naquele tempo... quando acabaram de saber que a paixão simplesmente os descobriu. Eles fizeram amor sob a luz do fogo que queimava na lareira, abraçados no chão sobre o forro improvisado. Parecia que César queria perpetuar em Mirta as ondas de prazer que vinham como aquelas que haviam cruzado na praia. O tempo, lá fora, deixava que ambos se esquecessem das horas. As chamas do fogo estalavam a madeira vez por outra, como num compasso. Acelerando as carícias que o general costumava dar para a gaulesa. Quando César delicadamente penetrava em Mirta, ela já havia experimentado uma espécie de prazer que a própria alma desconhecia.

    E por causa da ligação que tinham, do amor que nutriam um pelo outro, houve o momento da voz embargada de Mirta desmascarar seu autocontrole.

— Sinto medo... de não o ver mais! Medo de que estas sejam nossas últimas noites, que nossos corpos nunca mais se toquem e que seu cheiro de pinho nunca mais invada meu olfato.

    Dizendo essas palavras, deixou rolar a lágrima sufocada que carregou nas últimas horas, como se o direito de sentir seu amor fosse curto e derradeiro.

    Ele sorriu e levantou o queixo pequeno recostado em seu peito, elevando os olhos da amante até a altura dos seus.

— Não sabia que cheirava a pinho... — sorriu. Eu lhe asseguro que muitas noites, ainda mais belas e calmas do que estas nos acompanharão no futuro. Seremos um do outro até que os deuses retornem à terra e nos levem com eles.

Mirta engoliu a saliva.

— Por quanto tempo ficaremos afastados, até que eu me torne uma vestal?

— Você precisa ser forte, muitas situações lhe cobrarão tolerância e serenidade, e sei que possui tais atributos. Não se perca das metas. Não posso prometer minha presença próxima a ti; Roma ainda não está preparada para me receber da maneira que mereço. — César mesclava as palavras de maneira reta, automatizado por uma vida militar.

Às vezes ela se sentia como se fosse um lugar-tenente recebendo suas instruções. Mas logo uma nova fala deixava escapar, por um feixe muito estreito da personalidade de César, o papel que Mirta desempenhava em sua vida.

— Quando estivermos novamente juntos, verás que o tempo não existe para o amor. Nada que possamos viver irá nos afastar de quem somos nessa cabana. Nosso filho é nosso elo e nosso legado, os carregarei no peito até a morte.

Disse isso segurando o colar de três círculos que Mirta lhe dera na Gália, deslizando os dedos sobre a inscrição *volo te mecum*. Enquanto a gaulesa fixava profundamente os olhos verdes no rosto do romano, pensou em voz alta na perda próxima...

— Terei que viver sem você... e sem nosso filho.

— Mirta... todos os caminhos trilhados parecerão mais curtos e suportáveis quando estiveres em Roma. Acredite, no fim, estaremos juntos.

Durante três dias a porta da casa não se abriu, a não ser por um par de vezes em que ele repassou pergaminhos a seus mensageiros. Foram momentos intensos, pouco permeados por palavras. Muito já se havia dito. Agora, eles queriam apenas sentir seus corpos ratificando a união de suas almas. Pela manhã, no costume que se instalara na rotina do acampamento, Mirta acordava e o via debruçado sobre anotações — era um escritor nato e costumava se utilizar da escrita para não se perder em seus propósitos. Seu *paludamentum* escarlate lhe fazia companhia, estirado sobre o banco de madeira. Mirta não o interrompia, esperando que o cessar das palavras abrisse caminho para ela. Quando César terminava os apontamentos, um olhar sorumbático o mantinha fora dali, por alguns instantes. Depois, como quem desperta de um sonho acordado, ele sorria de lábios cerrados. Era o sinal pelo qual ela esperava.

Na manhã do quarto dia deixaram a choupana. Montaram nos cavalos que os aguardavam, selados. A cem passos dali, a escolta de César pontualmente esperava por eles. Disfarçados, dividiram-se em dois grupos, como na noite da vinda pela praia. Voltavam para o interior da província. Lá, Mirta se encontraria com Ícaro e uma centúria que acompanharia Marco Antônio até Roma. César confiava em Antônio como quem confia num irmão e, ao longo da vida, a confiança fora retribuída.

Mesmo com a proximidade que os cercava, ele nunca abria sua intimidade a ponto de expor seus sentimentos; seu primo considerava o envolvimento do general com a gaulesa algo passageiro, mas cumpria as designações de César fielmente, mantendo distância da situação como se nada soubesse. A natureza falastrona de Antônio já havia sofrido muitas repreensões do primo virtuoso, então, ele preferira recolher seus comentários com receio de se perder em conjecturas impróprias, inclusive por conhecer a ojeriza de César sobre as violações de sua intimidade. Na entrada de uma ponte de madeira, uma centúria carregava o pendão da República. Doze homens, comandados por Marco Antônio, aguardavam no canal que separaria a gaulesa do general. A atual ponte de Tibério fora o cenário escolhido para que o destino separasse pela primeira vez os amantes. Era cedo, e a lua, ainda no céu, parecia resistir à partida na esperança de um encontro com o sol nascente. Um pouco atrás dos soldados, César desceu do cavalo amarrando as rédeas num tronco de árvore. Voltando-se para Mirta, ajudou-a a descer do animal que a levaria até Roma. Ele não gostava de se expor perante os soldados, mas a emoção do momento sobrepujou a regra. Abraçando a mãe de seu filho, sussurrou em seu ouvido as palavras que ela jamais esqueceria:

— *Volo te mecum.*

A gaulesa beijou o rosto do general demoradamente, como quem captura a pessoa para si, repetindo a mesma frase; o código de amor entre Mirta e César.

Nada mais precisaria ser dito até que a centúria, levando a curandeira allobroge, acompanhada de alguns escravos, atravessasse a precária ponte sobre o Rio Marecchia, mais tarde batizada de Ponti di Tibério Rimini.

O olhar atento e firme de Júlio César os viu cruzar a ponte, depois o trouxe de volta aos planos da batalha que o aguardavam. Enquanto Mirta mantinha-se forte aos olhos daqueles que a escoltavam, seu coração já sentia a falta de César.

As paisagens por onde Mirta passou com os soldados de romanos a faziam pensar na beleza da terra pungente dos latinos. O tom alaranjado das montanhas permeado pelo verde desbotado que o inverno furtava, os prados cobertos como tapetes de grama, contrapondo-se ao escuro solo da Gália, criavam pouco a pouco a referência da Itália, do espaço sagrado dos romanos e dos povos periféricos.

A Itália estava repleta de povos que aguardavam ansiosos pelo status de cidadãos de Roma. Tudo ao redor era forte, como na Gália, mas de uma maneira diferente, um outro universo que mudaria sua visão irreversivelmente. Antônio recebera de César instruções suficientes, isto o fez entender o quão estimada era Mirta. Embora o general não tenha feito qualquer menção à gravidez da gaulesa, seu primo sabia que havia algo no ar. César enfatizou categoricamente a exigência de um transporte confortável para ela, deixando Ícaro disponível durante todo o trajeto, designando-o para a escolta pessoal da moça. No intuito de fazê-la chegar a salvo em Roma, paradas estratégicas ocorreriam obrigatoriamente, pois os homens cumpriam o dever de debelar a guerra civil, até segunda ordem, mas estavam alertas como lobos na espreita de caçadores.

O inverno tornava tudo mais difícil para a averna — o frio interiorizava suas expectativas e misturava todas as saudades dentro de seu peito, envolvendo-a numa sensação indescritível, culminando na vida que pulsava em seu ventre. Pensava em César e se conseguiria reunir forças contra seus inimigos políticos. No fundo, confiava cegamente no poder militar de seu amado e na inteligência incomum que possuía, mas esses não eram motivos suficientes para afastar todos os seus obstáculos. Por trás de César havia muita sombra, desejos negativos de derrubá-lo, conluios fortalecidos por uma legião de desafetos. Ainda na Cisalpina, Mirta confeccionou um amuleto de ervas para ele, passou-lhe o nome de todas as plantas e onde colhê-las e pediu que quando secassem, a ponto de perder o aroma, o renovasse com ervas frescas, para conservar a proteção. A superstição de seu amado filiara-se à intuição de Mirta e isso a tranquilizava — César confiava nela plenamente, desde o dia em que suas mãos camponesas o libertaram da doença.

E foi em posse do amuleto que César cruzara o Rio Rubicão, testemunhado por suas centúrias, dizendo a célebre frase: "Alea jacta est" — a sorte está lançada.

PARTE II

CAPÍTULO X

Roma

Uma estrada de terra, longa e arborizada, pavimentada com pedras acinzentadas e o crepúsculo se pondo ao fundo. Foi essa a primeira impressão de Mirta da tão falada e amada Roma. Algumas vilas de nobres romanos, davam a noção da imponência que o poder de Roma costumava ostentar. Será que também amaria aquele lugar? Ou se dispunha a amar qualquer lugar em que pudesse estar com César? Sabia que ali ele não seria seu, como foi na Gália, mas estava disposta a pagar esse preço. Sabia que precisaria dividi-lo com sua verdadeira mulher e com os "homens grandes". Ainda assim, havia tantos questionamentos e tanto que saber sobre aquela gente que só parecia andar armada, embainhando espadas e fincando estacas por terras sem fim. Entre o trotar das tropas de Marco Antônio e as batidas de seu coração, olhava ao redor buscando uma resposta para todos os anseios que a tomavam. Seu espírito celta parecia bloquear as sensações que insistiam em tomar o lugar da intuição.

O desconhecido e inusitado cenário de Roma, com suas casas e mercados, as construções etruscas e o magnífico mármore egípcio — que fazia reluzir tanto os raios do sol como a luz da lua —, deixaram-na extasiada. Aquele burburinho nas ruas e os rostos do povo, mesclavam temor e admiração pela tropa de centuriões que acompanhavam Marco Antônio. Mirta estava como César havia exigido, numa liteira coberta por um tecido vermelho com bordados dourados.

Parte da viagem se deu assim, muitas vezes ela preferiu andar descalça pelas estradas por onde passavam, ou subia num cavalo sem cela provando para os homens de César sua natureza gaulesa, mas quando sentia que a barriga conclamava conforto, assentia e subia na liteira.

Estar num transporte protegida por um manto que permitia ver sem ser vista, era algo que beirava a perfeição ao gosto de um curioso. Notou que as mulheres se misturavam aos homens, e eram belas! Isso a fez sentir uma ponta de ciúmes ao pensar nas mulheres da nobreza. Mirta verteu sua atenção para uma aglomeração que, já de longe, entoava o encontro de duas espadas vociferantes. Eram homens armados até os dentes, mais do que estava acostumada a ver nos soldados romanos, ou nos guerreiros gauleses. Esses homens não protegiam o peito, que eram fortes e robustos. A multidão ao redor gritava de maneira tão frenética que ela não pôde saber para qual dos dois rendiam homenagem. A tropa passou e Mirta seguiu intrigada. Por um instante, sentiu-se a mulher mais protegida do mundo naquela liteira.

Crianças vinham correndo à margem dos soldados, gritando e sorrindo, excitadas como quem vê seus próprios deuses. Os meninos, particularmente, carregavam pequenas espadas de madeira presas as vestes, suas *ludus*. Pediam aos soldados qualquer coisa, plumas fincadas nos capacetes da cavalaria, tachas das roupas de couro, até mesmos suas espadas eram um sonho possível para aquelas crianças que faziam Mirta pensar em como seria o rosto do seu pequeno galo romano.

Ícaro, o soldado que falava gaulês, sorria brevemente dando alguma esperança aos meninos que não cansavam de seguir a tropa.

Depois, apontava o nariz reto como quem indica um caminho, fazendo os ombros desanimados dos meninos caírem de supetão. Quando restava apenas um único e derradeiro romaninho insistente, Ícaro jogou-lhe um distintivo de cobre que prendia parte de sua capa vermelha e divertiu-se com o deleite da criança.

Mirta notava a alegria dos soldados ao voltar para casa. As batalhas sangrentas, por certo, os fizera pensar que não voltariam à sua terra. Agora, o temor parecia algo quase inexistente.

O céu em breve se despiria de um pálido azul para vestir seu manto marinho, cravado de estrelas. Pouco a pouco, Mirta via a tropa se dispersar, até que sobraram apenas os quatro soldados que carregavam a liteira, Marco Antônio e Ícaro.

Se Marco Antônio era o comandante e braço direito de César, Ícaro, apesar de romano, fazia as coisas parecerem mais fáceis para ela. Talvez pela proximidade que trazia à sua língua natal. Talvez porque quando percebeu o interesse de César pela mulher que era, Ícaro estava presente. Não sabia ao certo o porquê, mas sentia que podia contar com ele.

Havia sete colinas em Roma.

A Casa de Aventino

Nos meses que antecederam a chegada do bebê, Mirta ficou na casa de Ícaro. Lá encontrou o carinho e proteção que a fizeram se sentir segura para as transformações futuras. César pagou regiamente ao centurião, e os denários generosos garantiram a presença sigilosa da gaulesa. O pagamento de despesas com roupas, e o aperfeiçoamento do latim nas aulas particulares, ficou a cargo do centurião.

A pronúncia ainda trazia resquícios do sotaque gaulês, deixá-la impecavelmente polida era um ponto de honra para César. Dia após dia, Mirta esculpia o seu perfil romano. Aprendeu a recitar Catulo. Conheceu a aclamada República de Platão e mergulhou nas ideias políticas de Aristóteles. Tais conhecimentos a fariam bem vista pelos sacerdotes e pelas virgens conselheiras do templo das vestais. Um ingresso prodigioso no Colégio garantiria sua permanência. Apesar da indicação, César pretendia afastar qualquer dúvida sobre as origens da moça. Transformá-la em pupila de Vesta foi um projeto audacioso. Passou meses corrigindo seu latim, contando-lhe a trajetória da deusa que Mirta, aos poucos, associava à Belisama. Por isso, César exigiu de Ícaro rigor para que a gaulesa mantivesse a ordem dos estudos, precisavam transvertê-la numa patrícia.

No processo de aprendizagem, Mirta se perguntava como, adorando tanto a cultura grega, e imitando-os até mesmo na religião, os romanos, mesmo assim os escravizavam? Ainda que como tutores, escribas, matemáticos, contadores, eram estrangeiros e não romanos. As ideias e princípios gregos preenchiam os rebuscados discursos na Cúria Romana, no Senado, no Teatro de Marcellus, nas reuniões em suntuosas mansões no Palatino, de modo a fazer a massa popular admirar o que não entendia. Roma queria ter os princípios gregos de Platão e os meios espartanos de Leônidas. Conhecer a fundo os grandes nomes daquela antiga civilização, bem como o papel que desempenhavam no pensamento romano, era condição irrevogável para o posto de vestal. E Mirta não cogitava decepcionar César.

Na Gália, passavam as tardes de verão sobre os campos de girassóis, onde César descrevia meticulosamente os rostos e as personalidades dos pensadores gregos. Nesses momentos sua empolgação era nítida. Usando de palavras rebuscadas, obrigando Mirta a interrompê-lo para uma melhor compreensão, o peito orgulhoso do romano estufava com as histórias da Grécia. Para ele, era uma pena que os poderosos de Roma não enxergassem efetivamente os benefícios da democracia de Aristóteles. Na busca implacável pelo modelo populista, César aproximava-se cada vez mais, para arrepio dos *Optimates*, do posto de monarca. Acreditava que, apenas em seu coração havia o verdadeiro desejo de elevar o povo ao status de nação. Igualando ideias, fortalecendo o exército, distribuindo rendas, assentando famílias. Somente ele guardava a verdadeira intenção de bem comum à gente de Roma, assim dizia. Quase ao estilo de Alexandre, O Grande, pensou numa só terra. Um só idioma. Mas isso era muito e a ambição de César, certamente, causaria a ele mesmo um trágico destino.

No entanto, Roma daria a Mirta suas próprias impressões.

Na casa de Ícaro, a mãe do centurião tratava a hóspede com todas as regalias possíveis, com as quais Mirta não se acostumava, como levar a água aquecida do asseio matinal até seus aposentos. A moça se levantava cedo, preparando o próprio banho. Dona Ismênia, constrangida, desculpava-se por não a poupar. Mas para a simples gaulesa, acostumada com os afazeres da aldeia, era algo orgânico, e ver a senhora frágil e excessivamente zelosa causava-lhe incômodo.

Desde a chegada do filho e de sua hóspede, a gentil senhora pouco questionava, e nunca exigira explicação sobre a verdadeira origem da moça, embora não lhe faltasse vontade. Mirta era a antítese das patrícias de Roma, por isso, não obstante a natureza humilde de dona Ismênia, a versão de que a moça viera de Pompeia e que sua nobre família ficava aos cuidados de César, não se encaixava diante de seus olhos.

Estas sim, acostumadas com o tratamento das criadas que as bajulavam a todo momento. Pessoas simples como dona Ismênia, eram nada mais do que a escória. Carregadas nas liteiras por escravos, as nobres patrícias, faziam disso seus próprios templos, como se deusas fossem. E sem sombra de dúvidas, Mirta fugia nitidamente de todos esses aspectos. Simples e afetiva, dava à anfitriã todo o respeito recebido pelas anciãs de sua aldeia. Mais do que as aulas entediantes de latim, ela gostava de ouvir os burburinhos de Roma através da voz de dona Ismênia, inclusive por considerar o latim da senhora bem melhor do que o do tutor grego enviado por César. Pela janela dos olhos daquela mulher, Mirta enxergava todo o povo de Roma. Seus gostos e costumes, o paladar, as manias, os rituais. Os contos repletos de controvérsia sobre os irmãos Rômulo e Remo e a curiosa união entre Rhea Silvia — a sacerdotisa do fogo de Roma — e o deus da guerra, Marte. Segundo a lenda, seriam os pais dos gêmeos fundadores da cidade. Mirta ouvia de dona Ismênia a origem das sete colinas, e as pavorosas histórias de massacre nos becos escuros da cidade. Foi lá, também, que conheceu os primeiros deuses romanos, no altar modesto da casa. De manhã ficava na cozinha, vendo a mãe de Ícaro cozinhar, e sentindo o cheiro gostoso de sua comida. O pão caseiro, quentinho, molhado no azeite, saciava o apetite voraz da gestante.

Podia-se dizer que aquela era uma família de sorte! Ao contrário da maior parte do povo que vivia em *insulas* — casas pequenas e apinhadas com numerosas famílias —, a residência de Ícaro cercada por um conjunto de arbustos, esculpia a imagem bucólica de uma formosa morada em Aventino.

Um arco de pedras coroava o portão de madeira, protegendo o interior da propriedade. Os primeiros passos para além do portão, faziam ver uma antiga árvore de jasmim, de quase seis metros, dando as boas-vindas aos visitantes, e em sua inflorescência abundante, a planta perfumava o curto percurso que a separava da construção ao centro do terreno. Outras flores típicas da região adornavam o jardim; papoulas brancas, lírios e violetas compunham o aspecto harmonioso da casa. Nos fundos, árvores frutíferas formavam um belo pomar onde dona Ismênia colhia frutos frescos para a mesa do café da manhã. Figos, romãs e uvas perfumavam o desjejum dos três moradores. Uma criada trazida por Ícaro da Ibéria, ajudava nos afazeres domésticos e poucas palavras escapavam de sua boca.

Aguardando ordens de seu superior, Ícaro ocupava-se em manter a protegida longe das perguntas impertinentes e distraídas de sua mãe. Volta e meia, esquecendo-se das recomendações do filho, a doce senhora indagava Mirta sobre as notícias de Pompeia.

Curiosa e temerosa quanto a presença do vulcão adormecido, dona Ismênia perguntava à moça onde os pais dela haviam nascido, se todos eram de lá, se pretendiam morar em Roma e fugir dos caprichos do imponente vulcão. Até que o olhar reprovador do filho, fazia a senhora entender que havia ultrapassado a barreira da discrição. E Mirta sorria com o seu jeito atrapalhado ao mudar o rumo da prosa.

A falta que a mãe lhe fizera nunca fora tão visível como agora. A relação entre Ícaro e dona Ismênia revelava os momentos que o destino lhe furtou. Somando-se a isso, o estado gravídico desabotoava novas sensações e, às vezes, dolorosas, como a de não ter sua própria família. Muitas vezes, no meio de sua gente, o povo que a criara e amara, sentiu-se só. Não havia o irrefutável laço sanguíneo entre ela e qualquer rosto da aldeia. Embora amada e respeitada, a falta de referência a bania geneticamente.

Mirta soube que o pai de Ícaro, soldado como ele, havia morrido muito longe de casa, membro das centúrias de Caio Mário, tio de César. Para a família era uma honra ter o rapaz na centúria do sucessor de Mário, em defesa da causa do povo. A ausência do genitor não tornava medíocre a existência do soldado. O amor e devoção de sua doce mãe o fortaleceu por toda a vida. Vendo-os em casa, na intimidade do lar, a moça entendia o bom coração do amigo e professor de latim. Pensava no orgulho que sua mãe sentiria em saber dos dotes professorais do filho, na maneira respeitosa como tratava seus alunos na Gália. Mas esses, assim como tantos outros detalhes, nunca poderiam ser lançados da boca de Mirta.

Enquanto Isso a Lua Foi Trocando Suas Fases...

O sangue gaulês da moça alimentava seu filho e aumentava a vontade de vê-lo em breve. Enquanto a barriga de Mirta o albergava amorosamente, os dias passavam produtivos para a execução do plano de César. As aulas sobre a História de Roma faziam da gaulesa a própria romana. O latim fluente e impecável agora agregava aos poemas, noções do idioma grego. A jovem e ávida mente de Mirta captava o conhecimento com o intuito de agradar a César e salvar sua própria pele. Sabia que na casa de Ícaro estava a salvo de perseguições e indagações. Mas e no Colégio das Vestais? Seu aprendizado posto à prova a todo tempo seria capaz de convencer suas companheiras de fé? Sua pronúncia agradaria os refinados ouvidos dos sacerdotes?

A manutenção das aulas seguiria até os primeiros meses de vida do bebê, assim, a gaulesa poderia amamentá-lo até que o pequeno passasse para os cuidados da zelosa anfitriã. Enquanto isso, Artemidoro Cnido, o mais famoso professor de grego, era amigo íntimo de César e foi quem arrematou a pronúncia de Mirta nos últimos tempos.

César já havia dito a ela, que o bebê seria criado pela família que a acolhia.

Agora, na presença de dona Ismênia, Mirta sentia-se aliviada ao ver o carinho que seu filho receberia até a chegada de César, que confiante em suas aspirações políticas, pedia calma e temperança à gaulesa. No futuro, acreditava ele, poderiam viver próximos e da mesma forma que convocara o Colégio de Sacerdotes a aceitar a indicação de Mirta como vestal, encontraria uma desculpa convincente para tirá-la de lá.

Mas até que os objetivos de César concretizassem suas manobras pessoais, o tempo passaria lento e impiedoso para ela.

CAPÍTULO XI

Mirta começou a pensar no tempo em que ficaria longe de seu filho, a proximidade do parto confundia seu acordo. Aquele filho seria seu único elo familiar. Era um pedaço seu e somente ela o amaria incondicionalmente. O tempo longe de César a deixara frágil e a força parecia esvair-se com a ideia de abandonar seu bebê. Chegou a pensar em voltar para casa, imaginando que César a procuraria na terra onde foram felizes. Mas agora era tarde demais. Tinha chegado num ponto sem volta. E ninguém a escoltaria, nem mesmo o amigo centurião que obedecia ao seu general como a um deus. Preferiu sossegar o coração entregando à competência de seu amor, seu destino e o do filho que teriam.

Numa manhã da primavera que ousou alegrar a cidade tomada pela inconstância política da guerra civil entre Pompeu e César, um pergaminho repousava ao lado da cama de Mirta. Ela o desenrolou afoita e garbosa, certa de que vinha do homem que a amava:

> *"Os dias passam como tormentas no mar que nos distancia. Sinto sua falta todas as noites e desejo a companhia suave de sua voz, a todo instante. Siga firme em nossos planos. São muitos os caminhos que me separam de Roma. Em breve, as águas do Tibre se agitarão com minha chegada. Cuide do que temos de melhor."*
> – Gaius Julius Caesar

Apertando a carta contra o peito, sentiu como se César estivesse bem ali, ao alcance de suas mãos. Lágrimas rolaram aquecendo a face da gaulesa. Como desejava ter o pai de seu filho vivo e ao seu lado! Como precisava dele naquela hora! Os conflitos nas ruas de Roma a afligiam intensamente. Em sua tenra iniciação política, pouco colhia em proveito da serenidade, sem identificar a tendência do momento que César escolhia para seu retorno. De toda sorte, ela o sentia mais próximo, como se o desejo de o rever estivesse em vias da materialização, onde poderiam se amar além das recordações.

Neste mesmo dia, Dona Ismênia se preparava para o mercado e Mirta agitou-se com o evento. Quis sair de casa e conhecer as ruas, os mercados de Roma. Contrariando as recomendações de Ícaro, o convenceu que nada diria na presença de outras pessoas, não usaria os andrajos de gaulesa e — percebendo o costume das mulheres —, prenderia os longos fios de cabelo em um penteado trançado. As roupas que César mandara entregar na casa do centurião, ajudariam na montagem deste novo, e agora permanente, perfil romanizado.

Escolheu um vestido branco, transpassado diagonalmente logo abaixo dos seios, e sobreposto por um manto azulado que lhe cobria parte da cabeça. Ícaro pensou em seu general... certamente iria gostar de ver seu mais novo feito; travestir de romana uma gaulesa averna.

Após tanto tempo dentro daquela casa, ultrapassar a fronteira do portão pareceu-lhe uma libertação. O passeio no mercado a faria experimentar a mesma sensação que César teve na aldeia allobroge. Testar seus ouvidos com o latim apressado e acalorado do povo, identificar o sotaque miscigenado, os maneirismos da gente, seria uma excelente oportunidade de avaliar as aptidões da língua recém adotada.

Roma tinha sua própria voz, uma voz alta e calorosa!

As ruas de Esquilino, apinhadas de mercadores cujas mãos sujas contavam os denários como se fossem moedas de ouro, traziam um burburinho de latim mal falado. Em altos brados, as vozes do povo testavam os ouvidos de Mirta com um idioma que nem mesmo uma estudante patrícia se convencia de ser latim, mas sim um dialeto inculto. Conversas entre compradores e servos de gente abastada, giravam em torno das fofocas do senado, dos feitos heroicos de Júlio César e das mortes encomendadas nas colinas de Célio e Esquilino. A gente comum parecia mais preocupada com a fome, pechinchando o preço de pães que em nada se pareciam com os de dona Ismênia. O tom esbranquiçado e pálido das broas se aproximava das pedras que Mirta conhecia da Gália — a casquinha dourada que cobria o alimento matinal na casa de Ícaro talvez tivesse outro nome no mercado.

De longe, o soldado devotado vigiava os passos da mãe e de sua mais nova companheira. Ambas se comportando como esperado. Dona Ismênia convencendo os vendedores da mediocridade das mercadorias e pagando-lhes, em média, a terça parte do preço. Mirta observava, conhecendo o valor das moedas e o papel que desempenhavam na sociedade. A Gália, naquela época, já usava moedas ricamente trabalhadas, mas o mercado allobroge funcionava basicamente através do escambo. Cada membro cumpria seu papel mantendo o equilíbrio comunitário. Já em Roma, os olhos petrificados do povo faminto caçavam as moedas como se nelas residisse a grandeza do mundo. Algumas crianças corriam soltas entre aqueles que Mirta imaginava serem seus pais, quando muitos deles eram escravos trazidos das guerras provando o destino do qual ela mesma escapara.

Parado ao seu lado, um menino descalço e muito sujo, pele fina e colada aos ossos, pedia *bara*.

— *Bara, domina, bara.*

"Pão, senhora, pão", suplicava a pequena mão e, sem saber, arrancava dos ouvidos de Mirta o som gaulês da palavra, remetendo-a instantaneamente às suas origens. A face da criança era o retrato da submissão de seu povo perante os romanos. No desespero pela sobrevivência, a voz fraca e inocente misturava nos lábios as palavras que podiam salvar-lhe a vida. *Bara* e *domina*, a mescla de dois idiomas traduzindo o desespero da fome. De um canto perfumado da Gália e provavelmente não romanizado, o corpo indefeso do pequeno compatriota de Mirta fora subtraído para o capricho dos romanos. Olhando fixamente para o menino, num instante perpetrado por sua indignação, a gaulesa pensava pela primeira vez a que ponto chegava seu amor.

Renegando sua própria gente, fingindo não ver rostos familiarizados com seus traços. Uma reação irascível compeliu Mirta a tomar o pão da bancada disposta na beira da rua. Ofertou-o inteiro ao menino, e o espanto de dona Ismênia imprimiu-se no rosto senil. A criança incrédula, punha-se a comê-lo arrancando vorazmente os nacos do único alimento disponível para sua sobrevivência, um estômago faminto o aguardava.

O choque da palavra vinda com sotaque gaulês verteu a angústia e a dor no ventre de Mirta, aquilo deflagrava sua origem estrangeira. Muito além do que o mercador ou a gentil senhora imaginassem, um turbilhão de imagens assolou o coração materno de Mirta. Pensou na extensão conflitante da Gália, os diferentes clãs que apartavam a magia de sua terra. No entanto, a distância que se impunha entre Mirta e sua gente, a falta que sentia do seu povo, a saudade de César misturada à tensão causada pelas omissões que havia de sustentar, fizeram-na esquecer das diversas facções gaulesas, igualando em seu peito toda uma nação.

Na volta para casa, dona Ismênia, pensando em orientar a estrangeira de Pompeia, lançou-lhe o conselho zeloso:

— É preciso ter cuidado com esses selvagens. Mesmo na pele de gente miúda, não são dignos de piedade. Mas entendo seu gesto... a condição de mãe nos impõe um coração generoso.

Ícaro, percebendo a tristeza da moça, soltou as rédeas no lombo do animal que os transportava, apressando a chegada.

O corpo frágil e encolhido de Mirta confessava sua tristeza. No restante do dia, rendeu-se ao remorso sufocado que trouxera do mercado.

Voltou para cama. Relendo o pergaminho com a mensagem de amor, buscou sentido na trajetória apátrida em que lançara seu destino. Na lembrança de horas atrás, o pequeno rosto gaulês do mercado se contrapunha ao motivo romano de Mirta. Toda essa atmosfera a fazia duvidar do amor de César e a culpa impregnou seu coração. Temendo perder o interesse do general, desejou subitamente que ele ficasse longe de Roma. Assim, não teria que dividi-lo com os bajuladores, a nobreza mimada, sua esposa Calpúrnia. Poderia voltar e ter com ele a vida andarilha dos tomadores de terra. Ele poderia até ser o rei da Gália, dado o domínio que firmou nos dez anos em que se estabeleceu por lá. Mas a Gália era de Roma. César era de Roma. E seu filho, assim que nascesse, seria de Roma.

Roma, Roma, Roma! Quase uma personalidade, endeusada, edificada, adorada. Era a rainha dos pretextos de César, do *senatus*, de milhares de legiões, de um povo forte e ludibriado. As construções suntuosas da cidade, as que pudera ver, ainda que magnânimas aos olhos de um povo silvícola, nada significavam para a alma camponesa de Mirta, necessitada simplesmente do fresco vento da Gália. Mais uma vez, sentia aumentar dentro dela a impressão de que sua força e seus dons se esvaíam.

CAPÍTULO XII

Agosto de 49 a.C.

A barriga desenvolta de Mirta dava sinais dolorosos de contração. Uma pressão espasmódica e crescente a fazia invocar Belisama, silenciosamente. A deusa da luz lhe trazia conforto e a certeza da boa chegada de seu bebê, mas as dores reviravam seus olhos a fazendo duvidar da própria fé.

Era chegado o momento de o fruto de seu amor inaugurar uma nova e enriquecedora vida para ela. No íntimo, carregava a certeza de trazer em seu ventre o filho homem de Julio César, mas somente as horas seguintes lhe confirmariam isso. Ansiava o momento de aninhá-lo em seus braços, quando seus seios fartos de leite o alimentariam. O dia passou lento demais em meio às dores que a gaulesa sentiu logo no raiar do dia, mas dona Ismênia dizia que aquilo era apenas o começo. Na hora certa, Ícaro iria ao encontro das parteiras. Tranquilizava Mirta dizendo que embora só tivesse um filho vivo, já havia trazido ao mundo dois irmãos para ele, mas os bebês não vingaram. Dona Ismênia atribuíra o fato à tentativa de aborto malfadada empreendida durante a gravidez. As romanas dispunham sobre o ventre muitas folhas de malva, pois segundo a lenda, auxiliavam na expulsão do feto. Porém, no caso da mãe de Ícaro, a natureza medicinal da planta não atingira o fim abortivo. Essas eram revelações dolorosas naquele momento em que Mirta precisava de pensamentos bons, mas as palavras da senhora despertavam um perigo perene, a possibilidade de morte da criança.

O corpo dolorido e pesado da gaulesa desistia de perambular pela casa, então, deitou-se aguardando o que sua orientadora dissera ser a verdadeira dor de parto.

Quando a averna rompeu o silêncio da casa em gritos, no lugar dos gemidos, a senhora soube que era chegada a hora. A dor na pelve aumentava minuto a minuto, em intervalos cada vez mais curtos. Rapidamente, Ícaro saiu na direção de Célio, a colina mais próxima de Aventino, onde as parteiras previamente contratadas aguardavam o momento de cumprir sua obrigação. A criada, orientada por dona Ismênia, trazia compressas de água quente no intuito de minimizar as dores da futura mãe que, por sua vez, procurava repetir a respiração das mulheres de sua aldeia, na tentativa de controlar a dor de seu ventre fecundo.

Embora próxima de Aventino, Célio possuía ruas estreitas e aglomeradas, que retardavam a chegada do soldado. Duas das mais experientes mulheres do ramo foram pagas regiamente para trazer ao mundo o filho de César, no entanto, totalmente alheias a isso. Aquela seria apenas uma estrangeira dando a luz à uma criança de pai ignorado, além disso, os denários pagos exigiram bom trabalho e nenhuma pergunta.

Mas a charrete de Ícaro demorava, causando angústia na criada da casa e na experiente anfitriã.

Instintivamente despertado pela dor lancinante, o inconsciente de Mirta fazia-lhe invocar palavras gaulesas num murmúrio concentrado, interrompido pelo esforço de manter seu filho no ventre.

Quando a porta do quarto se abriu, duas mulheres de meia-idade entraram mudas na direção da cama. Aproximaram suas mãos da barriga de Mirta e compartilharam com o olhar preocupado; pela posição do feto e o formato do ventre, não era uma boa condição. Percebendo a preocupação lançada entre os olhares das parteiras, dona Ismênia correra para a cozinha, apressando-se em preparar a receita de família que mantinha a dor do parto afastada. Sentiu que a chegada do bebê de Mirta não seria tranquila.

Uma das mulheres comprimiu a barriga no sentido horário, empurrando com as pontas dos dedos o que seria o feto mal posicionado. O bebê estava sentado e em Roma, como no resto do mundo, aquelas que viviam a dar à luz sabiam que somente pela vontade dos deuses os bebês em condições como aquelas, nasceriam com vida. Mas o útero jovem de Mirta desconhecia esse fato e teimava em expulsar involuntariamente o pequeno inquilino, aumentando a dor na região sacrolombar. O trabalho de parto, iniciado há horas, causava-lhe pressão e ardência abaixo da cintura, o corpo já mostrava sinais de fadiga. A respiração cansada secava a boca que dona Ismênia umedecia prontamente, com a beira de um pano molhado. Cânticos celtas foram brotando juntamente com a força que a gaulesa ignorava ter. Somente seus deuses a ouviriam, ainda que distante de casa, Belisama não a deixaria. Envoltas na preocupação de não falhar com o trabalho bem pago, as parteiras sequer davam ouvidos aos gemidos estrangeiros de Mirta. Uma delas pressionava o diafragma já dolorido na esperança de forçar o feto a mudar de posição e, milagrosamente, surtir naquele pequenino uma ordem cumprida. Depois de mais alguns minutos de sofrimento, as quatro ajudantes da gaulesa mostraram entusiasmo com a pequena cabeça que coroava. Contudo, o corpo pequeno e cansado de Mirta parecia não responder aos comandos de liberação do feto. As contrações diminuíam de intensidade, e naquele ponto de desgaste, as forças que a gaulesa empreendera por quase três horas estavam no fim.

Muito sangue molhava os forros da cama. Tantos panos chegavam, tantos panos se encharcavam com o jovem e sofrido sangue gaulês. Mirta tinha um aspecto combalido, quase moribundo. A boca ressecada e sem cor, assustava a pesarosa senhora que se culpava por não chamar as mulheres logo cedo.

Uma respiração encorajada pelas parteiras iniciou o último esforço sobre-humano da mãe que desejara tanto seu pequeno companheiro, e alguns vitoriosos segundos, empurrados pelo sopro de Belisama, finalmente trouxeram ao mundo o filho sonhado de Mirta. Mas, naquele instante, o corpo esgotado da mãe não permitiu que ela o contemplasse; a exaustão tirava-lhe os sentidos, trazendo aos olhos semicerrados e estafados, no lugar da imagem do filho, um imenso e negro torpor.

Elas limparam e envolveram o filho homem de Júlio César e Mirta, num corte impecável de linho branco.

A gaulesa não dava sinais de recobrar os sentidos e seu sangue se esvaía como as águas nas margens do Tibre. Já não havia na casa bandagens suficientes para conter o sangramento e dona Ismênia, aflita, disparou a rasgar roupas e forros das camas, deixando Ícaro incumbido de vigiá-la. Mas era horrível para ele ficar ali, vendo sua protegida, querida companheira, morrer diante dele. Quando a conheceu na Gália, ainda menina, logo notara os traços de sua natureza bondosa, e desde o dia em que a vira cuidando de Marcellus, reconhecia nela as virtudes que procurava nas mulheres. Seu delicado semblante o fazia pensar na beleza gaulesa, mas, naquele mesmo dia, seu general e pretor também a notara, e o que agradava aos olhos de César certamente não seria de ninguém mais.

O tempo passara tão rápido entre a noite no acampamento perfumado de lavanda e a tarde que agora levava os sentidos de Mirta, que o soldado mal podia crer naquela cena.

Depois de algum tempo, o sangramento diminuiu — àquela altura, parecia já não ter mais o que levar. A testa estreita de Mirta de súbito ficara quente e molhada. Sua boca tremia, mostrando a palidez dos lábios mal irrigados pela ausência do que jorrara abundantemente de seu corpo. As compressas frias tentavam dominar o calor que se instalara no corpo da moça, agarrado ao tremor que insistia em lamber suas pernas.

O dia seguinte amanheceu com a luz das velas acesas no *lararium* — o local sagrado da casa onde se faziam as preces —, todas dedicadas à recuperação de Mirta, que passara a noite inteira inconsciente e febril. Somente no adiantado da manhã cessaram os tremores, mas a presença da febre oscilante ainda se mantinha. Nenhuma palavra sã escapava de sua boca. Nenhum sinal de que reagiria à hemorragia causada pelo difícil parto.

D. Ismênia, a princípio, aflita, clamava pela presença constante do filho, que durante o dia, se ausentou por algumas horas sem dar explicações de onde ou por quê. A noite se aproximava sem que a doente sequer se movesse. Apenas a sua leve respiração mantinha neles uma esperança de sobrevida.

CAPÍTULO XIII

Três meses depois

Havia algo de refrescante no clima de Roma que fazia Mirta se sentir melhor, apesar dos últimos meses. Mesmo com a proximidade do inverno, pôde sentir-se mais viva. O céu na capital da República era especialmente aberto, como se a tristeza do peito escapasse naquela direção enquanto o Sol potencializava as belezas da cidade. Mirta percebia um inexplicável aumento de esperança e sua alma estava particularmente calma; depois de tanto tempo mergulhada na dor, ela finalmente deixava um pouco de vida adentrar seus pensamentos. A tarde partia trazendo uma espécie de acalento para o seu sofrimento e por mais que àquela altura da vida se visse colecionando mais amarguras do que alegrias, um remédio divino curava parte de suas feridas. A clemência do tempo, quem sabe, a revivia.

As chances de pôr em prática os estudos de latim, de certa forma a incitavam, pois intimamente confiava no refinamento de suas aptidões. No entanto, desde o fatídico dia de vida e morte do seu filho, considerou tudo aquilo improdutivo. Já não havia brilho em seus propósitos, nem motivo que justificasse sua permanência a não ser o imenso e incontrolável amor que tinha por César. Embora se sentisse amada por ele, embora soubesse que sua vida seria dedicada a muitas causas no papel de vestal, nada a levaria para a Mirta de antes. A partir daquele momento, ela traria, em si, uma alma adjunta.

Outra forma tomava espaço dentro da mística e delicada gaulesa. Sua natureza, seus deuses, sua história. Tudo isso parecia ter sido arrastado dela, como fora arrastado seu filho pelos braços da morte. Aos poucos, os pés descalços na relva molhada, os banhos de rio, as flautas doces do aldeamento, o sotaque gaulês... tudo isso tomava lugar no irrefutável caminho do passado. Cuidadosamente, a vida tratava de amadurecer, com mãos de ferro, o coração dolorido de Mirta.

Em seu último encontro com César, ela o sentiu um tanto distante, como se a perda do filho que tiveram não o atingisse. Talvez fosse a natureza militar daquele corpo acostumado com a morte, ou a sombra que o perseguia no território de Roma. De certa forma, ele a consolou, lhe disse coisas belas e reafirmou seu amor pela gaulesa que o resgatou na Gália. Mirta não quis acreditar que César não lamentasse a perda de seu único filho varão; Rhodes, como eles haviam decidido. Uma estranha expressão blindava a sua dor, ou simplesmente não permitia que isso nascesse em seu peito.

Ajustaram os últimos detalhes que a conduziriam na vida vestal e o perfil prático de César parecia enterrar de vez seu último herdeiro. A decepção solitária de Mirta procurou abrigo num canto de seu ventre vazio. Mas apesar disso tudo, não se permitiu desmoronar. Mostrou sua força pungente e sua natureza guerreira. No íntimo, invejou a reação acrônica de César, pensando que a mente treinada do general, em certo lugar, era treinada para eliminar as marcas de fogo que a vida causava.

Era estranho ver o homem que, por um tempo foi apenas seu e dos centuriões que o obedeciam, sendo devorado pela aristocracia romana. E, curiosamente, a sagacidade aguçada de César impedia-o de ver o que os olhos ainda inexperientes de Mirta enxergavam tão facilmente. Sua respiração sutilmente ofegante parecia lembrá-lo que a brevidade do tempo esmagaria seus planos.

Naquele momento, o plano de proteção era, sem dúvida, o menor dos problemas de César. Tudo havia saído na exata medida de suas ideias e Mirta não o decepcionara, ao contrário, enchia de orgulho seus ouvidos cada vez que a amante proferia vocábulos da fidalguia romana. Com esplêndida naturalidade, até para os homens mais exigentes, aquela era a imagem de uma patrícia de Roma. Era mais um objetivo alcançado, uma meta cumprida no metódico raciocínio de César. Mais um acerto em sua longa trajetória de conquistas.

Um saco com moedas de ouro e algumas joias foi colocado na cama e César conduziu as últimas instruções que antecederam um momento de carinho:

— Enquanto eu estiver fora de Roma você sempre contará com Ícaro para qualquer dificuldade. Deixei ordens expressas e Marco Antônio o manterá na capital ainda que eu precise escalar mais tropas. Até que eu regresse, muito tempo poderá passar e não desejo que nada lhe falte. No Colégio das Vestais nada lhe será pedido. A rotina no templo e na casa, sabes que será da maior simplicidade. Ainda assim, não quero que dependas de ninguém, caso precise se adequar à alguma exigência. Use algumas destas joias quando fores à banquetes ou reuniões em casas de famílias nobres, elas farão com que ninguém questione suas origens. Contudo, utilize-as com parcimônia e cuidado, apenas para destilar o "poder em sua família". O adorno é um chamariz com o qual as sacerdotisas não podem se apegar.

O rosto tristonho de Mirta compadeceu a rigidez dos comandos de César. Em meio às orientações, um lapso de sensibilidade o tirou do foco. Sentou-se na cama puxando-a para si. Acomodou-a em sua perna direita. Naquele instante, ela desmoronou, numa sequência de lágrimas e soluços contidos. Ele a acalmou, segurando-a como haveria de segurar o bebê que teriam. Envolveu-a entre os braços fortes que embainharam espadas inúmeras vezes. E durante o breve quarto de hora dedicado a ela, uma atmosfera de amor conseguiu aproximar as lembranças da Gália à realidade de Roma. Eles mantiveram seus corpos unidos num silente e compartilhado fragmento de dor. Ela por medo, saudade e obrigação de se transformar numa estranha. Ele por saber que durante um longo tempo não a veria e por admitir que a perda do filho a marcaria para sempre. Sobre a ansiedade, a culpa e a incerteza, fizeram um amor às pressas, compartilhado pelo medo da distância que tomava corpo com o derreter das velas.

   A voz embargada de Mirta liberou as palavras cortadas pelo nó seco na garganta:

— Não se esqueça da *lafant*... os períodos de guerra jamais trarão *pax* a seu *malum*.

Então, César fixou os expressivos olhos castanhos nos dela, beijando os lábios úmidos daquela que o amava como ninguém.

   Mirta despertava o lado humano de César e, embora isso o incomodasse, era o ponto crucial da relação. Antes dela, sua primeira esposa Cornélia fora a única mulher que amara; tinham mais ou menos a mesma idade e dividiram tenras aspirações da vida em Roma. Por ela, César fugiu de Roma e manteve-se distante por um longo tempo, pois Sulla, ditador na época, considerou a união acintosa e desafiadora. A morte prematura de Cornélia, ao gerar um bebê natimorto fora um golpe cruel. Ele realmente amou aquela mulher.

   Pompeia, sua segunda esposa, praticamente nada representara para ele a não ser o passaporte para uma temporada de trégua com os *Optimates*. A neta de Sulla foi um breve pretexto de paz que logo seria descartada por César num sumário e escandaloso divórcio.

Por fim, a união com a discreta Calpúrnia deixara selada a vida matrimonial do conhecido sedutor Júlio César. As línguas maldosas surtiam comentários jocosos acerca da fria esposa do cônsul, deixando implícita a justificativa para as escapadelas infiéis do desejoso marido. A última esposa de César de fato não agradava pela estética, mas seus influentes dotes políticos propiciavam a célula familiar — digna de um nobre e descendente de deuses — que o general tanto aspirava.

E Mirta, com todas as insígnias de mulher gaulesa que César não poderia sustentar, era justamente quem o possuiria além da vida. Todos os momentos compartilhados na Gália, sob as bênçãos dos deuses celtas, no *nemeton* de Belisama, na tenda imperial que os abrigara por tantas noites e madrugadas adentro, envolvidos em promessas de amor, eram as lembranças mais genuínas que habitavam o pensamento daquele homem.

Agora, no auge da sua inegável dor de mãe ela ainda se lembrava de cuidar do homem que amava. A devotada curandeira não abandonava seus dons, ainda que o destino desferisse golpes fortíssimos no centro de seu afeto.

Havia uma comunhão sem igual entre eles, algo que nem a experiência vasta de César, tampouco a intuição de Mirta, sabiam explicar. Eles jamais encontrariam essa força em outros corpos, nem ouviriam em outras línguas as palavras produzidas nos intensos momentos de prazer.

— Seja forte... e me espere. Em breve, toda a República saberá que somente os punhos de César são capazes de carregar a glória de Roma e, então, poderei trazê-la para perto de mim, pois meu poder atravessará todas as fronteiras do Império.

Tais prenúncios, a ela nada significam. Diante da falta antecipada que invadiu seu coração, as palavras "me espere", não faziam sentido.

Aos poucos, a presença magnética de seu amor fez com que os pontos perdidos no pensamento de Mirta encontrassem o vértice congruente, unindo os propósitos que os levaram até o quarto protegido da bucólica casa em Aventino. Ele a instruiu sobre o dia que se apresentaria aos sacerdotes no Templo de Júpiter e garantiu presença no aguardado momento. A indicação de uma patrícia como vestal, por parte do pontífice, era praticamente incontestável, mesmo assim, sabia o quão importante para Mirta seria tê-lo por perto.

— Decidi ficar na cidade até o fim das festas latinas, assim presidirei a cerimônia de iniciação da novata do colégio vestal...

Uma solene iniciação marcava o momento e naquele ano, depois de muito tempo, a cerimônia seria presidida pelo representante do templo, a voz mais alta dos assuntos religiosos de Roma, o pontífice máximo, Júlio César. Seria um momento especial para a cidade que, após os longos anos dividindo seu representante com as guerras da Gália, desfrutaria de uma iniciação em grande estilo, nos moldes grandiosos e formais da República.

A precisão nas decisões de César era suficiente para mantê-lo ocupado ao longo de todo o período em que esteve na cidade, reforçando alianças, sendo visto nas ruas pelo povo que o adorava e se deixando absorver pelo ar de deus que envolvia sua imagem. No entanto, nem isso — nem os preparativos para sua partida na caça ao exército de Pompeu — o impediriam de viver o dia que a Gália traria para o coração do Fórum Romano a mais especial de todas as gaulesas, em forma de vestal.

Fora seu plano mais audaz! Um projeto que nunca, sequer um único homem de Roma imaginaria. O peito orgulhoso de César dividia os louros com Mirta. Ele reconhecia seu valor e seu comprometimento, mas certamente, de fora, só teria que colher as imagens anteriormente estampadas. Já Mirta, que suportaria a clausura que a aguardava, sentia o peso das mentiras que haveria de suportar, o convívio com mulheres desconhecidas, com as quais não teria qualquer ponto comum, a não ser os deuses romanos de uma fé inventada. Misturado a todos esses anseios, a falta que sentiria de sua única amiga, dona Ismênia, das conversas matinais na cozinha e do olhar cuidadoso de Ícaro. Aquela que a abrigara por longos dez meses parecia ser sua própria casa. Ficaria o resto da vida dentro do quarto onde nascera seu filho, onde César a segurava no colo e parecia querer nunca mais soltá-la. Daria o promissor saco de ouro e joias para quem prometesse trancá-los ali, para sempre, onde o cheiro de pinho e linho nos poros de seu amor, mantinha-se concentrado. Parecia que a presença de César curaria toda e qualquer dor que teimasse em nascer em seu peito, e por um longo tempo Mirta pensaria assim.

CAPÍTULO XIV

Chegada à Casa das Vestais

Idália, uma jovem e recatada vestal, recebeu Mirta no salão oval que antecedia o átrio da casa. O sorriso tímido e sincero da moça fez com que Mirta se sentisse acolhida. A casa das virgens parecia um lugar intocável aos olhos do povo. E de fato era. Situava-se entre o Palatino e o Fórum Romano — quase um terreno suspenso ao nível das demais construções. Sob as ordens de César, Ícaro providenciou uma bela liteira, com quatro lictores que a escoltaram até a entrada do Colégio das Vestais. Quando Mirta cruzou o pórtico, olhou por cima dos ombros para seu amigo, e lhe dirigiu um sorriso de gratidão e afeto. Dali em diante, não sabia quando o veria novamente.

Um silêncio agradável, interrompido apenas pelo canto dos pássaros, tornava aquela casa uma extensão do templo de Vesta. Idália mostrou-lhe seu aposento. Um quarto amplo e simples, muito limpo e ensolarado naquela hora da manhã. Janelas largas permitiam desfrutar da paisagem amena — à oeste, com as árvores que tanto a encantavam, e a leste, com a movimentação do Fórum Romano. Mirta estabelecera uma forte conexão com os ciprestes romanos, de altas copas achatadas. Como um instinto natural, sua relação com as árvores era inegável, fosse onde fosse. Mais tarde, descobriria o significado de seu nome em latim: "galhos de árvores".

A moça de fala suave lhe dissera que voltaria logo, na companhia da *Massima Vestalli*[5], e então iniciariam o banho de purificação.

Havia o costume de banhar as iniciantes em leite de cabra, com ervas como sálvia, malva branca e arruda, para espantar da casa vestal qualquer augura que viesse com a nova sacerdotisa. Mirta procurava sentir o cheiro de sua nova morada, tentando impor ao olfato a intimidade antecipada, embora soubesse que só a condolência do tempo pudesse fazê-lo. Os poucos móveis dispostos no cômodo exalavam o odor fechado da natureza entalhada, misturado à umidade proveniente de séculos. As copas das árvores do Palatino moviam-se lentamente, enviando através do vento que as atravessava uma mensagem de boas-vindas. Mirta sorveu a brisa suave para dentro dos pulmões e pediu que os espíritos da luz a conduzissem dali em diante.

Apesar de todos os perigos de seu disfarce, sentiu-se forte e poderosa desde o momento em que entrou na casa.

De costas para a porta do quarto, notou uma sombra reduzindo a claridade recebida do pátio. De pé, fitando-a inexpressivamente, a autoridade da casa colhia discretamente as primeiras impressões da nova pupila. A gaulesa virou-se, deixando a paisagem atrás de si. Sem saber corretamente como agir naquele primeiro contato, sorriu timidamente. De olhar reto, Fábia Rúbia Severo, uma mulher de meia-idade, cuja beleza feminil não lhe fugia apesar

---

5. Máxima Vestal.

da castidade, aproximou-se em passos firmes. Mirta pensou, é a Máxima Vestal.

— Seja bem-vinda, minha filha! — disse, estendendo-lhe as mãos e agasalhando as de Mirta entre as suas. — Nossa casa a recebe como fostes recebida na casa de teus pais, no dia em que vieste ao mundo. Esta é tua morada trintenal, aqui há de tornar-se uma grande e amada sacerdotisa de Roma. Honra tua jornada.

E, dizendo estas palavras, lançou na face de Mirta uma espécie de investigação ocular, como se quisesse sentir o efeito do pronunciamento. Mas a nova vestal era forte, muito mais do que a sacerdotisa-mor de Roma pudesse imaginar.

— Agora, vá para a casa de banho reservada a ti, dispa-se e aguarde sentada que já virei em companhia das criadas.

As vestais possuíam aposentos e banheiros privativos, tudo com o intuito de sufocar a curiosidade quanto à anatomia alheia. Mirta fez o que a tutora lhe ordenara e, com os enormes fios castanhos sobre o corpo nu, aguardou a chegada das mulheres. Poucos minutos depois, ânforas cheias de leite de cabra misturado com ervas romanas de purificação jorraram sobre a cabeça da futura vestal, liberando o que a tradição acreditava ser possível afastar: pensamentos impuros. A mistura desceu fria pela pele arrepiada da gaulesa. Algumas palavras entoadas por Fábia Severo, a vestal máxima, consumaram o ato de purificação da nova filha de Vesta. Depois disso a mentora se foi deixando a cargo das criadas o banho de asseio que prepararia Mirta para a noite de iniciação. No Templo de Júpiter, no cair da tarde, os costumes milenares da gaulesa teriam de sucumbir à nova vida de privações e regalias das sacerdotisas de Vesta.

CAPÍTULO XV

A Noite de Iniciação

"Por muito tempo, tolamente acreditava que havia estátuas de Vesta, mas depois aprendi que sob a curva, não há estátuas. Um incêndio da história de vida está escondido naquele templo e Vesta não tem efígie, como não tem o fogo."
— Ovídio (O Fasti)

Ao longe, as escadarias do Templo de Júpiter surgiram enormes e infindáveis. Dois sacerdotes acompanhavam Mirta, um de cada lado, fazendo as vezes de seus familiares. A eloquente persuasão de César havia semeado nas cabeças sacerdotais toda a versão passada entre ele e Mirta, ainda na Gália. A princípio, foi preciso revestir as explicações de ricos detalhes sobre as posses da família Fraettellia e a influência que imprimiam não só em Pompeia, como também em Herculano, cidade vizinha e não menos próspera. Os sacerdotes, na maioria, preocupados com o futuro da cidade que parecia render-se cada vez mais às alianças e ao carisma de César, aceitaram sem resistência a indicação de Mirta, que a partir daquele momento adotava o nobre nome da família Fraettellia. Uma feliz coincidência, um ano antes da chegada de Mirta, corroborou para a indicação da candidata. A Vestal Otília havia optado por voltar à vida de citadina romana, após os trinta anos dedicados à Vesta. Neste caso, o Colégio Vestal aguardava de seu Sumo Sacerdote, Júlio César, as designações para preencher a lacuna do cargo, permitindo a César colocar em prática o plano traçado para Mirta.

   Depois de quase seis séculos de vida e divindade em Roma, a deusa Vesta surtia um enorme significado nos lares romanos, tanto para os nobres patrícios quanto para os plebeus e miseráveis. Era o símbolo de proteção contra saqueadores e assassinos, e representava também a paz e a harmonia em família.

No início, assim que os primeiros reis de Roma a trouxeram para a cidade, em forma de chama na pira sagrada do templo construído em sua salvaguarda, apenas meninas entre seis e dez anos eram designadas por suas famílias para dedicarem trinta longos anos de sua vida ao convívio diário com o fogo sagrado. A pouca idade era garantia de castidade e pureza que, aliadas aos anos de dedicação, afastavam o profano daqueles corações. Mas após alguns séculos, por conta de interesses políticos, a idade das futuras vestais passou a oscilar muito; contudo, as indicações ainda mantinham o status sacro e exigiam, sobretudo, a virgindade da candidata. Pais abastados vislumbravam um caminho para as filhas, ao mesmo para aquelas que, por sua inteligência, poderiam servir de conselheiras a homens influentes que, sentindo-se temerosos, recorriam às suas visões. O próprio Sulla, percebendo a importante imagem das vestais, tratou de inserir sua sobrinha Felícia ao desejado posto, quinze anos antes. Assim, garantiu não só a permanência de um membro da família Cornellius no apogeu religioso de Roma, como plantou um par de olhos seus na alta casta da cidade, miscigenada por outras e não menos importantes patrícias. César contara a Mirta todas as perseguições que sofrera de Sulla, opositor de seu tio Caio Mário. Religião e poder jamais estiveram afastados na República ou mesmo no Império Romano. Prova disso, o próprio César escapara da morte na tenra juventude, quando Sulla ultimou seu destino nas mãos de alguns assassinos; no entanto, após as súplicas de algumas vestais, o ditador relevou sua ordem, cessando o ataque contra seu adversário.

E mais uma vez Vesta fazia por César outro grande favor. Será que ele estaria abusando dos deuses?

Agora, diretamente das florestas úmidas e aromáticas da Gália, uma vestal nada patrícia adentrava com coragem e audácia na fé dos romanos, sem que ninguém imaginasse sua origem, tampouco seu idioma natal ou sua dedicação às deidades celtas. Talvez a genuína pureza trazida na essência da amante de César pudesse suprimir toda a falácia impingida a ela.

Os caminhos que levaram Mirta até as lívidas escadarias de mármore, no templo de Júpiter Optimus, a tornaram firme demais, como se nem mesmo a força de um fenômeno natural pudesse derrubá-la. O medo de lançarem seu corpo no monte Tarpeia em nada se comparava à inesquecível realidade de viver sem seu filho, sem César. Por isso assumira o risco de manter o plano de proteção. O amor que sentia por ele a mantinha viva o bastante para pôr em prática a inusitada epopeia que ambos fortificaram, efetiva e concretamente.

Naquela noite, Mirta entendeu a importância de Júpiter. Sendo ele o deus mais poderoso dos romanos, era patente que seu templo fosse o maior de todos. O deus que, duas vezes, salvou Roma da derrota contra seus invasores. Diante da indubitável imponência e onipotência de Júpiter contra os inimigos de Roma, no lugar do simples altar cercado de baixa murada, um belo e gigantesco templo fora construído em homenagem ao seu guerreiro-mor, o deus dos deuses, filho de Saturno. E o templo estava à altura das graças concedidas. Mais de uma dezena de colunas coríntias cercava a estrutura retangular construída no Capitólio, elevada e grandiosa o suficiente para um deus daquela importância. O reluzente mármore branco redimensionava a construção nos vários ângulos da cidade, fazendo que as outras seis colinas o vissem como um troféu. Assim era. Apenas aqueles que pisaram em Atenas poderiam compará-lo a outros templos da mesma magnitude.

 O rosto de Mirta fora coberto por um véu translúcido e esvoaçante, em seu corpo uma simples túnica branca. A magreza do corpo miúdo, misturada à pele macia e fresca de seus 21 anos, ao longe, reduziam sua maturidade. Ao vê-la, era possível julgar tratar-se de uma jovem adolescente. Acima das escadarias, as oito vestais veteranas a aguardavam em companhia do pontífice máximo. Idália, a jovem vestal que a recebera pela manhã no colégio, sorria emocionada, e Agostina também. Eram doces criaturas. Ao lado delas Felícia, a sobrinha de Sulla. Formavam um semicírculo, com quatro delas dispostas em cada lado, vestidas da mesma maneira que Mirta, sendo que apenas uma diferenciava-se pelo mastro que segurava — a vestal máxima —, a mais sábia e respeitada de todas. Ao centro, portando uma túnica igualmente branca e um manto rubro bordado de fios dourados por toda a borda, o pontífice. Fitara Mirta fixamente desde que sua distante presença despontou nas bases da escadaria. Mirta decidira não o encarar diretamente, pelo menos não naquele momento. Alinhadas às primeiras colunas do templo, tochas acesas formavam um corredor até a porta de entrada. No centro do ovalado salão, uma pequena lareira sustentava o nicho aquecido por uma grande chama de fogo. Mirta o viu reluzir pelas costas de César, assim que venceu o último degrau. Nesse instante, uma imensa sensação de poder e orgulho de si mesma invadiu seu peito. Sua face ruborizada fez saltar diante de suas futuras companheiras os doces e expressivos olhos de Mirta.

    O mesmo vento fresco que a acompanhara desde sua partida da Gália soprou seus cabelos, mas, desta vez, parecia se despedir. Do alto da escadaria, *Camelus* — uma linda constelação — vinha pontualmente assistir aquele momento, formando um centro luminoso acima do templo, trazendo um sinal auspicioso no coração da mística gaulesa. Era o princípio da realização de tudo que esteve por quase três anos nos planos de Mirta e César. Contudo, ela se manteve impávida, discreta e imbuída do espírito religioso que a levara até lá. O lado místico facilitava a incursão da gaulesa na vida e na História de Roma.

    Os sacerdotes a deixaram diante do pontífice, que a conduziu até o salão interno. O alto escalão do corpo religioso de Roma aguardava a entrada da novata. Liberando delicadamente o véu que cobria a face de sua amante, César a viu pela primeira vez como uma verdadeira romana e, obrigado pelos rituais de iniciação, lançou o afiado punhal de prata que cortaria os longos cabelos gauleses. Era o sacrifício exigido em nome de Vesta. Quando Mirta sentiu o vazio em suas costas, um golpe de fraqueza rompeu a magia da noite — César sabia o quão doloroso seria para ela conviver sem a característica marcante de sua imagem, à altura de Belisama. O chumaço de cabelo fora amarrado no mastro da vestal máxima, enquanto isso, todos se colocavam ao redor da lareira acesa pelo fogo simbólico da cerimônia. A real e divinizada chama sagrada de Vesta mantinha-se acesa no pequeno templo ao lado do Colégio Vestal. Todavia, seu reduzido espaço impedia o número de membros e convidados em cerimônias como aquelas e, então, o templo do Fidius Júpiter, guardião da lei e defensor da verdade, albergava as maiores autoridades religiosas de Roma sempre que ocasiões como aquela assim exigissem.

O cabelo curto de Mirta ressaltou seu aspecto jovem e César mitigou ao máximo a impressão de amá-la ainda mais. A força e a inteligência daquela moça o surpreendiam como poucos, e mais uma vez ela superava as expectativas do estrategista romano, criando um misto de regozijo e vigília. Os sacerdotes e as vestais, além dos nobres e políticos que renovavam seus votos à Vesta, reagiam melhor do que o cônsul de Roma pudesse esperar. Talvez impregnados pelo magnetismo de Júlio César ou pelo misterioso recato da nova sacerdotisa.

Naquele final de 49 a.C., César ficara onze dias em Roma, e foi uma ocasião especial para os romanos que puderam unir as festividades do dia de Júpiter e Juno, a chegada de uma nova sacerdotisa no templo de Vesta e a presença rara e imponente de seu máximo pontífice. O dia era promissor também para ele, que reavivou no imaginário da nobreza sua marcante presença, para o povo de Roma, eterno adorador de César, e talvez para Mirta, que provara a si mesma a grandeza de seus dotes. Nunca, em tempo algum, um romano sequer ousaria disferir indagações sobre a distinção da mais nova vestal. Era perfeitamente romanizada a figura da "patrícia gaulesa" que entrara naquela noite para o Colégio das Sacerdotisas do Fogo.

Enquanto isso, uma tina de barro trabalhada com desenhos de folhas e frutos passara de mãos em mãos, até chegar ao sacerdote máximo. Parou diante de Mirta sustentada pelas mãos do homem que conhecia cada milímetro de seu corpo. Dentro do recipiente, lascas de madeira misturadas com sálvia e alecrim queimavam, exalando um aroma seco da natureza. Então, impondo a voz um tom acima do normal, César lançou o discurso que precedia os últimos instantes da liberdade de Mirta:

— Ó Vesta, rainha e mãe do fogo! Queime as imagens impuras e mundanas que insistirem em desgarrar esta vestal. Faça crer que o fogo sagrado manterá suas chamas acesas na presença desta sacerdotisa. Conserve, assim como fez na Grécia, a proteção dos lares romanos, fechando as portas de nossa *urbi* aos homens sacrílegos. Conduza sua nova discípula na sorte que guarda a mantença do Estado e da República.

Em seguida, após ouvir a moção do sacerdote, a nova vestal de Roma deu um passo para trás em sinal de obediência e servidão, aguardando o momento de se distanciar. O sumo sacerdote era agora também o seu tutor. Segurando o cetro divinizado, a vestal máxima o bateu firmemente contra o chão, citando a saudação que antecedeu a queima dos cabelos de Mirta na pira sagrada:

— Salve, Vesta, salve! Rainha e mãe do fogo!

Todos repetiram a fala, e induzindo o término da cerimônia, entoaram adorações com as mãos estendidas para o teto do templo. Na presença daqueles estranhos, a força da responsabilidade recaiu como pedras nas costas da gaulesa. Ela percebeu a profundidade de sua posição e reconheceu nos rostos daquelas pessoas o respeito que nutriam pelas sacerdotisas do fogo. César a pusera no lugar mais sagrado de Roma e agora ela podia ver o quão arriscado para ele fora sustentar o plano até o final. A reputação do cônsul e pontífice estava em jogo em nome do amor que tinha por ela.

Horas antes, no interior do templo de Júpiter, César havia se dirigido ao deus máximo dos romanos implorando o perdão pelos seus atos, justificados apenas por seu amor.

Depois da iniciação, todos seguiram para o banquete oferecido na domus do senador Marco Cina, exceto a vestal iniciante, que deveria descansar o corpo e a mente agora pertencentes à sacralidade romana. Ao se despedir dos sacerdotes, obedecendo as instruções que recebera, a última troca de olhares entre ela e César marcaria o divisor de águas na história de amor daqueles dois.

CAPÍTULO XVI

O Concílio

No dia seguinte, Mirta seria sabatinada. Não tinha a idade comum das vestais que ingressavam no Colégio ainda meninas. Por isso, teria de se submeter a uma espécie de entrevista da qual, nem mesmo a influência de César a eximiu. Por muitas vezes ele exigiu demasiada empenho de sua amante, principalmente sobre documentos sagrados de Roma que contavam histórias sobre os deveres e direitos das vestais, ciente de que, por certo, por força do cargo, Mirta estaria submetida a inúmeros questionamentos. No encontro último dos amantes, ainda na casa de Ícaro, César a comunicou sobre a sabatina. Disse-lhe que não temesse os sacerdotes, embora fossem idosos e sábios, por não imaginarem a origem gaulesa de Mirta, certamente perguntariam o que se perguntava as vestais de todos os tempos. Antecipou à sua pupila, porém, de que podiam sorti-la sobre as passagens mais remotas do fogo sagrado, desde a fundação de Roma.

A novata teria de provar que estava tão preparada para o cargo como estavam aquelas que chegaram antes dela. As palavras das vestais mais experientes eram recebidas como prenúncios, e os romanos, muito supersticiosos, as obedeciam incondicionalmente. Muitas vestais, ao longo da história, foram homenageadas renomeando prósperas províncias da Itália, como Pompeia, Herculano e Óstia. Seus conselhos, tidos como sábios e sagrados, atuavam na rotina da República, e mesmo muito antes dela, na monarquia. O povo comumente beneficiava-se também da caridade vestal — quando preparavam a Mola Salsa, uma mistura de farinha de trigo torrada e sal utilizada principalmente nas cerimônias de sacrifício —, elas distribuíam parte da produção entre os plebeus. E Mirta deveria deter todos esses detalhes e outros mais em sua memória, como se dela fizesse parte desde sempre. Naquele momento, toda a vastidão do universo das virgens vestais poria à prova a gaulesa disfarçada.

A principal função dos quinze pontífices que formavam o conselho era manter a *pax deorum* — a paz dos deuses, por isso testariam a capacidade de Mirta, sua maturidade para lidar com a força do sacerdócio e de trabalhar em prol da paz que os deuses mereciam. No entanto, o mais perturbador de todos os anseios de Mirta era: a possível especulação a respeito de sua "honrosa" família. Sobre os assuntos de Roma nada temia, havia se dedicado demais aos estudos. A falsa a origem de sua nobreza causava-lhe o maior de todos os desconfortos, e ela pensava constantemente nas mentiras mais estapafúrdias que teria de sustentar até que César cumprisse a promessa de tirá-la da vida inventada. A vigília da chama sagrada, bem como a vigília sobre possíveis contradições de uma vida inventada, eram sua maior missão. A própria dona Ismênia, ainda que desprovida de boa instrução, desconfiava da versão levantada por Ícaro, quiçá os mais experientes nomes da religiosidade romana.

Estavam encerradas as festas latinas e a cidade parecia séria demais. César havia partido há poucas horas deixando-a para cumprir o derradeiro teste. Assim pensava ela. Foi então que a gaulesa sentiu que seguiria sozinha dali em diante; mesmo que o aval do pontífice máximo houvesse garantido seu ingresso. A partir daquele dia, somente ela e seus atributos poderiam mantê-la como sacerdotisa de Vesta, garantindo sua vida. Qualquer deslize precedido de investigação silenciosa levaria o corpo da moça a ser enterrado vivo.

No templo de Júpiter, onde ela havia sido iniciada, pedras trazidas da Ilíria construíram uma estrutura circular em forma de mesa, onde descansavam pergaminhos enrolados. Por uma pequena abertura com três estreitos degraus, Mirta avançou ao centro da estrutura. Estava posta a mais nova vestal, a serviço dos sacerdotes. Sobre cada uma das eminentes cadeiras, sentavam-se os sacerdotes de posse de um pergaminho contendo as perguntas para Mirta. Vestidos com suas nobres túnicas brancas, sobrepostas por mantos vermelhos, os homens foram entrando enquanto Mirta os aguardava pacientemente no centro do semicírculo. Fábia Rúbia Severo a tinha instruído a virar-se na direção daquele que se reportasse a ela, e assim sucessivamente. Apenas um lugar não fora preenchido, justamente o do pontífice máximo. No entanto, um solitário papiro repousava diante da cadeira vazia. A Máxima Vestal a tudo observava, sentada em uma cadeira imponente reservada a ela. Acompanhava Mirta exercendo, contudo, apenas o papel de guardiã. A partir daquele dia a gaulesa nunca mais andaria desacompanhada. Fábia Rúbia Severo ocupava o posto mais alto destinado a uma mulher, a segunda autoridade religiosa de Roma, ficando atrás apenas dos sacerdotes na ordem hierárquica. Claudius Sião, o pontífice interino, iniciou a sabatina. Respeitando o posto de Júlio César — ainda que ausente — mencionou o pontífice e suas atribuições, fazendo uma breve reverência. Num ato solene, todos se mantiveram de pé até a última palavra proferida pelo sacerdote. Foram declarados os deveres das virgens em um latim rebuscado, por terminologias próprias da ocasião, tudo nos moldes das instruções que a gaulesa recebera, o que, de certa forma, lhe dava segurança. De uma maneira estranha, tudo ao seu redor parecia lhe pertencer.

Claudius Sião, reservara uma pergunta simples para a moça. Mirta sentiu que havia lucidez e sabedoria naquela voz. A aparência do homem de cabelos curtos e brancos, transmitia justeza e retidão.

— Diga-nos, vestal Mirta, a importância do fogo de Vesta nos lares romanos.

Ela conhecia na pele os poderes do fogo da deusa. Havia suplicado, na casa de Ícaro, diante da chama acesa no altar, forças para seguir em frente com os planos traçados para ela. Pedira também que chegasse logo o dia em que não mais doesse a lembrança do filho morto. Enquanto formulava uma resposta, seu olhar firme manteve-se fixo no sacerdote até que a voz rouca desse início a sua fala:

— Nobres sacerdotes, a confiança na proteção de Vesta reside em cada vela acesa nos lares romanos. A luz mantida no Templo se multiplica através das chamas que aquecem todas as casas da *urbi*, mas é no coração do povo que ela se mantém viva até a última fagulha. Cabe a nós o dever de zelar pela chama do templo e ao povo, zelar por Vesta em seus altares.

Claudius Sião assentiu com a cabeça, demonstrando seu agrado. No conjunto da cena, a maturidade e sensibilidade de Mirta ficaram nítidas para ele. Embora ela estivesse preparada para muitas perguntas, apenas mais duas lhe seriam reservadas. O concílio exigia a presença de nove sacerdotes, pois a tradição do Colégio, anterior à gestão de Júlio César, mantinha o número por considerá-lo sagrado. Além disso, sendo ímpar, jamais haveria empate nas decisões tomadas pelos sacerdotes presentes. Todos os olhares convergiam para a imagem posicionada no centro da construção arredondada, e o que se via era a presença marcante da moça que, sentindo-se à vontade, demonstrava polidez e firmeza exigidos para o cargo.

Em seguida, manifestou-se o segundo sacerdote, Deoclécio Último, homem de meia-idade, com mais cabelos negros do que brancos, parecia ser o mais jovem do colegiado, porém, a sisudez instalada no cenho rijo comparava-o ao mais antigo deles. Mirta se lembrou de Bautec, um druida com o qual nem sempre se sentia à vontade. Esperava de Deoclécio a mais complexa pergunta, e sua intuição não a enganou.

— Vestal Mirta... suponhamos que ao chegar o momento de vigiar o fogo sagrado de Vesta, no interior do templo, você tenha que optar entre cuidar da chama e obedecer a um chamado de urgência de sua tutora, a *Massima*, qual seria a sua escolha?

Deoclécio não olhava para Mirta, mantendo uma distância capaz de personificar sua imparcialidade. Depois disso, repousou os dois antebraços na cadeira larga, esperando pela resposta.

— Nobres sacerdotes, nada é mais sagrado e relevante do que a chama de Vesta. Ainda que existisse situação como esta, a máxima vestal contaria com a ajuda de minhas companheiras que estão em número suficiente para honrar e obedecer a suas determinações. A vigília da chama é condição *sine qua non* para que milhares de vidas sejam protegidas, ainda que em detrimento de outras. Por isso, jamais deve ser abandonada por qualquer razão.

A altivez do sacerdote era latente, e de forma alguma demonstrou contentamento, mas Mirta não se preocupou com isso. Sentia que seu desempenho surpreendia até ela mesma. Em seguida, o sacerdote interino se levantou e dirigiu-se para a ponta do círculo, aproximando-se da cadeira vazia pertencente ao Máximo Pontífice, tomou o papiro e leu a mensagem designada à Mirta. Embora não estivesse presente, como autoridade religiosa de maior relevância, César podia fazer quantos questionamentos considerasse necessários.

Júlio César era conhecido pela aptidão em surpreender e por sua notória sabedoria, não apenas Mirta mas todo o colegiado se perguntava qual seria a pergunta do pontífice. Desenrolando placidamente o pergaminho amarelado, o sacerdote interino revelou a pergunta de César:

"Na qualidade de sacerdote supremo de Roma, eu, Caio Júlio César, investido de poder para chancelar as decisões religiosas da República, sob a guarda e clemência do deus Júpiter e imbuído da proteção de Juno, venho através da cerimônia de adequação à esta nova vestal, ofertá-la a seguinte questão:

— É a chama que arde no Templo de Vesta, no coração do Fórum, a origem de nossa proteção?"

Parecia simples demais. Mirta pensou que a benevolência de César levantaria suspeitas, já que ele mesmo a indicara. Mas logo depois, notou que a pergunta carregava um sentido muito mais amplo, como uma chance para a estreante demonstrar ao máximo seus conhecimentos. Então, lembrou-se do que César havia lhe dito na primeira noite em que dormiram fora da Gália, após a passagem pelo Rio Pó. Deitados no interior da cabana improvisada, com o sono quase lhes tirando da vigília, César interrompeu o silêncio com a voz rouca e sonolenta para lhe contar um dos segredos mais importantes que guardava como pontífice: havia sete objetos sagrados no templo de Vesta e, embora ele conhecesse a origem de cada um, nunca pôde vê-los.

Os sete tesouros de Roma eram sagrados e confiados apenas às guardiãs do fogo, nem mesmo o pontífice máximo podia tocá-los. O *penus vestae* era o recinto secreto da deusa, ninguém além das sacerdotisas tinha acesso a ele, porque era lá que os objetos sagrados de Roma eram guardados. No pódio do templo, numa cavidade trapezoidal, as relíquias da cidade eram guardadas longe da curiosidade da gente que nem mesmo tinha conhecimento delas. Se Mirta atingisse esse ponto, teria de fazê-lo com cuidado. Precisava mencioná-los como se falando de lendas, uma ideia e não uma informação.

— No coração do Fórum Romano arde a chama de Vesta, trazida de Troia por Eneias. Embora sua intensidade permita que os lares romanos, bem como toda a *urbi*, se invista de proteção, há sete relíquias que resguardam a *pax deorum*. Nelas é igualmente depositada a integridade de Roma, sob os cuidados e a devoção das sacerdotisas do fogo.

A resposta da gaulesa surpreendeu de imediato. Como um segredo tão profundo da origem de Roma chegara a ela, antes mesmo de conhecer o interior do templo, era uma questão delicada para os sacerdotes. A máxima vestal, Fábia Severo, a fitou de imediato como se a maior das surpresas tivesse sido proferida. Naquele momento, os mais experientes sacerdotes pareciam não saber o que fazer diante da revelação precoce da novata. Mirta devolvera a eles o melindre da última pergunta reservada por Júlio César. Não podiam questioná-la sem mostrar que para eles aquilo era um segredo. Da mesma forma, silenciar diante da ousada revelação permitiria que uma estranha ao corpo religioso da República passasse sem pedir licença pelos caminhos sagrados dos Colégios. Deoclécio Último rompera a inconveniente inação dos demais.

— Vestal Mirta, diga-nos como chegou ao conhecimento das relíquias de Roma?

Havia um tom de animosidade na pergunta do sacerdote, o menos afável deles. Mas a gaulesa estava preparada, por ela ficaria ali o quanto quisessem, tinha sido exposta a rotinas extenuantes de estudo, não apenas com César, mas também em Aventino com o tutor grego. Aquela era a hora de mostrar que uma camponesa sabia muito mais que a maioria dos romanos pudesse imaginar sobre sua própria terra. Este detalhe, é claro, eles também desconheciam.

— Quando pequena fui criada por tutores gregos que me diziam sobre os segredos da Grécia e da fundação de Roma. Contaram-me que Héstia, a deusa do fogo na terra deles, era guardiã de objetos sagrados. Sabendo que Vesta é para nós o que Héstia representava para seu povo, meus tutores diziam que certamente Roma devia guardar suas relíquias sob a proteção da deusa. Agora, com a pergunta proveniente do sumo-sacerdote, certifico-me de que estavam certos.

    Soou petulante a resposta de Mirta, mas César havia dito a ela que se mantivesse firme e altiva, como a maioria das filhas de patrícios. Sabedoria e petulância, ele dizia, com esses dois ingredientes não haverá quem duvide de sua origem. Foi nisto que Mirta pensou, e estava certa. Ao longo dos anos atestaria o quanto a palavra poder tinha reentrâncias. Sempre que se visse confrontada ou encurralada por alguém, haveria de despertar aquele lado. A vestal máxima sentiu-se vitoriosa, mesmo que seu papel na sociedade romana estivesse acima do que qualquer outra mulher pudesse representar, ela sempre estaria abaixo das decisões dos sacerdotes de Júpiter. Havia a submissão do Colégio Vestal perante o Colégio de Áugures e os Sacerdotes de Júpiter. Por isso, a resposta de Mirta fora uma pequena vitória sobre a arrogância dos sacerdotes de Júpiter. No entanto, parecia ser exatamente isso que precisavam ver na iniciante, sua firmeza e postura diante de imprevistos que certamente seriam encontrados pelo longo caminho percorrido por uma vestal. Ela teria de aliar a fé, o respeito às tradições, a inteligência, a diligência na vigília da chama, o companheirismo pelas companheiras e, acima de tudo, ter ciência do papel que exerceria na sociedade Roma. Para os sacerdotes, ficaram notórios os atributos da moça, por isso decidiram que Mirta seria introduzida no segundo estágio da vida vestal. Não somente por sua idade avançada para os padrões tradicionais, mas principalmente por conter em sua essência os atributos para tal. Não obstante os trinta anos que viriam pela frente, a gaulesa começaria com os compromissos exercidos por suas companheiras da mesma faixa etária, a cada três anos, após o solstício da primavera, um novo concílio se reuniria para ratificar o estágio da vestal de acordo com sua evolução.

De volta ao Colégio, Mirta e a vestal máxima dividiram a mesma liteira, enquanto Felícia — a suplente em ordem hierárquica —, veio logo após em seu transporte. Praticamente todos os compromissos em que a tutora era designada, a presença de Felícia era certa, pois se nenhum infortúnio acometesse suas aspirações, seria a próxima autoridade na casa, substituindo Fábia Severo. Assim que os anos ou a saúde da tutora-mor exigissem seu afastamento, a substituta em questão ocuparia o tão sonhado posto.

CAPÍTULO XVII

Era fácil para Mirta se perder no enorme painel pintado na parede interna do templo. Uma linda janela retratando a paisagem de um lugar onde ela gostaria de estar. Um templo maior que o de Vesta, cercado de colunatas, assistia do alto de uma imponente montanha o sol se pondo no horizonte. Pássaros brancos revoavam na direção leste, como se levassem a terras distantes uma mensagem de amor. Desejava estar naquele distante e protegido templo, maior e mais belo do que todos os templos de Roma. Mas certamente ele não existia, fora a mente gentil do artista que, tão desejosa de paz como a dela, imaginara aquele belo lugar. Mirta já havia visto muitos painéis naquele estilo: nas casas dos nobres e ricos romanos onde estivera nos últimos meses, eram comuns pinturas como aquela, uma tendência da época que empregava muitos pintores gregos. Mas para ela, a pintura do templo era a mais bela de todas, pela sensação que lhe trazia nos momentos que precediam a devoção à Vesta. O templo pequeno, e frequentado apenas pelas sacerdotisas, provocava no imaginário coletivo uma série de suposições sobre seu interior.

Somente mulheres podiam adentrá-lo, e raríssimas vezes a regra foi rompida por algum sacerdote, quando as circunstâncias assim exigiam. Mesmo durante a Vestália, festival que acontecia entre os dias 7 e 15 do mês de junho, época em que outras mulheres da sociedade podiam visitar a morada da deusa, somente algumas detinham tal privilégio, em geral, as matriarcas de famílias nobres. As do povo, em razão da segregação que sofriam, só faziam idealizar a casa de Vesta. Mirta lembrara de dona Ismênia... a doce senhora, acreditava que havia estátuas da deusa adornando o interior do templo e arabescos cobertos de ouro no teto abobadado. Em verdade, a fértil imaginação de sua amiga construíra um cenário muito mais belo do que o real. O templo de Vesta era simples em comparação ao de Júpiter e Marte, mas a janela projetada pela mente artística que pintara a tão bela paisagem de que Mirta tanto gostava, tornava aquele o mais especial de todos os espaços sagrados de Roma.

    Enquanto se perdia nas nuances das cores do fogo sagrado, Mirta pensou no tempo que passara desde a noite de sua iniciação. Tantos compromissos diários tomavam seu pensamento, misturados ao temor de se deixar levar por alguma contradição, que por vezes a travessia da noite se fazia mansa e plácida em busca de descanso para o corpo. Aos poucos, se acostumava com a vida de sacerdotisa. Esquecendo-se até, de César. Além disso, as outras vestais a acolheram com carinho e atenção, se esmerando em ajudá-la sempre que necessário. Exceto por Felícia, que sempre lhe pareceu arredia ou forçosamente simpática. As demais lhe contavam histórias sobre os sacrifícios de vestais impuras, como Tarpeia — a mais famosa de todas —, que de tão sacrílega e mundana batizara além vida o monte de onde seu corpo fora lançado. Mirta conhecia o episódio. César lhe contara, numa das noites em que atravessaram horas falando sobre o plano de levá-la a Roma. No entanto, a versão de suas colegas parecia causar-lhe mais furor.

Eram impregnadas de emoção porque continham o medo de quem, assim como Tarpeia, estava submetida ao julgo dos sacerdotes. Os habitantes de Roma elevavam as vestais praticamente ao patamar de deusas, embora ficasse claro no imaginário popular a presença de Vesta no altar das casas, fulgurando nas chamas das velas acesas em seu louvor, para o povo, a ideia de virgindade as comparava ao intocável e verdadeiramente sagrado. A sexualidade em Roma, nos últimos séculos, tinha sofrido uma enorme banalização. Os cultos ao deus Baco, levavam nobres romanos a correrem nus às margens do Rio Tibre. Mas, embora as vestais cumprissem o papel de dedicação incondicional à Vesta — pagando com a própria vida ao que era contrário aos seus votos —, nada havia de monótono no dia a dia das moças. As obrigações eram bem divididas, e não havia injustiça no escalonamento das tarefas entre veteranas e novatas. Tudo acontecia de forma ordenada e leve, desfazendo em Mirta o temor que sentia antes de chegar ali. A vestal máxima de fato mantinha um certo distanciamento, mas Mirta atribuía isso às horas nas quais a mentora passava fora do Colégio, pois como máxima autoridade daquele templo, sua presença era solicitada a todo momento: em cerimônias no Senado, em leituras de testamentos das famílias nobres, nas inaugurações de templos religiosos ou em datas festivas. O que era frequente.

Por isso, a maioria do aprendizado de Mirta se deu por conta das vestais mais experientes. Haviam chegado ao colégio na mais tenra infância. Aprendeu com elas que a vida das vestais se dividia em três partes iguais: nos dez primeiros anos aprendiam tudo sobre suas obrigações, mais assistindo do que promovendo cerimônias. Nos dez anos seguintes punham em prática o que tinham aprendido; zelando pelo fogo sagrado e presidindo ou participando de cerimônias, aconselhando sobre assuntos religiosos e celebrando casamentos. Por fim, nos dez últimos, dedicavam-se a passar adiante os seus conhecimentos, acumulando todas as funções.

Em geral, um ambiente de paz invadia a casa ao entardecer e as meninas, depois de cumprirem todos os seus afazeres, se reuniam no átrio vestal contando casos corriqueiros da vida em Roma, principalmente dos casamentos celebrados entre famílias que, na maioria das vezes, Mirta fingia conhecer. No verão, o sol demorava a se pôr, prolongando os burburinhos cessados pelo pigarreio da vestal máxima. Era o sinal enfático do recolhimento diário. Em poucos segundos, todas ocupavam seus aposentos, exceto a vestal escalada para a vigília da chama sagrada.

CAPÍTULO XVIII

9 DE JUNHO DE 48 A.C.

A Vestália

> *Até que as plácidas águas amarelas do Tibre carreguem as varreduras de Vesta para o mar de Troia, eu não tenho permissão para pentear meu cabelo com grampos, lixar ou aparar minhas unhas com ferro ou tocar meu marido, mesmo que ele seja um sacerdote de Júpiter, e dá-me a minha lei perpétua.*
>
> *Você também não deve se apressar.*
> *Sua filha se casará melhor,*
> *Quando as chamas de Vesta*
> *brilharem com um chão limpo.*
>
> – (Ovídio, Os Fastos, VI, 226-234)

Chovera muito durante a madrugada. As sacerdotisas de Vesta, preocupadas com os festejos do dia seguinte, passaram a noite rogando aos deuses que parassem com as águas abundantes descidas dos céus.

Assim que a cidade acordou, as ruas repletas de lama iniciavam, na terra marrom e úmida, o processo de secagem. Somente as principais vias, pavimentadas pelas grandes pedras, escapavam do lamaçal. No entanto, o borrão que se criara no cenário da capital pela zanga dos céus não fora o bastante para espantar o povo das ruas. Nas primeiras horas da manhã, as moças se puseram na cozinha da casa para o preparo da Mola Salsa — o pão sagrado de Vesta. Aproveitando a ausência de sua mentora, as vestais jogavam umas nas outras o resto de farinha que havia sobrado na enorme tina de barro. Foi Agostina, brincando com Cecília, quem havia iniciado a bandalheira. Mirta estava concentrada, era sua primeira vez no preparo do alimento sagrado e a Vestal Máxima, nada tolerante a mentes dispersas, havia instruído a novata com riqueza de detalhes. Pelo que a gaulesa ouvira das companheiras, era sempre bom abrir bem os ouvidos nessas horas, a voz ativa da casa detestava repetir pequenas lições. As crianças da casa, as vestais mais novinhas, ajudavam a medir a quantidade certa para as mais velhas sovarem a massa. Sentadas à enorme mesa de mármore disposta no centro da cozinha, prestavam a atenção com afinco pois, em breve, seriam elas a instruir as menores que viriam no futuro. Era assim, na Maison Vestal: aprendizes um dia se tornariam tutoras. Naquela época, a novata da casa preferia o silêncio. Sempre que possível evitava desperdiçar seu latim e capturava o sotaque e os vocábulos mais usuais de suas amigas. Mas naquele dia não houve jeito de a gaulesa ficar de fora. O que começou com a teimosia de Agostina e Cecília, sobre a quantidade do sal, terminou com farinha para todos os lados. As menores, mais dispostas do que nunca para a bagunça generalizada, entraram na algazarra. Carregando uma bacia com água limpa da fonte, a criada entrou pela porta dos fundos sem acreditar no que via. As moças mais bem-educadas de Roma, jogando a brancura da farinha umas sobre as outras... no dia da Vestália! Mas não houve tempo de blasfemar, quando menos esperou, foi a própria Mirta, rompendo sua timidez, quem jogou-lhe um punhado de farinha bem no meio da face. No fim, estavam todas do mesmo jeito, com a mesma tez e cor de cabelo, rindo a valer no chão da cozinha. Quando o portão de madeira maciça bateu ao longe, ecoando um som oco e retumbante, todas correram como os ratos na direção de seus aposentos. A Vestal Máxima havia chegado da reunião com o Sumo Sacerdote e o trajeto daquele ano, para o desfile da Vestália, começaria em poucas horas. A diversão havia sido proporcionada também pela ausência de Felícia, a fiel escudeira e suplente de Fábia Severo. Ambas haviam saído logo cedo e se, aduladora estivesse na casa, certamente reportaria uma versão maldosa da inocente bagunça. Felizmente, a criada dera um motivo relevante para dispersar o espanto de Fábia Severo ao ver o caos que se instalou na cozinha.

Era início de junho e as sacerdotisas misteriosas deixavam que o povo as visse. Todos aguardavam ansiosos pelo cortejo das vestais, um motivo religioso e social para nobres e plebeus se esbarrarem pelas ruas de Roma. Seria a primeira vez de Mirta sob os olhos curiosos da multidão. O desfile começara no Fórum, acompanhado da guarda real do Colégio de Áugures, além dos próprios lictores das vestais. Um burro, presenteado com uma coroa de violetas, inaugurava a passagem das sacerdotisas pelas vias movimentadas da cidade. Nestas ocasiões, as vestais desvelavam seus rostos para que todos conhecessem as faces sagradas das virgens. Em alguns trechos do cortejo, as moças desciam de suas liteiras, diante das casas de patrícios, acendendo tochas que se mantinham fincadas logo na entrada. A renovação simbólica do fogo, feita pelas guardiãs, era considerada um privilégio e trazia a certeza de bons presságios para a *domus* por onde passavam. Assim que as tochas eram acesas, a multidão que acompanhava o desfile ovacionava o momento aos gritos de: "Salve Vesta!".

 Cidadãos de todas as idades seguiam a procissão e, mesmo que suas humildes casas não fossem agraciadas com a presença das virgens, para eles, acompanhar o desfile já representava proteção e luz em suas vidas. Nenhum homem podia lançar olhares prolongados na direção das vestais, sob pena de morte. O sacrílego seria queimado vivo ou crucificado em pleno fórum. Mas isso quase nunca acontecia, os romanos tinham mais medo da ira dos deuses do que da própria morte. A passagem das sacerdotisas do fogo por uma determinada via, por si só, abençoava as pessoas que lá estivessem. Tanto os cortiços, como as luxuosas casas dos nobres sentiam a presença sagrada de Vesta invadindo seus lares.

 No alto da colina de Esquilino, várias matronas encomendavam o sacrifício de carneiros e bois, em devoção à deusa. A força e extensão do sangue, no momento do abate, correspondia aos prenúncios de paz e proteção durante o calendário religioso dos romanos.

 Aos burros era concedida uma espécie de salvaguarda. Seus donos eram obrigados a dispensar o trabalho forçado dos animais, um sinal de respeito devido ao papel sagrado que o animal tinha para Vesta. Segundo a lenda, a própria deusa do fogo foi salva de ser violada por Príapo — o deus da fertilidade e do amor carnal — graças ao grito prolongado de um burro. E foi exatamente por conta dos privilégios dispensados ao animal, que o cortejo se viu obrigado a permanecer por mais tempo entre as colinas de Célio e Esquilino — o bicho designado para liderar o séquito havia empacado. O sentido subliminar da cena invocou o respeito dos romanos, imediatamente interpretado pela necessidade de as vestais permanecerem por mais tempo naquela região. Os escravos, por ordem da Vestal Máxima, pousaram as liteiras no chão. Exatamente onde o animal insistia em ficar havia uma casa simples, sem o luxo ou a murada opulenta das mansões romanas. Por ordem da tutora-mor, foi acesa a tocha que se mantinha tímida e esperançosa pela presença da Vestália. Os donos da casa agradeciam aos presságios de proteção em virtude da teimosia do animal.

Mirta sentia-se cada vez mais importante para aquela gente, pois se havia a imagem personificada do sagrado em Roma, estava nos rostos das vestais.

Na companhia de Idália, de dentro da liteira, a gaulesa começava a se esquecer da vida que a levara até lá. Entre suas companheiras sacerdotisas, Mirta se permitia fazer parte do meio, por alguns instantes abandonava suas culpas. Às margens das calçadas, pessoas se empurravam na intenção de ver as sacerdotisas misteriosas. O povo propriamente dito; pobres, comerciantes de escravos, sapateiros, soldados, crianças e mulheres livres, entre um e outro solavanco, buscavam pousar os olhos sobre elas. Na gestão de César como pontífice, muitas melhorias foram aplicadas à vida sacerdotal. Carruagens e liteiras luxuosíssimas foram incorporadas ao séquito religioso de Roma. Sedas bordadas com fios de ouro revestiam os transportes vestais no verão, enquanto no inverno o mais puro algodão do Egito se incumbia de proteger a sacralidade vestal. Até os escravos que as transportavam vestiam uniformes claros, trajados com túnicas e calças até a metade das canelas. Os pés descalços foram mantidos, evitando que escorregassem na superfície lisa das pedras de Roma. Em ocasiões como a Vestália, uma grinalda de verbena e doce manjerona era confeccionada para que as moças se apresentassem em público — o próprio César havia designado as plantas por conta do aroma que exalavam. Mirta estava contente, gostava de ver os romanos pelas ruas mostrando o caráter caloroso e bem mais ameno do que aquele que levavam para a Gália. As crianças se penduravam nos pescoços dos pais, seus olhinhos vívidos capturavam em seus camarotes pessoais tudo que podiam. Logo atrás do séquito, trombetas e tambores criavam uma espécie de som marcial, lembrando a todos que era o poder da deusa permitindo ser visto.

    Enquanto Fábia Severo terminava o ritual de benção na casa humilde da colina de Roma, Mirta limpava o rosto de Idália. Ainda havia resquícios da bagunça que aprontaram na cozinha da casa. Agora, Mirta liberava as últimas pistas do crime, instaladas nos cabelos de Idália. De repente, o rosto doce e suave da amiga empalideceu, sob um olhar que atravessou a presença de Mirta.

— Que houve? Estás pálida! — disse a gaulesa sem entender a mudança no semblante da vestal.

— Não é nada... — O olhar discreto da moça quedou-se num vazio.

Na margem oposta à liteira, um belo e alto romano olhava ansioso para o transporte vestal. Exceto por ele, todos os olhares estavam voltados para a inusitada cena de bênçãos sobre a casa dos humildes plebeus, onde a tutora-mor obedecia aos sinais enviados por Vesta através do animal empacado. Era um belo romano. Sua pele alva e os cabelos castanhos asseguravam, através de um fino e irrepreensível nariz, a aparência fidalga. Certamente era nobre, a companhia de dois lictores e a toga bem posicionada entre as dobras sobre as espáduas, denunciavam sua origem.

Mirta sabia que havia algo de errado com a amiga, e sua intuição a levava até o rosto aflito do rapaz que se destacava pela estatura. Por isso ousou disferir imediatamente a pergunta a Idália:

— Conheces o rapaz que fita nossa liteira? — indagou, sentindo que havia acertado em cheio pelo arregalado dos olhos de Idália.

Fez-se um profundo silêncio, comum aos corações partidos. Não era preciso que sua amiga dissesse muito, o coração sofrido de Mirta já havia sentido todos os contornos dos olhares trocados entre Idália e o rapaz. Mas no entremeio da revelação que a gaulesa esperava, o teimoso líder do séquito decidiu prosseguir, assim a vestal máxima e as outras três vestais voltaram para os seus transportes. Os escravos as levantaram dando continuidade ao desfile. O povo seguia agitado e alegre, exceto o rapaz. Ficara parado, perdendo de vista o transporte em que Mirta e Idália eram levadas rua abaixo. Da abertura coberta por um véu Idália o avistou, cheia de culpa e dor. Depois, permitiu que uma lágrima rolasse.

— Cláudio Livius é filho dos Livius e neto de Sião Cornélio Livius. Sua família tem relações estreitas de amizade com a minha, há muitas gerações. Quando éramos crianças, brincávamos em nossa vila, enquanto nossos pais se reuniam para discutir negócios. Cláudio e eu prometemos um ao outro que nos casaríamos, e nossas famílias concordavam com a brincadeira; mas logo depois fui designada para ser vestal e nosso sonho de criança morreu.

Ao contrário do que a amiga lhe dizia, para Mirta não havia qualquer sinal de morte entre os olhares de Idália e Cláudio, e por isso sofriam. O amor de criança parecia maduro e vivo, mantendo-os sob a sensação injusta da separação. Houve um instante solidário entre elas, até que a amiga vestal penetrou um pouco mais na intimidade crescente entre as duas.

— Já amaste alguém Mirta? — A pergunta súbita derrubou a paz da gaulesa, remetendo-a imediatamente ao rosto másculo de César e, por segundos, ela sentiu que falar sobre isso era mais difícil do que pensara. Ainda mais para Idália, uma vestal de corpo e alma, mas talvez tão apaixonada quanto ela.

— Amo... quero dizer, amei. Mas ele está longe demais, e isso torna mais fácil meu sacerdócio.

As mãos suaves das vestais se tocaram em sinal de compaixão. Agora compartilhavam um segredo, embora Mirta sonhasse um dia lhe contar todos os que colecionava, a ideia era quase impossível.

Logo, um outro bairro onde flores eram penduradas nas sacadas, dava-lhes as boas-vindas. Infelizmente nem sempre as flores faziam o papel de minimizar os cheiros fortes e desagradáveis das ruas, onde animais e homens deixavam seus dejetos a céu aberto.

Mesmo assim as vestais percorriam o caminho das sete colinas, e já haviam passado pela maioria. Agora seguiam em direção a Aventino, onde encerrariam o cortejo diante do Templo de Diana.

 Algumas meninas vestais reviam seus familiares, na colina do Palatino, acendiam suas piras nos altares domésticos e logo se despediam, subindo na carruagem reservada às menores. Despedindo-se de pais orgulhosos. O Palatino era o mais belo dos bairros de Roma. Jardins suntuosos e não menos românticos nasciam diante das casas, em geral inauguradas pela presença de lindos pinheiros, e por isso mesmo Augusto, o primeiro imperador de Roma, mais tarde transferiria a casa das vestais para lá. Depois o séquito esteve na colina de Campidoglio, passando a parte sul de Quirinale e Viminale, Esquilino e Célio, onde Idália reviu seu amor secreto. Estavam finalmente adentrando Aventino, a única colina de Roma com a qual Mirta manteve intenso contato. Uma saudade de dona Ismênia invadiu seu peito de maneira súbita, porque dela nascia a saudade de tudo que Mirta era obrigada a esquecer: a morte de seu filho, o último encontro de amor com César, o carinho da senhora que a tratava como uma mãe, e a confiança de irmão que tinha por Ícaro. O latido de alguns cães ao longe, com o cair da tarde, faziam-na sentir a ansiedade que muitas vezes reproduziu a espera por César.

 Diante do Templo de Diana, os lictores do Colégio Vestal afastaram a presença maciça da multidão agitada. Apenas as matronas convidadas adentraram a morada da deusa que aguardava as oferendas de Vesta confiadas a ela. Era um momento dedicado à religiosidade feminina de Roma. A força da fertilidade e da justiça aliada à proteção da cidade. As deusas Diana e Minerva eram as irmãs de Vesta. Filhas de Júpiter. Oferendas e sacrifícios também estavam reservados a elas.

 Na volta para o Colégio, era possível sentir a entrada triunfal do verão, que chegava sem avisar. Mas apesar do calor, ao fim do dia uma brisa suave prometia descanso aos corpos suados. Mesmo assim, os monumentos de pedra tuffa resistiam ao frescor da noite, exalando a temperatura elevada absorvida durante o dia. Mirta foi se refrescar antes de dormir. Percebendo a luz acesa no cômodo de Idália, foi ter com ela.

— Posso entrar? — perguntou da porta, com a parcimônia usual.

— É claro, Mirta, sabia que virias... — Os cabelos castanhos de Idália estavam soltos e formavam ondulações remanescentes da *sine crines* — as seis tranças típicas das noivas romanas.

Mirta sorriu surpresa.

— Sabias?

— Sim. Lembro-me até hoje do dia em que participei de minha primeira Vestália. Tinha nove anos e estava no Colégio há quase oito meses. Tudo aqui parecia sério demais, muito diferente da vida que levava, livre, com as brincadeiras do campo. Apesar das aulas fatigantes na vila, ao longo do dia, no fim da tarde minha tutora nos liberava para brincarmos pela campina. Depois que vim para cá, foi como se todo o verde que representava minhas horas de diversão fosse pintado de cinza. Tudo parecia pesado demais. — dizia isso enquanto passava os dentes do pente de marfim, sobre os cabelos. — Com o tempo, as coisas foram fazendo sentido. Foram se justificando.

Mirta admirava a lucidez de sua companheira, mas podia ver na voz da moça um pedaço de seu coração sangrando, como se viam os órgãos dos animais nos açougues da colina de Célio. Era a visão de Mirta sobre as meninas vestais: suas famílias ceifavam suas infâncias e as repartiam sobre a sacralidade romana, como faziam os açougueiros com suas mercadorias.

Ao lado da cama de Idália havia uma cabeça de mármore, em um suporte de pedra numa base retangular. Uma cabeça sem face. Sobre ela, o véu cor de açafrão que haviam usado naquela tarde. A gaulesa achou o objeto curioso.

— Gosto de guardá-lo assim. Desse jeito não perde a forma e me faz lembrar, mesmo que não esteja sobre minha cabeça, a importância de seu papel.

O tom resignado na voz de Idália deu o sinal para que o nome de Cláudio não fosse pronunciado. Mirta fitou o objeto inexpressivo por um tempo. Até Idália lhe oferecer uma daquelas cabeças companheiras.

— Queres uma dessas? Peço que meu irmão faça uma para ti. Ele é excelente escultor, mas só o faz quando nosso pai viaja, porque acredita que isso é trabalho para os gregos e que é para isso que são trazidos para cá. Meu pai diz que lugar de romano patrício é no Fórum ou nas batalhas em campo, não em oficinas.

Pelo que Idália soltava aos poucos, a gaulesa sentia a rigidez da tradição de sua família. E era assim que os patrícios viviam, lutando diariamente pelos costumes de suas castas, pelo respeito aos deuses e pela sobrevivência do nome através das gerações. O rosto liso e frio de mármore absorveu a atenção de Mirta, como se dali de dentro quisesse sair uma voz. Tanto que a gaulesa nem respondeu à oferta da amiga.

— Mirta... queres uma dessas?

Como se despertasse de um sonho distante, respondeu à gentileza de Idália com outra pergunta.

— Seu irmão ainda não aprendeu a esculpir rostos... digo, não quis fazer seu rosto para guardar o véu? — perguntou sem tirar os olhos da cabeça lisa.

— Ele sabe, entalha rostos perfeitos...Mas talvez, tanto para ele quanto para o povo de Roma, nós sejamos iguais a esta cabeça de mármore. Perfeitas, lisas e sem face.

CAPÍTULO XIX

Final do ano 48 A.C

O Casamento de César

Embora ficassem alheias à maioria das notícias corriqueiras e perniciosas da República, burburinhos dos sacerdotes de Júpiter às vezes escapavam até o colégio. Naquela noite, durante a refeição, todas conversavam sobre a mesma coisa: o casamento de Júlio César com a rainha do Egito.

    Mirta, que demorara a chegar por causa das entoações, chegou à sala de jantar desculpando-se pelo atraso, rompendo o falatório, mas suas companheiras afoitas em encaixar os detalhes fragmentados do rumor, sequer notaram sua ausência. Ao se sentar ao lado de Idália, ajeitou-se no banco de modo a tomar a boa compostura e, ainda isenta da tormenta que viria açoitá-la em cheio, inquiriu-as sobre o assunto. Queria participar da conversa que seguia animada. Àquela altura, seu latim impecável permitia-lhe não só compreender um rico diálogo, como também sustentar questões emblemáticas e atuais. Mas nada no mundo a prepararia para a revelação que viria em instantes.

Quando Agostina lançou a dúvida de como seria para o ditador de Roma manter uma rainha como esposa sendo ele seu casado sob as leis romanas com Calpúrnia, os ouvidos de Mirta, num reflexo piedoso e fugaz, confundiram sua mente negando a imediata compreensão. Mas a conversa seguia rápido demais e o coração de Mirta obrigou-se ao compasso das palavras que vinham como lanças nos tímpanos da gaulesa. Finalmente, após alguns instantes, Mirta conseguiu formular a pergunta incisiva e esclarecedora em tom suficientemente controlado:

— De quem falam minhas nobres irmãs?

E, num instante que repercutiu como horas, Idália respondeu à pergunta com naturalidade:

— Falamos do casamento do nosso pontífice Júlio César com a rainha do Egito.

Num misto de perplexidade, dor e incompreensão, Mirta sentiu a Casa Vestal ruindo impiedosa sobre sua cabeça. Nenhum instinto de seu corpo miúdo atrevia-se a dissimular sua decepção, nem seu latim irretocável, tampouco a religiosidade romana ou seus deuses gauleses, nenhuma referência a tomou pelos braços num alento súbito da mente. Suas pernas lambidas por um tremor exasperado, faziam-na duvidar do chão e quanto mais a razão exigia-lhe polidez, menos seus lábios permitiam pronunciar algo diferente do grito que vinha sufocado na garganta.

Deslizou o dedo sobre o cabo da colher, temendo que o tremor, no auge da angústia, alcançasse suas mãos e então, num esforço sobre-humano, tomou o talher com força na tentativa de consumir a sopa e conduzir a única palavra que poderia balbuciar:

— Como?

Enquanto as vestais distraídas adornavam suas versões do fato com detalhes provindos de fontes duvidosas, Mirta sortia as perguntas mentalmente em milhares de sequências: *Como ele pôde? Como me tirou da Gália e rompeu sua promessa de amor? Como pôde esquecer tão rápido de nossos planos, de nossa vida juntos?*

No momento em que a aversão por César tomava pelas mãos todo amor que Mirta sentia, mais um golpe, naquela fatídica noite de inverno, derrubaria o raciocínio da gaulesa averna. Agostina arrematava seu comentário anterior entre uma e outra colherada de sopa:

— E dizem que a egípcia espera um filho do pontífice!

Imediatamente, o inútil esforço de mascarar o sentimento da vestal edificada por César esvaía-se juntamente com a ereção de seu corpo. Ela caíra sobre os ombros de Idália sem sinais vitais, com os lábios alvos e a pele translúcida. Agostina e as demais vestais, aturdidas com o mal súbito de Mirta, se puseram a deitá-la, ali mesmo no chão, com o intuito de reanimá-la sob os cuidados de Idália e Cecília que jamais viram alguém com a tez tão petrificada.

O ramo de arruda recém-tirado da terra veio em segundos nas mãos da criada que, percebendo a inexperiência das moças, tomou o pescoço de Mirta pelo braço e esfregou a planta entre os lábios e o nariz da desfalecida. O forte aroma da arruda despertava aos poucos a razão daquela que preferia ter perdido de vez os sentidos.

Apesar da inusitada cena que a todas preocupava, Felícia parecia ser a única capaz de relacionar o desmaio de Mirta ao assunto da noite: a união inesperada de Caio Júlio César com a Rainha do Egito.

Na manhã seguinte, Roma estava vestida de cinza, e o céu carregado de nuvens austeras escurecia o tom de todas as coisas. Nada podia justificar o nascer daquele dia em que Mirta enterrara a imagem do homem apaixonado com quem viveu na Gália. E, como se não bastasse, o cinzento e frio céu a fazia sentir o cheiro da sua terra e de sua gente, despedaçando lentamente os motivos e as razões que a levaram até Roma.

Não quis abrir os olhos. Esperou muito tempo revivendo novamente o episódio da noite anterior. Uma a uma, reproduziu as palavras ditas displicentemente por suas companheiras, elas soavam como ecos: casamento... rainha... filho... Júlio César.

Nada doía mais naquela alma destemida e intuitiva, a não ser a morte de seu filho. O filho que a trouxera até Roma e a deixara sem ele. Mas naquela manhã, o sofrimento materno perdera lugar para a rejeição masculina e distante de César. Agora estava só, sem a expectativa da chegada do homem que a protegia mesmo a distância, que a desejava não importando se as algemas do tempo os aprisionassem. Aquele homem com cheiro de linho e pinho que por tantas noites impregnou seu ventre de paixão, balbuciando palavras que a fizeram conhecer o latim e os poemas gregos, não mais existia nos arquivos remotos de Mirta. Todos os momentos que a transformaram na gaulesa romana da qual ele tanto se orgulhara, jamais seriam divididos com ele. Se havia algo que a mantinha naquela terra outrora desconhecida, era a expectativa e a espera por César, pelo amor que ambos nutriram na Gália. Mesmo quando seu bebê jazia nos braços dos deuses da morte, sobrava-lhe o desejo de César. Agora, absolutamente nada fazia sentido. Como se todo o tempo em que esteve longe da Gália não passasse de um longo pesadelo, desejou abrir os olhos em outra cama.

Viajou no tempo. Sentiu o cheiro da casa de pedras que abrigara seus sonhos juvenis. Ouviu seu dialeto ao redor da fogueira onde as brasas obedientes ainda estalavam sobre o domínio do fogo. Passou as palmas das mãos sobre os campos de lavanda suados de orvalho e sentiu a força dos ventos quentes do verão beijando seu rosto.

Mas, ainda assim, teria que abrir os olhos em outro lugar.

A rotina começava cedo na Casa Vestal e Mirta se punha à postos muito antes das outras, era natural. Desde menina, quando iniciada na cultura de seu povo celta, o despertar do dia independia dos primeiros raios de Sol, principalmente quando as ervas e plantas recém-nascidas aguardavam suas mãos. Mas naquela manhã, nada a fazia obedecer ao seu relógio biológico, nenhum deus, nenhuma ordem sacerdotal, nenhum galho de árvore que prometesse sustentar sua dor... seu corpo estava pesado demais.

Idália abriu lentamente a porta do quarto, ainda aflita com o estado da amiga. Além da forte devoção que nutria por Júpiter e Juno aquela era, sem dúvida, a mais plena de todas as vestais. As outras mantinham os compromissos à risca e tomavam seu papel na sociedade romana ostentado por suas nobres famílias. No entanto, com Idália parecia existir uma razão maior que nem mesmo ela sabia explicar, vinha de dentro, como o suor escorrendo nos rostos dos gladiadores em suas batalhas pela própria vida. Indubitavelmente, Idália era a vestal que personificava a imagem da deusa Vesta. E Mirta via na amiga a inegável missão que ela mesma acolhera, assim como as plantas escolheram a gaulesa para o dom da cura.

Sentindo a presença suave e fraterna de Idália, obrigou-se a abrir os olhos. Um surpreendente e tímido sorriso rasgou seu rosto em tom de agradecimento. Sabia que a amiga vinha, mais cedo do que o costume, movida pela preocupação da noite passada. Terrivelmente sufocada com as notícias que a levaram a nocaute, Mirta teria que encontrar explicação para o desmaio repentino. Sentou-se na cama de costas para a janela, comparsa do dia cinzento que atuava no cenário trágico da gaulesa. Dirigiu os olhos suplicantes para a amiga, num instante inalterado, e aterrando sua verdadeira história, mais uma vez, forjou seus verdadeiros sentimentos. Mirta lançou as mãos à amiga que se punha diante dela oferecendo ajuda, e levantou o corpo que não mais gostaria de ter. Agora repudiava a si mesma.

Diferentemente da noite anterior, Idália notava em Mirta algo além do corpo fraco e desanimado, uma ausência que a tornava estranhamente distante. Pensou que, provavelmente, era um efeito da noite mal dormida, por isso afastou a impressão de estranheza e tornou a perguntar se a pompeiana sentia-se melhor:

— Lembra-se da noite passada? Sente-se bem?

Mirta desejou ardentemente execrar todos os minutos e sentimentos daquela noite, mesmo que isso importasse nunca mais falar em César. Apenas ter o direito de enterrá-lo em lugar de esbarrar na figura mais impoluta do Império Romano. Respirou com suavidade e procurou no carinho da amiga motivação para a resposta:

— Sinto-me melhor, mas a cabeça ainda dói e o cheiro de arruda parece impregnar até meus pensamentos.

Idália sorriu e disse-lhe para se deitar, certamente os sacerdotes prefeririam vê-la recuperada na cerimônia de inverno, quando a chama sagrada da cidade deveria receber maiores cuidados em razão dos ventos fortes vindos do sul. O mar da Sicília, zangado com o frio ingrato que distorcia a paisagem paradisíaca da região, soprava um vento forte até Roma, e permitir que a fúria de Netuno se vingasse no fogo sagrado da cidade, seria um imperdoável deslize das vestais. Mas Mirta estava pronta para cumprir o papel de guardiã, quantas vezes fosse necessário. Isso já não mais dependia de sua relação com César, era completamente anômalo e muitas vezes a fazia esquecer os caminhos que a levaram até lá. O caminho da fé era, sem dúvida, o condão entre Mirta e Roma. Agora, quase nada fazia sentido a não ser sua conexão com Vesta, Júpiter e Juno. Sua alma gaulesa abria portas transcendentais da intuição da qual ela sempre recebeu respostas e há muito, seus anseios e angústias encontravam alento nos deuses romanos. Foi numa invocação da deusa Juno que o sacerdote Magnus Cipriano percebeu na recém-chegada algo maior, que a destacava das demais. As tochas acesas do templo mantinham a iluminação intensa e constante, reluzindo o branco do mármore num círculo incessante de claridade perfeita. O aspecto limpo do templo advinha das vidraças no alto, onde, durante o dia, o sol reinava insolente através daquelas aberturas. Em geral, as obrigações das vestais cumpriam-se ao longo do dia considerando os hábitos saudáveis e discretos nos quais as virgens se enquadravam. No entanto, em momentos de oscilações políticas, ou mesmo em tempos de festa, tais obrigações podiam se estender até o tardar das horas. Os dias vindouros certamente teriam essa variável, pois o casamento de César com a tal rainha repercutiria nos muitos negócios dos nobres romanos e, sem dúvida, as vestais seriam comumente consultadas.

Elas teriam muito trabalho pela frente.

Uma tarde de quietude e solidão daria a ela um pouco de luz, embora preferisse a escuridão à clareza dos fatos, teria de encontrar solução na tormenta em que afogava seu espírito livre.

Havia se preparado para a distância e as furtivas visitas que receberia de César, comparado ao que ele daria ao povo e ao senado de Roma quando voltasse. Havia se contentado com a realidade da qual ele não a eximiu na Gália e com o sólido casamento com Calpúrnia. Sabia que os encontros seriam escassos e que os infortúnios das guerras poderiam afastá-los por anos, todas essas verdades ficaram explícitas na Gália antes que respondesse ao "plano de proteção". Mas a notícia do casamento inesperado com uma rainha de origem indigna às vistas de Roma, dava-lhe indícios de características que, nos dois anos de convívio, ela não havia percebido... insaciável, César era insaciável! Não bastava ser o procônsul do Império Romano, nem o general mais temido, nem o conquistador das Gálias. Ele queria mais. Mirta conhecia os propósitos políticos e a astúcia daquele homem. Conhecia seu caráter, firmeza e precisão. E sabia, também, de sua generosidade.

Poucos puderam usufruir da figura mítica, temida e adorada o lado humano e gentil de Gaius Iulius Caesar — como ela pôde. E agora, uma outra mulher, por possuir título e riqueza, desfrutaria do homem que prometera proteger e amar Mirta, apesar das barreiras impostas pela vida.

Nascia Uma Nova Mirta

Os dias passavam mansos na rotina das vestais, embora os compromissos e afazeres da casa e do templo preenchessem por completo as horas de Mirta. Ela sentia o prazer de libertar seu pensamento, pouco a pouco, do general. Havia momentos que nem mesmo a consciência vigilante era capaz de lembrá-la dos caminhos que a levaram a se tornar uma sacerdotisa de Roma, como se a vocação pudesse apagar seu passado. O templo de Vesta mantinha com a novata uma espécie de comunhão, na qual sua intuição aflorava votos e a fazia acreditar que era possível pertencer a dois mundos amando-os igualmente, cada qual com seus encantos. Quando pensava na Gália, uma saudade profunda invadia seu peito, como se não houvesse divisão entre seu corpo e sua terra. Por outro lado, a cidade calorosa e agitada que a acolheu como vestal trazia-lhe sustento para a alma. O convívio com as outras sacerdotisas e as diferentes histórias de vida de cada uma delas faziam-na sentir-se romana. Mesmo entre as vestais patrícias, ela notava que no fundo eram todas criaturas aflitas e apaixonadas por seus deuses, e isso diminuía a culpa de Mirta por não pertencer ao mundo que dissera pertencer. Ela insistia para que o coração obedecesse à ordem racional do rancor que carregava em relação à César, tentando afastar as imagens que vinham assombrá-la, nas quais o corpo forte do general envolvia o de outra mulher, muito longe dali... passeando pelas margens do Nilo, rodeados de lacaios cujos os olhos se pintavam como os de sua rainha. Um misto de raiva dele e de si mesma lhe permitia acreditar que poderia viver sem esperá-lo, ademais, colhia o respeito crescente da aristocracia em sua direção. Isso, preenchia um espaço no orgulho ferido da gaulesa. Enquanto se desligava de César, sua vida criava raízes profundas na religiosidade romana.

CAPÍTULO XX

Óstia

Uma excitação contida tomou conta da Casa Vestal. As vestais iriam para Óstia dali a três dias e, embora mantivessem a conduta silenciosa e pacata do Colégio, era nítido o clima de expectativa entre elas. O convite viera de um rico comerciante do porto de Óstia, que em agradecimento aos conselhos recebidos por uma vestal em sua última visita à Roma, decidira retribuir a bem aventurança de seus negócios, atribuída a sabedoria da sacerdotisa. Rúbio Metella era respeitado e influente em boa parte da Itália. Sua família, há décadas, fixara a hegemonia das atividades mercantis no litoral da Sardenha e da Sicília, estendendo também seus negócios até a rota de Pompeia. Mas Óstia era sua menina dos olhos. Um grande projeto de ampliação e revitalização do porto fora custeado unicamente por ele, e sua resistência em deixar a província foi suprimida, apenas, pela devoção à deusa Vesta, cujo poder do fogo, segundo ele, afastava os maus preságios de seus negócios. Duas semanas antes, ele foi recebido no Colégio dos Pontífices onde mostrou a intenção de oferecer uma festa em homenagem a deusa, agradecendo pelos prestimosos conselhos das virgens sagradas. O convite foi aceito e transmitido às moças pela Vestal Máxima, com a altivez que lhe era peculiar. Há anos as sacerdotisas não participavam de uma festividade como essa, fora da capital — uma comemoração devotada à Vesta e às suas guardiãs. Com as guerras civis nos últimos tempos, os trajetos de extensa locomoção haviam sido suspensos por conta dos perigos que rondavam parte da Via Ápia, principal estrada que ligava Roma ao sul da Itália. Óstia estava situada a aproximadamente vinte e cinco quilômetros da República, o que iria requerer um pequeno cortejo de servos e liteiras confeccionadas especialmente para o transporte das vestais. Cinco sacerdotes, escolhidos entre os sábios homens do Colégio, acompanhariam as sacerdotisas. O próprio Metella disponibilizara, também, homens de sua confiança para garantir a segurança do séquito religioso de Roma até a próspera Óstia.

Um pedido *sui generis* intrigou os sacerdotes: o anfitrião enfatizou a moção à deusa do fogo, ao Colégio Sacerdotal e como previa o protocolo, à Máxima Vestal. Contudo, na ocasião fez menção à presença da vestal Mirta. Rúbio explicou que os conselhos da moça muito lhe agradaram, e que tudo o que ela havia lhe dito concretizou-se efetivamente sob seus pés. Ele sabia que, de acordo com a tradição religiosa dos romanos, pela escala hierárquica, tais eventos contavam apenas com a presença das mais antigas sacerdotisas, e descobrira, graças à sua influência, que Mirta era recente no posto. Por isso fazia questão de garantir a homenagem a quem o fizera — através de sábios conselhos — elevar suas riquezas na hora certa. Na época, Rúbio se preocupava com os efeitos do casamento de Júlio César e Cleópatra sobre o comércio marítimo, seu ramo de atuação. Se o matrimônio fosse uma arma de César contra o senado, seus negócios sofreriam excessivo prejuízo. Mirta assegurou ao homem que o aumento de sua frota marítima só lhe traria prosperidade, seria excelente medida a ser adotada, agora que Roma receberia mais insumos do Egito. Ela nunca pensou que César prejudicaria seu povo, o povo que o amava nas ruas da capital. Ela garantiu ao mercador, ainda, que o general aumentaria o abastecimento da cidade com o trigo e o mármore vindos da terra dos faraós. Dito e feito. O mercador, confiante na veemência da sacerdotisa, mandou construir o triplo de galeras e ainda contratou centenas de homens que se mudaram para a cidade com suas famílias, na esperança de novos empregos. Em poucas semanas, embarcações comandadas pelo exército de César chegaram ao porto designando o envio de cargas extras ao porto de Alexandria, onde milhares de sacas de trigo e pilhas de mármore aguardavam seu transporte pelo Mar Mediterrâneo, até o porto de Óstia. Foi então que a riqueza já conhecida da família Metella terminou por consagrar a oligarquia mercantil, esculpindo sua nobreza nos brasões mais respeitados da República. Agora, como citadino devotado, Rúbio pretendia retribuir com pompa e circunstância a proteção de Vesta. Corria à boca pequena que a maioria dos produtores de vinho da região havia tirado do estoque centenas de barris do mais fresco vinho, a fim de suprir a necessidade dos convidados. O banquete oferecido na noite em que as vestais seriam homenageadas, ao que indicava, entraria para a história. E por toda a República, os plebeus sonhavam com a beleza do evento.

    As moças da casa vestal tentavam a todo custo esconder a excitação, pois o temperamento imprevisível da tutora-mor poderia decepcionar as mais animadas. Era comum que escolhesse apenas as mais tímidas e recatadas sacerdotisas. Embora o Colégio fosse composto por dezoito delas, entre as novatas e as mais experientes, Mirta resignava-se humildemente a seu pouco tempo de religiosidade, acreditando que as mais antigas preenchessem o número de homenageadas. Além disso, era preciso que uma quantidade razoável de guardiãs estivesse disponível para a vigília do fogo na ausência da Máxima Vestal. As quatro meninas iniciadas nos dois primeiros anos em que Mirta entrara para o colégio, estariam também sob a responsabilidade das mais velhas. Por isso, sabia-se que no máximo nove vestais seriam escolhidas para desfrutar da festividade, ou seja, oito moças excetuando-se a mais respeitada delas. E foi antes que o sol se pusesse, aproveitando o número de meninas que se reuniam no *atrium vestae*, que Fábia Severo, entoando a voz grave que carregava, desferiu como lanças nos corações daquelas que não tiveram seus nomes pronunciados, a lista de escolhidas:

— Os nomes que direi em seguida são daquelas escolhidas para o evento de Óstia. Assim que tomarem ciência, estejam certas de sua importância e renome no seio de nossa sociedade. — às vezes ela deixava escapar seu lado cruel, e aquela foi uma oportunidade de enfatizar seu poder sobre as excluídas.

Sentada à beira de um dos lagos que compunham o centro do pátio, Mirta bailava os olhos entre os movimentos das carpas que passeavam alheias a toda aquela expectativa. Ela estava certa de que ficaria em companhia das mais novas, na salvaguarda da chama, por isso sua respiração mansa assim permaneceu diante das palavras de sua superior. Não tinha expectativas sobre o evento.

As mãos senis de Fábia seguravam um pequeno pergaminho, como se a formalidade da cena afastasse a certeza de que a lista com os nomes escolhidos já não estivesse decorada.

— Vestal Felícia, vestal Idália, vestal Júlia, vestal Cecília, vestal Cláudia, vestal Agostina, vestal Ádria e vestal Mirta.

O sorriso triunfal de Felícia, pela natureza frívola, negou-se a disfarçar seu prazer. Desfrutava dos privilégios da antiguidade no posto. Seu prazer, no entanto, se desfez ao ouvir o nome de Mirta. Sentia-se incomodada com a meteórica notoriedade da gaulesa e, de alguma forma, algo proveniente das origens de sua rival não se encaixava em sua mente. A expressão de surpresa no rosto de Mirta irritou ainda mais a oculta inimiga. Mirta levantou-se de imediato em sinal de respeito e agradecimento, mas a notícia inusitada demorou a surtir os efeitos causados em suas companheiras; não esperava ser escolhida, mesmo assim sentiu-se feliz por isso. Na sala de jantar, ainda extasiada pela notícia, Mirta tomava a sopa maravilhada com a ideia de conhecer novas terras e participar do seleto grupo homenageado. Idália, timidamente, sorriu para a amiga. Ela também compartilhava da surpresa e da alegria de Mirta. Mas Felícia esperava apenas uma brecha e assim, lançar algum comentário capaz de retirar do semblante das companheiras o contentamento visível. Saiu da ponta da mesa carregando o prato com a sopa de ervilhas, na direção de Idália, Agostina e Mirta. As três falavam baixinho e liberavam risos quase silentes. Sentou-se impondo sua presença lacônica. Com um sorriso sarcástico e levemente provocativo, impulsionou a mão direita a girar a colher no sentido anti-horário sobre a sopa, como se o gesto ajudasse a destilar seu veneno:

— Estranho... a tradição sempre nos mostrou, desde a época do Rei Numa, que apenas as vestais mais antigas participam de homenagens honrando o Colégio. Venho me perguntando que poderes a companheira Mirta possui, capazes de modificar tantas regras. — ela mantinha a colher no movimento circular que parecia pertencer a alguma espécie de ritual, sem erguer os olhos, deleitando-se com os efeitos do comentário.

Agostina e Idália se entreolharam, compartilhando o mesmo pensamento. Ambas conviviam há muitos anos com Felícia e conheciam o poder invejoso de seus atos. Muito tempo antes de Mirta chegar à Casa Vestal, uma bela patrícia, cujos dotes superavam qualquer atributo exigido para o cargo, foi muito bem recebida por todas, principalmente pelo colegiado sacerdotal. Cineia era capaz de volver todos os olhos para si nas cerimônias de entoação à Vesta e tocava arpa como ninguém, trazendo alegria e suavidade às companheiras quase todas as noites. Era nítida a afeição da Máxima Vestal pela novata, requisitando-a na maioria dos eventos, pois a tinha como modelo a ser seguido. Tais atributos foram insuportáveis para Felícia, que envidava esforços adulando desesperadamente a líder da Casa. Meses se passaram e o tempo parecia ter acalmado o pernicioso coração da sobrinha de Sula, até que um enorme escândalo esmagou a relação entre Cineia e seus superiores. Ninguém sabia ao certo, mas parecia que uma correspondência anônima havia levantado suspeitas sobre a intimidade da moça, provocando uma inspeção em seus aposentos. Fábia Severo saiu com a tez pálida do quarto, em companhia do sacerdote-mor, enquanto do pátio as moças ouviam os gritos chorosos da companheira, "Não fui eu... eu nunca faria isto. Não fui eu..."

 No dia seguinte, os pertences de Cineia já não mais se encontravam no cômodo destinado a ela. A criada da casa dissera à Agostina que haviam encontrado desenhos e palavras obscenas no interior do armário da moça. Desde então, Felícia recuperara parte do posto que outrora lhe pertencera: de preferida e provável substituta da Máxima Vestal. Agora, o comentário ardil da aduladora parecia denunciar sua próxima vítima, o que fez com que Agostina e Idália imediatamente desfizessem suas intenções.

 — Não vejo nada de estranho — irrompeu Agostina. — Todas nós sabemos que Mirta vem se saindo muito bem nas noites de vigília. Seus conselhos já foram elogiados por muitas matronas. Além disso, a tradição já foi rompida desde a sua chegada ou você se lembra de conhecê-la quando menina?

 Mirta permaneceu calada. Preferia não demonstrar que conhecia os verdadeiros sentimentos de Felícia. Sua inimiga, por sua vez, sem tirar os olhos frívolos e verdes de sua presa, continuou a tecer impressões:

— Mirta, não veja meu comentário como desafeto a ti. Apenas guardo sério compromisso com as tradições vestais e creio que, se respeitarmos a hierarquia do passado resguardaremos nossos próprios direitos. Você, como nobre patrícia — Mirta sentiu que ela duvidava disso —, sabe que nossos caminhos devem ser trilhados sobre nossos merecimentos.

Quando o sangue fervilhante e nem sempre compassivo de Agostina se preparava para atacar o veneno de Felícia, o pensamento grego que Mirta incorporara ainda na Gália desmoronou a empáfia da locutora.

— Diga-me Felícia, pois minha pouca vida no Colégio jamais permitiu-me conhecer seu caminho por completo... quando foi que interrompeu a infância para se entregar à Vesta? — Mirta atacara em cheio os brios de Felícia que encerrava imediatamente as conversas quando o assunto era a data de sua iniciação. Ela havia se tornado vestal na idade adulta, pois nenhum nobre romano aventurara-se a desposá-la, e Idália já havia contado isso à Mirta.

As amigas de Mirta engoliram uma generosa colherada da sopa, com o fito de enfrentar a animosidade crescente. Idália surpreendeu-se com Mirta, que até então mostrava passividade e tolerância. Intimamente, tanto ela quanto Agostina, sentiram que finalmente surgira uma rival à altura de Felícia, capaz de combater aquele instinto malévolo. Mas temiam que a aptidão para o mal da indesejada colega pudesse levar Mirta ao mesmo fim que Cineia. O som oco da colher jogada abruptamente sobre o prato, deflagrou a irritação de Felícia. Mirta continuou sorvendo o alimento com a placidez de uma rainha, mas fitava sua rival profundamente, afirmando seu destemor e mantendo a postura inquisitiva. Os lábios grossos de Felícia se afinaram, contraídos pela raiva que sentiu. Parecia que naquele espaço de madeira que as separava, nascia uma batalha e Mirta sentia a vibração negativa de sua opositora. A gaulesa estava disposta a se impor, apesar do temperamento dócil, pois sentia que a hora de mostrar sua força havia chegado. Se deixasse que suas companheiras tomassem seu partido sem nada dizer, o avanço de Felícia seria constante. Mostrar seu lado guerreiro, ainda que com polidez, era necessário para ser respeitada e estava disposta a pagar o preço da guerra; já havia permitido grande parte das provocações desferidas contra ela desde a sua chegada, mas agora, após quase dois anos, já não podia mais se considerar uma novata. Seu valor como vestal estava mais do que provado e ela sentia-se merecedora disso; embora guardasse respeito e servidão por Vesta, nenhuma outra vestal, nem mesmo sua superior, lançaria seu caráter ao alvedrio da mediocridade. Ninguém naquela casa havia feito mais sacrifícios do que ela e ainda que, diante das outras, no silêncio da noite sentisse pesar por não ser casta, sentia que a deusa do fogo conhecia sua devoção e entendia seus propósitos. Jamais Mirta afastara Vesta de seu coração, metade gaulês, metade romano. Assim como Belisama, Vesta estava guardada num lugar sagrado de sua fé, sua dedicação era genuína. Mirta sentia-se infinitamente merecedora dos reconhecimentos. Embora não esperasse ir a Óstia, no instante em que a Vestal Máxima pronunciou seu nome, um enorme orgulho de si mesma preencheu seu corpo, fazendo-a sentir-se especial. Mas a presença indesejada de Felícia parecia atentar contra o doce gosto daquele momento.

 A voz dissimulada de Felícia tentou amainar sua irritação e o mais rápido que pôde, revolveu a atenção para a tréplica:

— Em verdade, minha família, que possui amor demasiado por mim, julgou correto entregar-me à Vesta, somente quando minha consciência suportasse os desígnios de uma verdadeira vestal. — e, dizendo isto, arrematou a imagem prepotente que esculpia aos olhos das demais.

 Antes que Mirta pudesse avaliar se o comentário merecia resposta, Fábia Severo adentrou a sala de jantar, aproximando-se do grupo. Determinou que as oito escolhidas fossem ter com ela após a refeição. Era preciso repassar o protocolo da ocasião. Havia uma conduta a ser seguida desde a saída da Casa Vestal até o retorno das moças a Roma, e nada poderia macular a imagem das virgens, principalmente longe de casa. O papel das sacerdotisas seria cumprido à risca, em qualquer canto da República.

Cerca de dez luxuosas liteiras, uma pequena tropa de doze soldados e quatro robustos cavalos montados pela cavalaria do Colégio Sacerdotal, aguardavam no portão da Maison Vestal. Ladeada pelas oito sacerdotisas, a Máxima Vestal surgiu no pátio como uma estátua grega, portando a conhecida veste clara, desta vez acentuada pelo roupão avermelhado. Em silêncio, as moças entraram nos cinco últimos veículos destinados a elas. Adiante, os sacerdotes lideravam o séquito emanando, assim, o poder religioso em Roma.

Era cedo e as aves inauguravam seus voos sobre o Fórum Romano iniciando a venturança diária. O céu azul parecia ter sido pintado pelas mãos de Júpiter e nenhuma nuvem ousava desafiar a paisagem sublime daquele quadro. No coração das vestais, um pulsar florescia criando as imagens do destino que as esperava, e todas, inclusive Mirta, sonhavam com a festividade a elas encomendada. À oeste de Roma, a Via Ostiense ressoava como um tambor, respondendo ao atrito das ferraduras dos animais sobre as pedras que a pavimentavam. Uma estrada de nove metros de largura, testemunhada por um corredor de ciprestes altivos e graciosos, conduzia os viajantes que iam e vinham de Óstia, província da qual tomou emprestado seu nome. A trinta quilômetros dali uma cidade fervilhante e dinâmica, preparava os últimos detalhes para a chegada de seus ilustres convidados. A estrada nascia próxima do Fórum Boário e seguia ditosa à margem esquerda do Tibre, passando pela colina de Aventino. Pela fresta entreaberta do tecido que cobria sua liteira, Mirta pôde ver ao longe a casa de Ícaro, mas antes que surgisse uma ponta de saudade, Idália interrompeu os pensamentos de sua amiga.

— Sempre ouvi dizer que Óstia é bela e animada, não vejo a hora de chegarmos! — E, abrindo um pouco mais a fenda, revelou um ângulo generoso da paisagem, buscando a imagem que demoraria a encontrar.

Mirta sorriu diante da ansiedade da companheira, Idália raramente rompia a conduta reservada e introspectiva, mas no fundo, apesar de grandes responsabilidades, eram apenas meninas saindo para passear e experimentar um pouco da vida social que lhes era furtada. A estrada utilizada para o deslocamento da capital até a cidade anfitriã era segura e de fácil circulação, pois em seu tempo de vida já havia sofrido alterações e melhorias que a tornaram um acesso relativamente rápido até o "celeiro de Roma". Saíam da profícua província praticamente todos os suprimentos que abasteciam a República. O importante porto de Óstia recebia diariamente imensas quantidades de especiarias, cereais, azeite e óleos essenciais, além do mármore e das pedras destinadas às construções, vindos pelo mar Tirreno. Na direção contrária da comitiva vestal, várias carruagens passavam levando todo tipo de carga às sete colinas de Roma. Idália dissera a Mirta que, segundo relatos antigos, Anco Marzio, o quarto rei de Roma, há seis séculos passados, decidira assegurar seu controle sobre o Rio Tibre, naquela época conhecido por Albula, no intuito de dar a cidade uma saída para o mar e, consequentemente, aproveitar a extração do sal. Assim, foram construídas várias instalações em direção à costa, e mais tarde, ele dera àquela colônia o nome de Óstia — *ostium*, que significa foz ou boca do rio. O astuto rei pretendia afastar, de uma vez por todas, a invasão de gregos e siracusanos, bem como de qualquer outro povo que ousasse violar a soberania romana. Dois séculos depois de Anco Marzio, os romanos estabeleceram ali um *castrum* — um forte edificado perto da boca do rio, a fim de garantir o controle do baixo vale do Tibre e da costa. Agora, quase seis séculos após Anco Marzio fundar Óstia, o cortejo religioso da República estava prestes a encontrar um lugar repleto de edificações que nada deviam aos monumentos suntuosos de Roma, uma visão de agradáveis construções de frente para a baía do Mar Tirreno.

Na beira da estrada, um grupo de camponeses assistia à passagem da comitiva que revelava a imagem mitificada das sacerdotisas. Uma menina, ao lado da mãe, caminhava lentamente acompanhando o cortejo por alguns minutos. Enquanto sua mãe tentava subtrair a visão interna de uma das liteiras, a criança olhava atônita os rostos fatigados e suados dos servos que suportavam o peso da escravidão. Intermediada pela expressão de misericórdia da menina, Mirta volveu às lembranças de um passado nada distante e afastou a ideia de que poderia estar sendo carregada por alguém de sua própria origem. Chegou a questionar à Idália a quem pertenciam os escravos que as carregavam, mas a amiga, estranhando sua pergunta, permaneceu devorando cada instante do trajeto, dando de ombros. Mesmo para o coração bondoso da moça, aquela era uma condição muito comum às vistas de alguém que, como nobre, crescera na presença de lacaios e serviçais. Mas não para uma camponesa gaulesa recém-libertada da simplicidade.

Quase duas horas após a partida, por ordem do sacerdote que liderava o séquito, os escravos finalmente descansavam, depositando lentamente no chão as toras de madeira que comprimiam seus ombros. Uma pausa para as pernas senis de alguns sacerdotes, evitando as câimbras. Os criados serviram água e frutas aos religiosos, evitando a desidratação, pois as altas temperaturas do verão italiano ruborizavam com facilidade aqueles que não possuíam o frescor da juventude. Pouco mais adiante, era possível avistar a ponte Presso Tor di Valle, um marcador da distância que ainda haveriam de percorrer. As vestais não podiam sair de suas cabanas móveis — à exceção de datas festivas, como a Vestália, e cerimônias que precediam as lutas de gladiadores, não era permitido expor suas faces. Isso aumentava o mistério que as rodeava, surtindo lendas nem sempre verídicas que as faziam rir do imaginário popular.

As moças não viam a hora de suspender seus corpos novamente em direção a Óstia e, finalmente, constatar com os próprios olhos toda a fama de pujança esculpida na cidade. A paisagem verdejante invadia os olhos de Mirta, isso a fortalecia. Precisava conectar-se à natureza, o que não ocorria com frequência em razão da rotina como vestal. Foram poucas as vezes que pôde se afastar do Colégio, nas datas festivas; apenas no jardim da casa de Ícaro pudera manter parte dos rituais que a conectavam com seus deuses e com a terra. Sentia medo de deixar o quarto para observar as estrelas nas noites em que a lua cheia transbordava em beleza. Qualquer costume que lembrasse seus hábitos gauleses parecia-lhe um deslize, algo que os romanos não aceitariam, por mais humano que fosse.

Embora o povo pensasse que a rotina na Casa Vestal fosse monótona, tal pensamento em nada correspondia à realidade. Além das muitas tarefas, elas conversavam e tocavam flautas e harpas, liam antigas lendas umas para as outras, recitavam poemas e comentavam sobre os assuntos geralmente polêmicos da vida fidalga, por isso os momentos de solidão eram raros. Em parte, Mirta agradecia o fato de ocupar seus pensamentos, mas sentia falta da liberdade andarilha do povo celta.

Finalmente, enormes muros de tom terracota afixados ao longo anunciaram a esperada cidade. Estavam firmes e muito bem edificados desde a época de Clodius Pulcher, adversário político do senador Cícero que derrubou a antiga muralha construída por seu opositor e a refez, ainda maior e mais alta. Quatro portões cobertos por arcos convidavam os visitantes à uma grande surpresa arquitetônica. Diferentemente de Roma — que apesar de sustentar a glória e o luxo da República ficava a dever para a jovialidade de seu porto —, Óstia era, de fato, encantadora. Alheia ao compromisso de se tornar um grande centro urbano, a antiga colônia e base militar, possuía um perfil próprio e alcançava naturalmente os brios da capital. A impressão de Mirta era a de que toda a Roma havia se misturado em Óstia, com Aventino e Esquilino dentro do Capitólio, em pleno Fórum romano, trazendo para o ostentado centro arquitetônico vida, graça e beleza. Era praticamente uma miniatura de tudo que existia na capital, mantendo nítida a influência etrusca de boa parte da Itália. Porém, num espaço agradavelmente reduzido comportando calor humano, alegria e organização.

O povo sorria ao ver a caravana religiosa se aproximando, mostrando um real contentamento que em nada lembrava os olhares curiosos e ressabiados dos citadinos romanos. Uma espécie de euforia tomou Mirta pelas mãos, carregando seu olhar pelas ruas adentro. Decumanus Maximus e Cardo, eram as principais e mais movimentadas vias da cidade, onde se podia ver o centro comercial e os órgãos oficiais, além, é claro, das termas e banheiros públicos. Muitas colunas de porte gigantesco criavam corredores suntuosos que culminavam em escadarias com pátios ajardinados. Para Mirta, outra característica marcante do lugar era que, diferentemente de Ariminum, o cheiro do mar não a incomodou, ao contrário, a fez sentir que suas lembranças — ao menos por hora — não a abatiam. Talvez o frescor do Tibre desembocando no Mar Tirreno amainasse a maresia.

O séquito seguia suave e garboso entre os caminhos preestabelecidos pelos líderes religiosos, era preciso imprimir no imaginário local a importância da corte deificada em Roma. Mas as moças não se importavam com isso, estavam embevecidas pelas novidades e pela atmosfera juvenil da cidade. As árvores ornavam as edificações de maneira precisa, projetando suas sombras de modo a abrandar meticulosamente a temperatura que o sol do verão italiano. Sobre as pedras africanas que ajudaram a construir a cidade, o sol parecia nascido do próprio chão. Uma música ao longe, misturando uma série de instrumentos aos quais os ouvidos de Mirta não estavam acostumados, parecia lhes dar as boas-vindas. Aos poucos, um grupo de músicos se aproximou, ficando a poucos passos da comitiva. Bongôs, flautas e cítaras criavam uma melodia empolgante, acompanhada pelas palmas ritmadas de uma dúzia de lindas dançarinas, escassamente vestidas. Enquanto isso, pétalas de rosas de todas as cores eram jogadas dos cestos de palha carregados por várias crianças que se alinhavam perfeitamente nas laterais do cortejo. Os servos baixaram suavemente as liteiras de acordo com as ordens que lhes foram dadas, ajudaram seus ocupantes a sair e puseram-se de pé ao lado de cada um deles. Os véus que cobriam a cabeça das vestais, presos por diademas de ouro, ficaram cobertos pelas pétalas que caíam do alto — a chuva perfumada apenas cessou quando as palmas e a música encerraram ao sinal de um címbalo, entoado no final. Entre os músicos e as dançarinas abriu-se um corredor de onde despontou um homem de semblante maduro. Sorridente e reverencioso, cumprimentou cada sacerdote, beijando-lhes as mãos, deixava à mostra os anéis de ouro e rubi que carregava nos dedos, não obstante o grosso cordão de malha de prata ao redor do pescoço. A presumida ostentação era comum entre os homens da alta casta e, em geral, lhes garantia o passaporte da nobreza. Mirta se lembrava vagamente daquele rosto, mas os cabelos umedecidos e jogados para trás confundiam sua memória. Assim que a voz gentil lançou as primeiras palavras, a imagem se encaixou com as lembranças:

— Honram-me nobres pontífices e sagradas sacerdotisas! Óstia os recebe como filhos que esperam o amor de seus pais. Sejam nossos eternos guardiães, assim como já somos vossos seguidores.

Era o rico comerciante do porto de Óstia... Mirta havia lhe aconselhado pouco tempo depois da notícia do casamento de César com a indesejada rainha do Egito. Agora sim, as coisas faziam sentido. A fama de homem abastado havia se firmado e atravessado as estradas de Roma, meses após sua ida à capital em busca de uma palavra sábia dos deuses, e foi Vesta quem o conduzira pelos auspiciosos caminhos da abundância. Ainda assim, Mirta não conseguia lembrar de seu nome, mas o sacerdote, mestre do cerimonial, refrescou a memória confusa de Mirta.

— Rúbio Metella, saibas que os deuses reconhecem tua devoção e renovam bem-aventurados auspícios sobre ti.

Uma revoada de pombas brancas cruzou o céu na direção sul, levando junto as palavras proferidas. Foi então que a gaulesa teve certeza de que seus conselhos haviam atingido o ápice da sua intuição, embora, na época, sentisse certa preocupação quanto à veemência de suas visões. No entanto, foi seu coração, conhecedor da alma de César, que assegurava os prenúncios com a mesma certeza de que o sol despontaria no horizonte até o fim dos tempos.

O anfitrião aproximou-se da Máxima Vestal e a reverenciou com as saudações permitidas aos seres do sexo masculino. A imponência e decência daquela que dedicara quarenta anos de sua vida ao equilíbrio da sociedade romana, podia ser vista a mil passos dali e suas discípulas a admiravam suficientemente para segui-la em gestos e atitudes que nelas ecoavam. Depois disso, Rúbio Metella virou-se na direção das vestais, iniciando os agradecimentos e a presença de cada uma sem que seus nomes fossem pronunciados. Antes de alcançar Agostina e Idália, as duas últimas da fila, parou diante daquela que lhe indicara o caminho da fortuna:

— Vestal Mirta, muito me honra sua vinda! Que Vesta bendiga todos os auspícios vislumbrados por ti.

Mirta sorriu timidamente num sinal genuíno de agradecimento, assentindo com a cabeça. Pôde sentir no silêncio enfileirado a surpresa das demais, afinal, ela não era uma vestal antiga o suficiente para que seu nome fosse tão facilmente lembrado. Discretamente, olhou na direção de sua líder, como se pedisse permissão para o reconhecimento que acabara de receber, mas o olhar reto e ordeiro da mentora mantinha-se impassível. Foi possível perceber o estupor de Felícia, que mais uma vez deixava escapar o mal-estar diante da notoriedade imprevista de Mirta.

Em seguida, homens de ilibada aparência, tal qual o anfitrião, formaram um cortejo ao redor dos sacerdotes, conduzindo-os a poucos metros do local, para um agradável e amplo salão arejado por diversos arcos em terracota, típicos da arquitetura romana. No centro do espaço ricamente adornado com flores aromáticas, um banquete para quase trezentas pessoas aguardava os convidados. Rostos conhecidos de Roma, e muitos jamais vistos por Mirta, surgiam em cada canto do evento. Nesse momento, ela temeu que fosse colocada à prova sua origem pompeiana, caso algum assunto de sua alegada "terra natal" viesse à baila ou, quem sabe, algum compatriota não a reconhecesse, haja vista a alegada origem nobre de sua família, desmascarando sua versão. A falsa vida de nobre parecia fadada à glória e ao temor; quando seu valor começava a florescer na sociedade, em contrapartida, nascia o medo de se deparar com situações propícias ao desvelo de suas falácias.

As vestais, encabeçadas pela sacerdotisa-mor, sentaram-se à mesa especialmente reservada a elas e, ao ocuparem seus assentos, Mirta tratou de garantir um lugar junto das amigas, a proximidade com Felícia a deixava inquieta e descentrada. Do outro lado do pátio, a mesa de sacerdotes e convivas recebia vinho em jarros de ouro cunhados com o brasão desenhado em torno das iniciais RM, e as taças feitas do mesmo material tinham as bases cravejadas de safiras e turquesas intercaladas, de modo a criar um contraste de azuis. Era notório que o dono da festa não havia poupado esforços em oferecer o que havia de melhor a seus convidados, providenciando o maior e mais suntuoso banquete já visto em Óstia, e aquilo era só o começo!

Rúbio contratara o *obsonator* — cerimonialista de banquetes — mais requisitado de Roma, cujo gosto refinado se constatava ao longe.

A refeição apresentava uma culinária típica beira-mar: ouriços e mexilhões deitados sobre lençóis de anêmonas, regados com molho à base de peixe e mel. As boas-vindas foram planejadas para que o séquito pudesse desfrutar de uma pequena parcela do que estava por vir, pois a maior parte dos festejos se iniciaria no dia seguinte.

Embora as companheiras de Mirta houvessem estranhado a menção de seu nome na fila de cumprimentos, os sacerdotes, juntamente com a Vestal Máxima, já esperavam por isso. Afinal, Rúbio solicitara pessoalmente a presença da vestal Mirta. Assim que as moças amainaram a expectativa da chegada, entre um gole e outro do vinho frugal, Cecília, sentada a três cadeiras de distância, curvou o tronco mais à frente com o intuito de chamar Mirta, movimentando os lábios articuladamente na intenção de ser ouvida, entre os sons dos tambores e bongôs.

— Mirta! — tentou uma vez. — Mirta! — Desta vez mais alto, e com a ajuda das demais, pôde furtar a atenção das três inseparáveis vestais que mantinham a cumplicidade o tempo todo.

A gaulesa voltou-se imediatamente para a gentil companheira em sinal de respeito ao chamado.

— Sim, Cecília — respondeu, mantendo o sorriso alegre que a todas contagiava.

— Conheces nosso anfitrião de Pompeia? Seus pais são comerciantes de lá, não?

A doce moça, por certo, deduzira que a família de Mirta mantinha bons negócios com Metella, logo, fizera a ligação dos dois clãs imaginando que o fato de Mirta ter sido chamada pelo primeiro nome haveria de ser por essa razão.

Era o que Mirta temia! As ligações que seriam feitas por conta da "Família de Pompeia" em uma ocasião como aquela seriam lógicas, até porque os negócios de Rúbio Metella, de certa forma, se esbarrariam no comércio de Pompeia, onde, segundo a versão de César e Mirta, a família Fraettellia mantinha a hegemonia no ramo de especiarias. E mais, desta vez não era o olhar inquisitivo e desconfiado de Felícia que a desafiava desferindo perguntas, era Cecília, uma gentil e cordata vestal cuja presença sempre fora muito agradável aos olhos da gaulesa. Não havia malícia, apenas a curiosidade natural daquelas que imaginavam ter em sua companhia alguém de origem tão nobre quanto a delas. Além disso, a família de Mirta nunca fora vista nos sacrifícios a Vesta ou na Vestália, quando as matronas geralmente visitavam o templo. Já se havia passado dois anos e Mirta continuava órfã às vistas das demais. Ora a desculpa da mãe doente, ora das viagens constantes do pai escoravam as ausências. Os compromissos e a longa distância de Pompeia também serviam para se escusar. Mas logo o acervo de mentiras que Mirta detestava manter se esgotaria, e a pergunta de Cecília parecia aguçar a curiosidade de todas, cujas mãos se mantinham ocupadas na bela coleção de taças do banquete, mas os ouvidos aguardavam ansiosos pela resposta que viria.

— Creio que meus pais o conheçam, mas enquanto vivi em Pompeia jamais tive o prazer de vê-lo — respondeu, aliviada pela rapidez, e grata aos deuses por colocarem um serviçal naquele exato momento para servir mais água e suco de damasco na taça de Cecília.

Sentada em frente a Cecília, Felícia parecia alheia ao momento. Sua atenção estava concentrada na adulação feita à Fabia Severo e no movimento do salão povoado por nomes importantes de Roma. Mirta respirou aliviada por isso. O som forte dos tambores parecia anunciar algo novo, dificultando a continuidade da conversa. Uma comédia seria encenada aos convidados para que, degustando o generoso banquete, pudessem rir em meio à inconstância da República.

Embora a maioria se divertisse a valer, a falsa imagem de descontração que Mirta não convencia sua opositora, que aguardava a deixa para arriscar mais uma de suas inquisições. O olhar afiado de Felícia parecia enxergar o que ninguém mais, além de seu próprio faro, podia detectar. Mas a tarde fluiu sem maiores incidentes no percurso da gaulesa, tornando a chegada da noite propícia para um descanso tranquilo. O dia seguinte seria agitado e todos sentiam no corpo os reflexos da pequena viagem, principalmente os mais experientes.

Fora reservada uma estadia luxuosa e confortável para o séquito. Apesar do pátrio poder dos sacerdotes sobre as sacerdotisas de Vesta, cada Colégio foi instalado em acomodações distintas. Para as guardiãs do fogo, uma ampla e bela casa com vários escravos disponíveis para atender a qualquer solicitação as aguardava na ponta da cidade, junto ao *castrum*. Talvez a proximidade com o forte as deixasse mais seguras longe de casa. Os anciões religiosos ficaram locados bem no centro da cidade, perto dos órgãos públicos e do porto — muitos mantinham negócios na região e aproveitariam a viagem para manter suas finanças em movimento. O comércio era a maior fonte de riqueza da nobreza, ainda que indiretamente.

Antes de dormir, Mirta agradeceu a Belisama por iluminar seus caminhos e guiá-la em momentos de aflição. Nessas horas, era para a deusa celta que entregava suas angústias; Vesta não participava muitos de suas confissões.

Uma trombeta retumbante seguida do som ritmado e contundente de uma marcha militar, rompeu o sono das sacerdotisas.

O forte ostiense mantinha sua rotina rígida, apesar da presença das ilustres visitantes. Mirta, de pé desde cedo, assistia da janela os comandantes e soldados, sentinelas da cidade-província. Admirava a organização e a praticidade dos romanos, esculpida desde a infância na conduta masculina, das quais certamente nascia a *dignitas* de todos aqueles homens.

Condizente com a postura que se avizinhava, uma silente marcha vestal as conduziu ao desjejum e, assim que tomaram seus lugares à mesa, notaram a moeda de ouro posicionada ao lado das taças de estanho. À exceção da cabeceira, comportando a *Massima Vestalli*, algumas moedas foram trocadas, e passadas de mão em mão, pois cada uma fora cunhada individualmente com o nome das homenageadas. De um lado da moeda, uma galera, como símbolo de Óstia, do outro lado uma rica e detalhada chama representava o fogo sagrado, com o nome de Vesta acima, por óbvia devoção, e o da vestal homenageada. O gesto do anfitrião no despertar da manhã as pegou de surpresa, e esta parecia ser uma de suas marcantes características. A delicadeza da homenagem comoveu a todas, que analisavam meticulosamente o presente, deslizando a ponta dos dedos sobre o relevo de seus nomes gravados. A líder, na extremidade da mesa retangular, sortia um olhar de regozijo por suas pupilas, mas, mantendo os pulsos apoiados na base do móvel, exigiu das sacerdotisas que se alimentassem apropriadamente para o agitado dia que as aguardava. A maioria estava tão absorta com as lisonjas recebidas desde a chegada que a comida nada significava. Muito embora, em Roma, o tratamento dispensado a elas sempre fora o mais reverenciado e respeitoso, ali, em Óstia, elas se sentiam como deusas, imprescindíveis para toda e qualquer alma humana.

Largas janelas de vidro circundavam o salão principal, por onde a paisagem invadida pelas embarcações de Rúbio parecia dizer a quem pertencia o Mar Tirreno. As vestais degustavam os frutos oferecidos na ocasião e, desta vez, no lugar do incenso de mirra, era o perfume de sândalo que marcava o aroma sobre a viagem que jamais esqueceriam. Caminhando suavemente, como se flutuasse sobre o chão, uma jovem e bela mulher aproximou-se da mesa, ofertando um bom-dia para as sacerdotisas do fogo. Era gentil e fraterna, e parecia guardar uma admiração latente pelo séquito. Fiorella, a filha mais velha de Rúbio Metella, estava verdadeiramente extasiada. As moças a cumprimentavam no compasso do momento, agradecidas e animadas de igual maneira. O pai de Fiorella a designara para se certificar, sob os olhos da família anfitriã, se suas ordens estavam sendo cumpridas à risca. Para ele, era questão de honra manter a qualidade da recepção até o fim.

— Sagradas sacerdotisas, meu pai mandou dizer-lhes que absolutamente tudo que considerarem necessário será providenciado imediatamente, caso queiram nos reportar seus desejos.

Não era preciso dizer a quem pertencia a autoridade de pronúncia nesses momentos. A sacerdotisa-mor assentiu com a cabeça suavemente, como era de costume, e respondeu seguramente à sua anfitriã:

— Estamos todas muito bem acomodadas, minha querida. Diga a seu pai que pare de mimar minhas pupilas, pois assim as acostumaremos mal.

Fiorella, bem como as demais, sorriu descontraída. Às vezes, a retidão deixava escapar um lado descontraído na personalidade de Fábia Severo. Somente, no entanto, na presença de mulheres. Ela sabia que não se podia confiar na interpretação dos homens.

— Sente-se conosco. Assim poderemos descobrir um pouco das surpresas que nos aguardam.

A moça liberou um sorriso largo e generoso, capaz de anunciar sua simplicidade, mesmo diante da fortuna de sua família. Em geral, no seio das castas patrícias, era raro esbarrar em moças como aquela, e Mirta podia sentir a bondade e a decência como traços comuns na família Metella. A manhã passou ligeira e, na presença da primogênita de Rúbio, todas puderam elucidar a ordem dos eventos. Grande parte do dia seria reservada ao descanso das moças, pois a estação do ano castigava àqueles que se submetiam às altas ondas de calor. O anfitrião achou por bem inaugurar as festividades na primeira vela da noite, por volta das seis horas da tarde, quando o sol se mostrava condolente, borrando o céu de rosa e vermelho.

Fiorella se mostrou uma excelente anfitriã e guia, praticamente uma historiadora. Deixou todas a par dos detalhes mais minuciosos da história do porto e de como sua família se sentia devedora das águas salgadas do Mar Tirreno. Ainda pequena, Fiorella deixou a capital da República com a mãe e as irmãs, pois seu pai fazia questão de viver ao lado da mulher e das filhas. Considerava mais seguro que suas joias vivessem sob sua proteção e guarda, afinal a inconstância política de Roma o deixava receoso quanto à segurança de sua família. Foi então que mandou construir a linda casa que abrigou as vestais. Uma construção em estilo etrusco, mesclado com a elegância da arquitetura grega. Logo na entrada, era possível ver um enorme mosaico retratando os deuses Minerva e Vulcano, que Rúbio encomendara para sagrar o amor por sua esposa. Segundo a lenda, Vulcano usara seu machado para abrir a cabeça de Júpiter, pois este havia engolido a deusa Métis, representante da prudência. Quando Vulcano abriu a cabeça de Júpiter encontrou Minerva, já adulta. E Rúbio, diziam os ostienses, via em sua esposa os traços de Minerva. Cálida e bela.

Toda a casa anunciava uma verdadeira declaração de amor do mercador às suas quatro deusas — como ele mesmo dizia —, sua esposa e as três filhas.

Alguns anos depois de abandonar a agitada vida social da capital, o casal se preparava para receber mais um membro da família. Mas de repente, a vida tão generosa e próspera, tratou de jogar sobre os Metella os infortúnios do acaso. No momento do parto, o bebê natimorto carregou consigo a genitora. O pai de Fiorella jamais se recuperou da perda de seu grande amor e por pouco não sucumbiu à morte. Foi preciso, na época, requisitar a presença do Colégio de Áugures, pois dizia-se em Óstia que a alma da esposa, quase gêmea de Rúbio, já o havia levado. Encomendado um sacrifício em nome do bebê e da mulher, finalmente o homem retomou sua vida. Manteve a conduta firme na criação das filhas, mas esgueirava-se diante dos convites de um novo enlace matrimonial, o que a todos surpreendia. No contexto social de um influente e rico cidadão romano, casamentos eram encarados como parte de uma aliança, acima de tudo, política. Rúbio decidira se mudar da casa onde havia passado os melhores anos de sua vida, pois a ausência da mulher parecia a tudo sufocar. A própria Fiorella deixava escapar entre um e outro piscar de olhos a saudade que sentia da mãe, estampando os momentos que vivera ali dentro. Havia uma docilidade madura no discurso da moça, como se o fardo de ajudar a criar as irmãs menores houvesse suprimido sua infância. Mirta sentiu pena de Fiorella. Pensou nos momentos em que, sem nenhuma experiência, a menina precisou suprir as necessidades das menores, quando ela mesma, nitidamente, ainda rogava por carinho materno. Talvez por isso tenha ficado praticamente o dia todo em companhia da Vestal Máxima, mulher que jamais daria à luz a um filho, mas que cuidava com igual zelo daquelas que a cercavam.

Mais tarde, as moças saíram em veículos puxados por lindos cavalos, que lembravam a beleza dos equinos gauleses. Cada qual transportou duas delas. Perto dali, ao fim da Decumanus Maximus, uma pira de porte gigantesco aguardava para ser acesa. O surgimento de Vênus, a primeira estrela da noite, anunciaria o acendimento do fogo. Era o primeiro passo para a esperada homenagem à Vesta. Acima de uma escadaria com doze degraus, cadeiras largas de ébano rodeavam um platô de pedras, dispostas para acomodar toda a companhia religiosa até o fim do evento. As sacerdotisas subiram e se sentaram ao lado dos sacerdotes.

Tambores rufavam pontualmente num espaço de poucos segundos, criando uma espécie de contagem do tempo. Sincronizadamente, quando a última batida soou a pira foi acesa formando um clarão capaz de ser visto a quilômetros dali e a multidão, agitada, gritou ovacionando a chama em homenagem à Vesta. Mirta sentiu a brisa batendo em seu rosto como prenúncio de bem-aventurança. O fogo da deusa, aceso perto do mar, parecia compor um cenário atípico para aqueles que viviam cercados pelas pedras de Roma. Era possível sentir a força do mar e do fogo, tão próximos em suas vibrações naturais, e para os corações devedores de Vesta aquele era um momento único, em que a representação da deusa se via no estalar da madeira ardendo na imensa pira. Foi uma ocasião inesquecível para Óstia, que se sentia protegida pelo séquito religioso e, principalmente, para a família Metella, cumpridora de suas promessas. Os lares ostienses mantinham em seus altares uma chama acesa, em parceria com a ocasião. A pedido do influente Rúbio, quase toda a população do porto comparecera ao evento, mantendo uma distância parcimoniosa da casta religiosa. Outra exigência à qual ele se propôs financiar; o uso de vestes claras para todos que comparecessem, ele queria que o efeito alvo das roupas mantivesse em destaque, mesmo com a chegada da noite, a presença maciça da população portuária. O próprio Rúbio, trajando uma túnica comprida de algodão egípcio somente se fez notar pelo roupão feito de um tecido desconhecido a Mirta, provavelmente de uma das terras distantes por onde suas galeras navegavam.

Ministrada pelo sacerdote interino, iniciou-se a entoação à deusa. O protocolo da cerimônia, como em todos os momentos como aquele, exigia uma menção ao máximo pontífice, Júlio César. Mas Mirta sentia-se plena demais para sucumbir ao nome que diariamente se obrigava a esquecer. Conseguiu espantar o pensamento vicioso e manteve a concentração nas sábias palavras do sacerdote, percebendo sua importância como ser humano, pois a beleza da ocasião construía a lembrança de uma noite inesquecível para ela. Em determinado momento do seu trabalho como sacerdotisa do fogo, suas palavras mudaram a vida de um rico mercador, isso era suficiente para que tivesse a certeza de seu valor como vestal. Ali, entre o fogo e o mar do porto de Óstia, ela definitivamente sentiu-se como uma verdadeira sacerdotisa.

Parecia que o anfitrião havia contratado o céu em sua melhor forma. Luxuoso. Azul-marinho e cravejado de brilhantes. Assim que a pira se acendeu, as estrelas se acomodaram, tomando seus lugares no ponto mais alto da plateia. A perfeição permeava todos os detalhes, tanto os trazidos pela natureza quanto aqueles delicadamente confeccionados para a cerimônia. Um sentimento profundo invadiu as almas de toda a Óstia, anunciando a *pax* romana. Como no nascimento de uma nova vida, definitivamente o porto se transformara em cidade sagrada, abençoada. Abaixo da escada, três burros — o animal sagrado da deusa — aguardavam, enfeitados com coroas de flores. Um coro de músicos preencheu os intervalos da entoação com a melodia da paz. Ao final, Rúbio Metella pediu que os convidados o acompanhassem. A poucos metros dali, num anfiteatro em semicírculo, cercado de ciprestes — uniformemente achatados em suas copas — três pedestais de pedra, cobertos por lençóis brancos, aguardavam no firmamento noturno. Completando a outra metade do círculo, tochas iluminavam o local evidenciando o tom alvo sobre as pedras. De pé, ao lado de cada pedestal, fincadas como raízes, as filhas de Rúbio mantinham-se como guardiãs de cada elemento. As vestais, bem como toda criatura que presenciava atentamente cada momento da cerimônia, se perguntavam o que haveria por baixo dos tecidos que encobriam, sigilosamente, os volumes com cerca de dois metros de altura. O anfitrião, ao lado de sua primogênita, tomou a palavra.

— Esta é uma noite inesquecível para os corações ostienses! Estamos honrados com a presença da mais alta estirpe religiosa de Roma. Nossa terra coroou-se de luz e glória. Por isso, para que o povo desta cidade possa se lembrar de seus amáveis protetores, me proponho, até o meu último dia de vida, a manter acesa a chama de Vesta no porto de Óstia.

A cada pausa do orador, ouvia-se os gritos acalorados da multidão...

— Eu os convido a virem até nós, ilibados sacerdotes, imaculada *Vestalli*. — e assim fizeram os convidados, colocando-se ao lado do cortesão. — Espero que apreciem nossa humilde homenagem.

As filhas mais novas do homem puxaram os lençóis simultaneamente, revelando dois dos três monumentos. As vestais, boquiabertas, se espantaram com a precisão das figuras que retratavam, como num passe de mágica, cópias perfeitas da Vestal Máxima e de seu tutor, o sacerdote-mor em exercício — Cipião Aurelius Magno. Visivelmente emocionados, os homenageados deixaram que os sorrisos de agradecimento preenchessem seus rostos, e uma salva de palmas impulsionou a sequência frenética dos tambores. Fábia Severo elevou a mão direita sobre as cabeças das filhas de Rúbio, abençoando-as:

— Os deuses souberam recompensá-lo, Rúbio. Nossa deusa nada mais fez do que reconhecer o homem que és. Nós bendizemos a sua família e, igualmente honrados, lhes oferecemos as nossas bênçãos.

As meninas sorriam e olhavam para o pai orgulhosas. Finalmente pareciam reencontrar o homem de outrora em seu semblante.

Permanecia a curiosidade dos demais quanto ao desvelo da última imagem, ainda coberta. Mas antes de saciá-los, o anfitrião introduziu um novo discurso:

— Há algumas luas, preocupações severas me levaram à capital. Em busca de conselhos e prenúncios sobre negócios, estive em companhia dos religiosos que hoje nos trazem proteção. Serei eternamente grato pelo séquito que nos propiciou a grandeza deste momento. Porém, na presença da casta sagrada de nossa República, ouso homenagear mais uma pessoa nesta noite iluminada por Júpiter Fulgurator e Vesta Romani Quiritium. Julgo teus auspícios inestimáveis na vida de minha família. Teus conselhos trouxeram todos nós até aqui.

Ele mesmo puxou a cobertura, fazendo revelar a figura por baixo.

— Vestal Mirta! Óstia jamais a esquecerá. Benditas foram tuas palavras, igualmente bendita seja tua vida sacerdotal.

A face ruborizada da gaulesa esquentou a ponto de reproduzir as chamas acesas. Surpresa, sequer pôde se manter sobre os próprios pés. Mirta deu um passo à frente das outras sacerdotisas, passos que pareciam fracos e desordenados e, naquele momento, nenhuma palavra ou gesto lhe pareceu apropriado. Ela simplesmente não sabia como reagir, a não ser caminhar até sua réplica. Uma emoção muito forte deixou-se escapar em forma de lágrima. Sutil. Contida. Visível. Tentando manter a postura vestal na qual construía diariamente sua imagem, Mirta olhou para a estátua, via um formato diferente do reflexo que costumava ver nos rios da Gália. O inimaginável mundo em que fincara seu destino, a trouxera em relevo e traços esculpidos numa pedra. Deixando que seus olhos agradecessem a homenagem, direcionou-os com gratidão para as filhas de Rúbio, e, obviamente, a ele também. Tamanho seu estupor, não podia pronunciar sequer uma palavra. Deixou transbordar no sorriso doce a imensa ternura que brotava de si. Percebendo sua dificuldade, a mentora fez as vezes da pupila.

— Nosso colégio jamais esquecerá esta noite. As sacerdotisas de Vesta sentem-se reverenciadas à altura da deusa dos lares. Certamente, estas seriam as palavras da vestal Mirta, se a inesperada, mas não menos merecida homenagem, trouxesse de volta sua voz.

Risadas descontraídas pontuaram aquele momento quebrando o melindre da emoção. Imediatamente, Mirta deixou que os ombros caíssem em sinal de redenção, e logo depois liberou as palavras que lhe pareciam propícias:

— Seria preciso viver mil anos ao lado de Vesta para que eu pudesse retribuir todas as alegrias de ser uma sacerdotisa. Que os deuses cubram Óstia da mais estimada proteção e jamais, um coração romano a deixe viver sobre a sombra do esquecimento.

Mirta olhou para trás, no tempo... toda sua história de vida parecia remeter suas memórias a alguém que vivia em outro mundo. Já não sabia onde havia começado sua jornada. Talvez na noite em que César tomara seu ramo de ervas, ou quando aceitou participar do plano e se passar por romana. A vida lhe surpreendia a cada dia. Embora a saudade de sua gente a acompanhasse, havia também o frescor da vida de sacerdotisa e ali, no porto mais próspero de Roma, sua própria figura — materializada pelo presente de Rúbio Metella —, a fazia pensar na nova Mirta. Os dias em Óstia se empenharam em mostrar o quão importante Mirta se tornou para os romanos. Era como se o destino a chamasse para fazer parte do mundo que se apresentava sob seus pés, sem culpa, sem medo de vestir uma nova pele — a pele do povo que via os galos cabeludos como gente de nenhum valor, do povo que nunca ouvira falar de Belenus ou Belisama, que tomava as terras e os frutos das Gálias para si, mas que, sem saber, amava uma gaulesa com roupas de sacerdotisa.

Convivas, entre eles senadores, áugures, edis e alguns mercadores com os quais Rúbio mantinha boas relações, povoaram a festa preparada para o séquito. Um banquete ainda maior os aguardava num espaçoso e requintado ambiente. O anfitrião batia palmas para que os lictores e servos aprumassem a fila indiana que levaria toda a comitiva religiosa até o local. Antes de partir, Mirta se voltou para a imagem esculpida, ainda incrédula e igualmente petrificada, como se precisasse se convencer do que via. As próprias companheiras, surpreendidas, tardavam em parabenizá-la. Depois de alguns minutos, caminhando em direção às liteiras, risos e afagos das sacerdotisas preencheram de rubor e entusiasmo o momento da gaulesa. Nesses momentos, elas pareciam crianças, unidas pelo afeto e convívio, e ali pactuavam com os sentimentos de Mirta. Exceto Felícia, que parabenizou a colega secamente, se esforçando ao máximo para não deixar transbordar o recalque e o desdém. Tantos anos como vestal e jamais recebera uma homenagem como aquela.

Aproximando-se do grupo, com o intuito de lembrar-lhes da conduta vestal, a sacerdotisa-mor agarrou o braço de Mirta, que se deixou conduzir:

— Esta noite você virá em minha liteira. Como homenageadas, seguiremos logo atrás de nosso sacerdote. Entraremos em trio na festa que nos aguarda.

Assim foi feito. E com isso o fígado amargoso da aduladora fiel de Fábia Severo, tomou a proporção da lua cheia. A noite estava apenas começando e Felícia haveria de encontrar um meio para findá-la em grande estilo.

Extensos mosaicos espalhados pelo assoalho retratavam a vida dos homens que ganhavam o sustento no porto de Óstia. A mansão onde Rúbio Metella organizara a festa era praticamente um palácio. O teto abobadado fora pintado com imagens de deusas da cultura romana, entre elas, Fortuna. Assim como boa parte dos homens de negócios, recorrentemente, Rúbio ofertava sacrifícios em nome dela. Ao centro do pátio, escravos gregos tocavam impecavelmente as cordas de suas harpas. Dalí, uma visão sadia podia furtar o mar refletindo a luz da lua cheia. O local se parecia com o salão da noite anterior, sendo maior e mais rico. Talvez o número reduzido de convidados ampliasse ainda mais a dimensão arquitetônica da casa, ao contrário da noite anterior, na qual a euforia tomara conta da cidade, no banquete oficial, o anfitrião optou em garantir a seus convidados um ambiente mais calmo e seleto, nos moldes da capital.

    Mirta sentiu-se aliviada com a possibilidade de conversar sem a interrupção dos tambores e címbalos que animaram excessivamente a chegada em Óstia. Embora tivesse se beneficiado deles, em certo momento, preferia a atmosfera suave que a permitia usufruir calmamente dos detalhes e talvez, se tivesse oportunidade, agradecer pontualmente a seu anfitrião.

    Por exigência de sua superior, Mirta permaneceu junto aos líderes religiosos, inclusive do áugure que chegara naquela manhã. Fábia Severo sentou-se entre Felícia e Mirta, e diante desta, o flâmine cujo lugar fora reservado ao lado do sacerdote-mor. Uma linha de homens a separava de suas fiéis escudeiras, mas não estava aflita por isso. Crescia dentro dela uma força romana, até então sufocada pelo sangue gaulês. De longe, as amigas pareciam espiá-la com cuidado, e seus olhares diziam que não confiasse em Felícia. Quanto a isso, ela estava constantemente atenta.

    Escravos traziam bandejas de bronze e prata com frutas, assados e pães aromáticos em abundância. Jarras ao centro da mesa, abrigavam o mais perfumado óleo de oliva de toda a Itália. Cachos de uvas fugitivas se debruçavam sobre baixelas enfileiradas. O perfume doce dos frutos misturado ao do pão recém-preparado aguçava os apetites. Por toda Óstia, espalhavam-se padarias com seus fornos e a mó — estrutura de pedra que preparava a farinha — era presença constante nas ruas da cidade, de onde saíam, a cada hora, o delicioso preparado de trigo que chegava no porto às sacas. Se faltasse pão em Óstia, toda Roma morreria de inanição.

    Como era de se esperar, durante a festa, um suporte de pedra manteve o fogo de Vesta aceso, próximo da varanda. Já na segunda vela da noite, as estrelas mudaram de lugar, levando a lua mais para o alto. Do ângulo em que estava, Mirta se distraía com a visão das labaredas ardendo como se quisessem queimar a imagem do astro iluminado. Em meio ao devaneio, um flash com o rosto de César invadiu seus pensamentos e, desta vez, não quis afastá-lo. Sentiu sua presença e se perguntou como se comportaria se ele estivesse ali. Foi quando Rúbio se aproximou dos convidados, segurando na mão direita uma taça de vinho. Quis saber se estavam satisfeitos. Qual seria a resposta se não a de que tudo estava a contento? O sacerdote, mais uma vez, agradeceu pelas homenagens e pela recepção impecável da qual o comerciante se gabava. A Vestal Máxima, aproveitando o precedente, tratou de mostrar o quão feliz ficara com a destreza do artista que a esculpira. No Colégio Vestal, enfileirada com suas antecessoras, uma estátua de Fábia mantinha acesa, na memória de muitas gerações, de vestais a quem pertencia o potentado da casa. Intimamente, Fábia considerava a réplica austera. Preferira a réplica de Óstia, cujo semblante refletia um curto sorriso, mais ameno e dócil. Rúbio lhe disse que fora um artesão de Brundísio, muito famoso por lá, que esculpira em poucos dias as imagens dos três. Confessou, ainda, que o enviou a Roma para que pudesse capturar as imagens, esboçando os rostos e furtando os traços das vestais durante os dias da Vestália. As moças ficaram impressionadas com a maneira silenciosa de agir de seu anfitrião. Pensara em tudo, meticulosamente. Mirta ousou aproveitar-se do momento para dirigir pessoalmente seu agradecimento.

— Rúbio Metella — preferiu chamá-lo pelo nome e reservar sua posição — jamais esquecerei tal gesto. Muito me honra receber uma estátua em Óstia, terra tão cheia de luz.

Com articulada sobriedade, Rúbio afirmou que aquela era uma justa homenagem para quem havia lhe indicado um caminho inovador e arriscado. Disse que os deuses o fizeram ouvi-la, porque assim haveria de ser.

Mirta arrematou dizendo quão saudosa se sentiria da imagem gêmea. Neste momento, todos sorriram, inclusive Rúbio. Surpreendendo aos ouvintes, a *Massima Vestalli* liberou uma ideia futura:

— Quem sabe, um dia, uma outra réplica de Mirta irá enfileirar-se no pátio de nosso colégio.

Os sacerdotes concordaram e sorriram diante da possibilidade, afinal, em tão pouco tempo, se saíra surpreendentemente bem. Toda a atenção ao redor de Mirta contorceu colericamente as vísceras de Felícia, que não suportou o comentário de sua idolatrada mentora. Assim, interrompeu o assunto no momento em que testava, não só a reação de Mirta, como a origem de seus parentes:

— Estimado anfitrião! Decerto o senhor há de conhecer a família Fraettellia, de Pompeia. É a família da vestal Mirta. O senhor mantém negócios por lá, não?

Um vácuo se apossou da mente de Mirta. Seu rosto empalideceu e com o peso da desconfiança seus olhos caíram vertiginosamente para baixo. Numa fração de segundos, perdeu totalmente a capacidade de formular pensamentos. Em seguida, focou seus olhos nas chamas que ardiam na varanda, esperando que Vesta a perdoasse.

— Conheço e tenho ótimos negócios com eles. Os Fraettellia revendem minhas especiarias e muitos objetos de valor não só em Pompeia, como em Herculano. São por mim muito estimados. Contudo, conheci sua primogênita somente no Colégio Vestal.

A garganta seca da gaulesa precisou ser irrigada com um bom gole de vinho, depois de ouvir a resposta inimaginável de Rubio. Felícia, num misto de surpresa e frustração, via seu intuito de estragar a noite correndo pelo jardim. E não satisfeita, refez a pergunta:

— Talvez seja por isso, então, que tenha homenageado a filha dos Fraettellia... por sua prestimosa relação.

Para o azar de Felícia, a experiência daquele devotado homem foi capaz de perceber não só o incômodo pela ascensão de Mirta, como a malícia embutida nas palavras de Felícia. A pretensão de destilar situações embaraçosas tanto para ele como para Mirta, foi notória. Na perspectiva sagaz de Rúbio, os questionamentos sobre a família de Mirta tinham o intuito de minimizar o valor de seus auspícios, por isso decidiu assumir o fato de conhecer os Fraettellia. Mais do que isso, algo que nem ele sabia explicar o levara a responder positivamente a pergunta. De alguma forma percebeu o fito peçonhento de Felícia, que deixava transparecer frieza em demasia.

— Com o perdão da palavra, engana-se a vestal Felícia. Jamais renderia homenagens à vestal Mirta por causa de minha relação com sua família. Coloco-me ao dispor, não somente dela, mas de todos os religiosos de Roma sempre que meus humildes préstimos corresponderem às suas expectativas. Entretanto, não tenho como negar que o evento preparado para todos, foi fruto das palavras que Vesta depositou no pensamento da vestal escolhida.

Aquela, definitivamente, não era a noite de Felícia. O sentimento odioso que a consumia, fez sua perseguição implacável suplantar o que sua superior chamaria de "postura vestal".

— Às vezes me surpreendo com os dons de nossa companheira. — disse ela.

Visivelmente contrariada com o que ouvia, Fábia Severo encerrou as investidas de Felícia taxativamente.

— Já devias ter aprendido que a correta conduta, aliada à intuição, nos leva a grandes feitos.

Dizendo isso, virou-se para Mirta oferecendo-lhe um pedaço de pão. Ela sabia que após a demonstração de afeição em direção a Mirta, deixaria sua aduladora furiosa. Além disso, pretendia castigar a vestal que tendia a melindrar todo o Colégio diante dos sacerdotes e do anfitrião. Embora fingisse não notar, sabia exatamente dos sentimentos que Felícia nutria em desfavor de Mirta e, de alguma forma, isso a remetia ao caso de Cineia.

A gaulesa elevou o olhar rapidamente na direção de seu anfitrião, e naquele instante capturado por fragmentos impalpáveis, nascia uma cumplicidade inexplicável entre ela e o homem que mal conhecia. Sem saber, Rúbio Metella libertara Mirta de graves incidentes e confirmara uma versão factoide de sua vida. Mas, em sua mente ecoava a questão... *Por que ele fez isso?* Somente o tempo diria. Mais de uma década depois, ela saberia os motivos de Rúbio.

Menos de uma vela depois, as vestais se retiraram da mansão, logo pela manhã voltariam à capital. Não era apropriado que ficassem muitos dias fora de casa. Eram imprescindíveis para a proteção da cidade. No caminho de volta para a antiga *domus* dos Metella, Mirta contou às amigas sobre o comportamento de Felícia.

Assim que chegaram, Fábia Severo dispensou todas as sacerdotisas para a noite de sono, exceto Felícia, que fora convocada para uma conversa em particular. As vestais bem sabiam que, nessas horas, a *Massima Vestalli* deixava emergir seu lado mais amargo.

No dia seguinte, Felícia mal se alimentou. Em contrapartida, a superiora agia como se nada houvesse acontecido — ela tinha o dom de se manter íntegra no papel de tutora. Reta. Imparcial, na maioria das vezes. Mas não admitiria que qualquer uma de suas pupilas a colocasse em situação constrangedora, pois era em momentos como aquele, em Óstia, que sua capacidade de doutrinar era testada.

Na volta para casa, uma derradeira homenagem. Rúbio e suas três filhas aguardavam no portão da cidade, com sua guarda pessoal. Uma placa de bronze, esculpida com o nome de todas as vestais do colégio, inclusive as ausentes, datava o começo da relação que se estabeleceria entre as sacerdotisas e o porto. Duas colunas com nove nomes de cada lado, separadas por uma chama ao centro, figuravam a placa. A Vestal Máxima agradeceu, muito honrada, e mais uma vez reforçou o pedido a Rúbio de levar as meninas consigo na próxima visita a Roma. Fábia Severo se despediu com um beijo na testa de cada uma delas e voltou para sua liteira, enquanto os sacerdotes e o áugure finalizavam o protocolo. De seus lugares, as vestais acenavam carinhosamente para a família. Mirta deixava exalar a gratidão genuína que sentia por eles, segurando a moeda que recebera com seu nome.

O séquito entrou na Via Ostiense antes que o sol os maltratasse.

CAPÍTULO XXI

Felícia

Felícia provinha de uma família extremamente influente na política de Roma. Seu tio, Lúcio Cornélio Sula, grande adversário de César, dividiu o senado em duas facções: os *Optimates*, dos quais era líder partidário, e os *Populistas* — vertente a qual pertencia o general romano Caio Mario, tio emprestado de Júlio César. Como ditador de Roma, Sula havia alçado o maior e mais importante posto da República, da qual era assíduo defensor. Era bravo combatente militar, mas igualmente disposto a barbáries. Das tantas guerras iniciadas em nome de Roma, fora intensamente beneficiado pelos feitos de Mário, seu lugar-tenente e exímio comandante. Em verdade, o ditador invejava a competência de Mário, mas permaneceu desfrutando de suas glórias, inclusive se apropriando de seus feitos heroicos, como a captura de Jugurta, rei da Numídia, na famosa Guerra de Jugurta. Durante muito tempo, após dispensar Mário de seu exército, Sula o perseguiu acintosamente e foi então que se tornaram inimigos ferrenhos, extremando suas carreiras em polos opostos e dando início a Guerra Civil.

Mas o caráter guerreiro do bravo militar Caio Mário garantiu seu próprio exército. Os anos de combate, em defesa de Roma, edificaram sua boa fama e glória. Avesso às políticas de Sula, Mario fundou o partido do povo, em oposição aos oligarcas da República. Os Populistas defendiam a reforma agrária para os cidadãos comuns de Roma, ideal antigo defendido pelos igualmente perseguidos irmãos Graco. Sula, assim como seus correligionários, na maioria senadores ricos e possuidores de terras abundantes, abominava os princípios e propostas Populistas. Tentavam, através de sangrentas perseguições, calar a camada progressista da República romana, mas sufocar o movimento foi o mesmo que insuflá-lo.

No auge do poder de Lúcio Cornélio Sula, toda a cidade temia o intolerante ditador e sua influência confundia-se com o próprio poder. A gens Cornélia fedia a sangue talhado e carregava através dos anos de poder, almas dispostas a vingar o mal que o ditador espalhou pelas colinas de Roma.

Quando a família de Felícia decidiu doá-la em castidade para Vesta, seu tio imediatamente providenciou a indicação. Sula morreu em 78 a.C., provavelmente de cirrose. Um ano antes, formulou um documento oficial determinando que sua sobrinha ingressaria no Colégio Vestal ao completar 8 anos de idade. Felícia era apenas um bebê. A assinatura do pontífice e o brasão do Colégio dos Sacerdotes, selou oficialmente aquela que foi uma das últimas determinações do ditador. Durante a infância de Felícia a família se questionou se levaria à cabo a determinação do ilustre tio. Pensavam na hipótese de desposar a bela filha com um patrício de renome e, para isso, fingiam não se lembrar da ordem de Sula. O tempo fixado no documento passou, e Felícia pensava ter escapado do celibato, via seus pais mencionarem possíveis alianças com famílias patrícias e durante muito tempo sonhou com sua própria casa, seus filhos, seu futuro marido. Mas a crescente corrente dos populistas ameaçava a influência dos Cornelius. Foi então, às vésperas de completar 18 anos, que seu pai, de posse de uma cópia do documento, dirigiu-se até o Colégio dos Sacerdotes fazendo valer a ordem do ditador falecido. O Colégio havia se comprometido no passado, haveria de cumprir o compromisso no presente. Aquela foi a primeira vez em que uma sacerdotisa do fogo era levada até a deusa com mais de oito anos de idade. Na época, rumores de profanação à deusa fizeram crescer as dúvidas sobre a castidade da moça, mas os Cornélius providenciaram um jeito de calar os boatos deixando escapar o desejo de cortar, pela raiz, os comentários maldosos.

Felícia correspondia perfeitamente aos desígnios das vestais. Moça culta e recatada, proveniente de família nobre, trazia na face o semblante dos patrícios. Não fosse pela natureza vil que guardava em si, aos olhos do povo era a imagem da própria Vesta.

Embora a posição alcançada por Felícia sustentasse um cunho religioso, a indicação de seu tio guardava claras intenções de manipulação política, posto que as vestais, como conselheiras religiosas, imbuíam em seus consulentes "impulsos" capazes de transformar posicionamentos desde a época de Numa Pompílio, segundo rei de Roma, que em 753 a.C. reformara os conceitos da cidade, começando pelos ritos religiosos. A deusa Vesta — filha de Júpiter e de Juno, imaculada e virgem —, foi quem apontou o caminho virtuoso, do qual Roma tanto precisava no mar de bacanais que assolavam as noites da alta nobreza.

Muitos séculos depois, o posto de vestal mantinha-se igualmente desejado pelas boas famílias, que com isso cravejavam em suas *gens* o cobiçado título de representação política. Com os Cornélius não seria diferente.

Os atributos da beleza não eram escassos em Felícia. Os cabelos loiros e ondulados seguiam até o meio das costas, harmonizando o formato ovalado do rosto com um fino e arrebitado nariz. Lábios avermelhados declaravam um aspecto saudável, e uma a tez muito clara os fazia sobressair. O corpo esguio coadunava com os membros alongados, e as mãos finas arrematavam o aspecto fidalgo. Contudo, a frieza tomava por completo o restante de seus atributos. Um olhar soberbo a distanciava de todos. E o que se revelou desde cedo, em tão tenra idade, permanecera incrustado em sua malograda personalidade.

Capítulo XXII

O Confarreatio de Claudius Livius e Antonia Balbo

Seria a primeira vez que Mirta participaria de um casamento tradicionalmente romano. Fábia Severo passou dias instruindo a vestal quanto aos detalhes da *confarreatio* — uma importante cerimônia de enlace matrimonial nos moldes ancestrais da religião romana. O papel das sacerdotisas se tornara imprescindível nessas ocasiões. Severo decidira que Mirta participaria da *confessio* dos noivos, pois assim inauguraria um dos poucos atributos vestais ainda não praticados. Ouviria os últimos segredos do noivo enquanto os mistérios não revelados da noiva ficariam a cargo dos ouvidos da *Massima*. Felícia ficou possessa com a notícia — nos últimos anos, era ela a escolhida para acompanhar Fábia Severo no dever da *confessio* —, mas considerou prudente disfarçar o descontentamento por causa do episódio de Óstia, onde foi duramente repreendida por sua indolência. Depois disso, decidira reavaliar as estratégias contra a vestal em ascensão.

Em verdade, Mirta não via dificuldade alguma em executar o protocolo repassado pela tutora, mas a exigência de manter tudo impecável tinha um motivo a mais: a importância dos nubentes. Em breve, os noivos poderiam se tornar o novo *Flamen Dialis* de Roma, e ela, a *Flamínia*. Por isso, teriam que se casar nos moldes da *confarreatio* — só assim cumpririam um dos requisitos básicos para a disputa do cargo religioso mais difícil de ser ocupado: as restrições do *Flamen* eram inúmeras. A maioria dos patrícios de boa família aspirava cargos políticos e comandos militares de províncias romanas, situações vetadas ao *Flamen*. Cineu Púbio Lucius ocupara o posto por quase três décadas, mas com a morte de sua esposa, a *Flamínia* Lucrécia, precisaria ser substituído. A figura do *Flamen* jamais se dissociava da *Flamínia*; juntos, formavam o par religioso mais respeitado de Roma. Mirta sentiu pesar por Cineu, além de perder a esposa, ainda teria de deixar a privilegiada posição que ocupara por tanto tempo. Mas a notória sabedoria do homem idoso, com quem esbarrava nas cerimônias religiosas, lhe dava a impressão de que este não pautava a vida nos pilares do poder.

Agora a gaulesa repassava suas últimas instruções na biblioteca da casa, onde Fábia Severo costumava lecionar para suas pupilas. Em dois dias estariam incumbidas de abençoar a união dos Livius com os Balbo.

— *Massima*, Balbo é a família de nossa companheira Idália, não? — perguntou, como quem descobria o óbvio.

— Sim, Mirta, é a irmã mais nova de Idália quem se casará em dois dias, e talvez os Balbo se tornem uma das famílias mais influentes de Roma. Uma filha vestal e outra *flamínia*... é uma honra incalculável para um clã! — exclamou, fechando um dos enormes livros sagrados que fazia parte do acervo vestal. — Agora vamos, você está mais do que preparada para sua primeira *confarreatio*.

Depois de amanhã, testemunharás uma união sagrada para a nossa cidade.

Mirta liberou um sorriso curto, ainda intrigada com o fato de Idália não ter tocado no assunto, nem mesmo demonstrado desconforto com a iminente notícia de sua irmã se casando com Claudius Livius. Uma brecha entre os afazeres vestais haveria de permitir que abrisse as páginas secretas do coração de sua amiga; sem sombra de dúvida a doce companheira sofria naquele momento, ainda que sua irretocável vocação bloqueasse a linha do afeto. E foi antes de partirem para a casa de um nobre moribundo no Capitólio, que Mirta bateu à porta de Idália.

— Idália, tens companhia na liteira? Posso ir contigo? Preciso lhe falar.

Como de costume, a expressão suave de Idália confirmou a presença da amiga, emanando a placidez de sempre. Na ida, Mirta cortou pela raiz o distanciamento que a companheira conseguia manter sobre o assunto, jogando em seu colo a pergunta que parecia incomodar mais a interlocutora do que a própria Idália.

— Desde quando sabias que tua irmã se casaria com Claudius?

— Ainda em Óstia, ouvi do próprio *Flamen* que pensavam na indicação de Claudius para ocupar o cargo, mas era preciso arrumar-lhe uma esposa de família tão respeitada como a dele — respondeu, deixando escapar o nó que se formara em sua garganta —... só não sabia que seria minha irmã.

Foi quando Mirta envolveu o braço direito sobre os ombros estreitos e magros de Idália e a puxou, fornecendo compaixão. Então, a vestal contida deitou-se sobre as pernas de Mirta e chorou baixinho, como era do feitio das moças bem educadas.

— Oh, minha amiga... por que não dividistes comigo tua dor? Por que não exortar aquilo que te aflige?

— Para quê, Mirta? Se ao propagarmos nossas angústias só as tornamos ainda maiores.

Então, depois de alguns minutos, já recompostas, saltaram da liteira e foram ao encontro da família que as aguardava para a leitura do testamento. Horas depois, no silêncio do leito, Mirta sentiu a tristeza de Idália e se perguntou de onde sua doce amiga tiraria forças para se manter no meio de toda a cena que presenciaria dali há dois dias.

Na mansão dos Balbo...

No auge de seus 16 anos, Antônia era uma linda menina. Os cabelos ruivos batiam na altura da cintura, criando uma cortina avermelhada sobre o corpo visto de costas. Era igualmente recatada como Idália, e a doçura de ambas se potencializava quando estavam lado a lado. Idália chegou abraçando-a como se o segredo que pudesse distanciá-las estivesse enterrado no pensamento; a cada dia a gaulesa admirava mais e mais o altivo coração da companheira. O nervosismo de Antônia de imediato se acanhou diante das sábias palavras proferidas pela irmã vestal, de quem se orgulhava visivelmente. Talvez fosse a respeitada posição de Idália refletida nos olhos da irmã mais nova, o que a fortalecia no momento mais doloroso de sua castidade forçada.

As vestais chegaram bem antes dos convidados, era preciso que realizassem os rituais renovadores, acendendo uma nova chama no jardim da casa e entoando orações para abençoar os noivos e permitir a partida da filha. De todas as *domus* que Mirta havia frequentado, até então, a dos Balbo era a mais bela e romântica de todas, com uma estátua de Juno na qual ela aparecia sorrindo, algo que Mirta não vira em outras réplicas. Era uma casa feliz, cheia de vida e alegria. Os empregados, por mais inusitado que parecesse imprimiam a mesma impressão em Mirta, sorriam respeitosamente para as sacerdotisas do fogo ofertando-lhes tâmaras e bolos para que elas lhes dessem o aval das iguarias. Idália sentia-se à vontade; talvez o fato de estar em casa a deixasse mais tranquila num momento como aquele. Seu irmão, o escultor das cabeças sem rosto, aproximou-se com deferência, fazendo um cumprimento exagerado diante das moças. Aproveitando a ausência da Máxima Vestal, Idália deu-lhe um tapinha de leve, como quem brinca de repreender.

— Seu debochado, deixe mamãe ver a ironia de seus modos! Já, já a chamo para acabar com suas bobajadas — disse, rindo da gaiatice ingênua daquele que ainda pensava que a vida era fácil.

— Sabes que te amo. És sacerdotisa lá no Fórum. Aqui serás sempre minha irmã, com quem posso brincar na ausência dos "olhos sagrados de Roma"! — respondeu ele, entoando as últimas sílabas como se cantasse uma trova.

Idália ficou sorrindo enquanto a imagem do irmão caçula se perdia no corredor comprido. Depois, como se despertasse de um sonho bom, pôs-se a arrematar os últimos detalhes da cerimônia, no que dizia respeito às bênçãos vestais. A intimidade com a casa tornava tudo mais fácil e acessível. Fábia Severo, reunida com os pais de Idália, colocava-se a par dos detalhes do dote e das exigências que os Colégios apresentavam para o preenchimento do cargo de Flamínia. Claudius era o nome quase certo para a posição; apesar da lista tríplice em que mais dois nomes apareciam para a votação, nos bastidores políticos já se sabia o nome do substituto de Cineu Púbio. Agora, restava aos Balbo mostrar a toda elite romana o quão apta sua filha era para ser a mais nova Flamínia de Roma. Talvez pela influência latente da família de Idália, Felícia achou por bem se mostrar íntima da colega.

— Devo confessar que estimo muito a arquitetura de sua antiga morada, Idália. — mesmo elogiando, Felícia parecia provocar o desejo irrefreável de magoar.

— Não digas antiga, Felícia — interrompeu Agostina — digas; a casa de tua família. Afinal, assim estarás afirmando que perdemos nossas casas quando nos entregamos à Vesta.

— Ora, Agostina, não venhas com demagogias. Esta é a casa dos Balbo e não mais de Idália. — Felícia mantinha a expressão fria e o tom resoluto.

— Ainda sou uma Balbo, Felícia, e serei até morrer. Não perdemos nossas identidades porque somos sacerdotisas, sabes muito bem que nossos nobres nomes são responsáveis por nossa indicação. — Idália foi perdendo a expressão de alegria que vinha mantendo desde a chegada na casa dos pais, pois o poder destruidor de Felícia tinha a capacidade de corroer a tudo que inspirasse alegria. — Além disso, mais 15 anos de dedicação à Vesta e poderei voltar.

— Ah, sim... — e, então, atingiu o tendão de Aquiles que Idália nem sabia possuir. — Desde que até lá ainda existam homens dispostos a casar com a última filha solteira dos Balbo. — arrematou, saindo pelo jardim à procura da *Massima*.

Agostina, Mirta e as outras vestais, que a tudo assistiam, correram a consolar Idália dizendo o quão valiosa e rara era sua beleza. Enalteceram suas virtudes sendo assertivas quanto ao fato de Idália ter grandes chances de ser desposada, no futuro, por alguém de igual valor. Mas Idália, embora resignada e consciente da natureza malévola de Felícia, já havia sido atingida em nervo exposto, num ponto em que nem mesmo a venenosa vestal poderia imaginar. E, no pior momento que o destino podia escolher, o noivo e futuro Flamen chegou à casa dos Balbo, acompanhado dos pais e dos muitos familiares. Era fácil notá-lo, a estatura acima da média o tornava singular, mesclando o ar aristocrático com uma espécie de decência que Mirta raramente detectava nos jovens nobres romanos. Os cabelos, muito bem cortados na altura da nuca, estavam da mesma maneira que Mirta vira, na ocasião da Vestália, quando ele investigava a liteira de Idália. Se para a análise imparcial da gaulesa a imagem do rapaz lhe soava agradável, para o coração apaixonado e sufocado de Idália certamente seria dolorosa demais a bela visão de seu futuro cunhado. Talvez, por conta da aglomeração das vestais no pátio da casa, Claudius sentiu-se constrangido de se aproximar de Idália, mas ao avistá-la, era possível perceber um imenso pesar em seu olhar, como se trouxesse na retina um pedido de desculpas.

Agora Mirta entendia a presença estática do rapaz na colina de Esquilino, implorando silenciosamente o perdão daquela que o amava. Antônia nem bem tinha nascido quando os dois juraram se casar no pátio da *villa* onde os Balbo criavam seus filhos, sob a égide da nutriz designada para a boa formação da prole. Nas férias, os pais iam visitar as crianças e verificar de perto o desenvolvimento físico e intelectual dos rebentos. Nessas ocasiões, convidavam as famílias amigas para as temporadas na Villa Balbo, famosa pela harmonia dos jardins e pelos belos animais. Mas eram os negócios que uniam os Livius aos Balbo e que motivavam as inúmeras vezes em que as famílias se reuniam, dentro e fora de Roma. Assim que Idália tomou corpo, seus pais, intencionando arraigar a tradição do nome, designaram-na para a vida sacerdotal. Estava há poucos meses na cidade, havia passado a maior parte da infância no campo, mas a geografia não mudara nada nos corações infantis e sonhadores de Claudius e Idália. Na tradicional festa da Lupercália, próximo ao aniversário da filha mais velha, os Balbo anunciaram a decisão de ofertá-la para uma honrosa jornada na casa vestal. Embora crianças, Idália e Claudius sentiram-se traídos, porque desde pequenos cultivavam o amor que, apesar de tudo, ainda podia ser visto.

As irmãs do noivo logo vieram até Idália, beijando-a e abraçando-a em nome da antiga amizade. Há muito não a viam, por conta da rotina e clausura vestal. Enquanto as irmãs saciavam as saudades de Idália, Claudius arrancava da tenra maturidade um controle inimaginável sobre seus sentimentos, mantendo-se impassível enquanto conversava com o sogro, Cornélio Balbo, agradecendo-lhe pelo dote ofertado na noite anterior. Claudius recebera do sogro justamente a *villa* onde passara a infância com Idália — era seu presente de casamento —, o que pareceu o golpe de misericórdia, cravado no coração da vestal.

Antes que o restante dos convidados chegasse, a Máxima Vestal adentrou o salão com o manto rubro que costumava usar em ocasiões especiais e, batendo com seu cajado três vezes, anunciou a hora da *confessio*. Neste momento, até Mirta sentiu-se invadida por um calafrio, mas ela teria de se mostrar bem treinada.

 Antônia estava à espera de Fábia Severo, pronta para contar seus segredos. Mirta seguiu a mentora que indicou com a mão direita o local onde o noivo faria o mesmo — confessaria seus segredos e angústias para a sacerdotisa do fogo, que após ouvir seus flagelos, queimaria simbolicamente as passagens do confidente, intercedendo o pedido de libertação junto à Vesta. A deusa do fogo levaria consigo os segredos, permitindo que uma nova vida, isenta de qualquer pesar, nascesse a partir daquele dia.

A gaulesa cumpria rigorosamente o que havia aprendido. Manteve-se a cinco passos do noivo. Acendeu uma pequena lareira de três pés que fora deixada entre duas cadeiras entalhadas no ébano. Diante dela, um rosto nada entusiasmado aguardava a permissão para falar. Mais uma vez a intuição de Mirta não a enganara; ela sabia o que afligia o coração daquele jovem, aprendeu cedo a reconhecer a angústia de um animal que esperava para ser abatido.

— Na sagrada função de sacerdotisa da deusa Vesta, me proponho a queimar qualquer palavra impura que seja propagada neste momento de renovação da vida de Claudius Livius. Que a partir de agora o fogo da deusa destrua o antigo homem, recriando-o puro e novo para a bem-aventurança de seu casamento.

Depois, reta e serena, sentou-se diante de Claudius. Mirta se manteve o mais suave possível, sentia pena daquela alma jovem que jamais escolheria o próprio destino.

— Sagrada sacerdotisa, peça a Vesta que me perdoe por amar a filha errada! — As palavras saíram sem fôlego, e seus olhos corajosos clamavam por ajuda. Mirta foi pega de surpresa pela objetividade do rapaz. — Diga que farei tudo por Antônia e pelos filhos que teremos, mas eu imploro que seja queimado, se possível for, o amor que sinto por uma de suas sacerdotisas... quem sabe diante do fogo sagrado eu tenha sorte e então, finalmente, Vesta se compadeça de mim.

Até aquele momento, Mirta havia cumprido todo o protocolo. Impecavelmente. Só não havia preparado sua porção vestal para negligenciar o sofrimento alheio bem diante de seus olhos. Ficou por alguns instantes atiçando o fogo com o pequeno ancinho de ferro, procurando dentro de si as palavras certas para os ouvidos de Claudius. A árdua tarefa de convencê-lo a viver sem o seu verdadeiro amor, como se aquela fosse a vontade dos deuses, como se os tratados dos homens tivessem o direito de separar almas idênticas e amantes, este seria um dos momentos mais difíceis de sua vida vestal: manipular em favor das alianças de Roma, o que para ela era o mais sagrado motivo de viver, o amor. Havia milhares de versões flutuando ao redor e Mirta conhecia todas elas. A antiga história de amor entre Idália e Claudius, os interesses dos Livius e dos Balbo, os ajustes propostos diante dos colégios religiosos com a interferência da Virgo Vestal sobre a indicação do futuro Flamen, a obrigatória devoção que nascera no peito de sua companheira desde o dia em que fora ofertada como prenda familiar no Colégio de Vesta. Tudo isso povoava os pensamentos de Mirta e rogava coerência diante do consulente, minutos antes de seu casamento. O universo das verdades não ditas estava ali, bem abaixo de seus pés e Claudius sabia disso, já havia percebido a cumplicidade da sacerdotisa com Idália, parecia estar aguardando uma palavra de conforto. Mas Mirta havia assumido um compromisso com Roma. Com a religião e com Vesta.

— Claudius... todos nós enfrentamos sacrifícios por uma Roma fortalecida. — Mirta dizia, sentando-se diante dele como se alguém falasse por ela. — Somos obrigados a acordar todos os dias com o peso das escolhas que, na maior parte do tempo, favorecem mais aos outros do que a nós mesmos. É o fardo de viver dentro dos moldes. É preciso encontrar a força que imaginamos não ter, para enfim contornarmos os desejos e esperar dos deuses o destino merecido.

De cabeça baixa, Claudius parecia ouvir as palavras de Mirta como se recebesse um bálsamo.

— Não foi nada fácil para Idália. — nesse momento, a pesada cabeça do rapaz ergueu-se à procura de alento. — E talvez agora as coisas fiquem ainda mais difíceis, mas ela conhece seu papel na História de Roma e se apega a isso para viver dignamente seu compromisso vestal por mais quinze anos. Tu encontrarás forças para enfrentar tuas obrigações como marido e como Flamen, e lamentar os desígnios do destino é o mesmo que renegar nosso caminho. És merecedor desse cargo, tens a alma nobre.

As palavras firmes da gaulesa faziam a respiração do romano tomar um novo rumo, próximo da resignação. Claudius, então, lançou um pedido a Mirta.

— Diga a ela que a amo, vestal Mirta. Talvez não hoje nem amanhã, mas quando julgares apropriado. Sofro há anos, desde que Idália fora ofertada a Vesta, e nunca pudemos dizer uma só palavra contra a decisão de seus pais, pois éramos crianças e nossa opinião sequer seria ouvida. Por um tempo, pensei que isso passaria. Acreditei que minhas andanças em busca de aventuras fúteis em Subura afastariam a presença de Idália, ou que, entre os banquetes de patrícios alguém haveria de encantar meus olhos e apagar o sorriso cândido que jamais esqueci. Mas nada disso aconteceu até chegarmos aqui, neste derradeiro golpe do destino, ao me desposar com Antônia. Sinto-me honrado por isso e pela indicação como Flamen, sei que buscaremos ser grandes para a religião de Roma. Antônia é doce e casta, possuidora de predicados suficientes para o cargo de Flamínia ... estou certo de que será uma esposa exemplar. Mas quando a vejo, é Idália quem está lá... talhada nas feições de minha futura esposa.

— Talvez ela saiba, Claudius... e sinta tudo que acabastes de dizer. No entanto, ratificar tais palavras de nada adiantaria, nada mudaria. Quando saíres por esta porta e caminhares até o altar doméstico, serás um filho dos Balbo, e irmão de Idália. O vínculo entre suas famílias estará selado e a longa relação mantida até então, permanecerá intacta. É uma nova vida. Irrefutável. Por isso estamos aqui, para queimar, com a ajuda de Vesta, o inapropriado, o que não mais poderá existir em seus pensamentos. Façamos juntos esse pedido.

Mirta pediu que Claudius se levantasse, olhasse fixamente para o fogo, prometendo abandonar todos os desejos refreados pela vida, desistindo daquilo que nunca mais teria a seu alcance. E Claudius acatou, comprometido, firme, esperando que finalmente o fogo de Vesta o libertasse. Depois sorriu para Mirta, agradeceu suas palavras e transformou de imediato a postura, dizendo-lhe que Roma estaria salva de proscrições enquanto tivessem uma vestal como ela. Por fim, agradeceu-lhe com reverência, honrando a presença da sacerdotisa.

O *peristilum* da casa deixava o sol bater suavemente pela abertura no teto, era fim de tarde. O casamento estava marcado para as seis horas, quando a primeira vela daria início a contagem da noite. O átrio repleto de convidados, entre eles alguns senadores que colaboravam com a influência das duas famílias. Nos umbrais da casa foram fixadas flores campestres, e um altar montado especialmente para a cerimônia invocava a presença dos noivos. Ao lado da mãe da noiva e de frente para o *pater familias*, a *Virgo Vestalli* quase podia sentir o orgulho de dever cumprido, faltava pouco para experimentar, mais uma vez, o gosto de sua vasta sabedoria influenciando a escolha de mais um *Flamen* de Roma. A celebração seria realizada pelo pontífice em exercício que entrou pelo jardim naquele momento, acompanhado por quatro vestais cujas mãos carregavam grossos incensos acesos, formando um corredor perfumado por onde passavam. Dez testemunhas, dentre elas figuras importantes da cidade que haviam se casado nos moldes da *confarreatio*, sentavam-se sobre cadeiras confortáveis forradas com a pele dos carneiros mortos em sacrifício pela união. Antônia despontou no fim do corredor, vestida com a túnica branca e reta até os pés. A cintura marcada pelo *cingulum* fora atada com o *nodus herculeus*, em menção ao deus Hércules, cuja lenda dizia ter gerado setenta filhos. A castidade da filha mais jovem dos Balbo podia ser vista de qualquer direção, assim como os de Idália, seus grandes olhos transmitiam a verdade azulada que provinha da íris. Por causa do véu que cobria as madeixas separadas em seis tranças, só se podia notar a silhueta alaranjada do tecido acima do pescoço. A coroa de flor de laranjeira perfumava o espaço por onde a noiva passava. Claudius a aguardava no altar, ao lado do pontífice, sentindo o calor da chama acesa na salamandra, logo atrás de suas costas. Mirta evitou olhar para Idália durante a cerimônia, podia sentir no próprio peito a dor e as sensações de sua amiga... a doce e resignada Idália.

— Quando tu és *Gaius*, eu sou *Gaia*.

A frase proferida por Antônia finalizou o ritual, dando início a ação dos criados que acendiam os archotes espalhados pelo salão, a fim de conduzir os noivos em sua caminhada até a casa do marido. A partir de então, Antônia deixava sua casa e o dever de obediência ao pai. Claudius era agora seu marido e tutor, e a ele serviria até a morte. Daquele momento em diante, os noivos receberiam os convidados em sua nova casa e as vestais seguiriam para o Fórum, de volta a maison sacerdotal.

Escoltadas pelos lictores, em suas liteiras, Mirta e Idália não trocaram uma só palavra, até que a cunhada de Claudius Livius rompeu o silêncio deixando escapar o máximo de desdém que a fala permitia.

— Veja Mirta, esta noite os deuses não vieram. Não há uma estrela sequer no céu de Roma.

CAPÍTULO XXIII

O Retorno de César

O fórum romano estava em polvorosa. A notícia de que Júlio César havia voltado deixou toda Roma de olhos abertos, todos queriam vê-lo como quem avista o próprio deus. Os anos em que estivera fora da capital e da própria Itália só serviram para torná-lo ainda mais mítico e adorado. Obviamente, por causa de suas vitórias esmagadoras contra Pompeu, por seu casamento polêmico com Cleópatra e, consequentemente, o reconhecimento do suposto filho que tivera no Egito. Cesário era o nome da criança batizada como descendente de César. A presença do ex-cônsul, agora ditador, juntamente com seus leais e destemidos homens que formaram o exército da vitória, deixava a cidade segura e feliz. Pelo menos essa era a visão da plebe, aquela a quem César realmente se preocupava em agradar. No Colégio Vestal, a poucos metros da casa em que morava o pontífice máximo, um coração confuso e acelerado sentia a presença daquele homem com uma paixão particular. Mas agora, havia também o compromisso de uma respeitada sacerdotisa, e o orgulho ferido da mulher que acreditou ser seu único amor.

    A tarde quase caía quando as trombetas invadiram a tribuna, e o rosto impoluto do general despontou diante da gente de Roma. Sua cavalaria o seguia, orgulhosa do líder. Os passos de elefantes ricamente enfeitados faziam tremular as estruturas dos templos no fórum romano, um verdadeiro espetáculo diante dos que viveram para contar. Ao fim da caravana, prisioneiros capturados os seguiam como feras, presos pelos pulsos com algemas enferrujadas e apodrecidas, muitos na iminência da morte por escorbuto e tétano, mas que, por hora, faziam parte do espetáculo que Júlio César reservara para toda a Roma.

    César possuía um particular brilho nos olhos. Onipotente, vinha ereto, montado em sua quadriga puxada por cavalos elegantes, exibindo a flâmula vermelha da SPQR.

    As vestais chegavam da rotina diária comentando a novidade e revelando para Mirta a adoração latente dos romanos por seu ditador. Outras saíam de seus aposentos alardeando a imagem capturada de suas janelas. Na porta da *domus publica*, Calpúrnia aguardava recatadamente o retorno de seu marido. Junto dela, os homens mais renomados de Roma — o corpo religioso em peso, alguns senadores, os Populistas, partidários de César e, também, como não poderia deixar de ser, os bajuladores. César estava exultante, enxergando nos rostos que o aclamavam o pagamento por seus esforços. A lealdade do povo e o compromisso com benefícios e riqueza para os cofres públicos estavam ali, diante de todos. César sabia que a vontade da plebe não sucumbiria à parcela senatorial oligarca, que resistia nos bancos da Cúria.

    Mirta estava em seu quarto quando as portas da casa começaram a bater pela força do vento. Suas companheiras, excitadas com o fato, pulavam de cômodo em cômodo procurando o melhor ângulo das trinta janelas que existiam na casa. Todas com o fito de ver Gaius Julius Cesar. Mas a abrupta notícia deixou a gaulesa sem reflexo, notando que suas teorias sobre a chegada deste dia eram apenas ilusórias.

Definitivamente, ela não estava preparada para vê-lo. Ou melhor, para deixar de vê-lo. Já não sabia mais de seus sentimentos. Sentiu uma enorme vontade de abrir um pouco mais a janela, mas simplesmente se negou a ir até lá. Teve medo de vê-lo chegando até a presença de Calpúrnia, a única mulher que detinha o direito de esperá-lo. Sentiu dificuldade em manter a naturalidade diante de tudo, ainda que parecesse espontânea a excitação como a de suas companheiras. Até a Vestal Máxima, cujo ânimo jamais se alterava, animava-se com a chegada de César.

— Mantenham-se impecáveis diante de nosso pontífice. A qualquer momento ele poderá nos visitar. Nosso Colégio sempre foi elogiado por ele, e assim permanecerá.

Mas os desejos da tutora-mor dificilmente se realizariam naquela tarde. César teria milhares de assuntos a tratar, de ordem prática e pessoal, tendo em vista que sua família não o via há anos, que o senado estava ávido para obter sua confiança, e o povo desejava um desfile mais demorado pela Via Sacra. Mirta agradecia à Vesta por suas obrigações. Naquela noite ela estaria incumbida na vigília da chama. Cecília encerraria seu turno com a chegada da segunda vela da noite, mais ou menos quando o furor quanto ao retorno de César estaria controlado.

No refeitório, minutos antes de a criada trazer a sopa, apenas Mirta chegava para a refeição. Todas, sem exceção, procuravam o melhor ângulo da casa para ver Júlio Cesar e sua comitiva. As últimas vestais a ingressarem no colégio nem mesmo o conheciam, ainda eram pequenas quando ele deixou a cidade dando início a guerra civil. Fábia Severo, em companhia de seus lictores, foi chamada ao colégio sacerdotal. Levou consigo Agostina, porque foi quem surgiu primeiro nos corredores quando a tutora recebeu o chamado. A criada, trazendo a sopa na hora de sempre, se espantou com a sala vazia. Mirta sorriu.

— Pensou que ninguém tomaria sua sopa hoje?

— A *domina* não quis ver nosso general? — perguntou a criada, sem bem entender a presença solitária de Mirta.

— Teremos muito tempo para vê-lo em cerimônias que estão por vir. Minhas amigas podem tomar a sopa mais tarde, pois hoje estão fora da vigília. Mas eu preciso garantir o ânimo para as horas que se sucedem. Afinal, só voltarei amanhã.

A escrava fez uma expressão de concordância, sentindo-se necessária para alguém. Idália adentrou a sala de jantar com euforia ímpar.

— Que fazes aqui Mirta? — ofegante e com olhos afoitos.

— Ora Idália, que mais se não me alimentando para cumprir a vigília desta noite.

— Ah não! Esqueci que fostes escalada a vigília. Que pena!

Mirta estranhou o comentário da amiga. E tentou se manter concentrada no alimento. Mas o entusiasmo de Idália estava excessivamente insensato e, pela primeira vez, parecia não estar inteira no diálogo. Tinha a mente agitada e fora de foco. Mal ouviu a resposta de Mirta e já consolava a amiga.

— Hoje à noite iremos à casa do pontífice máximo. Um banquete será oferecido em homenagem a seu retorno. Ele mesmo fez questão de nossa presença, à exceção daquela que ficaria na vigília.

Um estranho alívio invadiu o corpo de Mirta, liberando um pouco da tensão que se alojara em seu dorso. No fundo, Idália jamais acreditaria que a "triste notícia" era, na verdade, um enorme bem para sua amiga.

— Então vá se aprontar. Não quero que perca nenhum detalhe da festa.

— Mirta, és muito especial. Outra companheira não saberia sentir outra coisa se não frustração. E aí está você, satisfeita por mim.

Idália deu um beijo na testa da amiga e correu para o quarto, tentando fazer a emulsão que Mirta lhe ensinara. A mistura de terra vermelha e água era um truque mágico para lhe fazer corar a face em meio à formalidade das vestes. Uma pequena arte realizada sem a chancela da sacerdotisa-mor.

Ao se ver sozinha, Mirta agradeceu o vazio que se instalou naquela parte da casa. Os outros cômodos estavam animados demais para ela. Tomou a sopa estranhando a si mesma. De repente, o susto de ter César por perto dera lugar, em seu peito, aos seus desígnios sacerdotais. Ou talvez, o tempo que vivera longe dele, tornando-se uma figura respeitada em Roma, a fortalecera a ponto de suportar, com altivez, a presença de seu amante. Quem sabe, a partir deste dia, começariam suas maiores provações. Por quase três anos ela exerceu seu papel exímia e irretocavelmente. Aprendera a duras penas a viver sem sua gente e sem seu amor, que jurara protegê-la. Quanto a isso, ele não havia mentido. César a colocou no lugar mais seguro da República, no seio da religião romana, resguardada do profano. Mas se a coragem e a dedicação de Mirta a abandonassem por um segundo sequer, seu corpo certamente já teria sido jogado do monte Tarpeia, ou pior — diante da audácia de uma gaulesa sacrílega —, os romanos poderiam inventar uma nova e cruel penitência.

Por um longo tempo Mirta pousou a cabeça na cama temendo a pena capital.

Agora parecia não temer nada além das armadilhas que seu coração podia tramar. Com César distante tudo parecia mais fácil. No primeiro ano, a saudade quase a matou. Mas depois do anúncio do casamento com Cleópatra, um antídoto contra as lembranças de César a fez seguir em frente, principalmente pela rapidez com que substituiu seu filho natimorto por um egípcio, que segundo sussurrava o exército do cônsul, bem poderia ser filho de outro. Naquela sala, Mirta chegou a acreditar que o retorno de César em nada mudaria sua rotina e que seus profundos votos de amor a Vesta a permitiriam esbarrar no pontífice sem derrotar a firmeza de suas pernas.

    Deixou o refeitório e tomou o corredor contrário à ala que reunia as meninas afoitas. Elas se apinhavam sobre os ombros umas das outras, na tentativa de capturar o burburinho do lado de fora do Colégio. Mirta entrou no quarto esperando a hora de render Cecília. Aproveitou para recostar o corpo na cabeceira da cama e olhar as árvores da colina. Há tempos não as observava. Foram sua companhia preferida por um longo tempo, até que o destino lhe mostrou pessoas amáveis e confiáveis como Idália, Agostina, Cecília e tantas outras meninas que entraram para a vida que Mirta havia abraçado. Seu olhar se perdera por alguns minutos entre as copas das árvores, mas parecia que até elas sorriam para Júlio César.

    A porta do quarto se abriu após duas batidas, anunciando a presença de alguém.

    Era Fábia Severo. Mirta se levantou imediatamente diante de sua superiora.

    — Já está na hora? Me perdi nas velas da noite, *Massima*?

    — Acalme-se minha filha. Só vim lhe dar instruções sobre esta noite por conta da atipicidade dos fatos. Você sabe que iremos todas ao banquete do pontífice, não sabe? Pois quero que diga a Cecília, quando trocarem seus turnos, que nosso pontífice chegou e que estaremos na *domus publica*. O lictor estará à espera na porta do templo para levá-la.

    Depois, sentou-se na cama de Mirta para consolá-la.

    — Sinto muito Mirta, não sabíamos da chegada de César. Eu teria refeito a vigília desta noite para que você participasse deste momento.

    Parecia que todas lamentavam pela gaulesa naquela noite, desconhecendo sua verdadeira vontade.

    — Minha nobre tutora, alguém tem que zelar por nossa chama sagrada, afinal, que seria de nosso ditador e de nossos lares?

A tutora sorriu, orgulhosa da sacerdotisa resignada.

Ao centro do pátio, as meninas alvoroçadas ouviram um tom mais ríspido da Máxima Vestal. Embora fosse um dia de festa, jamais poderiam se perder em ânimos exaltados. Caso contrário, receberiam alguma penitência: vinte e quatro horas ininterruptas de vigília.

Depois que todas deixaram a casa, Mirta se dirigiu ao refeitório onde uma garrafa de água fresca e um pão umedecido com azeite e alecrim a aguardavam. Era o pequeno farnel para a longa noite que enfrentaria. A escrava lhe desejou um boa noite, aproveitando o vazio da casa para repousar.

Antes de sair para a vigília, Mirta sentiu uma súbita e intuitiva vontade de jogar os gravetos. O silêncio provocado pela ausência das vestais a permitiu buscar no jogo de adivinhação as respostas para os anseios do coração. Na Gália, ainda na infância, aprendeu a utilizá-los com as anciãs da aldeia; era uma tradição passada apenas àquelas com dons premonitórios. Quando os druidas perceberam as aptidões de cura que a gaulesa possuía, bem como sua devoção aos deuses, decidiram que a hora de a iniciar no mundo particular da magia céltica havia chegado. Mirta, então, foi apresentada ao *Tuatha Dé Danann* — ao Povo de *Dannu*.

Dannu, a deusa céltica mais poderosa de todas, representava a terra, a vida e a morte. A escolhida do deus Dagda. Ao classificá-la desta forma, os celtas a adoravam em diversos momentos, mas principalmente nos que consideravam mais relevantes. Em razão de sua importância, os mais poderosos deuses celtas foram reunidos no grupo denominado como o Povo de Dannu. Desde sua chegada em Roma, Mirta havia utilizado os gravetos uma única vez, na casa de Ícaro, angustiada pela iminência de se tornar vestal. O graveto que representava Danu ficara posicionado acima dos outros, o que a fez crer que nada de ruim lhe aconteceria durante a vida sacerdotal. No Colégio Vestal, muitas vezes, quando a lua nova se punha diante dela invocando a renovação da vida, um ímpeto, como o daquele dia em que César chegara, lhe convidava a jogar os gravetos. Mas Mirta tinha medo de que desconfiassem de algo, que alguma imaginação muito aguçada questionasse seus métodos e ligasse o jogo à sua verdadeira origem. Além disso, mentir sobre o Povo de Dannu seria uma violação inadmissível para ela. Os deuses celtas eram tão sagrados quanto os deuses romanos, por isso, ela jamais mentiria sobre eles. Mas, naquele momento de angústia em que se via agasalhada pela privacidade, Mirta correu em seus aposentos e resgatou, no meio de seus pertences, os sagrados e mágicos gravetos. Ela os trouxe da Gália, pois eram os batizados, frutos de sua terra. Com eles aprendeu a jogar e somente eles a levariam a um caminho de luz. Mesmo que encontrasse gravetos do mesmo tamanho e quantidade, fora da Gália, não teriam nenhum valor para ela.

Mirta ajoelhou na grama no átrio vestal, próxima das carpas, que pareciam ser suas únicas testemunhas. Invocou a oração de Dannu e pediu que a guiasse em meio às respostas que pretendia alcançar. As primeiras estrelas já haviam chegado, mas era possível ver a lua ainda tímida pela presença do Sol, que por causa do verão, demorava a se pôr. Era o momento perfeito para Mirta. Silenciosamente, invocou seus deuses.

"Povo de Dannu,
Permitam que os frutos da Gália mostrem minha jornada
Através do vento que sopra sementes frutíferas, invoco a força dos deuses
Que os gravetos deificados pela imagem da Tuatha Dé Dannan alcancem a verdade
Pela magia da terra e as bênçãos da chuva
Deixem que esta filha eterna os invoque e receba
aquilo que foi reservado por Dannu, pela vida ou pela morte
E que venha ao encontro de meus olhos, se assim for permitido."

Fazia muito tempo que a porção gaulesa de Mirta descansava sob seus poros, mas bastava tocar a terra com os pés descalços para que a natureza exercesse seu poder absoluto, revolvendo tudo que parecia soterrado. Nas mãos aflitas da gaulesa, nove gravetos de carvalho esperavam ser jogados no seio da Roma Quadrada.

O primeiro graveto simbolizava Dannu, a deusa superior, da terra, da vida e da morte; o segundo era Dagda, a força e proteção; o terceiro Lug, o deus das lutas, cujo nome significa "luz", belo como o Sol — guardião da espada mágica e da lança invencível, vinda da cidade de Gorias, um dos quatro tesouros dos *Tuatha Dé Dannan*. O quarto graveto representava Belenus, o deus do fogo e da luz; Belisama era o quinto, a deusa da luz, consorte de Belenus, a quem Mirta atribuía toda sua intuição e o amor de César. Secellus, o sexto, cujo nome significa "O que bate bem" — usava seu martelo para bater na terra, acordando as plantas e anunciando o início da primavera. O sétimo graveto era Epona, deus dos animais, da força pura e ingênua da natureza — a velocidade dos cavalos. Flidais, o oitavo, era a deusa da floresta, dos bosques, da caça, das criaturas selvagens e da justiça. Lir, nono e último, o senhor do submundo, do mundo dos ancestrais.

Em suas mãos, os nove gravetos aguardavam o momento em que a gaulesa os lançaria sobre a terra. Pressionando-os na palma das mãos, ela cerrou os olhos, dizendo as últimas palavras que antecediam as premonições: *"Ar ran y duwiau, yr wyf yn galw ar y tir ac atebion Tuatha Dé Dannun"* — em nome dos deuses, invoco respostas a Tuatha Dé Dannun".

A posição dos gravetos indicou à Mirta o que mais afligia seu coração: César ainda a amava. Ela havia atribuído a ele o graveto de Belenus, "o brilhante", e o dela fora representado por Belisama. Afastados dos outros, os gravetos dos dois deuses caíram simetricamente lado a lado, indicando a união de suas almas. Por mais que a insegurança e a mágoa a enfraquecessem, a interpretação dos gravetos era clara demais para ignorá-los. Dannu estava sobre os outros, formando uma espécie de flecha cortante, dominando os demais gravetos, o que foi mais um indício de proteção. Abaixo de Dannu, os outros gravetos se misturavam de maneira confusa, de tal modo que Mirta não conseguia individualizá-los. Então, ela intuiu os milhares de obstáculos dispostos sobre sua vida e a de César. O graveto da deusa da justiça se colocara submetido a todos os outros, como se a revelação de um segredo pudesse eclodir a qualquer momento, mas os deuses não permitissem... Mirta ficou confusa quanto a isso. De qualquer forma, a presença de Dannu sobre todos os outros era como uma espécie de amuleto e, qualquer que fosse o segredo a ser revelado, viria na hora certa. Um movimento repentino das carpas fez com que Mirta despertasse do transe. Era chegada a hora da vigília e sua obrigação havia de ser cumprida. Reuniu seus talismãs sagrados e correu no quarto para guardá-los. Ao fechar o portão, Mirta ouviu o silêncio sepulcral que deixara para trás. Ela jamais vira o Colégio tão vazio.

A primeira vela da noite já havia queimado e seu turno começaria assim que passasse as instruções para Cecília. A moça surpreendeu-se com tantas novidades e pôs-se a descer as escadas do templo mais rápido do que de costume, a caminho da festividade.

Naquela noite, Mirta agradecia fervorosamente pelo plantão. Tudo que não queria era ver César no calor da emoção. Temia por sua reação. Vê-lo com Calpúrnia e no meio de tantos aduladores era seu último desejo. Se os deuses lhe reservavam a chance de dizer a ele tudo que seu coração sufocara naqueles anos, que fosse em algum momento a sós. Se isso aconteceria, ela não sabia. Mas uma leve sensação de revanche alimentou seu pensamento. A ideia de ver César procurando-a entre as vestais lhe causou deleite. Conhecia-o suficientemente a ponto de imaginar a cena em que seu olhar discreto a procuraria por cima dos ombros dos convidados. E, de fato, foi o que aconteceu.

A residência do pontífice era estonteante. Todos os salões continham mosaicos de mármore que pareciam ter nascido do solo, tamanha a perfeição de seus encaixes. Enormes jarros com plantas exóticas ornavam o jardim da casa, e por conta da elevada temperatura, naquela estação do ano, algumas espécies se viam em plena inflorescência. Tudo se mantinha em seu devido lugar, como se ninguém jamais houvesse ousado o contrário. A maior parte dos criados era de origem grega — exigência do próprio César. Talvez por isso, tudo brilhasse de maneira ímpar. Na verdade, tamanha beleza não pertencia ao gosto de César. Aquela foi a morada dos reis de Roma e, após a queda da monarquia, ficara reservada ao *Pontifex Maximus*. Embora, em geral, ela não fosse usada como moradia, evitando remontar no imaginário popular a imagem de um soberano, foi justamente esse o intuito de César ao se mudar de Subura, região onde viveu por toda a vida, para a mansão dos pontífices.

Calpúrnia recebia os convidados impecavelmente. Seu modo elegante de andar realçava a aparência nobre de sua família. Dizia-se que a falta de aptidão em seu ventre, cuja aridez nunca dera um herdeiro a César, era superada pelos dons literários, políticos e musicais. Aparentava um retido contentamento pelo retorno do marido, mas nada que revelasse os anos que os separaram. Bem posicionadas nas partes reservadas do pátio central, as vestais podiam ver todos os que chegavam na noite fervilhante de Roma.

A curiosidade de todos em relação ao ditador aumentava a cada minuto que precedia sua chegada. Enquanto sua mulher fazia as vezes de anfitriã, César aprumava sua imagem após uma longa massagem. Era vaidoso e tinha fama de asseado. Entre seus tantos motivos para impressionar, um deles intimamente o impulsionava ao capricho. Ninguém naquela mansão poderia sequer imaginar que, dentre as proibidas carnes femininas do colégio vestal, o desejo de César encontraria alento. Mas para o desgosto de César, ela não estava lá...

Assim que surgiu no salão, cumprimentando atenciosamente um a um, como era de seu feitio, o anfitrião buscou — sempre que o ângulo permitia —, a imagem da gaulesa. Como pontífice, priorizou as saudações aos religiosos, aproveitando o ensejo para renovar a proteção dos deuses. As sacerdotisas de Roma, cumprindo rigorosamente o protocolo, trocavam bênçãos com o sacerdote que muito admiravam. Horas antes do banquete, ele havia se reunido com o sacerdote-mor em exercício, e ficara a par das últimas cerimônias, muitas delas encomendadas por ele, mesmo a distância. No entanto, os olhos de César, insaciáveis, não compreendiam o porquê da ausência de Mirta. Aproximando-se da Vestal Máxima, estendeu sua mão sobre as dela para saudá-la.

— Severo — somente ele se dirigia a ela pelo nome de família — Vejo, como não poderia deixar de ser, que nossas sacerdotisas estão em plenitude com Vesta. Você, como sempre, fazendo um ótimo trabalho.

Ele sempre encontrava uma maneira indireta de obter respostas.

— Honrado pontífice, muito me agrada que esta seja sua impressão. Que os deuses bendigam sua chegada.

César sabia que as almas femininas ansiavam por elogios, e, particularmente para aquele grupo de mulheres, isso restringia-se aos feitos sacerdotais e religiosos.

— Esta é, sem dúvida, uma noite especial. Em companhia de todas as sacerdotisas de Vesta, César estará protegido de qualquer infortúnio.

Dizendo isso, ele esperava que ela mordesse a isca e tocasse no ponto em questão. E Fábia Severo correspondeu, como ele previu, atingindo em cheio o objetivo de César.

— ...todas as sacerdotisas, com exceção daquela que vigia nossa chama, é claro.

Pronto! Era isso. Ele havia descartado a possibilidade de Mirta estar na vigília noturna. Tamanha a sua ansiedade, não pensara no mais óbvio motivo.

— Depois pergunte à nossa guardiã noturna se as chamas de Vesta se avolumaram no dia de meu retorno — esse era um sinal de bons auspícios para os romanos e sabia-se que César depositava enorme confiança nesses sinais.

— Assim que a vestal Mirta trocar seu turno, na quarta vela da noite, providenciarei os relatos para o nosso pontífice. Eu mesma redigirei as impressões de nossa vestal e mandarei que o escravo traga a *domus publica*.

César assentiu, elegante e cordato. Satisfeito. Havia subtraído sua resposta e confirmado, através da fala fluida de Fábia Severo, a aceitação de Mirta como uma respeitada vestal. Permaneceu por perto, dando continuidade ao papel de homenageado e anfitrião. Ceou e brindou com os convivas. Arrematou compromissos com alguns senadores deixando-os cientes de sua benevolência, mesmo com aqueles que haviam apoiado Pompeu na guerra civil. Despertou incômodo nos opositores disfarçados, quando, propositalmente, mencionou retomar o antigo projeto de assentar plebeus e oficiais de seu exército nas terras declaradas de Pompeu. O assunto remexia os troncos dos oligarcas nas cadeiras. A questão ainda remetia ao assassínio dos irmãos Graco, mas, desta vez, César iria até o fim. Ele estava confortável na posição de ditador e demonstrava acintosamente sua tendência política, impondo-se, não só por estar em seu lar, mas principalmente por afirmar que suas decisões iriam muito além do fórum romano.

O retorno de César agradava a maioria, que naquele momento era representada pelos religiosos e pelo povo, entretanto, ainda que em desvantagem, boa parte dos senadores de origem nobre se incomodavam com sua presença. Na velocidade em que os feitos de Júlio César se construíam, a temida presença de um rei se avizinhava nas barbas da Cúria.

O banquete seguia animado quando as guardiãs de Vesta tiveram de voltar. Era preciso descansar para render o próximo turno. A vida das sacerdotisas começava logo cedo e seus compromissos eram reservados para a parte diurna, excetuando-se dias festivos como aquele. Os lictores as levaram para casa. Embora o caminho fosse muito curto, elas eram proibidas de pisar no chão onde milhares de romanos passavam diariamente, no centro do poder político e religioso de Roma.

Dentro do templo, Mirta percebeu a interrupção do silêncio. A proximidade do templo com o portão da casa deixava entrar, pela abertura do teto, o murmurinho das companheiras chegando da festa. Ela calculara as horas. Restava um par de velas a ser aceso e precisaria de sabedoria para controlar sua curiosidade. A chama sagrada permanecia volátil e inquiridora. Quanto mais Mirta tentava buscar alento em Vesta, menos conseguia afastar o pensamento das lembranças com César. As noites de amor na cabana em Ariminum, perto do fogo, passavam detalhadamente diante de seus olhos. De repente, ela teve a sensação de abandonar seu corpo, liberando sua alma até a presença de César. A proximidade física de seu amante roubara fatalmente sua paz.

Aquela foi a vigília mais longa de todas, desde que fora designada para a função. Naquela noite, sua metade gaulesa estava aguçada demais para se manter anônima, quieta. O amor que ainda sentia pelo cônsul da Gália arrancava de dentro das vestes sacerdotais toda forma de sossego.

Na *domus publica*, Júlio César se despedia paulatinamente de seus convidados. A longa viagem o cansara e no entremeio da noite já não dava conta de manter a qualidade de sua presença. Ordenou que todos ficassem até que a última garrafa de vinho despejasse o doce sabor das uvas sulistas. Retirou-se anunciando uma manhã de inaugurações e festividades. Calpúrnia, percebendo a fadiga do marido, prometeu-lhe companhia assim que as matronas mais estimadas da sociedade fossem embora.

Da janela de seu quarto ele viu a fumaça do fogo sagrado saindo pelas extremidades do templo e pensou na guardiã solitária que estava lá. Há poucos metros, uma dupla de guardas sacerdotais vigiava a morada de Vesta e, especialmente à noite, se mantinham em alerta para proteger o pequeno refúgio da chama sagrada.

Cansada da monotonia e buscando acalmar seus pensamentos, Mirta levantou-se da única cadeira reservada às vigilantes. Aproximou-se da pira. Manteve os olhos cerrados enquanto sua respiração oxigenava os pensamentos agitados. Um vento ligeiro adentrou o templo fazendo-a pensar que a natureza lhe enviava socorros. Foi quando suas lembranças se interromperam pelas mãos que a seguraram pelos ombros. Faltou-lhe o ar. Era César. Ele não dera tempo suficiente para que o raciocínio da gaulesa armasse defesa. Trouxe-a para si apertando-a contra o peito a ponto de conferir o frêmito provocado pelo susto. Beijou-a. O susto não passara, mas a satisfação daqueles dois corpos unidos pela saudade aniquilou as palavras. Foi um abraço longo e silente, misturado ao temor de serem vistos, não por olhos romanos, mas pelos olhos dos deuses. Foi como se jamais houvessem se despedido. Como se as novecentas luas que os afastaram nunca tivessem existido. Mirta repousou seu rosto no peito de César. Sem resistência. Entregando-se, desapegada de suas mágoas, mantendo o olfato atento ao cheiro do seu amado. Todas as armas que imaginava ter contra ele eram, naquele momento, como as águas do Tibre; corriam na direção do mar, misturando suas emoções.

Enquanto César mantinha a posse de Mirta, ela ouvia o som abafado de sua voz, ecoando no peito.

— Os deuses hão de perdoar nossas fraquezas, porque nelas reside nosso amor.

A gaulesa ergueu o rosto vagarosamente para olhá-lo, sorvendo cada centímetro da face que tentara esquecer em meio à obrigação sacerdotal. Naquele instante, teve a certeza de que ninguém, nem mesmo os deuses que havia conhecido ao longo da vida, os afastariam. Nenhum motivo era capaz de refrear o desejo dos dois. Foi então, que se beijaram. Não uma, mas várias vezes. Em sequências de carícias e afagos. Em dois anos e meio, desde a noite da iniciação, os cabelos de Mirta haviam crescido, atingindo quase o meio das costas. Isso o incitou a passar os fios grossos e lisos entre os dedos das mãos. Como uma criança brincando com a areia da praia, César parecia reencontrar sua paz. Assim fora desde o dia em que a viu nos campos da Gália. E assim seria até o fim.

Dentre as tantas por onde passou, para ele não havia uma terra mais mágica e especial do que a Gália. Lá ele fora amado, curado e perpetuado através do útero de Mirta.

Eles estariam unidos por toda a vida, e ali, no templo e na presença de Vesta, a única certeza que tinham era a de que se amavam.

Ambos sabiam que ninguém os veria. Somente o pontífice estava autorizado a entrar no Templo de Vesta. Além das sacerdotisas, nenhum outro homem podia colocar os pés lá. E elas, àquela altura, estavam dormindo. Mesmo assim, apesar do desejo e do amor que sentiam um pelo outro, respeitavam aquele lugar. Ele detinha o poder de vida e de morte sobre as sacerdotisas. Era tutor e senhor daquelas almas. Ninguém estranharia ao vê-lo entrar, na noite de seu retorno à cidade, no templo da deusa sagrada. Mas isso não era suficiente para que se aproveitasse da circunstância.

Pouco depois de acalmar seu coração, ainda abraçada ao tórax de César, a gaulesa libertou a voz.

— Por muito tempo tive a certeza de que este momento jamais existiria. — a fala baixa mais parecia um sussurro.

César a fitou com seriedade.

— Acaso esquecestes de minhas promessas, ou foi o tempo, senhor de tuas angústias, que a fez duvidar de César?

Mirta abaixou a cabeça sem encará-lo...

— Me parece que tuas promessas foram levadas até o Egito.

Foi quando ele precisou enfrentar o reflexo dos rumores de seu romance com Cleópatra.

— Tu precisarias de muitas vidas fora do corpo de mulher, para entender meus motivos. É preciso estender laços, ainda que efêmeros, em busca de alianças sólidas para Roma. Não acredites em tudo que ouves.

Pelo que conhecia de César, ela sabia que suas explicações, caso ele as desse, estariam calcadas no futuro e na política romana, e por muito tempo ela quis que isso fosse verdade. Mesmo assim, as noites em claro que passou imaginando o envolvimento dele com uma rainha nada admirada pelos romanos avançaram, com toda a força, para derrubar os parcos minutos de que dispunham. Uma onda de remorso por romper seus votos vestais a trouxe à realidade, recobrando seus sentidos e a vida de glória e reconhecimento que tivera nos últimos anos como sacerdotisa.

— Que importa... sou uma sacerdotisa de Roma. Tais questões devem permanecer fora de minha mente.

César sorriu. O orgulho gaulês de Mirta, procurando se estabelecer entre os dois, no fundo, o agradava. Fora uma das facetas dela que o fizera se apaixonar. Além disso, era prazeroso ver a paixão e o ciúme que escapavam ferozmente de sua voz. Abraçou-a ainda mais forte.

— Não sejas tola. És sacerdotisa e romana — deixou escapar um tom sarcástico — porque me amas e eu te amo. Não te esqueças de nossos objetivos. Eles não morreram porque fui para longe. César é um só, onde quer que esteja.

— Com você por perto, tudo fica mais difícil... me sinto dividida. Confusa. Os deuses me protegeram por todo esse tempo, em momentos difíceis. Não quero decepcioná-los.

— Isso não será necessário. Tu te saíste muito bem, melhor do que imaginei. És uma sacerdotisa respeitada e amada. Tens até uma estátua em Óstia!

Mirta esboçou um sorriso, encabulada. Depois, se enroscou em seu pescoço sem saber quando o faria novamente. Por causa da estatura que os diferenciava, seus pés mal tocavam o chão e César a prendia pela cintura como se nunca mais fosse deixá-la. Era tão maravilhoso e doloroso estar com ele na companhia de Vesta. Logo eles iriam para suas camas. Ela só. Ele com Calpúrnia. E estariam tão perto um do outro...

— Quero que me prometas algo. Todas as noites em que não estiveres na vigília, na segunda vela da noite, irás para tua janela. Se os compromissos do dia não nos permitirem companhia, nos encontraremos, ao menos de longe. Irei decretar sete dias de agradecimentos aos deuses. Quero as sacerdotisas em todos os festejos. Assim, ainda que sob o véu sacerdotal, poderei vê-la.

Era possível contar os passos de sua casa até o templo. A *domus publica* estava estrategicamente localizada atrás do Colégio vestal. Desde o ano 67 a.C., César mantinha seu ofício religioso, o supremo sacerdote era conhecido pela devoção e pelo respeito dedicados aos deuses de Roma. A história de amor entre ele e uma de suas sacerdotisas seria profano demais a qualquer pensamento romano. Os guardas lá fora mantinham a ordem de vigília, não só pela importância do templo, mas também pela proximidade com a morada de César.

— Em breve encontrarei uma maneira de ficarmos juntos, livres de qualquer ameaça a nossa intimidade. Agora preciso voltar para a *domus*, não pretendo despertar rumores sobre nós dois... os guardas do templo podem supor detalhes sobre minha permanência prolongada.

— Tens razão...

Mas, antes que a gaulesa completasse sua fala, um prolongado beijo refez a onda ardente dos amantes, deixando inflamada a chama do sentimento.

Então, César partiu.

CAPÍTULO XXIV

Nos quatro meses em que esteve em Roma, César moveu todas as peças que o faziam reluzir no imaginário popular e encravar além-vida a divindade de seus atos. Aprovou leis populares, investiu na escola de gladiadores que patrocinava mesmo à distância, inaugurou pontes e monumentos, visitou províncias itálicas e fortaleceu alianças fora de Roma. Por causa da guerra civil contra os Optimates, que culminou em uma vitória esmagadora, César fora nomeado ditador, e isso o tornou ainda mais temido pelos inimigos e mais adorado pela plebe. A camada religiosa também sentiu os benefícios da estada do Pontífice Máximo. Mais reformas nas sedes e moradas sacerdotais haviam sido ordenadas. A ampliação do Colégio de Áugures e do Colégio de Sacerdotes de Júpiter fora feita sob ordens diretas de César, e afrescos com aplicações de ouro maciço seriam estampados nas paredes dos templos. Juntou-se a isso uma série de ovações e sacrifícios religiosos, principalmente à Fortuna — a deusa de devoção de César —, invocada durante as tantas guerras vencidas. Na cidade, iniciavam-se as construções de um novo fórum batizado com o nome do atual ditador de Roma, Júlio César, cujas ruínas resistiriam por mais de dois mil anos à beira da Via dei Foro Imperiali. Se havia limites urbanísticos no pensamento humano, César os desconhecia, porque Roma era grande demais para os medíocres.

Ao colocar a religiosidade romana no rol dos beneficiados, o amante de Mirta trazia para si as facilidades de introduzir, nos milhares de eventos, a presença das vestais. Além disso, César não escondia sua gratidão às sacerdotisas que um dia intercederam por sua vida diante da tirania de Sula. Ordenou que parte do algodão egípcio trazido nos despojos da guerra fosse enviado para a casa das vestais e, ainda, mandou aplicar fios de prata e ouro nas bordas das estolas sacerdotais. César tinha fama de generoso com os seus, com as sacerdotisas do fogo não seria diferente, especialmente por causa de uma delas, em particular.

Durante o dia que se seguiu ao jantar na *domus publica*, as amigas de Mirta enriqueciam o relato da noite, o mais minuciosamente possível, imaginando assim compensá-la da longa e solitária vigília quando praticamente toda a alta casta de Roma desfrutava da presença de César e das histórias contadas por seus interinos tenentes. Os animais selvagens, quase invencíveis, povoavam a imaginação fértil e inexperiente das moças da casa. A narração reproduzida pelos lábios virgens das vestais fazia Mirta sorrir da ingenuidade manipulada pelos militares. Se as amigas da gaulesa chegassem perto do acampamento dos romanos, próximo à aldeia allobroge, saberiam que nem sempre os inimigos de César eram tão vorazes ou tão infinitamente inferiores, como diziam os seus relatos. Mas era parte do *script* de Mirta se envolver na pureza dos olhares vestais e se deixar levar pela vida protegida daquelas moças. Afinal, era seu exercício diário sustentar a origem nobre e patrícia de quem refugia o destino da vida real.

— Mirta, soubemos que no Egito existem templos maiores e mais ricos do que os nossos... uma lástima, não achas? — indagou a vestal Cláudia.

— Talvez sejam maiores e até mais belos do que os nossos, mas certamente menos frequentados e adorados. — a gaulesa tentou minimizar a importância da religião de sua rival.

As outras companheiras se uniram ao diálogo reforçando a indignação de Cláudia.

— Agora que são definitivamente cativos e que nosso pontífice parece exercer um domínio, além do diplomático, sobre a rainha faraônica, é hora de superarmos os feitos arquitetônicos dessa gente.

O comentário sustentando o romance entre César e Cleópatra fez com que Mirta perdesse o sorriso de vista e, o olhar atento de Felícia tratou de intentar uma nova investigação sobre suas suspeitas. Arrastando as sandálias displicentemente na direção do grupo, fingiu não ouvir os últimos comentários.

— Foi uma pena Mirta, perdestes uma grande festa!

Não era do espanto de ninguém a facilidade com que Felícia manuseava as perdas alheias, no entanto, a entonação amena fazia crer num possível e genuíno pesar. Mas Mirta mostrou-se pacata, dizendo que oportunidades não faltariam e, em breve, teria sua vez.

— Nossos anfitriões superaram todos os festejos dos últimos anos. Calpúrnia tem excelente gosto e refinamento, o que lhe falta nas feições abunda-se na nobreza. Embora uma atmosfera de tensão pudesse escapar de seus trejeitos, tudo estava a contento.

— Que dizes Felícia? Não notei qualquer tensão em Calpúrnia... estava tão altiva e contente com o retorno do Pontífice, não imagino o que pudesse afastá-la dos sentimentos de alegria. — Cecília interveio, refutando imediatamente a observação maldosa da vestal.

— Ora Cecília, não sejas tola. Pensas que não chegou aos ouvidos de Calpúrnia que César mantem a rainha do Egito dormindo na outra margem do Tibre? — e, dizendo isso, fingiu dirigir somente a Cecília sua peçonha, mas era a respiração de Mirta o alvo de suas pesquisas.

Iniciou-se um burburinho sobre o comentário e Felícia ostentou a posição de porta-voz das miudezas cotidianas, enquanto Mirta se forçava à uma postura intangível e imparcial sobre o assunto. No fundo, os abraços e os beijos que recebera do amante a envolviam até aquela hora da manhã, dando-lhe a certeza de que era amada, apesar do tempo e da distância. Seria praticamente impossível para Felícia fazer triunfar seu veneno e, apesar da tentativa, não houve qualquer sinal de mal-estar por parte de Mirta.

A Máxima Vestal despontou nas pilastras inaugurais do jardim, exigindo discrição por parte das sacerdotisas e, para tanto, não era preciso que sequer elevasse a voz, um simples pigarrear bastava para que as mais experientes estancassem os comentários.

— Já lhes disse que os ouvidos e os olhos de nossos sacerdotes são muito mais aguçados do que pensam. — e fez um discreto sinal na direção das criadas que limpavam o assoalho. — Vamos, deixem Mirta descansar e sigam para suas obrigações, Vesta não se interessa pelos burburinhos vindos de Brundísio.

E batendo as palmas das mãos, dissipou o aglomerado no centro do pátio. Viu quando Mirta se dirigiu aos aposentos, a fim de usufruir do direito de descanso — a guardiã da noite tinha o privilégio de repousar o corpo na volta para casa. Severo deu início as ordenanças diárias, o abastecimento de água da casa, a limpeza dos salões reservados à leitura e o envio das correspondências que aguardavam seu posicionamento. A mansão vestal era grande, naquele tempo já composta por dois pavimentos, e pertencia a ela a responsabilidade de zelar pelo bom funcionamento da morada.

Embora a presença de César furtasse um pouco da paz que a gaulesa custara a alcançar, deitada na cama, Mirta sentia o entusiasmo e a paixão vividos com o seu retorno. Ela sabia o quão difícil seria manter-se centrada na função sacerdotal, enquanto seu grande amor desfilava as feições por toda a Roma e era adorado pela massa, as paredes da casa vestal tomavam uma proporção menor e sufocavam a possibilidade de vê-lo. Mirta tentava conter seus pensamentos e desejos, voltando-se para a função que havia desempenhado bravamente por mais de dois anos, mas ainda ouvia a voz forte de César lhe fazendo juras de amor. O tamanho do sentimento que os unia parecia maior que o templo de Júpiter, mas sufocá-lo era uma missão árdua e dolorosa não só para Mirta, mas também para o grandioso César.

CAPÍTULO XXV

A Villa Boscoreale

Passaram-se cinco semanas desde a chegada de César. Apesar das vezes que puderam estar próximos, nas cerimônias festivas, não houve a menor possibilidade de trocarem mais do que cumprimentos oficiais. Mirta pensava em quando teriam oportunidade de se verem, e conversarem a sós. Nas vigílias noturnas que cumpriu após a chegada de seu amado, esperou por um par de vezes que a porta do templo se abrisse inesperadamente com a presença do Pontífice, mas tal não ocorreu. César respeitava a morada dos deuses, a imagem de Sumo Sacerdote e dificilmente repetia uma de suas surpreendentes aparições. Ela teria de esperar o momento determinado pelos compromissos e pela vontade dele.

Os pensamentos devaneavam quando Mirta desceu as escadas até o térreo para fazer companhia às amigas, na refeição última. Instalou-se um silêncio sepulcral com sua chegada, fazendo a gaulesa sentir uma leve tensão alojar-se sobre os ombros estreitos. Idália e Agostina a olharam com pesar e demasiado carinho, Felícia tomava a sopa de cabeça baixa, molhando freneticamente o pão no azeite disposto na tina de prata. Para a gaulesa, estava nítido o clima de mistério que parecia pertencer unicamente a ela. Assim que se sentou, com a expressão absorvida pela atmosfera silenciosa, sentiu pousar sobre seus ombros as mãos da *Massima*.

— Mirta, venha até a minha sala minha filha... preciso lhe falar. — o tom maternal que Fábia Severo utilizara para conduzi-la ao reservado oficial, aumentou as especulações da gaulesa.

Os olhos marejados de suas companheiras faziam-na pensar que algo ruim havia sido atribuído a ela, e seus pensamentos cavalgavam numa direção que Mirta mal podia supor. Com gestos demasiadamente zelosos, a tutora a fez se sentar, e enchendo o peito com a perícia que os mais experientes supõem ter, lançou a inusitada notícia a Mirta.

— Querida, hoje nosso Pontífice pediu que eu fosse ter com ele na Régia. Chegou há pouco uma notícia deveras aflitiva...

Não havia a menor chance de Mirta imaginar a condução da conversa e seus olhos buscavam intrigados as palavras que a *Massima* se obrigava a dizer.

— ... vinda de Pompeia... Mirta, sua mãe é morta! — a mulher abraçou o corpo rijo da vestal órfã.

Era mais um golpe do mestre das maquinações que a deixava boquiaberta e nada preparada para a cena improvisada. César empurrava Mirta mais uma vez para o palco das versões falaciosas, exigindo de sua amante o raciocínio rápido. A mulher retida que havia na imagem da tutora se fez enternecer, acolhendo um suposto sofrimento filial. Mirta, a quem a imaginação de César impunha um luto impensável se absteve de qualquer reação, o que veio a calhar com a personalidade que se fazia visível aos olhos dos sacerdotes de Roma. Pensando se tratar do choque provocado pela notícia, a mensageira passou a elucidar um pouco mais as recentes horas em que esteve em reunião com o Pontífice.

— Nosso tutor fez questão de dispor de parte da sua guarda pessoal para que vá até os teus e fique por uns dias em Pompeia, no seio de tua família. Eu me dispus a acompanhá-la, mas ele me pediu para ficar aqui com as demais sacerdotisas, já que as inaugurações dos novos templos exigem minha presença. Uma das carruagens de César será disponibilizada para que atravesse a Via Appia o mais rápido possível, além disso, um de seus mais confiáveis centuriões coordenará a viagem de ida e de volta, seu nome é Ícaro. Assim que estiver preparada para partir, mandarei os lictores avisarem a guarda militar na *domus publica*.

O nome de Ícaro trouxe familiaridade e confiança às instruções que César enviara através da versão factoide que a pobre mulher reproduzia fielmente. Mirta só fez consentir, dizendo que iria quando a *Massima* achasse melhor. Levantou-se um tanto atordoada, solicitando permissão para arrumar o quanto antes seus poucos pertences.

— Vá, minha filha, tens permissão para se retirar. Direi ao centurião que prepare logo pela manhã a partida. Por mais protegida que seja, a Appia requer cuidados, e viajar na companhia do sol é a melhor opção nos tempos de hoje.

Na ida para o quarto, a gaulesa pensava nas reações que teria de sustentar entre as companheiras amorosas, cujos olhares fraternos não souberam disfarçar o pesar em nome da amizade verdadeira que tinham por Mirta. A surpresa que César lhe apresentava decerto culminaria num encontro amoroso, mas com ela vinha a tristeza de ter de mentir e fingir para as castas e doces companheiras.

Mirta partiu logo pela manhã. As companheiras se despediram no portão do Colégio vestal, e viram a amiga "pompeiana" sumir na direção sul, rumo a Via Appia. Ícaro estava no comando de uma dúzia de soldados que a levariam ao sul da Itália, e ela se perguntava se realmente a levariam para Pompeia. A carruagem puxada por quatro animais era coberta por um tipo de material que as vestais não estavam acostumadas a ver em veículos romanos e parecia resistente o suficiente para imprimir velocidade aos equinos militares. Mirta estava tensa e encabulada diante das amigas, pois César não poupara esforços para mostrar a estreiteza na relação com a família Fraettellia, dispondo o melhor para a travessia apressada da vestal em luto. A situação desfez qualquer dúvida que pairasse sobre as relações entre o pontífice e a família nobre de Mirta, mas acirrou o desconforto de Felícia diante dos privilégios da vestal de Pompeia — a simples presença da sacerdotisa indicada por César tirava-lhe o sossego, e o faro da família Cornélius dificilmente se enganava.

Fábia Severo foi informada através da mensagem matinal de seu *pontifex* que fosse ao encontro dos sacerdotes assim que possível, pois estavam a confeccionar o calendário anual, e as datas comemorativas de Vesta seriam escolhidas com a influência da sacerdotisa-mor. Há tempos César encomendara a organização dos meses a fim de minimizar as manobras políticas de seus opositores, que, muitas vezes, se prevaleciam com mandatos intermináveis. Um calendário enxuto teria de ser aprovado em poucas semanas, e isso fez com que Severo deixasse Felícia no comando da casa.

— Chamem-me somente em caso de urgência, tens experiência para deixar tudo no lugar até meu retorno. Nosso pontífice se ausentará por poucos dias, irá até as terras de senadores *Optimates* para dividi-las entre os tribunos da plebe e alguns centuriões, pretendo ajudar os sacerdotes e terminaremos o calendário juliano a tempo do retorno de César.

 Os ouvidos atentos de Felícia acataram fielmente as ordens, no entanto, um estalo fez com que a mente inquieta e voraz da vestal ligasse a viagem de Mirta à ausência de César. Parecia loucura, mas Felícia, de qualquer forma, não tinha o costume de dividir suas maquinais observações.

 Ainda nas imediações do Fórum, o corpo de Mirta, tremulando no movimento da carruagem do ditador, sentia as ondas de calor provocadas pela oportunidade de estar com seu amante. Aquilo era, sem dúvida, o caminho para um encontro de amor, mas onde e quando se veriam, em meio aos dias do "encontro com sua família", ela não sabia.

 Quando entraram na Via Áppia, Ícaro forçou um distanciamento típico do militar em missão de escolta e informou à vestal que chegariam nos arredores de Pompeia no fim da tarde e, caso desejasse um breve descanso, precisaria apenas acenar com a mão para fora da carruagem. Mirta consentiu. Estava acompanhada por uma criada, pois não houve jeito de dissuadir a *Massima* quanto à exigência de uma companhia feminina para a sacerdotisa do fogo. Ainda que sob a escolta de confiança do ditador de Roma, tratava-se da condução de uma virgem vestal, cujas companhias masculinas não ultrapassavam a presença de sacerdotes ou lictores. Quanto a isso, Mirta não sabia como César faria para despistá-la. A expressão de expectativa e apreensão da gaulesa surtiu o efeito aproximado de quem recebe a notícia da morte, certamente essa foi a impressão da acompanhante.

 A Áppia estava tranquila e bem mais agradável de cruzar do que a Via Ostiense. Apesar da distância que teriam de atravessar, talvez pela certeza de estar com César, ou pelo tempo que a tornava cada vez mais forte, o trajeto pareceu-lhe mais bonito. Por conta das obras de pavimentação na época em que César fora edil de Roma, a estrada tornara-se a mais frequentada e importante até o sul da Itália. A Via Áppia estava para o sul como a Flamínia para o norte — eram as maiores vias expressas da república, e seriam ainda por muito tempo, muito além da era imperial. Havia um grande movimento de comércio à beira da estrada, estalagens, cantinas e vendedores de todo tipo de mercadoria, inclusive rodas de madeira, para o caso de acidentes no percurso. Na direção contrária, algumas tropas acenavam cumprimentando a escolta de Mirta, conheciam a carruagem de César e a certeza de o transporte levar alguém influente os mantinha sob deferência constante. Depois de algumas horas, a paisagem mudou. Enormes cruzes de madeira enfileiradas na estrada deixavam à mostra a propaganda de horror que os romanos ostentavam para aqueles que pretendiam se opor ao poder. Desde a revolta de Espártaco — o famoso gladiador que reuniu um exército de escravos e estrangeiros fugitivos — as cruzes permaneciam como anúncio da intolerância a possíveis rebeliões. Eram milhares e subtraíam morbidamente a beleza do verde abundante ao longo da estrada. Quando Mirta recomeçava o constante exercício de amar os filhos de Roma, um novo episódio a fazia pensar na fama de bárbaros, que insistiam em imputar aos gauleses, quando na verdade eram eles, romanos, os maiores caçadores da liberdade alheia.

A ansiedade de chegar ao destino incerto sucumbiu ao cansaço e fez com que a vestal esticasse o braço direito para fora da carruagem. Desceu do transporte junto da criada, que lhe ofereceu água e algumas cerejas negras. Um cipreste alto e verdejante clamou-a para perto de si e Mirta sentiu um desejo ancestral de desfrutar da sombra que se instalara abaixo dele, ouvir o som dos pássaros e sentir um pouco do vento que os brindava na chegada da tarde. Mas esse não era um desejo realizável para as vestais romanas, as intocáveis e sagradas sacerdotisas eram escravas das magníficas pedras da Roma quadrada, o contato com a natureza nos moldes mais rústicos da vida seria, naquele momento, um sonho distante.

Faltava pouco para chegarem ao ponto determinado por César e Mirta mal sabia o papel que deveria cumprir. Preferiu manter-se como fizera durante os últimos três anos, como uma patrícia romana e sacerdotisa do fogo.

Quando o Sol parecia não mais cegar aqueles que erguessem suas cabeças, os soldados que se dispunham enfileirados à frente do transporte, gritaram aos de trás: Vesúvio! O monte de tom acastanhado que ao longe aparecia presenteado por retalhos de gramíneas timidamente esverdeadas, fora o marco territorial para que saíssem da estrada principal e arremetessem os cavalos para uma estreita estrada de terra. O vulcão adormecido demoraria mais de um século para acordar subitamente e lamber Pompeia e Herculano em poucas horas.

A paisagem mudou.

Minimizada pelas proporções, a vegetação da via coletora se fez bucólica e um perfume doce invadiu o olfato da gaulesa. Menos de um quarto de vela se queimou até que chegaram a uma gigantesca plantação de uvas. Um pequeno relevo, recortado com vários tons de verde invadiu os olhos de Mirta como um presente de Danu, penetrando os sentimentos mais profundos e íntimos da alma gaulesa que sufocara nos últimos anos. A região da Campânia era linda! E suficientemente distante das obrigações sacerdotais de Mirta para que ela pudesse liberar sua porção celta, sem os olhares atentos de Felícia ou qualquer outro romano. A escrava notou a emoção da vestal e pensou se tratar da saudade que sentia de casa — de todo não estava errada. Casa para Mirta era tudo que dizia respeito à terra, ao verde e aos frutos. Era uma extensão de seus deuses e de si mesma.

Os homens atravessaram a estradinha que dividia o vinhedo, mas desta vez o fizeram com vagar, denunciando a tranquilidade da missão cumprida. As uvas púrpuras e dependuradas pareciam brincar de cabeça para baixo, pedindo que fossem consumidas. A paisagem absorveu a todos que provavelmente nunca haviam cruzado uma nascente do produto mais consumido da época. O elixir do cansaço, a recompensa das horas trabalhadas, o acompanhante dos banquetes, a mercadoria lucrativa. O vinho era a força motriz dos povos que habitavam todas as terras dos romanos e, desvendar seu berçário era um deleite sem igual.

Por conta do fim da tarde, os trabalhos da colheita haviam terminado. Pouco se via de presença humana. Mas, ao se aproximarem do fim do caminho, uma grande placa de bronze cravada no muro de pedra deixou que Mirta soubesse finalmente o nome de sua estada: Villa Boscoreale. Uma morada nobre, sem dúvida. Mas diferente de tudo que a gaulesa já havia visto até então. Tipicamente como as casas de campo dos romanos, mais espaçosa do que luxuosa. Bela, romântica e curiosamente familiar. Perfeita para os planos de César.

A construção avarandada e cercada pelos altos arcos avermelhados deixava os últimos raios de sol refletirem os mosaicos de mármore no assoalho. Logo na entrada, dois escravos de origem grega receberam-na como se já a conhecessem. Um deles levou a acompanhante de Mirta para a ala da criadagem e esta seguiu com a anuência da vestal. Os soldados dirigiram-se para o anexo da casa onde receberiam alimento e estalagem até retornarem com a escolta para Roma. O único que seguiu ao lado de Mirta fora Ícaro — permaneceu na companhia dela como se nascesse com a missão de ser seu guardião.

— Que lugar é este? — perguntou ela para o amigo que não via há tempos.

— Uma vila, de um nobre romano. — Ícaro queria falar mais com Mirta, transmitir-lhe as lembranças enviadas por Dona Ismênia. Mas achou prudente apenas responder o óbvio.

Depois de cruzarem dois grandes salões, pararam diante de uma porta dupla de madeira com mais de três metros de altura, onde um escravo se retinha como um boneco inanimado. A postos e silente. Ícaro finalmente falou:

— Ele chegará em poucas horas, se quiseres algo basta solicitar. Sua criada ficará em companhia dos demais serviçais da casa. Ela pensa que essa é uma propriedade de sua família. Todos aqui agirão assim, para que em Roma não se destilem comentários contrários. Nos veremos em alguns dias.

A mensagem de Ícaro fora reta e trazia um distanciamento que antes não existia entre eles.

Mirta apenas assentiu suavemente com a cabeça. Ainda estava surpresa com a velocidade das coisas. Um dia antes vivia a incerteza de quando estaria a sós com César, e uma lua depois a proximidade do corpo de seu amado cavalgava em sua direção livremente, à quilômetros de Roma. Parecia um sonho e, embora um latejar da consciência a lembrasse que em breve acabaria, ela tentava perpetuar a chance de pertencer mais uma vez a seu único amor. Atrás da enorme porta de madeira, aguardava por ela um oásis de mármore branco, praticamente um palácio de luxo e beleza. Era possível habitá-lo com dez famílias gaulesas, tamanha a extensão dos cômodos. Eram três divisões. A primeira, um amplo salão com poucas mobílias. Colunas jônicas que o sustentavam harmoniosamente na construção. Havia também uma modesta e solitária mesa de poucos lugares, colocada na direção da varanda, provavelmente a fim de aproveitar-se da claridade do sol ou da lua. Mirta se aproximou da mesa, não para beber da água na jarra de prata, nem para comer das frutas maduras dispostas em baixelas do mesmo metal. Aproximou-se para sorver da paisagem naquela parte da casa. A vista lateral da campina que se elevava suavemente ao lado da varanda, era ainda mais bela e permitia contar a divisão dos morros recortados propositalmente para as sementes. Caminhou até a ponta da varanda e sentiu o prazer de desfrutar da natureza ao redor sem a preocupação da vigília ou de manter sua personagem romana. Ainda com o véu preso à cabeça por uma fina tiara de ouro, se deixou debruçar sobre o parapeito. Foi por ali que a cortina transparente do último cômodo, empurrada pelo vento, lambeu suas pernas. Mirta olhou para dentro, duvidando que algo mais belo do que tudo que havia visto, pudesse surpreendê-la. Mas estava errada. Da parede jorrava água como se fosse uma fonte, enchendo um enorme tanque de mármore. O branco reinava entre as quatro e altas paredes da casa de banho, fazendo refletir o fundo da banheira. Uma escada larga mergulhava na água a partir do terceiro degrau, e algumas pétalas de rosas brancas e vermelhas pareciam ter sido jogadas há pouco, fazendo exalar o maravilhoso e afrodisíaco perfume da flor. Na borda, havia uma bandeja disposta com garrafinhas de cristal onde óleos aromáticos e sais de banho suscitavam o uso. Duas estreitas camas alinhadas em diagonal aguardavam cobertas por tecidos macios e travesseiros cilíndricos. Toda a brancura do recinto, combinando com suas vestes sacerdotais, deixavam escapar apenas o rosto da gaulesa, como um elemento exógeno à cena. Por dentro, Mirta atravessou mais uma abertura que levava ao cômodo do meio: o quarto de dormir. Contrastando com o branco, sobressaíam o vermelho dos tapetes da Pérsia, o laranja e o verde dos painéis na parede, todos retratando cenas domésticas onde se detectava a presença de cachos de uvas, ora verdes, ora púrpuras. A cama espaçosa e repleta de almofadas de seda, invocava o corpo cansado da visitante. Tudo tinha cheiro de novo, recém-fabricado, intocável. Como se ela fosse a primeira alma pisando no chão impecavelmente limpo do lugar. Mirta tirou as sandálias, pousou o véu sobre a mesinha de cabeceira e esticou o corpo sobre a cama, fechando os olhos como se não quisesse acordar e, de fato, só o fez quando o calor da respiração de César pairou sobre seu rosto. A porta aberta da varanda deixava notar o crepúsculo pintando o céu de vermelho, enquanto os lábios de seu amante despertavam-na pouco a pouco.

    As vestes militares impediam o contato da pele, mas César as tirou com rapidez denunciando o desejo de possuir o corpo de Mirta. Desfez o nó que prendia o *vittae* da vestal abaixo dos seios, deixando a roupa de sua amante solta como uma túnica reta, sem obstáculos, para que suas mãos alcançassem a enseada voluptuosa de Mirta. Deslizou as mãos experientes sobre a pele gaulesa, friccionou seus mamilos e agarrou seu quadril. Três longos anos os distanciavam da última noite de amor, mas na Villa Boscoreale a saudade finalmente ganharia descanso. As curvas sinuosas do corpo de Mirta encontravam-se no remanso da maturidade que o tempo lhe dava, embora a maciez fosse a mesma, César sentiu que tinha para si um espírito solidamente moldado pelos efeitos dos anos, de modo que a cena o fez se indagar quem possuía a sabedoria das horas. O hálito dos amantes misturou-se e recriou a intimidade de antes, alimentou-os daquilo que sonharam provar nos últimos anos. Se amaram por muito tempo, entre sussurros e juras de amor que ele jamais havia feito. No mundo inegociável da paixão, enterraram por algumas horas todos os elementos que os distanciaram e, também, os que os levaram até ali. Uma brisa suave e perfumada adentrou o quarto anunciando a chegada da noite e das primeiras estrelas no céu da Campânia. Ao contrário do que pensara, Mirta não se sentia culpada. Longe do templo de Vesta, era apenas uma gaulesa apaixonada, refém de seus desejos. Passional como os instintos de sua gente. Deitados lado a lado, os corpos suados deixavam que a respiração tomasse o ritmo pausado para, enfim, romperem o silêncio. Mirta notou as entradas na testa de César insistindo na aridez capilar e os vários fios brancos que nasceram no tempo em que estiveram separados. Mesmo assim, sentiu-se ainda mais apaixonada pelo homem sábio e menos belicoso que nascia junto de sua maturidade. Com a mão esquerda pousada sobre o quadril nu da gaulesa, César sorriu. Depois, com a expressão gaiata e revelada para poucos, perguntou se Mirta considerava justo se amarem tanto assim quando ela deveria velar o corpo da mãe pompeiana. Mirta ficou séria.

— Não há nada de justo na história de nós dois, porque a justiça desconhece os caminhos do coração. Só considera o que é certo ou errado. Além disso, não imaginas como foi receber tal notícia e forjar a reação que jamais sentirei.

César, então, a abraçou longamente, como quem se desculpa por algo, e prometeu não mais submetê-la a situações tão embaraçosas como aquela.

— Senti falta dos nossos momentos e da liberdade de estarmos a sós. Essa foi a única maneira de ter você longe de tudo e de todos. Mandei que construíssem este local como modelo para os muitos vinhedos que pretendo financiar por toda a Itália. É hora de mostrarmos que sabemos construir um império sob o suor romano e não apenas estrangeiro.

Mirta ouviu pela primeira vez a palavra império sair tão naturalmente da boca de César, como quem constata a temperatura do dia ao acordar pela manhã. Estava à vontade e envolvido com a ideia de erguer toda a Itália ao que soava como um sonho monárquico e, para ela, César nunca fizera questão de esconder esse desejo. Foi por isso que Mirta aceitou conduzir solidariamente o plano de proteção, porque tanto ela quanto o pai de seu filho esperavam, um dia, poder estar juntos pelo status que elevaria César a um verdadeiro monarca. Ela esperava e desejava cada vez mais o dia em que estariam unidos pelos direitos inquestionáveis de seu amante.

— Quero que esqueças tuas obrigações nestes três dias que poderei ficar contigo. A Villa Boscoreale em breve será de um aliado a quem muito devo, mas antes quis que pudéssemos desfrutar de sua beleza e tranquilidade como um prêmio ao nosso esforço.

Nosso esforço... pensou ela.

Ainda que a saudade de César fosse maior que a própria razão, as últimas palavras pareceram inapropriadas para ele. Foi Mirta quem sentiu na pele as privações que lhe foram impostas nos últimos anos, enquanto o general de Roma lançava-se ao arauto político, desbravando terras e dinastias. Para ela, era como um acordo injusto no qual apenas um lado se sacrificava em nome do plano de proteção. Já para César, sustentar todas as origens de Mirta, mantê-la na cidade em nome do amor que sentia por uma gaulesa, colocar em jogo sua reputação de nobre, elitista romano e líder religioso, era igualmente sacrificante quanto à liberdade mitigada de sua amante. Por uma questão de comodismo, foi fácil para ele evitar o escalonamento de privações mútuas, assim, dirimia possíveis cobranças. Afinal, ele havia salvado uma camponesa gaulesa de um futuro incerto numa região drasticamente castigada, havia lhe introduzido no seio dos privilégios femininos que milhares de romanas autênticas jamais experimentariam, e lhe dera o poder que nenhuma alma gaulesa sequer sonharia exercer sobre os romanos, a fizera respeitada por famílias nobres que, certamente, naquela altura, a solicitavam bem mais do que as demais vestais conterrâneas. O que mais ele poderia fazer para provar-lhe amor? Isso era o que César podia dar, e o que, além disso, ela poderia querer? Olhando-o fixa e silenciosamente, Mirta pensava na Cisalpina, quando foram marido e mulher no conceito mais primitivo da ideia. Apenas ele e ela, vivendo sobre os auspícios do presente sem esperar nada em troca. E agora lá estava ela, querendo que o poderoso César sentisse o mesmo. Esperava que ele notasse que o melhor já havia passado. A noção do que era bom para os dois se perdia em meio a teia de poder da qual César não pretendia se desvencilhar. Ainda que no futuro ele a livrasse das obrigações sacerdotais e a tivesse para si, nunca mais seriam apenas eles dois e uma cabana na Cisalpina. Mesmo assim, uma ponte da contemplação se ergueu diante deles e por longos minutos absorveram-se na privacidade. Eles se abraçaram e Mirta se aninhou entre as pernas longilíneas de seu amante como não fazia há tempos. César puxou o lençol de seda, recobrindo a união dos corpos nus em proteção da brisa suave que os lambia, arrepiando os mamilos da sua gaulesa. A excitação dos dois se renovou várias vezes, até irromper na refeição compartilhada culminando em uma noite de sonhos sonhados a dois.

    Ainda na madrugada, César procurou o corpo de Mirta entre a luz dos archotes acesos, mas não a viu. Cobriu-se com um roupão de linho e foi até a varanda. O céu inesgotavelmente estrelado o remeteu à Gália e como num *dejá vu*, notou um corpo miúdo embrenhado pela campina verde. Descalça e ensimesmada, a gaulesa curandeira que morava escondida num corpo de romana foi ter com a terra. Com a postura ereta e as mãos pousadas no alpendre, o ditador de Roma colecionou mais uma das tantas cenas que carregava consigo. Era a capacidade daquela mulher em ser tantas dentro de um só corpo que o agradava e, mesmo assim, ainda que o tempo a testasse, a imagem impactante que o intrigara, sete anos antes, continuava fiel na essência. Ele a amava, do jeito que podia fazê-lo, além dele mesmo. Talvez fosse sua afeição por estrangeiras ou o misticismo notório no olhar daquela mulher, o certo era que César já não sabia mensurar o quê exatamente o ligava de maneira inevitável à Mirta. Se era o desafio da história proibida, o elo de sua cura, a integridade dos sentimentos daquela mulher... de qualquer forma, àquela altura da vida, o lendário romano tinha apenas a certeza de que o amor não encontrava motivos e sim, oportunidades.

    Nos dois dias seguintes, Mirta e César trocaram ideias e sorrisos de um jeito que nunca haviam feito. Os anos em Roma e a experiência como vestal, a tornaram uma expectadora assídua da camada nobre e César se divertia com o olhar de sua amante a respeito de determinadas famílias. Em outros momentos, se comprazia ao perceber que ela mostrava afeição pelas mesmas pessoas em quem ele, secretamente, confiava. Mirta o advertiu assim que encontrou brechas.

— Não deixe que tuas aspirações o ceguem diante da ganância de teus inimigos. És amado por milhares e por isso mesmo deve cuidar de tua sombra.

Entre uma e outra uva que o general transportava cuidadosamente até a boca, as palavras de Mirta tomavam forma de lei. Embora nessas horas o silêncio viesse como resposta, ela sabia que estava sendo ouvida. César estimava a percepção de sua amante, elevando-a a um ponto privilegiado de sua fé. Mas parecia que ele não pretendia abrir espaço para outra coisa senão amá-la muitas vezes e desfrutar o máximo possível de sua presença. Na banheira de mármore, refrescavam-se no fim da tarde enquanto Mirta lhe contava histórias da casa vestal, de seus primeiros meses e das vezes em que se sentiu ameaçada por situações imprevistas. Falou da relação com Fábia Severo e da admiração que nutria pela mulher comprometida com a religião e César sorria ao ver que, embora Mirta jamais notasse, havia uma intimidade na fala da gaulesa sobre os deuses romanos como se tivessem nascido de sua própria fé. Foi então que ela falou da incômoda relação com Felícia, enquanto a análise fria do general não se espantava com a situação.

— Tu tens a alma dos Populistas, seria impossível que uma cria dos *Optimates* lhe rendesse afeto. Além disso, és muito admirada entre tuas companheiras e no colégio de sacerdotes só ouço boas impressões da minha gaulesa. São circunstâncias que incitam a má impressão de Felícia.

César possuía um dom singular de resumir a personalidade alheia e o fazia quase sempre com êxito. Conhecia o perfil da sobrinha de Sula e o tino familiar de quem jamais se aproximaria de uma alma como a de Mirta — simples, terna e forte. Características que a faziam confrontar-se com a futilidade e a inveja, residentes nos gestos mais comuns de sua companheira.

— Achas que Felícia desconfia de algo? — perguntou, depois de mergulhar a cabeça na banheira.

— Sim. Algo mais forte do que as evidências, incita em Felícia dúvidas sobre minha origem. Sinto que nunca se convenceu de minha nobreza. — as mãos delicadas da gaulesa levaram água até seu rosto, deixando os longos e fartos cílios se unirem como pequenas estrelas.

— Isso mudará quando voltares da viagem a Pompeia. As notícias sobre as propriedades de tua família farão cessar as desconfianças de Felícia ou de qualquer outro romano. Em poucos dias saberão mais da Villa Boscoreale do que você mesma.

Decerto César se referia às informações que a criada levaria ao Colégio Vestal. Afinal, era mesmo na boca da criadagem que corriam as intimidades da nobreza romana, as testemunhas oculares e auriculares dos assuntos mais recolhidos espalhavam rapidamente o que a classe aristocrata buscava sufocar.

Os dias se passaram rápido demais. A terceira e última noite chegara como num piscar de olhos, trazendo a angústia dos minutos repartidos à sombra da despedida. Os momentos que uniam ainda mais aquelas duas almas se aglomeravam a tantos outros igualmente especiais, aumentando a certeza do amor que tinham um pelo outro, mas também a dúvida do reencontro. Naquela tarde, eles haviam saído a galope pelas montanhas da região, procurando um pouco mais do que tiveram em outros tempos, trazendo a história de amor improvável para os espíritos da terra. César gostava de dividir esse contato com Mirta, como se somente ela — entre as milhares de almas que o cercavam — entendesse a sua necessidade. Havia um pequeno riacho a poucos minutos da Villa e os dois ficaram à margem, sentados, com os pés imersos na água fresca que passava suavemente por seus tornozelos.

Deixaram os cavalos soltos pastando livremente, pois essa era a maneira certa de mantê-los por perto. Então, num súbito ímpeto, a gaulesa atravessou o som fluvial desferindo inusitadamente uma pergunta.

— Pensas em algum momento no filho que tivemos? — talvez fosse o barulho uterino da água que a despertara inconscientemente para o assunto.

Por uns minutos, ele a fitou surpreso, deixando exalar o incômodo que a pergunta o fizera sentir. Depois, respirou fundo e olhou para a frente de um modo forçosamente indiferente.

— Sim, muitas vezes. Meu único filho homem... Mas os deuses o quiseram longe de nós. — César deixava escapar para Mirta a dúvida quanto a paternidade do filho de Cleópatra.

O jeito reto que César tinha ao lidar com a perda, desconcertava a frustração de Mirta revolvendo sua atenção para o instinto militar de seu amante. Ela desviou o olhar na direção em que o rio partia e deixou rolar uma lágrima, não só pela saudade do bebê que sequer amamentara, mas principalmente pela nulidade materna que o destino lhe ofertava. Sentiu mais uma vez a blindagem de César acerca do sofrimento.

— Acaso voltastes a Aventino, nestes últimos anos? — indagou ele como se já soubesse a resposta, mas o fazia como uma reverência indireta à mãe de seu filho.

— Somente uma vez, na última Vestália. A *Massima* me perguntou se havia algum parente meu na cidade, então lhe disse que uma tia doente morava em Aventino. Foi nesta oportunidade que saí pela primeira vez ao encontro de dona Ismênia.

— E foi de teu agrado... voltar à casa? — César fazia alusão a tudo que Mirta vivera em Aventino, inclusive a perda do filho.

— No início, a ideia de sair do colégio pela primeira vez e sentir um pouco da liberdade fracionada, contentou-me. Mas ao encontrar a casa e a doce senhora, experimentei muitas emoções... boas e más.

— Um dia terás apenas as boas emoções de volta, é César quem lhe promete.

Os dois voltaram pensativos, trocando poucas palavras. Mirta sentia que a aproximação da partida surtia o mesmo efeito em César, embora a postura asseverada por seu *paludamentum* reto e preso nos ombros, afastasse qualquer sombra de fragilidade. À noite, provaram um pouco do vinho fresco produzido na propriedade que em breve pertenceria à família de Púviu Fannius Synistor, rico mercador e aliado dos Populistas. O ditador resolvera estimular a produção de vinho e azeite por toda a Itália a fim de reduzir a dependência comercial com outros povos. À medida que as horas iam passando, o propósito das palavras se perdia nos gestos de carinho e nos olhares dos dois. Caía a atividade crepuscular e na direção contrária, aumentava o desejo de eternizarem o encontro, mas tanto César quanto Mirta tinham seus compromissos com Roma. Abraçados na intimidade do quarto de dormir, trocavam as últimas confidências.

— Sabes que jamais permitirei que lhe façam mal... és meu amor e minha responsabilidade. — o braço direito do general envolto por trás do pescoço da vestal a fez fitá-lo profundamente.

— Sei disso, embora o maior de todos os males, é para mim, a distância que nos obrigamos a sustentar.

— Estamos muito próximos do dia em que poderei tirar-lhe da casa de Vesta e rogá-la à minha presença, como uma consorte de nobre. Então, a única distância que teremos de atravessar será a do tempo, que transcorre resoluto entre a tua mocidade e as têmporas de César.

— O teu tempo neste mundo é, também, o meu tempo de amar.

E foram estas as palavras que levaram César e Mirta à última noite de amor na Villa Boscoreale. Algumas velas depois, quando a lua se fazia teimosa ante a chegada do sol ao horizonte, a gaulesa foi até a varanda perder seu amor de vista. Cavalgando apressado com sua escolta, o corpo rijo de César deixava que o vento levantasse a rubra capa na direção da terra revolta. Ele pretendia chegar a Roma ainda na presença da luz do dia. Mirta seguiria de volta no dia seguinte, porque o perfume das uvas se fazia doce demais ante a dura realidade de viver sem seu amor.

Após o encontro na Villa, Mirta e César se viam constantemente, mas apenas em seus postos sacerdotais, quando os compromissos das vestais e a escala da vigília permitiam. De um jeito que só os dois compreendiam, havia uma espera mais tênue pela chegada do dia que levaria uma filha de Vesta para junto do novo monarca de Roma. Os gestos de César, bem como sua figura diante do povo e do senado, conduziam a espera de Mirta.

Alguns meses depois, em novembro de 46 a.C., o ditador de Roma foi a Montila, enfrentar os filhos de Pompeu, Cneu e Sexto. Quinto Cássio Longino, o questor indicado por César para a administração da Espanha Ulterior, havia falhado. Consequentemente, seus encarregados não detiveram a ameaça de motim, então, ele mesmo dirigiu-se para lá pronto na missão de estancar mais um ataque a seu potentado. Balbo e Ópio, homens de sua confiança, ficaram em Roma, dando continuidade às suas obras e aos seus planos de urbanização.

Capítulo XXVI

1º DE MARÇO, DO ANO 45 A.C.

A Renovação da Chama

As vestais haviam cumprido suas obrigações festivas e estavam liberadas para visitar suas famílias, pois era comum que renovassem o fogo de suas próprias casas. Se eram sagradas para o povo, muito mais para os seus. Mirta agradecia por não estar na vigília da noite, embora fosse uma honra inaugurar um período completamente novo na pira de Vesta; estava afoita para ver dona Ismênia. Desde a chegada de César, os compromissos haviam tomado uma proporção muito maior. Homenagens, festivais, inaugurações, lutas de gladiadores — eram tantas as ocasiões que a Máxima Vestal dava claros sinais de cansaço, muitas vezes trocando a refeição noturna do colégio por horas a mais de descanso. Mas César havia partido para a Hispânia no último novembro, e desde então as coisas pareciam menos agitadas na capital da República.

As vestais voltavam para o ritmo natural do sacerdócio. Mirta reuniu quatro dos servos reservados a ela e os ordenou o caminho de Aventino. Havia vários motivos para levá-la até lá; o próprio templo de Diana resistia bravo e imponente desde a época dos reis. A *Massima* sabia da tia pobre que Mirta tinha em alta estima, e por conta da distância até Pompeia, que a impedia de estar com sua família, era para lá que a vestal se dirigia em oportunidades como aquela. O clima estava ameno. O céu azul-claro, mas nada convicto, ganhava nuvens escuras que vinham da direção oeste. No curto trajeto até a colina, que ficava próxima ao Fórum, a vestal sentia no rosto do povo o respeito e o compromisso com a data sagrada. Havia uma postura obediente, pois aquele era o dia em que a proteção dos lares estava sob o jugo de Vesta. Logo a gaulesa avistou a casa em tom alaranjado de dona Ismênia. Sabia que não encontraria seu amigo Ícaro, que estava em escolta pessoal de César nas terras da Hispânia Ulterior, além das fronteiras gaulesas. No portão, ao sair da liteira ajudada pelos escravos, Mirta sentiu o cheiro de jasmim... como era bom tê-lo invadindo seu olfato! O vento jogou uma flor da árvore sobre o véu da gaulesa, como se lhe desse as boas-vindas. Ela sentia todo aquele instante como um bom auspício. As janelas estavam abertas e a criada que varria as folhas para fora da casa correu para avisar sua *domina* sobre a presença de Mirta.

A doce senhora chegou aflita como se quisesse interromper os passos da visitante antes que ela alcançasse a porta de entrada. Mas a vestal saudosa e afetiva não percebeu, achou que fosse o jeito esbaforido de sua "tia", recebendo a ilustre visitante. Os vizinhos sempre vinham cumprimentá-la depois que Mirta saía de sua casa. Era uma grande honra para alguém de seu status social ter uma sobrinha sacerdotisa. A respiração ofegante da anfitriã danou a atropelar sua fala.

— Minha querida... não pensava em ter contigo logo hoje, um dia tão importante para Roma. Como deixaram que viesse? —

e tratou de olhar para dentro da casa como se precisasse de um sinal para entrar.

— Rendemos sacrifícios à Vesta, logo pela manhã. Ajudei a limpar o templo e junto com minhas companheiras espalhei as cinzas nas margens do Tibre. Por isso a Vestal Máxima nos liberou para estarmos em família. — ela sorria, contente ao dizer isso à dona Ismênia, que tinha enorme orgulho da sua relação com Mirta, embora naquele dia tivesse um bom motivo para temer sua presença.

As duas foram se sentando à mesa da cozinha, onde alguns grãos espalhados deflagravam a ação da anfitriã interrompida pela chegada da visitante. Júpiter, o deus dos céus, estava trabalhando e começou a enviar os sons abafados de trovões para a Terra. Isso fez dona Ismênia se levantar para recolher as roupas penduradas no jardim, nos fundos da casa. Mirta estranhou o fato de a anfitriã não passar a incumbência para a escrava, como era de costume. Permaneceu sentada na mesa da ampla cozinha aguardando a presença da senhora. Olhou tudo ao redor, absorvendo ao máximo o lugar que lhe remetia ao tempo que lá vivera; onde aperfeiçoou o seu latim, se encontrou com César, e conquistou uma amiga de confiança extrema que correspondia à imagem da mãe que não conhecera.

O céu apressava o ritmo mal-humorado dos trovões e relâmpagos ferozes que rompiam a tarde de Roma. Logo gotas pesadas caíram sobre a casa, respingando do quintal para a cozinha fazendo com que Mirta se levantasse para fechar a porta. Foi quando um corpinho suado entrou na cozinha pela porta que Mirta se dispunha a fechar. Um menino arisco, de pés descalços, cabelos curtos e roupas de brincar, sentou-se de imediato à mesa. Sorriu ligeiro para a estranha como um cumprimento gentil de criança educada. Passou a mão em uma das frutas dispostas no centro da mesa e tratou de abri-la. Primeiro a cheirou como se quisesse verificar a madureza do interior. Em pé, Mirta o fitou, curiosa e surpresa. Uma criança na casa de dona Ismênia a fazia pensar de quem seria, já que a pobre senhora reclamava pelos cotovelos por ficar muito só em virtude das campanhas que solicitavam seu filho. Nem a escrava nem a anfitriã voltavam do quintal, certamente ocupadas em recolher tudo o que se submetia ao rigor da tempestade. Mirta sentou-se, fazendo companhia ao pequeno romano, pensando na remota hipótese de ser um escravo, tomando corpo para o trabalho braçal. Mas o menino não parecia se portar como tal. Possuía uma altivez que, permeada pela infância, confundia a contabilidade de Mirta, há tempos ela não convivia com crianças. Apesar da desenvoltura dos gestos, o rapazote não teria mais do que quatro anos. Era esguio, de olhar vivo, porém retido. Durante eternos minutos a gaulesa o fitou em um misto de inquietação e satisfação, como se o conhecesse. Do pescoço do menino pendia um cordão dourado, mas, protegido pela blusa de algodão amarronzada, não revelava o formato. Por um estranho instinto que contrariava seu modo de agir com os outros, Mirta se dirigiu a ele curiosa. Impelida pela vontade de tocar o cordão, pensou num jeito suave de matar sua curiosidade.

— Meu nome é Mirta, e o seu?

O menino entretido na missão de abrir a romã, respondeu diretamente:

— Rhodes.

Mirta perguntou novamente, confirmando a resposta...

— Rhodes?

Ele assentiu, desta vez olhando-a para que fosse definitivamente compreendido. A gaulesa viu crescer dentro de si uma gigantesca onda de calor, dando continuidade ao diálogo.

— Belo nome... conheces o significado?

— Sei sim. Meu pai disse que é um lugar muito bonito na Grécia. Disse que um dia me levará lá. — dizendo isso, a criança trocou a fruta por outra mais vermelha, imaginando, com essa, saciar a fome.

— Seu pai está aqui? — perguntou ela com o coração em sobressalto.

— Não. Ele está lutando com muitos homens, longe de Roma.

Mirta pensou que Ícaro tivesse levado para casa um filho da rua, fruto de alguma aventura, já que não tinha se casado. Não seria difícil, para o caráter bondoso e decente do centurião, reconhecer uma criança ainda que não pela força do matrimônio. No entanto, a expressão do menino em nada a fazia lembrar o amigo. Ela precisaria ir além.

— Me parece que tens um belo colar. Uma *gold bula*?

O menino pegou o cordão por dentro das vestes e olhou orgulhoso para o objeto.

O coração de Mirta, acelerado em demasia, impactou-se com a imagem do colar. Pendendo da malha de ouro, um pingente retratando três círculos, um dentro do outro, a fazia pensar no colar que dera a César. Mas aquele era de ouro, diferente do que mandara confeccionar na aldeia allobroge, cujo material de ferro fundido de nada valeria a não ser pelo valor sentimental.

— Meu pai me disse para cuidar do meu colar como um soldado de Roma cuidaria do povo.

Mirta tentou conter a excitação. O latim da criança, embora pequena, certificava uma educação patrícia. Sua fala passava ao largo da linguagem vulgar. Isso a intrigou ainda mais.

— Seu pai deve amá-lo muito. Seu cordão é valioso, muitos romanos sonham em ter um desses no pescoço.

A criança sorriu revelando um pouco mais dos traços.

— Você sabe onde fica a Gália? — perguntou o miúdo homenzinho, em posse do pingente.

A vestal sentiu um clarão se instalando entre eles.

— Sei sim, por quê? — e, naquele momento, ela temeu a resposta.

— Esse colar meu pai trouxe da Gália. É um lugar muito distante.

Pressentindo a intimidade que crescia entre os dois, a gaulesa se aproximou do menino. Curvou seu corpo na direção da criança na intenção de tocar no colar.

— Posso tocá-lo? — Mirta se esforçou para controlar sua emoção.

Rhodes balançou a cabeça rapidamente como quem confirma a presença numa brincadeira de roda. Mirta tocou o pingente e o sentiu pesado. Virou-o do outro contrário, praticamente certa do que veria. Por baixo de um dourado banho de ouro, a inscrição "Volo Te Mecum" se mantinha reveladora.

— *Volo te mecum* — balbuciou, de forma inaudível.

A criança a fitou de perto mantendo a expressão compassiva e solta de quem faz um novo amigo. Agachada ao lado dele, a moça mal podia ouvir sua própria voz. Tentou disfarçar o tremor das mãos — a última de suas vontades era assustá-lo. Os pensamentos atropelavam a prudência e os sinais estavam claros demais para que não os visse.

Rhodes era um menino lindo.

Seu olhar carismático nascia na curva de fartas sobrancelhas, ressaltando os olhos esverdeados. Os cabelos curtos, nos moldes romanos, faziam-na pensar na versão abundante e longa dos gauleses. As maçãs proeminentes da face misturadas ao feitio dos lábios finos, traziam a metade inferior do rosto de César bem diante de Mirta. Uma dor de amor naufragou seu corpo. Ela se viu terrivelmente enganada, mas por um feixe da emoção sentiu-se feliz por isso... Apesar de tudo, seu filho estava vivo. *Por Belisama, era ele, bem ali à sua frente. Vivo!*

Agora atenta às minúcias, o modo como se sentou à mesa, tomando o alimento com altivez e propriedade, confirmava suas suspeitas. Ainda que a presença irrefutável da *gold bula* pendurada no pescoço fino do menino, não estivesse ali, em instantes ela saberia, por um instinto animal, que aquele era seu filho.

Dona Ismênia chegou à cozinha com a tez translúcida, mas... aliviada. Estaria livre, dali em diante, de carregar o fardo cruel que o poderoso de Roma lhe impusera. Contudo, temia por seu futuro e o de Ícaro. Pela falta de diligência, por permitir que o menino surgisse na frente da mãe e por não poder mais sustentar, a partir daquele momento, a versão da morte do filho de Mirta. Mesmo assim, sentiu um imenso e inesgotável alívio. Sua presença estática quase se permitia um sorriso, não fosse o medo da reação de sua visitante. A pobre mulher pensava em como explicar aquilo, mas sabia que a mente sagaz da gaulesa percebera tudo em poucos minutos. Dona Ismênia quase podia ver o mosaico imaginário se completando no pensamento de Mirta. Estavam as duas a se olhar em um misto de surpresa, pesar, dor e alegria. As pernas curtas e senis da senhora tremularam, o que a fez escorar-se no batente da porta. As mudas de roupa que fora buscar no quintal, pesavam como um tronco de cipreste romano. Mirta se levantou para ajudá-la, tirando os panos de seus braços e apoiando-os na mesa. Trouxe-a para o banco de madeira rústica. Rhodes, alheio ao silêncio falado das duas, esforçava-se para abrir a romã com destreza, refutando seu gene paterno.

O cenho lívido da anfitriã buscou alento no perdão de Mirta, libertando suas únicas palavras.

— Não tivemos escolha, minha filha. Tínhamos que obedecê-lo — disse, aguardando a compreensão da moça.

Mas Mirta parecia fora do corpo, assimilando a dádiva recém-concebida de ter seu filho. Estava feliz demais para encher o coração de sentimentos nebulosos. Queria abraçá-lo, beijá-lo, apertá-lo contra o peito, contar-lhe histórias de guerreiros gauleses e dos deuses de sua terra. A face avermelhada da criança remetia às origens de sua gente. Naquele instante, ela se esqueceu completamente de quem deveria ser. Era seu sangue gaulês, sua alma guerreira clamando o direito de ser mãe que a invocava desesperadamente.

Finalmente Rhodes vencia a batalha contra a fruta perfumada que o aguçava. E Mirta contemplou a cena: seu filho reunia delicadamente os pequeninos dedos, polegar e indicador, na intenção de arrancar e apreciar cada grão da romã. Entretido com o feito, ele abstraiu a presença madura de suas acompanhantes.

A mistura perfeita entre a Roma de César e a Gália de Mirta nascia, bem diante dos olhos da vestal. Ela o quis para si e, num ímpeto de emoção visceral, o beijou na testa. Depois suas mãozinhas, seu rosto. Abraçou-o demoradamente... sem interrupções. Dona Ismênia deixava rolar as lágrimas que razoavam seus olhos. Por conta das forças da natureza humana, Rhodes se virou para o fundo dos olhos de Mirta e a abraçou de volta, como se no auge de sua pouca idade pudesse reconhecer o colo do qual fora roubado. A voz rouca e suave promovida pela herança materna rompeu o silêncio.

— Você é minha mãe?

A gaulesa, num estado quase delirante, respondeu assertiva e corajosa. Sim. Era a mãe dele. Ela era sua, e somente ele a faria jogar tudo ao léu.

Mirta desejou que a tarde estagnasse naquele interregno do tempo, e assim, com a misericórdia de Belisama, poderia ficar com seu pequeno galo-romano. Mas o Colégio Vestal, juntamente com a vida que escolhera manter com o suporte de César, a aguardavam, resolutos. Ficou o máximo que pôde em companhia do filho amado que pensara jamais ver. Abrigou o corpo leve e ossudo em seu colo, contando a ele o que julgou razoável para a mentalidade de uma criança daquela idade, nas circunstâncias em que se encontraram. César havia dito ao menino que um dia veria sua mãe, quando os deuses permitissem que ela viesse até ele. E por um deslize ou capricho do destino, fora exatamente o que aconteceu.

A tempestade passou depois de algumas horas, e Mirta sabia exatamente como as ruas de Roma ficavam por conta da fúria dos deuses. Talvez eles estivessem zangados com César e sua tendência à manipulação. Talvez quisessem mostrar a Mirta que nem sempre a natureza era bem interpretada. O que estava claro e certo para ela era que a vida, novamente, teimava em mudar seu caminho. Mas, diferentemente da gaulesa ingênua e inexperiente que saíra da Gália em nome de um amor incondicional, Mirta agora era uma mulher mais sábia e prudente, incapaz de tomar decisões impetuosas, mesmo porque seu *status* não permitia intempéries. Sua vontade era de ficar com Rhodes e fazer tudo que lhe fora ceifado pelas estratégias de César. No entanto, outras vidas estavam em jogo. Ícaro e dona Ismênia certamente sofreriam as sanções do ditador e ela poderia perder seu filho de vez. Travou com sua amiga uma aliança, do tipo que só mães são capazes de cumprir: a senhora prometera se esquecer daquela tarde, e nem mesmo Ícaro saberia do ocorrido. Rhodes, por sua vez, era pequeno demais e não via o pai com frequência. A dona da casa dissera à gaulesa que César vira o menino apenas duas vezes, nos onze dias em que esteve em Roma para a iniciação da moça e logo após sua chegada, no último julho. Segundo ela, o pai de Rhodes mostrara extremo contentamento em vê-lo, abraçando e beijando o filho como ninguém acreditaria. Por trás das vestes militares, César, no fundo, era como a maioria dos genitores orgulhosos de sua prole. Assim como a mãe do menino, César dissera a dona Ismênia que achava a criança saudável, mas magro demais. Embora tentasse de todos os meios promover o aumento de apetite do pequeno, a cuidadora informava ao pai que as únicas coisas de que Rhodes efetivamente gostava, eram as frutas. Quantas lhe fossem apresentadas, ele as consumia. E de pão, especialmente o de dona Ismênia. Assim como sua mãe, Rhodes adorava embebê-lo no óleo de oliva. César sorrira ao saber do gosto frugal de seu filho, semelhante ao dele. Quanto ao pão, ele conhecia a paixão de Mirta pelo alimento. No dia seguinte à visita de César, cestas e cestas de frutas chegaram à casa de Ícaro, algumas das quais dona Ismênia não tinha o menor conhecimento. A farinha também chegava aos borbotões, como se ali fosse alimentar um exército. Isso se repetiria toda semana, por isso Mirta percebeu um cheiro particularmente adocicado pela casa. A senhora chegava ao ponto de ofertar aos vizinhos, pois do contrário teria que jogar no lixo a quantidade estúpida que sobrava de alimentos.

Fora também nesta última visita que César levara o cordão a Rhodes, e dissera ao menino que cuidasse daquilo como da própria vida. Nas palavras do genitor, o menino sentia um compromisso assumido de homem para homem, e se orgulhava da incumbência firmada com o pai. Várias semanas se passaram e o assunto central de Rhodes continuava sendo César. Até com os tutores a criança buscava permissão e convergia um intervalo das aulas na presença imponente de seu genitor, colhendo mais informações e referências paternas. Para ele, seu pai não era o potentado de Roma, nem o ditador. Era apenas a imagem masculina da qual o menino precisava para alinhar suas preferências militares, já que possuía sua própria espada, fabricada especialmente para o porte de meninote. Ícaro era responsável pelas aulas iniciais de luta e, em sua ausência, o tutor de línguas latinas ensaiava alguns golpes. Mas Rhodes era exigente e considerava o velhote inapto para o cargo. Ficava amuado no canto da casa procurando diversão, mas nem a senhora ou a escrava sabiam como entretê-lo. Agora, com a existência concreta de sua mãe, ele teria um novo motivo para reconsiderar sua rotina... golpear dona Ismênia de perguntas. E isso se deu assim que Mirta saiu pelo portão de madeira.

— Você é minha avó?

No rosto iluminado de Mirta se instalou um novo olhar. Ela buscou dentro de si a vestal cativa, a postos naquela manhã, antes de adentrar o quintal da casa em Aventino. Tarde demais. Havia um motivo instintivo direcionando seu estado eufórico numa alegria suprema. A renovação do fogo de Vesta, a deusa protetora dos lares, num golpe do destino renovara os planos de Mirta. Não sabia como, mas ela queria seu filho. Teria que encontrar uma solução melhor do que aguardar as décadas que lhe restavam como sacerdotisa de Roma, ou mesmo o obséquio de César. Era preciso alicerçar as ideias, pois a emoção daquela tarde capturava qualquer palavra discernida. No retorno ao Colégio, antes que o crepúsculo caísse, ordenou que os escravos parassem no Templo da deusa Diana; ela queria render homenagens a quem considerava a entidade mais apropriada para as batalhas que teria de travar dali para a frente. Depois disso, voltou para junto das castas companheiras que a amavam e respeitavam. E Mirta provava, novamente, o amargor da vida dupla lhe assombrando no interior da *Roma quadrada*.

CAPÍTULO XXVII

Longe de Rhodes

Os meses passavam lentos e torturantes, sem que a gaulesa tivesse qualquer oportunidade de escapar até Aventino. A saudade que sentia de Rhodes era alucinante, e vinha acompanhada pelo pavor de não o ver crescer.

Já havia se passado mais de seis meses desde a partida de César, e pela primeira vez, desejou que ele permanecesse longe por muito tempo. Assim, distante de seu olhar, talvez pudesse ficar mais próxima de seu filho. Mas nenhuma oportunidade de partir da casa — para junto da "tia em Aventino" —, nascia de maneira apropriada. Ela não queria despertar o olhar aguçado de Felícia, nem abusar da complacência da *Massima*. Então, teria de esperar a volta de César e cobrar dele todas as explicações devidas, embora temesse pela segurança de dona Ismênia e de Ícaro, no fundo sabia que César não faria mal a eles. No entanto, era bem possível que levasse Rhodes para bem longe, ou para um canto inóspito do qual ela não teria a menor ideia.

César a conhecia suficientemente para notar o brilho da maternidade reluzindo em sua pele e talvez por isso mesmo tivesse furtado o convívio dos dois, blindando o plano de proteção das emoções femininas de sua amante.

Capítulo XXVIII

O Malum de Felícia

Madrugada. Chovia muito nos arredores de Roma e os lictores não regressavam com a ajuda médica. Mirta ouviu o barulho de portas batendo no lado oposto de seu corredor, fazendo o som se misturar aos estrondos das trovoadas que pareciam derrubar as imensas colunas do templo de Astor e Pólux. Algumas vestais estavam do lado de fora do quarto de Felícia e as menores foram levadas de volta a seus aposentos, pois em nada ajudaria ter a casa inteira apinhando o corredor. A criada subia as escadas apressadamente, em direção ao segundo andar, com água morna e muitas toalhas, na intenção de usá-las com o auxílio de Fábia Severo. Do armário, Mirta tirou o manto rubro que usara na viagem para Óstia, para se proteger da chuva que entrava com autoridade pelo peristilo da casa, molhando todo os cantos do assoalho. Os rostos aflitos de suas companheiras se justificavam por cada grito prolongado que Felícia liberava, contorcendo o corpo longilíneo na cama. A virgo vestal, visivelmente transtornada, tentava acalmar a doente lhe dizendo que a ajuda médica estava a caminho, mas se passavam duas horas desde o momento em que chamara os lictores, ordenando que fossem até Subura buscar ajuda na casa do único médico autorizado pelo Colégio de Pontífices a prestar socorro às vestais. Mas não era segredo para ninguém o estado deplorável das ruas de Roma, quando a ira dos deuses as submetia aos jorros dos céus.

Mirta pediu permissão para entrar e prestar ajuda. Levou as mãos à testa de Felícia e sentiu a temperatura elevada. Os espasmos fizeram-na lembrar do parto doloroso que sofrera, embora a dor de Felícia nem por mil terras era a mesma de Mirta. Os olhos da vestal reviravam-se e, por um instante, em meio a imensa dor que sentia, a gaulesa constatou o lado humano que Felícia insistia em esconder.

— Me ajude... — balbuciou, apertando a mão de Mirta, implorando que alguma alma lhe arrancasse daquele sofrimento.

A gaulesa sugeriu que fechassem a porta e procurassem alguma ferida no corpo doente. Com a ajuda da *Massima* e da criada, encontraram na parte interna de um dos joelhos uma elevação avermelhada e nas áreas próximas, sobressaíam veias altas e arroxeadas. Pelo que viam, uma picada de inseto peçonhento havia provocado as dores e a febre de Felícia, por isso era preciso agir brevemente, antes que a vestal atacada atravessasse as portas do céu. Os lictores não chegavam com o médico e Felícia iniciava o processo delirante provocado pela alta temperatura do corpo, balbuciando palavras desconexas. Mirta se viu obrigada, por seus instintos, a encontrar uma saída urgente no quadro de incerteza que se pintava debaixo de seus dons medicinais. Pediu licença à *Massima* e ousou mostrar suas aptidões de cura.

— *Massima*, peço que me permita atravessar os portões da casa vestal em busca de um remédio. Desde pequena fui ensinada por minha mãe a cuidar de pequenas enfermidades dos criados e de nossa própria família, permita que eu vá ao encontro das ervas adequadas para a doença de Felícia, pois até que o médico chegue e busque uma solução, talvez seja tarde demais.

— Mas Mirta, chove como se toda a água do mundo viesse para Roma e as ruas estão escorregadias. Além disso, está tarde demais. É perigoso para uma vestal lançar-se sobre a escuridão das ruas.

— Não haverá problemas, eu garanto. Irei com os guardas que ficam na saída dos fundos e dois escravos estarão comigo. Um dos soldados que guardam a porta da frente poderá fazer a ronda nos fundos da casa. Assim nossa morada estará vigiada.

— Está bem — concordou Severo, vacilante. — Não temos outra saída senão procurarmos nós mesmas alguma ajuda para Felícia. Vá, mas tome muito cuidado.

— Minha tutora, peço que me permitas pisar no chão. Seria difícil, com a escuridão da noite e a chuva feroz, reconhecer os remédios necessários sem que esteja muito próxima da terra.

Mais um espasmo trazendo uma imensa descarga de sudorese no corpo da doente fez com que Fábia Severo assentisse rapidamente ao pedido da vestal. O tempo passava rápido e os lábios de Felícia começavam a apresentar um tom purpúreo. Mirta mandou que a criada fosse à cozinha e pegasse uma folha de couve e a colocasse em cima da ferida, amarrando-a com um pedaço de lã; isso ajudaria a expurgar o veneno superficialmente, mas era preciso encontrar um antídoto e fazer com que Felícia o ingerisse o mais rápido possível. Pelo aspecto do ferimento e pela coloração nos lábios da vestal, parecia ser perigoso o veneno que corria nas veias nada inocentes de Felícia. A gaulesa ainda pediu a Idália que preparasse um chá com sementes de coentro para baixar a febre. Indicou com o punho fechado, a quantidade a ser usada em efusão. Saiu pelos fundos, acompanhada dos guardas que havia requisitado à tutora e ordenou que pegassem o caminho da Via Ostiense.

Na viagem que fizeram para Óstia, Mirta reconheceu algumas das plantas usadas na Gália, mas era uma em particular que faria Felícia livrar-se do veneno, ainda que do bicho mais peçonhento que pudesse tê-la picado: *laserpitium*. A planta originária da África era o remédio mais eficaz contra as picadas venenosas das cobras mortais, e o que quer que tivesse liberado peçonha sobre a carne da vestal, perderia a chance de matá-la ou de infeccioná-la, se o *laserpitium* fosse ministrado a tempo. O temporal fazia tudo parecer impossível. Os escravos carregavam Mirta no transporte vestal, mas por conta da superfície lisa das pedras escorregavam de quando em quando tentando se equilibrar pelas ruas abaixo. Mirta ordenou que parassem e, na mentalidade serviçal daquelas criaturas, já esperavam receber sanções pelos deslizes. Mas a velocidade das pernas gaulesas de Mirta deixou quem podia vê-la naquela escuridão, totalmente perplexo.

— Venham! Preciso da ajuda de todos...

Então, os escravos deixaram a liteira na Porta Ostiense e, junto com os soldados romanos, puseram-se a procurar o que Mirta lhes pedia detalhadamente: os galhos da pequena muda curvados para o alto, sustentando pequenas flores brancas nas pontas de seus talos, que formavam vários buquês. Exalava um aroma muito forte de mato, tão impregnante como os odores dos percevejos. Mirta lembrava que avistara a planta bem no início da estrada, à margem esquerda. A memória fotografara o antídoto pontualmente; por conta da dificuldade de se achar o precioso remédio natural, a gaulesa se impressionou em tê-lo ali, tão perto de si, e tão longe da Gália. Não demorou e um dos escravos anunciou o achado. Pronto! Se conseguissem subir rapidamente o fórum, Mirta prepararia o elixir que salvaria Felícia da morte. Diante da dificuldade do trajeto, foi a pé que a gaulesa preferiu atravessar a maior parte da distância e, embora os olhares inquietos e apavorados dos subalternos indicassem o medo da represão por permitirem que uma sacerdotisa de Vesta andasse pelas ruas de Roma, era nítida a vontade de correr contra o tempo e a favor da cura de Felícia, além disso, não havia sequer uma alma andarilha nas ruas de Roma, quando o mundo parecia acabar. De longe, avistaram alguns cavalos na frente da casa denunciando a chegada do médico, mas a madrugada parecia tirar-lhe o reflexo da profissão. Mirta adentrou o quarto e foi afastando quem estivesse ao redor do corpo dolorido de Felícia. Trocou a folha de couve e esfregou ao redor da ferida somente as flores brancas do *laserpitium*. Depois pediu que a *Massima* lhe desse algumas colheradas do chá que fizera com as folhas e o talo da planta. Duas doses, de hora em hora, seria suficiente para resguardar a vida da vestal. Por fim, pediu que todos saíssem do quarto para que pudesse transmitir à escrava e à tutora quais providências deveriam ser tomadas a partir de então. Fábia Severo dispensou o médico, confiante nos atributos de Mirta. Aliás, ninguém duvidava que a vestal de Pompeia salvaria Felícia, embora sequer pudessem imaginar que aquela era a missão ancestral de Mirta — curar, através dos abundantes frutos da terra, os males dos homens. Havia uma firmeza permeando os gestos e as palavras de Mirta que parecia colocar as pessoas em estado hipnótico, por conta das inusitadas decisões que tomara naquela madrugada.

    Aos poucos a febre cedia, a vermelhidão da ferida perdia espaço para a brancura da derme e as contrações abdominais sumiam com o efeito laxativo do remédio. Felícia estava salva.

CAPÍTULO XXIX

O Mesmo César, Outra Mirta

As margens do Tibre estavam rasas e o fluxo do rio seguia manso, praticamente parado. A reunião dos três colégios que César havia designado para o sacrifício dedicado à deusa Fortuna, o seguia num desfile discreto pela hora da manhã. Para não despertar a euforia do povo, assim que chegou em Roma, no início da noite anterior, tratou de enviar mensagens aos sacerdotes de Júpiter, ao Colégio de Flâmines e às sacerdotisas do fogo — estas, particularmente, por se tratar de oferendas ao sagrado feminino. Dois novilhos vinham puxados por criados, amarrados pelo pescoço como se soubessem o destino que os aguardava; a tenra vida dos animais e o sangue jovem que carregavam haveria de agradar a deusa. Os religiosos esperavam na beira do Tibre, acompanhados por escravos que carregavam suas coberturas, lhes fornecendo a proteção do sol. As vestais, usualmente carregadas nas liteiras, vinham logo atrás de seu líder, Júlio César. Os meses que passara em Munda, derrotando os filhos de Pompeu, só fizeram sedimentar seu status de *rex* dentre o povo; exceto para Mirta, que perdia vertiginosamente a crença no homem que amava. Talvez o sacrifício à deusa, logo na manhã que sucedia sua chegada, tivesse o condão de levá-lo até sua dileta vestal, no entanto, para ela, já não fazia diferença imaginar as motivações de César.

Os cabelos curtos e molhados, penteados na direção da testa, conotavam a figura vaidosa que se punha a aguardar o desembarque das sacerdotisas, junto aos lictores e sacerdotes. Um mitigado contentamento de ver sua gaulesa pela manhã sacou a retidão do homem que imaginava impactar a persona de Mirta. Enquanto isso, os religiosos adiantaram-se em alguns passos, distanciando-se dos serviçais e procedendo com as tradições de oferendas nas quais César atribuía mais uma vitória à Fortuna — tudo presidido por Fábia Severo, por ser a voz de Roma mais próxima aos ouvidos da deusa. Ao fim da cerimônia, fechando o protocolo, César lançou os corpos abatidos dos animais no rio. Eram dois, em alusão aos irmãos Rômulo e Remo, cuja vida fora devolvida às margens do Tibre. Assim, foram se locomovendo na direção das liteiras sem que Mirta e as demais vestais dissessem uma só palavra. César tentou estender a presença de sua amante tecendo comentários descontraídos sobre as sacerdotisas.

— Severo, as vestais estão silenciosas nesta manhã. Será que as obriguei a levantar cedo demais?

E o orgulho doutrinador da *Virgo Massima* tratou de desfazer qualquer efeito contrário à disciplina aplicada em suas pupilas.

— Jamais, honrado pontífice. Sois completamente atendido pelas guardiãs do fogo, sempre que exigires. Estão quietas por conta da noite anterior, pois a maioria saltou da cama para prestar ajuda à Felícia Cornélia.

— A sobrinha de Sula... — comentou, lembrando-se de imediato do aspecto arrogante que Felícia trazia no sangue — O que houve?

— Ela quase sucumbiu, César... não fosse o até então desconhecido dom de cura de nossa Mirta, a esta hora poderíamos estar sepultando a virgem Felícia.

Então César sentiu uma enorme brecha se abrir diante do surpreendente relato da líder vestal, permitindo adentrar os meandros do dia a dia de Mirta sem perder a discrição que sabia facilmente manter. Direcionou uma expressão intrigada para Severo e parou a caminhada obrigando todo o resto a esperá-lo, inclusive Mirta, que vinha logo atrás, a cinco passos de seu amante.

Severo sorriu imaginado surpreender seu superior.

— Temos uma sacerdotisa com dons de cura e só descobrimos ontem à noite, felizmente, com o salvamento da companheira adoecida. Chovia muito e os criados tiveram dificuldades em trazer o médico de Subura, pois as rodas da carruagem vestal quebraram no sopé do Capitólio. Foi quando a vestal Mirta pediu permissão para sair do colégio em companhia dos soldados e mais dois escravos, à procura das ervas que salvaram Felícia.

César não perdia a expressão de surpresa e deleitava-se com o relato entusiasmado da tutora vestal. Com as mãos presas para trás, demonstrando interesse no assunto, acabou por chamar a atenção dos demais. Os sacerdotes quiseram saber detalhes, como Mirta havia detectado os sintomas de Felícia. E se fosse uma praga... ou um surto endêmico rondando a cidade. Mirta manteve-se a maior parte do tempo calada, com a cabeça baixa, como se não fosse ela o foco dos elogios. César notou um distanciamento atípico na vestal. Severo deixou todos a par do episódio com Felícia, tranquilizando os mais idosos, que pareciam projetar a má sorte da vestal neles mesmos, talvez pelo temor da idade avançada. Tentando quebrar a barreira da timidez anacrônica que Mirta fazia emergir, o pontífice sortiu o comentário em sentido duplo diretamente para ela.

— É bom contar com a ajuda de quem pode nos curar.

Era uma mensagem de amor, nos moldes romanos de César, mas o efeito descontraído que o locutor tentara obter alcançou a todos, exceto a gaulesa. Então, teve a certeza de que algo de errado estava acontecendo, não havia o menor entusiasmo no cenho de Mirta, como se a última coisa que habitasse o coração da gaulesa fosse a vontade de estar com ele. Enquanto isso, Severo obedecia ao chamado do Flâmine, adiantando os passos, e César, ao contrário, diminuía seu ritmo, fingindo atender a um pedido quanto à mudança no calendário da próxima festividade. As outras vestais acompanharam a comitiva com o vigor matinal, mas Mirta caminhava solitária em relação ao grupo, como se quisesse evitá-lo e, pela primeira vez, durante o tempo em que esteve em Roma, César notou o que há tempos havia esquecido: os trejeitos gauleses empurrando a vestal romanizada para fora de Mirta. O olhar reto e prodigioso do *imperator* manteve a indiferença de pé, mas estava incomodado e não descansaria enquanto não descobrisse o motivo periférico que mantinha sua amante indiferente.

CAPÍTULO XXX

Assim que caiu o alvorecer e as vestais terminavam a refeição noturna, um mensageiro do Colégio Sacerdotal trouxe um papiro selado. Era a lista dos eventos em que a presença das vestais era solicitada nos próximos trinta dias. Além de designá-las para os ritos religiosos e as lutas de gladiadores, as inaugurações dos templos eram prioridade para César, e tudo isso ocorria praticamente ao mesmo tempo. Mirta e suas amigas se dirigiam para o quarto de Felícia para prestar informações sobre os eventos do dia e ver a melhora de seu estado, quando a tutora requereu a presença do grupo.

— Venham até a biblioteca, preciso de alguém que substitua Felícia enquanto ela se restabelece.

Agostina foi a escolhida para fazer o trabalho de Felícia, afinal, era bom diversificar o posto e escalar Mirta para o lugar de Felícia — ainda que por pouco tempo — decerto a faria piorar.

— Quero que se organizem com relação à vigília e o comparecimento nos eventos em que nosso Pontífice exige nossa presença. Idália ficará encarregada de escalonar as vestais mais velhas para as cerimônias religiosas e fará com Agostina a escala de trinta dias, não esquecendo de excluir Felícia nos primeiros sete dias, pois temos que observar sua melhora.

Mirta interrompeu a *Massima*.

— Se me permites, *Massima*, ponho-me ao dispor das vigílias e, se preciso for, podes aumentar minha permanência no templo. Não me incomodo de fazê-la no lugar de minhas amigas, caso queira a presença das mais experientes ao seu lado. — o objetivo da gaulesa era evitar ao máximo a presença de César, ainda que o contato de ambos ficasse restrito à relação de sacerdote supremo e sacerdotisa de Vesta; o amargor em relação ao pai de seu filho consumia qualquer tolerância à sua presença.

Idália e Agostina estranharam o pedido de Mirta, pois em geral se animavam muito com os eventos que quebravam a monotonia da rotina vestal e Mirta sempre fora a companhia favorita de ambas. Severo, por sua vez, só fez apreciar a postura altruísta de Mirta e tratou de desfazer qualquer exclusão da gaulesa.

— Minha filha, agradeço sua preocupação. Mas estamos em número suficiente de sacerdotisas tanto para honrar a vigília quanto para cumprir os compromissos determinados por César. Além disso, embora não estejas conosco o mesmo tempo de suas companheiras, sabes que tanto para mim quanto para nossos sacerdotes és tão indispensável quanto Idália, Cecília, Felícia e Agostina. Vocês são meus olhos e gosto de ter ângulos bem posicionados.

Mas Mirta insistiu discretamente.

— Obrigada, *Massima*, me sinto recompensada com suas palavras. Mas talvez as menores precisem de alguém para repassar as lições e, com a ausência quase diária da maioria, a casa e o templo ficarão desfalcados... além disso...

— Fique tranquila, minha filha, daremos um jeito. Por isso as chamei aqui, pois várias cabeças pensando encontram soluções mais rápido do que uma só, cansada como a minha.

Não foi difícil encontrarem a solução para a agenda atribulada das vestais naquele mês em que César as requisitava de maneira incomum. A experiência de Idália e Agostina, nessas horas, era o que as diferenciava de Mirta, cujo pouco tempo de Colégio impedia manobrar questões práticas como aquela. Além disso, a presença de César, mais uma vez, a certificava da dificuldade em lidar com as emoções provocadas por ele. Manter o *status* de sacerdotisa cordata na enseada pantanosa onde seus sentimentos aportavam, era um exercício difícil. Desde o dia em que soube de Rhodes, para ela a imagem de César havia se tornado uma máscara, como as que os bufões usavam nos teatros a céu aberto de Roma. Quando determinou que Rhodes morresse para Mirta, César estava também matando a cumplicidade entre os dois, criando um universo só dele, como era do feitio do conquistador da Gália. Sozinho arquitetava suas manobras e estratégias, depois as ordenava aos subalternos, minucioso e calculista. Naquele dia, muito mais do que ao receber a notícia do casamento com a egípcia, Mirta sentiu ruir tudo que haviam construído juntos, como se a única a cumprir a parte do plano fosse ela, enquanto César se divertia com seu jogo de manipulação. Era como uma prisão, onde ela estava condenada a manter a conduta contrária ao impulso gaulês de se insurgir contra ele, cobrando explicações, exigindo respostas que já haviam sido trazidas pelas próprias ações de seu amante. O controle era dele.

— Mirta... estás me ouvindo? — perguntou Agostina, interrompendo as amarguras da companheira.

— Sim. Estava aqui pensando se Felícia se sente melhor...

— Ela está ótima — respondeu a tutora — mas podem ir ter com ela agora que já fechamos nossas escalas diárias.

Quando saíram da biblioteca, Agostina tratou de se apossar da palavra.

— Olhe Mirta, não esperes reconhecimento de Felícia. E se por acaso tiveres, desconfie.

Idália desfez o comentário de Agostina imediatamente, repreendendo-a.

— Pelos deuses, Agostina, tenha pena da criatura! Ela quase morreu na noite anterior. Decerto será grata à Mirta e talvez agora possa ver que fez mal juízo de alguém tão bondosa como nossa amiga — e passou a mão delicada no ombro de Mirta.

— Não sei não... quando o sacrifício é demais, os deuses desconfiam. — retrucou Agostina, nunca se convencia da bondade de Felícia.

— Deixe de tolices, vamos prestar nossas condolências. Quem sabe assim desatamos os nós de Felícia.

Mirta sorria do jeito cabreiro e desdenhoso de Agostina, deixando claro que só iria para não ser castigada pelos deuses por falta de compaixão.

Felícia estava melhor, e andava pelo quarto tentando afastar a tontura causada pelo tempo em que ficou deitada. Sua face já tinha cor, apesar do aspecto debilitado. Quando as vestais entraram no quarto para saber notícias suas, receberam um largo sorriso em resposta de quem nem mesmo mostrava os dentes a não ser trincando-os em tortas conversas. Parecia que a indissolúvel incompatibilidade com Mirta finalmente havia desaparecido, e com um tom de rara suavidade, a vestal suplente de Fábia Severo mostrou-se gentilmente cordata.

— Não sei como poderei agradecer a noite passada...Você está sempre me surpreendendo, Mirta.

— Fiz o que qualquer uma faria para ajudar uma companheira de fé.

— Não Mirta, qualquer uma não... agora me sinto em dívida com você e saibas que farei de tudo para vivermos em paz.

Pela primeira vez, Mirta sentia o enorme peso da desconfiança saindo de suas costas, permitindo que seu último obstáculo em Roma fosse vencido. A maior — e talvez a única — semelhança entre as duas era também o que as distanciava: uma forte intuição. Mas finalmente o destino provara a Felícia que a ajuda nem sempre vem de onde se espera, e que levantar espadas em vão era o primeiro passo em direção ao inevitável mundo dos acertos, os ajustes de contas que os deuses alinhavavam silenciosamente viriam de uma maneira ou de outra. Mirta lhe pediu que tomasse mais uma jarra de chá de camomila, pelo menos até a manhã seguinte, o organismo agredido precisava da calma que a flor proporcionava, restabelecendo o equilíbrio recém-abalado.

— Onde foi que aprendestes estas coisas? Nem mesmo a criada experiente nas artes da cura soube dizer como foi que, no escuro da noite, tu trouxeste exatamente o que me salvou. Se dependesse do médico, quem sabe o que seria de mim a essas horas...

— Em Pompeia, crescemos na companhia de criados vindos de vários cantos e cada um deles nos ensinou as propriedades das plantas de nossa terra. O *laserpitium*, por exemplo, fora a mais importante planta no seu caso, e fez seu organismo liberar através da urina qualquer resquício do veneno. Foi uma sorte encontrá-la no escuro da noite, mas se assim foi feito devemos render oferendas à Vesta, por ter nos permitido salvá-la.

Felícia olhava curiosa para Mirta. Jamais esperaria que seu desafeto tivesse o dom da cura e, aparentemente, parecia aceitar o fato com tranquilidade, afastando as impressões antipáticas em relação à gaulesa. Obviamente, a natureza esnobe e indissociável persistia na fala da vestal, afinal, esperar que Felícia recriasse sua persona seria muito para o pouco tempo em que o veneno ficara na corrente sanguínea onde corria, o mesmo sangue de Sula. Mas a brecha que se abrira em pouco mais de vinte e quatro horas, parecia o bastante para as aspirações pacíficas de Mirta. Quando esboçou a intenção de partir, foi surpreendida com um gesto inesperado.

— De hoje em diante, Mirta, jamais deixarei que a desconfiança paire entre nós. Fui reticente e descortês desde que chegastes em nossa casa, por isso pretendo me redimir e farei de tudo para sermos grandes companheiras.

— Fico feliz com o que dizes e sei que seremos as companheiras que Vesta quer que sejamos. Agora descanse, tens que se recuperar. Embora estejas melhor, seu corpo roga cuidados.

As três saíram do quarto sem dizer uma só palavra. Inclusive Agostina, que agora sentia remorsos pelos maus pensamentos sobre Felícia. Aos poucos, pareciam se acostumar com a bandeira branca levantada pela sobrinha do ex-ditador de Roma.

Poucos minutos depois, antes de se preparar para dormir, Mirta lembrou-se do pacto que fizera com César no Templo de Vesta, de surgir na janela do quarto na segunda vela da noite sempre que ele estivesse na cidade. Mas, aquela seria a primeira das muitas indulgências que Mirta ofereceria a César. A janela se manteve cerrada de tal modo que nem mesmo a claridade da vela ousava atravessá-la. Se César estava ou não à espreita da gaulesa, recostado no parapeito da varanda, já não importava.

Capítulo XXXI

O Circus Massimus

As oblações do ditador perpétuo encomendadas a uma legião de deuses traziam um movimento acelerado na rotina das vestais, e Fábia Severo voltava a mostrar a quão devotada era a seu *pontifex*. Já pela manhã, instruía suas pupilas com regras e protocolos a serem cumpridos diante dos colégios. Seu compromisso com a fé, com Roma e com Vesta era a razão pela qual havia nascido, deixando claro para as que com ela viviam o quão importante era seu papel na religião da República. E César tinha uma característica particular que aguçava a adoração da tutora-mor: ele tornava estimulante a vida previsível das sacerdotisas do fogo. Severo havia convivido pouco com o pontífice, sob seu comando direto, pois quatro anos depois de ter sido escolhido para o cargo, César fora para as Gálias e quase uma década se passara sem a dileta presença do sacerdote superior de Roma. Eram os suplentes que cumpriam as determinações confeccionadas por

César nas cabanas suspensas dos acampamentos militares. Mas desde que se tornara a palavra final no Colégio de Sacerdotes, César fez questão de deixar claro sua preocupação com as guardiãs do fogo. Ordenara o aumento de sacerdotisas, de oito para dezoito, aumentara as instalações da casa e oferecera estátuas das antigas sacerdotisas para ornar o pátio a fim de inspirar as novatas. Além disso, desde seu retorno, as incluía na maioria das solenidades, reservando a elas todas as honrarias dos demais colégios, e algumas vezes as priorizava em detrimento dos outros. Mas tudo do jeito diplomático de César, sem perder a qualidade dos laços políticos, ofertando cadeiras cativas aos sacerdotes de Júpiter e ao Flâmine, enquanto eternizava as vestais em assentos especiais ao seu lado direito nas tribunas e nas lutas de gladiadores — as quais, inclusive, seriam recorrentes na atual estadia do pontífice, já que não se sabia até quando ficaria em Roma comemorando suas vitórias. Naquela manhã, as sacerdotisas se preparavam para acompanhá-lo ao Circo Máximo. Júlio César havia expandido o *Circus* por volta de 50 a.C., aumentando a pista para cerca de seiscentos metros de comprimento e duzentos e vinte e cinco metros em envergadura, permitindo acomodar cerca de duzentos e cinquenta mil espectadores, e desde que financiara as ampliações e melhorias na pista de corrida dos romanos, não havia desfrutado da oportunidade de estar lá, junto ao povo. A corrida de biga seria a primeira vez de Mirta na pista dos romanos. Embora preferisse a distância de César, enquanto seu sangue gaulês borbulhava de rancor por ele, decidiu refazer sua postura, ao contrário da manhã, nas margens do Tibre. Exerceria seu papel de sacerdotisa impecavelmente para que a postura vestal não fosse abalada e assim, consequentemente, sua tutora se orgulharia dela. Mirta tinha seus próprios planos contra César e uma vontade sobre-humana de fazê-lo sentir o gosto do desprezo, mas tudo sem despertar a astúcia alheia. O recado que pretendia dar, somente ele saberia decifrar.

As arquibancadas lotadas pela plebe animada causavam um burburinho ensurdecedor, que fora brevemente estancado com a entrada do corpo religioso. As vestais foram as últimas a tomarem seus assentos e Mirta, naquela manhã, mostrava um regozijo ímpar de si mesma. Era sutil demais para os romanos, mas extremamente perceptível para os olhos de quem a reconhecera pelo perfume seco da lavanda. O recato natural, agora misturava-se à imponente figura vestal, esculpindo na gaulesa traços inegavelmente nobres. Sentado no trono cujo banho de ouro fazia cegar à luz do dia, a três níveis acima da entrada, César focou a nuca da vestal no desfile que seguia logo abaixo da tribuna sem, contudo, afiançar os sentimentos da gaulesa. As virgens passaram uma a uma diante do *pontifex*, cumprindo a reverência sacerdotal, e foi quando Mirta curvou brevemente os joelhos sem encará-lo, dando uma pequena punhalada no colecionador de fãs. Calpúrnia estava sentada ao seu lado e Marco Antônio, ao lado dela. Então, a mulher de César mostrou ao marido que se mantinha inteirada dos assuntos vestais.

— Os sacerdotes comentavam que a sobrinha de Sula fora salva por uma companheira do Colégio de Vesta... é a sacerdotisa de Pompeia?

César, com a frieza que lhe era peculiar, assentiu ao questionamento como se fosse comentário de pouco valor, passando a ordenar o início das corridas. Mesmo assim, Calpúrnia esticou a cervical esgueirando-se contrariamente ao marido, a fim de conferir o semblante da curandeira.

O povo o ovacionava com gritos acalorados, levantando os braços para o alto e gritavam em altos brados: *"Vida longa a César, Vida longa a César"*, o que, consequentemente, levava os inimigos ocultos do general a degustarem o ácido sabor da inveja.

Roma começava a sentir a presença dos ventos frios, por isso a época propiciava o tipo de esporte preferido dos romanos; sem as chuvas comuns do verão, as pistas de corrida ficavam livres das poças que minimizavam a emoção das disputas. O sol já havia se instalado por inteiro acima das pistas, e na ponta contrária à concentração das autoridades, duas bigas puxadas cada qual por dois lindos alazões, aguardavam o soar da trombeta que abriria os portões, iniciando a diversão dos romanos. Como não poderia deixar de ser, os condutores dos veículos de duas rodas eram escravos de terras distantes, sonhando com a vitória que os libertaria e os tornaria ricos, caso a simpatia do povo assim desejasse. No caso de haver um empate, caberia às sacerdotisas decidirem sobre a vida ou a morte dos competidores. Mirta havia participado de espetáculos de gladiadores ofertados por César e por senadores que desejavam, assim como o ditador, a adulação da plebe. Mas no Circo era a primeira vez que a gaulesa pisava, nessa altura, acostumada com o gosto dos romanos. Na ocasião, os aurigas — como eram chamados os condutores — davam renome aos senadores que os patrocinavam.

    Um curto código de trombeta disparou a corrida.

    Duas voltas na pista de seiscentos metros coroavam o afortunado, não sem antes, porém, impingir destreza na arte de conduzir animais velocíssimos e duelar com o oponente, tarefa que exigiria força física e mental. Os deuses daqueles homens teriam muito trabalho num voluptuoso espaço de tempo. Segundos antes de a largada ser dada, um movimento quase sincrônico impulsionou os corpos dos espectadores para a frente, em busca do ângulo vantajoso. As sacerdotisas do fogo, bem como todos os que compareceram ao evento, não conseguiam disfarçar a curiosidade quanto aos competidores. Elas haviam feito uma aposta: escolheriam o corredor preferido assim que os cavalos cruzassem a primeira volta sob a tribuna, uma espécie de aposta rápida na qual as apostadoras que perdessem teriam de sovar sozinhas, toda a quantidade de mola salsa na próxima cerimônia de Vesta. Como crianças no parque, acotovelavam-se umas nas outras ou empurravam um pouco mais a companheira, buscando a visão indevassável dos cavalos. Numa velocidade estúpida para os padrões da época, os quatro cavalos pareciam possuir os mesmos genes lutadores, mantendo um ritmo similar. Poucos segundos antes de se aproximarem, era possível ver por detrás deles a nuvem de terra alaranjada que subia, enevoando parte da arquibancada. Alavancado por um castanho equino e outro tão branco como o animal militar de César, o primeiro oponente passou diante dos nobres romanos. Pouquíssimos segundos o distanciavam de seu adversário. Era possível notar a estatura média e o tórax largo. O corredor tinha cabelos longos que revoavam com a partida, seu capacete de ferro cobria boa parte do rosto, deixando incógnita sua faixa etária. Provavelmente, as longas horas de treino castigavam o couro do homem, bronzeando sua pele de modo a camuflar sua verdadeira origem étnica. Mirta se manifestou imediatamente em favor do primeiro colocado, deixando claro às amigas sua aposta e nem bem acabara de escolhê-lo quando, logo em seguida, passou abaixo delas o, então, segundo colocado. A multidão gritava de tal maneira que Mirta liberou uma de suas raras gargalhadas. Mas o opositor do auriga primeiro estava prestes a alcançar o alvo. Um negro e alto oponente, desafiava com unhas e dentes o corredor de cabeleira esvoaçante. Sua pele brilhava sob os raios de sol, não tão quentes como seu sangue. Decerto lustrara a pele com gordura animal a fim de impressionar a plateia. Seus músculos pareciam se multiplicar assim que atingiu o ponto aristocrático da pista. Idália, Agostina, Cecília e Cláudia apostaram contra o escolhido de Mirta enquanto a *Massima* chancelava a escolha da vestal curandeira. Sutilmente, o olhar de César, protegido pelo toldo de seu trono, percebeu a intimidade e a afeição das vestais pela companheira gaulesa, enquanto a *virgo vestalli* sorria para sua parceira de aposta.

Um aspecto peculiar das corridas de biga eram as manobras desonestas para vencê-las, não havia regras. Qualquer artifício ardiloso e sorrateiro podia destruir o opositor sem provocar comoção. Fazia parte do jogo e todos esperavam a criatividade guerreira dos homens que faziam tremer o Circo Máximo. Àquela altura, ambos estavam em pé de igualdade. Lado a lado, sentindo o pulsar sobrevivente de suas entranhas. Correu rapidamente a informação que o oponente de pele negra fora patrocinado por Cícero, senador *optimate* por quem a gaulesa nutria dileta repulsa. Já o escolhido cabeludo, remontando às origens ancestrais da gaulesa, levantava a bandeira de Gneu Domício Calvino, também senador e leal partidário de César. Ambos os senadores mantinham o dorso recostado em suas confortáveis poltronas, afastando através da fidalguia senatorial qualquer embaraço, embora olhares mais aguçados soubessem que a luta corria solta dentro e fora da pista. Na segunda curva do circuito, a roda esquerda do candidato de Mirta tremulara causando o desequilíbrio do homem, enquanto a espada afiada do escravo negro tentava perscrutar a todo custo sua carne dourada, rasgando-a de raspão. Era difícil manter o controle dos carros nas curvas desniveladas de terra batida, sobre o manto de cascalhos. As bandeiras das equipas se agitavam contra o vento — fincadas na extremidade do veículo, marcavam a honra ou a desgraça de seus patrocinadores. Mirta torcia para a bandeira rubra cujo destino caminhava ao fracasso. Enquanto suas amigas galhofando precipitadamente, cantavam vitória. O eixo que prendia as duas rodas do veículo, expulsava violentamente uma delas, mas o homem que contava com a torcida de uma gaulesa, parecia ter junto de si uma divindade poderosa. Disparou dardos de ferro, confeccionados especialmente para atingir as costelas de quem emparelhasse junto de seus animais. O africano sentiu o golpe, mas instintivamente jogou os cavalos negros — como o breu do umbral — sobre os equinos adversários, foi quando a roda condenada do gaulês rolou pelos ares deixando o veículo desfalcado arrastar a lateral esquerda pela areia. Simultaneamente, os quatro cavalos colidiram causando um amontoado de músculos e membros que tentavam se desvencilhar uns dos outros na areia. De longe pensava-se que estavam derrotados pelos próprios puxadores, os animais haviam se ferido muito. Um deles quebrara as patas enquanto os outros três corriam desordenados como se quisessem dar cabo da disputa. As coisas pareciam confusas para os apostadores, e Mirta perguntou à *Massima* quem decidiria a questão no caso de um empate.

— Somos nós. Nós sugerimos uma saída para o empate, somos as sacerdotisas de Roma e se salvamos o condenado que nos atravessa o caminho da Régia, muito mais essas pobres almas fadadas à escravidão.

Ao longe, o que se podia ver era o guerreiro de Mirta imóvel no chão, embora, de alguma forma, a reação da plateia naquela extremidade sinalizasse que restava vida. A poucos metros, o corpo negro e brilhoso do candidato de Cícero erguia-se, se agigantando ao lado do atleta de Domício Calvino. Estranhamente, mesmo distante, a visão focada de Mirta capturou a linguagem que talvez apenas os supersticiosos pudessem ver. Os *Optimates* abriam suas asas sobre a presa rendida, o que fez com que a gaulesa tivesse medo de suas premonições. Afastou a impressão e tratou de agarrar o pensamento sobre a frustação de seu escolhido. A sombra que se formava no chão, refletindo o homem de pé, prestes a aniquilar o opositor, denunciava a hora do dia. Exatamente meio-dia. Na metade de um dia, na metade de uma hora, seria levada a metade de uma vida pouco vivida. Mirta baixou a cabeça e suas amigas, acostumadas com as disputas romanas, riam da ideia preconcebida de uma companheira igualmente derrotada pelo calor da emoção. Mas se enganavam as patrícias romanas! Mirta invocava silenciosamente a vitória dos Populistas, partido que embora fosse o de César, de qualquer forma, seria o dela.

A espada resgatada pelo gigante negro brilhava ao longe, tanto quanto o braço que a carregava, prestes a atravessar o peito estirado de quem nem mais possuía a proteção de um capacete. A plateia se perguntava se seria a cabeça ou o peito do cabeludo o alvo do corte. Mas a mão astuta de quem fingia rendição prendera toda a porção de areia que os dedos conseguiam agarrar, e o homem, até então derrotado, jogou tudo sobre o rosto suspenso do africano e de salto se pôs em pé, como se alguém o houvesse erguido. Tirando da cintura o gládio romano, quem parecia vencido inaugurou a melhor parte do espetáculo. Uma reviravolta inesperada irritava as cordas vocais da multidão ensandecida, que àquela altura se debruçava além da proteção da arquibancada sem perder um só golpe dos homens. Mirta sentiu um imenso entusiasmo como se ela mesma vencesse a derrota encomendada. Não fosse o celibato vestal, certamente gritaria tanto quanto o povo de Roma. Marco Antonio, respeitando o impulso de seu gene e retalhando os protocolos, desceu os degraus que destacavam a nobreza da plebe — não perderia os detalhes empolgantes daquela batalha. Como se quisessem, os dois — convergidos neste único ponto — mostrar suas aptidões a quem de direito, os homens foram conduzindo a disputa de espadas na direção da tribuna de honra. Ora caindo pelos golpes, ora pelo tropeço desordenado das pernas. Já se podia ver o intervalo dos golpes favorecendo o descanso do outro. Diminuindo, pouco a pouco, a resistência de ambos. Era apenas a paixão movida pela empatia que induzia o gosto dos romanos, dividindo a afeição de duas almas entre o povo de Roma. Já não eram aurigas e sim gladiadores que entretinham a multidão insaciável de Roma. Sem o capacete que cobria inicialmente suas feições, o cabeludo candidato de Mirta era, sem lastro de dúvida, de origem gaulesa. Os ossos compridos do rosto ovalado sobressaíam uma barba comprida, e isso a fez sentir o peso da pátria banida invadindo-a de orgulho. Naquele momento, não importava para Mirta se seu escolhido viera da Gália repartida, se era averno ou aquitano, euveti ou éduo, se nascera ao norte, ou a oeste da Narbonense, estava diante dela, provavelmente, invocando os deuses gauleses tanto quanto ela e talvez a junção de dois pensamentos gauleses fora o que propiciou a derradeira estocada junto do tronco negro que, em poucos segundos, se encharcou de vermelho. O auriga gaulês ficara de pé, por pouco tempo, ovacionado pela multidão que o batizava de "Gall". O maior prêmio de todos era, sem dúvida, a paixão romana. O homem fora até o seu patrocinador ofertando--lhe a espada vencedora.

Mirta mal podia acreditar e suas amigas, menos ainda. Olhavam-na incrédulas e visivelmente desconcertadas com as galhofas de minutos atrás, jamais imaginariam a vitória de Mirta e menos ainda o que ela verdadeiramente significava.

Cícero sentiu-se ultrajado por César que, inerte, permitiu que a disputa findasse sem os cavalos, mas, sobretudo, pela destreza estratégica de cada oponente. Disse-lhe que, conhecedor das regras do jogo, gentileza seria declarar a vitória da equipa vermelha, antes que seu corredor chegasse à morte. Afinal, manter as equipas era um gasto no qual se esperavam lucros.

— Meu nobre Cícero, se fostes afeito às lutas militares, como eu, derrotando tantos resistentes, saberia que não se pode contra a força instintiva dos duelos.

A supremacia militar de César sobre o *optimate* era antiga e irrefutável, pois Cícero no posto de intelectual insofismável, mantinha-se protegido dos gládios, não obstante a batalha de insuflar senadores oligarcas contra César, dentro e fora do senado. Além disso, o incômodo de Cícero era tão somente o ditador, concorrente na retórica e na arte de persuadir. Mas a postura contrariada do senador perdedor logo deu passagem à intelectualidade que lhe travestia de pseudo-nobre. Cícero tinha origem plebeia, mas tornara-se figura respeitada pelo inegável talento na arte da retórica, pelo amor à poesia e à escrita. Estudou, não se sabia como, na estimada instituição de César, a Escola de Rhodes.

Por um tempo, César e Cícero, atraídos pelo talento em comum, mantiveram relação deveras cordata. Talvez porque vissem no outro a própria imagem refletida, como um espelho de virtudes raramente encontradas na aristocracia endinheirada de Roma.

Pouco durou a irritação deflagrada de Cícero, ao menos era o que parecia, pois as comemorações em favor do vencedor durariam dias na boca do povo e, mais uma vez, um senador populista era quem manteria a gente das ruas ocupada em adorá-lo.

Assim que os ânimos esfriaram, pelo menos na tribuna, encerram-se as cerimônias. O vencedor, nitidamente fatigado, ajoelhara-se no chão de saibro. Domício Calvino desceu da tribuna, adentrou a pista acompanhado de seus lictores e foi ter com seu vitorioso corredor — era o momento de figurar no imaginário coletivo! Pegou o pulso direito do guerreiro e o estendeu para o alto, enquanto a outra mão erguia a espada por onde escorria o sangue quente do adversário. A hora mais esperada e mais desejada do povo romano: a celebração da vitória; não importava de quem, o que eles queriam era sentir, ainda que através de heróis ensanguentados, o poder que se esvaía das massas, concentrado na cúria. Sabedores disso, os milionários senadores cediam alguns sacos de sestércios, alimentando-lhes a ilusão. Construíam a imagem de benfeitores, amigos da plebe e, consequentemente, credores dela.

"*Gall, Gall, Gall, Gall*"... era o que a nação reunida bradava para o vencedor.

Com a abundante concentração de escravos que os romanos traziam dos cantos mais inóspitos da Terra, o povo desenvolveu uma aptidão inequívoca em reconhecer estrangeiros. Sabiam que os traços natalícios do vencedor eram gauleses. Cada grito que liberavam em homenagem ao homem, significava, para Mirta, uma vitória da Gália. *"Quisera eu, os romanos conhecerem de perto as bravuras gaulesas"*... Mas esse era um sonho que Mirta provavelmente não veria em vida. As versões de César, bem como de seus pares enveredados pelos campos da Gália, eram demasiado apocalípticas em favor da superioridade bélica e militar dos romanos, e o povo, distante das verdades gaulesas, só sabia acreditar. Era uma das vantagens dos poderosos, esconder suas próprias mazelas na vilania dos inimigos.

    Depois que a multidão ocupou a pista, ovacionando seu novo herói, foi o momento de os nobres e religiosos se retirarem para o recanto luxuoso de suas moradas. Calpúrnia convidara os senadores e todo o corpo religioso para um banquete na *domus publica*, finalizando o dia festivo e fazendo o que César lhe pedira: aproximando de seus olhos todos os possíveis desafetos para que, então, nesta nova estada em Roma, pusesse fim aos rumores de conspirações. Ao longo da vida esse fora o jogo do qual César, via de regra, saía vitorioso. Para ele tudo tinha seu preço, especialmente as convicções. A guarda de César, os lictores dos senadores, dos sacerdotes e as vestais, logo atrás de seus efetivos protegidos, formavam uma espécie de caravana real cuja imagem, ao longe, povoava os pensamentos dos pobres fazendo-os pensar que valessem menos.

    Mirta não via a hora de voltar para o colégio, longe da presença de César e fora da obrigação de manter irretocável a personagem indiferente, mas seu desejo se realizaria somente muitas horas depois, quando milhares de cenas entre César e Calpúrnia, em sua bela mansão, preencheriam a memória da gaulesa. Até aquele dia, ela havia desfrutado da grata abstenção de frequentar a casa de seu amante, mas naquela tarde, Mirta não teria escolha. Seguiram imediatamente até a *domus publica*, pois ali mesmo tomaram ciência do convite e, como de praxe, não restaria a menor chance de se esquivarem do compromisso.

    — Mas, *Massima*, temos que render nossas companheiras... além disso, Felícia está adoecida e pode precisar de nossos cuidados — argumentou a gaulesa reservadamente com a tutora.

    — Mirta! Penso que não gostas de eventos sociais. Parece-me tão arredia todas as vezes que precisamos nos ausentar... até amanhã, tu não serás escalada para a vigília e Felícia receberá hoje a visita de rotina do médico de Subura. Embora saibamos que estamos protegidas por nossa médica particular. — Fábia Severo encerrou o assunto e foi tratando de conduzi-la para a liteira onde estava Agostina.

A *virgo vestalli* possuía um jeito fluido e enérgico de lidar com questões práticas e, por isso mesmo, raramente notava as silhuetas delgadas da vida. Talvez também pelo fato de se convencer do celibato e da devoção de Mirta, jamais relacionaria a resistência da moça em relação a César.

— Que tens Mirta? Ficaste contrariada com algo? — perguntou Agostina ao notar a quietude assombrando as feições da companheira.

— Contrariada... não, não, de jeito algum. Só um pouco preocupada com as menores e com Felícia. Não esperava que fôssemos demorar mais do que as velas da manhã.

—Acalma-te! Parece que tens um tesouro para zelar enterrado no colégio... — retrucou Agostina, acotovelando a gaulesa, zombando-a com seu jeito moleca de ser.

Mirta sorriu.

— Agostina... és tão divertida, não há preocupação que se agigante perto de ti.

— Preocupações são ninfas caprichosas tentando nos envelhecer antes do tempo. Além disso, devias estar animada, salvo engano, não conheces a morada de nosso pontífice — disse, fitando Mirta com um jeito natural de quem possui alma boa. Esperou resposta.

— É verdade, jamais entrei na *domus publica* — respondeu, e então liberou um sorriso reto, desfazedor de elucubrações.

A sensação na casa de César foi menos tensa do que pensara a gaulesa. Talvez pela beleza do lugar, o bom gosto da arquitetura dissipava o mal-estar de frequentar a casa onde vivia o pai de seu filho. Sentada na comprida mesa de mármore, Mirta estranhava suas emoções. César e Calpúrnia presidiam a cabeceira do banquete, sorrindo de quando em quando na direção dos convidados.

A decepção que as manobras de César causaram, dava-lhe força e uma impressão de superioridade, afinal, não partira dela o gesto de traição. Não obstante a falta que sentia de Rhodes e a incerteza de um futuro com ele, não obstante o medo — dissipado com o passar dos anos — de que seria descoberta, não obstante a saudade da Gália e de sua gente, a verdade era que em meio a todas as pessoas que circundavam o universo poderoso de César e todas as suas conquistas, Mirta sentia-se plena, inteira dentro da vida que havia escolhido em nome do amor. Já César, escravo do compromisso de dominar, suportava o cenho de quem há tempos se perdera da paz.

Poucos metros a distanciavam dos anfitriões e, de uma forma inesperada, a vestal das Gálias manteve-se grandiosa, destilando segurança no papel sacerdotal. César, observador que era, surrupiava a imagem de Mirta tentando desvendar a altivez e a indiferença que a tornavam distante, mas conhecendo o brioso gênio da amante, já arquitetava oportunidade a sós. Os guisados de pato selvagem cobertos com suco de mel e laranja chegaram, cobiçando paladares, e as vestais se entregavam, assim como os demais, às delícias produzidas pelos melhores cozinheiros do império. César e Calpúrnia, apesar da notoriedade e influência, evitavam festividades volumosas, eram discretos e preferiam abster a casa de gente bajuladora. Contudo, a predominância dos Julius avolumara-se além terra, exigindo de ambos a reformulação da castidade doméstica, embora continuassem restringindo ao máximo a frequência, vez por outra abriam as portas aos mais renomados homens de Roma. Na presença dos sacerdotes e sacerdotisas do fogo as coisas pareciam suaves, deixando a cabeça de César aparentemente focada nas ações religiosas. Gneu chegara preenchendo a casa de boas novas: Roma estava em festa e por muitos dias a notícia do herói gaulês distrairia a plebe dos assuntos incômodos do senado.

— Amigo Gneu, junta-te a nós e divide tua vitória assim como dividiremos contigo o prazer das refeições — disse o anfitrião, esperando que a visita tomasse assento confortável.

O senador vencedor era simpático, deixava passar pelos gestos másculos os traços de gentileza e perspicácia. A afinidade com o ditador era antiga e seria assim até os dias finais de César; Gneu era reto e firme nos propósitos Populistas, por isso sua figura se confundia com o próprio carisma. Era conhecido e aceito pelos romanos, colhendo os frutos da aceitação nas colinas onde se concentravam a gente mais humilde de Roma.

Destilando um humor sarcástico usualmente liberado entre os íntimos, o anfitrião dirigiu uma de suas estocadas a Cícero.

— E Cícero... não quis fazer-lhe companhia no caminho para a Régia?

— Amigo César, sabes que a derrota é coisa indigesta para os que contam antecipadamente com a vitória.

A galhofada corria solta entre os Populistas, não obstante a presença de alguns *Optimates* espalhados pelo salão. César, comprometido na missão de dissuadi-los da oposição, volta e meia se ausentava da mesa, fazendo presença entre os senadores oligarcas. Dali a poucos dias ele daria início ao assentamento de terras particulares, cuja extensão ultrapassava, e muito, o que podiam chamar de zona rural para o lazer. Sem utilização, um infinito contingente territorial mantido intocável pelo Estado, saturava, indiretamente, as colinas mais pobres de Roma com a população desfavorecida. Mas a camada abastada da nobreza resistia às ideias de César, assim como resistira ao ideal dos irmãos Tibério e Caio Graco.

Quando regressou à presença de Calpúrnia, o assunto versava sobre o treinamento e as despesas de Gneu para manter fortes seus corredores e este, por usa vez, convidava os presentes para unirem-se a ele na manutenção da maior escola de equipas de todo o Império.

— Penso em recorrer aos conselhos vestais na semana próxima, estimada *Massima*.

— Sabes que estamos ao dispor de nossos senadores, caro Gneu.

— Um numeroso lote de escravos robustos chegará em poucos dias, mas anseio o conselho dos deuses para saber se me será proveitoso arrematá-los de vez.

A tutora-mor ouvia pacientemente as ambições do senador, enquanto César, com aptidão de manter os ouvidos em vários pontos, mantinha o queixo suportado pelo polegar e o indicador, recostando o cotovelo direito no braço da cadeira, como quem sustenta uma taça. Foi então que Fábia Severo, sem saber, fez tremer o corpo de Mirta.

— Procure-nos o mais rápido, senador, assim faremos um sacrifício em favor de Vesta e ela nos indicará o caminho. Embora eu lhe garanta que hoje provastes que és querido pelos deuses. Alcançastes a vitória por intermédio de um gaulês... por Júpiter! Sabemos que os cabeludos não são gente em quem se pode confiar.

As derradeiras palavras entraram como punhais afiados nos ouvidos de Mirta. A altivez que há pouco carregava, se fez diminuta.

— Concordo com tuas observações, são traiçoeiros e rebeldes. Mas para isso eles servem, trazem no sangue amargo a rebeldia que nos favorece nesse ponto.

César, sentado à cabeceira, deixava correr a prosa sem interrupções. Como um expectador a reverenciar a orquestra, doou-se em silêncio.

— Desde que invadiram nossa urbi, há mais de trezentos anos, provaram-nos que não passam de um bando de saqueadores selvagens. Nem mesmo o templo de Vesta fora poupado. — disse Fábia Severo enquanto cortava uma fatia do pato.

A imagem irretocável da superiora, em quem Mirta depositava imensa admiração, desfazia-se como as dunas de areia no deserto, mudando seus sentimentos para domicílios incertos.

A unanimidade acerca da mediocridade gaulesa estancou o alimento recém-consumido nos portões digestivos de Mirta. Calada e sem libertar qualquer movimento, se viu como no dia em que acompanhara d. Ismênia à feira. Lembrou-se da criança gaulesa lhe implorando pão. Os passos que a distanciavam de César eram suficientemente curtos para que ele ouvisse seus pensamentos. Como um treinador que prepara o guerreiro nas artes da guerra, o ditador investigou meticulosamente a respiração da vestal gaulesa. Mas Mirta respondia plenamente aos anseios maquinais de César. Convencendo as vistas enganadas de sua imparcialidade, mantendo-se suave na arte da encenação. Embora ferida como um animal capturado pela armadilha camuflada de folhas secas, susteve a revolta aplaudindo a si mesma. Naquele dia, parecia que os deuses gauleses incitavam o destino a provocar o amor de Mirta, por isso fora chamada à baila.

— Mirta foi a única vestal a apostar em seu quadriga senador, mas contou também com meu apoio — disse Severo, orgulhosa da pupila.

O homem arqueou as sobrancelhas erguendo a taça na direção de ambas em forma de agradecimento e, reverencioso, arrematou o gesto provocando a manifestação vestal.

— Não é de se estranhar. Corre a bocas pequenas a precisão premonitória da vestal Mirta, decerto percebeu a ferocidade do candidato. — e dizendo isso, o senador invocou o comentário da sacerdotisa.

Aquela era, sem dúvida, a deixa para Mirta elevar os brios de sua gente. Uma dívida moral com Belisama e Danu, com os espíritos celtas que jamais se afastaram dela. Por isso decidiu surpreender.

— Em verdade, fora um aspecto primitivo que impeliu minha escolha.

Quando notou a força que estava por trás de suas primeiras palavras, César temeu o curso do rio. Se Mirta cruzasse o Rubicão que separava a dignidade de seu povo da soberba romana, num piscar de olhos sua origem poderia ser questionada. A amante de César estava na eminência de amarrar-se numa luta partidária.

— Primitiva? Vestal Mirta, queira nos dar a honra de tuas observações...

Assim como o interlocutor, os demais convidados aguardavam intrigados pelas elucidações da vestal.

— Quando o guerreiro gaulês passou abaixo de nós, uma característica crucial o diferenciou de seu oponente... Então, eu soube que seria o vencedor.

Gneu ouvia a fala suave de Mirta como numa aula. Pediu que a gaulesa continuasse e lhe explicasse melhor o que vira e como um ato ensaiado por forças que não podiam ser vistas, a música ao longe de súbito cessou, obrigando as mentes mais dispersas a ouvirem a fala da vestal. A expressão recatada da gaulesa contrastava com o som rouco de uma voz ancestral.

— Ao contrário do escravo negro que agarrado num chicote feria brutalmente o lombo de seus dois puxadores, o gaulês utilizava somente as rédeas que o ligavam aos alazões. Sem feri-los com a ânsia da vitória, criou com eles o elo que a natureza tem com o homem, qual seja de servi-lo naturalmente, respondendo a seus instintos e à força que deles emana. O mesmo acontece quando estabelecemos laços de confiança entre nós, ganhamos uma relação fiel e verdadeira, da qual nasce a vitória. Quando queremos apenas o controle, provando domínio sobre algo, nos perdemos, cedo ou tarde.

Um silêncio sepulcral se instalara no grupo, fazendo-os refletir sobre o que motivava o pensamento romano — poder e domínio. Então, quebrando um pouco da atmosfera contemplativa que ofendia a consciência de muitos, Calpúrnia intercedeu diretamente no diálogo referindo-se a Mirta.

— Fora sua criação em Pompeia que a permitiu notar sutil estratégia, vestal Mirta?

Durante todos anos na vida sacerdotal, era a primeira vez que a mulher de César lhe dirigia a palavra, como se tivessem alguma intimidade. Mirta fitou diretamente a face de Calpúrnia, e o fazia com desconforto velado diante da madureza seca daqueles traços.

— Ah, sim... a natureza é abundante em minha região, o que diferencia meu olhar daqueles que nasceram entre as pedras suntuosas de Roma. — e continuou fitando Calpúrnia à espera de novo comentário, mas tal não ocorreu. Então, voltou-se para a refeição.

— Pois está acertado, daqui em diante proibirei minhas equipas de açoitarem os equinos, nossas sacerdotisas decerto têm muito mais a nos mostrar do que supomos. Já me dizia outra noite o amigo Metella que estamos colhendo o melhor de todos os tempos, desde que a deusa do fogo escolheu suas primeiras guardiãs.

O rubor orgulhoso da sacerdotisa-mor pincelava sua face, preenchendo a fisionomia garbosa. Por sua vez, César tentava decifrar a última frase de Mirta como um quebra-cabeças unindo as expressões "controle" e "domínio", palavras nascidas especialmente para ele. Esse era o ponto que os uniu e agora, os separava. Mas por quê?

CAPÍTULO XXXII

O Spolia Opima

Roma nunca vira um desfile como aquele. Um espetáculo a céu aberto. Os despojos e tesouros dos inimigos de César passavam diante do povo que acreditava dominar todo o mundo. A Via Sacra se fazia nobre, como um extenso tapete vermelho, por onde a quadriga de cavalos brancos seguia conduzida pelo lendário Júlio César. Mais de mil soldados e centuriões espalhavam-se em três fileiras intercaladas pelos prisioneiros de guerra, dentre eles, Vercingetórix. Submetido a seis longos anos de prisão, o guerreiro gaulês arrastava uma espécie de plasma da alma. Como um vinho encorpado, acomodado num canto úmido da adega, teve de esperar longos anos até o momento em que seu inimigo degustaria o sabor da vitória aplacada sobre ele.

Outro troféu feminino, Arsíone — a irmã de Cleópatra — não fora poupada como a rainha do Egito. Levada num carro em estilo egípcio para que não houvesse dúvidas de sua nacionalidade. Para não despertar o mau gosto do gesto nos partidários de Pompeu, César decidira poupar o público das cabeças dos *Optimates* capturados em Farsalo, como também na batalha última, em Munda.

    O povo corria na direção do ditador ovacionado como *imperator*, não só dos soldados como daqueles que se orgulhavam de ter um líder invencível. O rosto impactante de César em contato com a gente de Roma unia-se como o ímã e o metal. Naturalmente enlaçados pelas forças da atração. Não havia na Terra nenhuma chance de arrancar daquele homem seu momento de glória, como não há nem nunca haverá um meio de dessalgar toda a água dos oceanos. A cada dia o povo se convencia mais e mais de que Caio Júlio César era, de fato, descendente de Vênus. Um semideus!

    Nas escadarias do senado, fora construído um tapume suficientemente nobre para os aristocratas. O som dos tambores militares anunciando a passagem do ditador, misturado ao falatório da multidão, compunha o cenário de euforia pretendido. Mirta e suas companheiras aguardavam impávidas a chegada do astro. Ela sabia que Vercingetórix saíra da masmorra naquela manhã e que em poucos minutos seu corpo magro e anêmico facilmente se renderia às cordas do enforcamento, causando furor na multidão sedenta por mortes. Os romanos não esqueciam a invasão gaulesa de mais de trezentos anos e pareciam insaciáveis quanto ao desejo de vingança sobre o povo de Mirta. Quando despontou no início da via, a imagem de César revirou o interior da vestal estrangeira, e o misto irrevogável de amor e repulsa voltou a assombrá-la.

    O tórax estufado do homem aportava todo o orgulho de uma nação, no mesmo instante em que o povo de Mirta — na pessoa de Vercingetórix — se reduzia ao nada no meio daquela gente que nunca seria a sua. Uma súbita palidez lambeu os lábios da gaulesa e foi Felícia quem notou o mal-estar alojando-se no rosto da companheira. Segurou-a pela cintura num reflexo rápido, de modo que o auxílio prestado não despertasse a atenção dos sacerdotes. Fez sinal para que Idália requisitasse o olhar da *Massima*. A fala baixa e discreta da superiora aproximou-se de ambas e saiu como um sussurro.

— Que houve, Mirta? Estás pálida como o teu véu.

A verdadeira explicação ninguém ouviria de Mirta, mas era preciso justificar o episódio.

— Sinto-me fraca, *Massima*... creio que não terei condições de manter minha presença dentre vós.

Felícia intercedeu em seu favor.

— Mirta está gelada, *Massima*, talvez tenha que repousar para que não caia diante dos sacerdotes.

— Leve-a até a liteira, Felícia, talvez seja melhor solicitar a presença de um médico. Mas faça isso o mais discretamente possível, não quero que tiremos a atenção da Spolia.

Então a substituta de Fábia Severo foi até o Colégio acompanhando aquela para quem havia aberto a guarda, embora Idália tivesse mostrado a intenção de acompanhar a amiga, a própria Felícia fizera questão de prestar-lhe socorro. Mirta agradecia a Belisama por poupá-la mais uma vez de ver a Gália sucumbir diante dos romanos. A gaulesa convenceu a sobrinha de Sula a voltar para junto dos sacerdotes e da *Massima*, para que não dessem falta das vestais. Felícia exigiu que uma das criadas permanecesse na presença da enferma e só depois de se certificar da melhora de Mirta voltou para junto das outras. Àquela altura, César já havia notado a ausência de sua amante, contrariado, mas engenhosamente pleno diante dos protocolos da vitória.

Alguns dias se passaram sem que os compromissos vestais exigissem a presença de Mirta junto do pontífice. O mal-estar nascido no dia dos despojos de César prolongou-se por mais tempo, propositalmente. Ela podia se manter fiel ao papel de sacerdotisa do fogo e de nobre romana, mas não ao de amante partidária.

A visita de Calpúrnia

Já era noite quando Mirta e as companheiras reuniram-se no claustro para que a vestal Silvia tocasse um pouco da lira. O portão da entrada se abriu como se a autoridade de algum sacerdote viesse logo atrás do vácuo atmosférico. Mas o adiantar das horas dificilmente traria presença masculina para o colégio. Quatro criadas muito bem vestidas antecederam a chegada de Calpúrnia, invocando imediatamente a presença da tutora-mor.

— Que bons ventos a trazem para junto de nós, estimada Calpúrnia? — rompeu Severo, se aproximando da visita afetuosamente.

— Preciso falar-lhe a sós, Severo.

A voz polida da mulher arrematou-se com um rápido olhar na direção de Mirta. Fábia Severo a conduziu ao escritório oficial um tanto intrigada. No pátio da casa, um coração galopante estremeceu, levando a recente paz com a qual Mirta não podia se apegar.

— Severo, não te ofendas se peço uma promessa de discrição, não obstante teus votos vestais...

— Jamais... não me ofendes Calpúrnia, reconheço em tua fala uma angústia sufocada. Diga-me como ajudá-la.

Havia um olhar apreensivo em Calpúrnia, como se duvidasse da decisão de ir até a morada das sacerdotisas.

— Confias na vestal de Pompeia... digo, acreditas que ela é digna de nós?

A tutora-mor estranhou a pergunta, mas respondeu assertiva que confiaria a própria vida à Mirta.

— Então peço que deixe-a ir até a *domus*, assim que as outras sacerdotisas se recolherem para o descanso e assim, não despertar a curiosidade das outras. Sei que Mirta curou Felícia, o médico de Subura até hoje não sabe dizer como, por isso creio que ela poderá nos ajudar.

Se Calpúrnia procurava os dons de cura da vestal Mirta, exigia também que viessem com a dose exata de discrição, por isso Fábia Severo considerou prudente não adentrar o mérito da solicitação. Dali a pouco diria a Mirta que fosse até a morada do pontífice. A esposa de César saiu pela porta da frente após um quarto de hora, deixando a gaulesa inquieta. *Teria ela descoberto sua verdadeira história?*

A tutora tratou de mandar as sacerdotisas para a cama alegando a abundância dos compromissos do dia seguinte, não queria que a mulher do pontífice esperasse muito tempo por Mirta. Bateu à porta da vestal curandeira pouco tempo depois.

— Minha filha, tens uma incumbência. A verdade é que nem eu mesma saberei elucidar essa missão que evoca tua presença, mas precisam de ti na *domus publica*.

Pelo tom na voz da tutora, Mirta notou não se tratar do desvelo de seus segredos, mas a incomodava a ideia de estar na casa de César e, ainda, a pedido de Calpúrnia. Fatalmente a presença do amante a afastava do anonimato.

Ao chegar na mansão do pontífice, Mirta foi recepcionada pela própria Calpúrnia, que reconhecia o caráter inusitado de seu pedido.

Caminhando lentamente na direção da vestal, portando um lindo vestido de seda azul-claro, tão simples quanto a maneira que a trança lhe prendia os cabelos, a mulher de César aproximou-se da convidada gentil e reverenciosa.

— Vestal Mirta, peço desculpas se interrompo teu descanso. — então a conduziu até uma das largas cadeiras no salão principal. — Mas desde que soube de teus dons, procuro um jeito de pedir que interceda por meu marido.

Mirta sabia exatamente onde a preocupação de Calpúrnia se instalara — o *malum* de César.

— O pontífice sofre há muitos anos com uma doença da qual nenhum homem o curou. Talvez por isso, ele mesmo tenha pensado em entregar a ti uma esperança de cura. Já tentamos de tudo e com o tempo... só piora.

Quase não se podia ouvir a voz rouca de Mirta ecoar pela morada silenciosa do pontífice e talvez, aquele fosse seu desejo de eximir-se de qualquer palavra vã garantidora da personagem vestal.

— Farei o que puder...Mas preciso que me digas mais sobre a doença...

Calpúrnia a interrompeu.

— Ele mesmo lhe dirá, embora custe adentrar o assunto com estranhos. Contudo, creio que poderá contar com a ajuda de uma filha de Vesta.

A mulher fez um gesto suave com a cabeça invocando a presença de um dos criados que levariam Mirta até César. Por se tratar do próprio pontífice, a anfitriã mostrou que não acompanharia a vestal custodiada ao sacerdote-mor. Além disso, César exigira privacidade para tratar do assunto com a vestal.

Poucos segundos distanciavam Mirta do quarto de seu amante. Seguindo o passo suave do criado, a vestal fez questão de puxar o véu mais abaixo da testa, num gesto involuntário de defesa contra aquele que manipulara sua vida bem diante de seus olhos. Então, mais um detalhe indesejável reuniu-se ao mal-estar da gaulesa, assim que a porta se abriu: o cheiro seco de linho e pinho. Sentado ao lado da cama, junto de uma pequena mesa de apoio para os escritos pessoais, o ditador perpétuo de Roma aguardava a visitante pacientemente, e os olhos maduros que viam o passado de Mirta sentiram o impacto daquela presença. Pela primeira vez na vida, César não sabia como agir. Não tinha um plano dentre o "plano de proteção". Havia algo de errado com ela. A maneira como se esquivava dele, o olhar frio que lançara para dentro de sua íris no dia em que se preparava no Templo de Júpiter para o Spolia Opima... Mirta havia pintado seu rosto com o sangue de um boi abatido em sacrifício, mas deslizava as mãos frias sobre a face do amante como quem passava as mãos sobre os lençóis da cama. Tantas sensações os envolviam no quarto que era dele e de Calpúrnia. Tanto para dizer e nenhuma aptidão para tal. César detestava a maneira silente da gaulesa castigá-lo, talvez porque fosse um reflexo dele mesmo em suas táticas de guerra, ou simplesmente por considerar-se grande demais para o amor que existia entre eles. Mas ali estava ela. Obediente. Imbuída da persona vestal, e longe, muito longe daquela que um dia foi dele.

— Agrado-me com sua presença, vestal Mirta. — e foi se aproximando dela como se precisasse tatear sua respiração.

— Sua esposa rogou minha presença, honrado pontífice. — a cabeça baixa de Mirta se recusava a levantar e trocar qualquer sinal de intimidade com ele.

César levantou o véu de modo que pudesse olhá-la de frente, então certificou-se de que dentro daquele corpo havia uma estranha. Fria, como se nunca o houvesse tocado.

— Diga-me, sem rodeios. O que houve? Por que foges de César como se existisse tal possibilidade?

Como uma rajada de vento que adentrava uma humilde cabana revolvendo a palhoça, a voz de Mirta partiu na direção de seu amante com força suficiente para que apenas ele, no mundo que os cercava, pudesse entender.

— Diga-me tu, ó divino e sacro pontífice... Diga-me, filho de Júpiter, se pode ver Juno velar a morte de teu filho Marte.

Era isso! Mirta havia descoberto que Rhodes estava vivo e com o instinto mais primitivo dos gauleses, lançara a César uma pergunta chamando-o para a linha de combate. Foi a primeira vez que o general se sentiu desarmado, porque os argumentos tão justificáveis que lhe eram comuns nas grandes batalhas restavam nulos diante da mãe de seu filho. Por mais improvável que se pudesse imaginar estava, sim, Júlio César, vulnerável a uma camponesa gaulesa cuja única arma se bastava na força com que as palavras eram desferidas. Era próprio das mães lutarem pelos filhos e César o sabia, simplesmente por ter sido criado por uma grande mulher cujo pulso firme o tornou maior do que ele pudesse supor. Mas a respiração de Mirta era ainda mais pungente do que o instinto materno. Como fazem os pintores em busca de um novo tom misturando os pigmentos de tinta, o amante de Mirta tentava decifrar não só o olhar daquela que o confrontava, mas também buscava dentro si um jeito particular e natural de se impor diante dela.

— Foi a decisão mais acertada... — o poderio de César não sucumbiria a ela, ainda que Mirta o fitasse como o próprio fogo de Vesta, tilintando na lareira. — Esta era a maneira mais certa de protegê-los.

O tom resignado e militar de seu amante aumentou a revolta da gaulesa. Definitivamente nada o faria admitir que rompera o laço que os atava: a confiança. Além disso, a facilidade de lidar com a indignação exposta visceralmente a fez desferir um sucedâneo de intempéries com os quais ele não costumava lidar.

— Pensas que és dono do mundo, César? Pensas que os deuses cerram os olhos diante de tuas manobras humanas... que o vento sopra na direção de teus desejos desenfreados como se nenhum outro desejo se opusesse aos teus? Pois te digo que se teu deus

Marte tem mesmo a espada na qual os romanos confiam a glória, há de ceifar a obsessão que tu tens de dominar.

As palavras de Mirta soaram como uma maldição e César precisou de alguns instantes para que o pensamento sagaz processasse aquela cena. Mas logo tomou as rédeas da respiração que teimava em afrontá-lo.

— Como ousas falar desta maneira com César? Sabes que agora mesmo planto a insolência sobre tua figura e lanço-te fora de Roma, então nem a promessa de viver com Rhodes lhe será ressalvada. — e segurou o braço de sua amante entre a vontade de domesticá-la e o desejo de abraçá-la, para que ainda naquela noite fizessem amor sobre o manto das desculpas que nunca lhe daria.

O impregnado perfume de pinho parecia insistir em tirar o foco de Mirta, embora a revolta sufocada se avolumasse com o contato austero das mãos de César sobre seu corpo. Em meio ao ódio e à decepção, a porção feminina da gaulesa mareou seus olhos, tornando as atitudes do ditador ainda mais implacáveis. A voz sufocou. Saiu baixa e tristonha, como se a reduzida capacidade de ser rude perdesse espaço na natureza doce daquela mulher.

— Nada temo, César... o medo é para aqueles que podem perder. Há anos pactuei com um homem que amei na Gália, mas ele se foi no mesmo dia em que os deuses deram a vida ao nosso filho. Carrego a cabeça mais leve do mundo pois cumpri minha senda, minha palavra gaulesa. Já tu...

— Será que não consegues ver? O que fiz foi para o teu bem e a salvaguarda de Rhodes. Como sacerdotisa do fogo nenhum mal lhe acometeria, és inteligente, saberia livrar-te das artimanhas do destino. Rhodes estaria a salvo, noutro lugar, mas igualmente protegido por tutores e uma ama de confiança que o manteria cuidado e alimentado. Pensas com o coração de mulher e as têmporas de mãe... não sabes o que minha morte poderia causar na vida de vocês dois, se estivessem juntos. Logo os olhares de Roma ou a inconstância política lançaria seus corpos sobre o Tibre sem a menor resistência. — então, segurou o rosto da gaulesa com ambas as mãos fixando os polegares sobre os maxilares tesos. — Terás Rhodes no momento certo, creia em minhas palavras...

— Tuas palavras mascaram a natureza inconteste de teus atos. Tu não pertences a ninguém Gaius Iulius Caesar... somente ao desejo de manipular. De hoje em diante não responderei a teus chamados e lhe digo que não temo tuas sanções. Se fizeres algo com a família de Aventino toda a Roma saberá quem sou e teu reinado cairá sobre a máscara de pontífice...

— Ousas me ameaçar? Queres ver até onde vai a tolerância de César? — as narinas do ditador se abriram como as asas de um condor faminto e a voz baixa fez ranger seus dentes sobre a pressão da ira.

Mirta manteve-se fria como uma escultura de mármore e lançou-lhe o ultimato:

— Quero meu filho. Tens o poder com o qual dormirás todas as noites... em breve encontrarás a solução, pois és habilidoso na arte de formular grandes histórias. Tu és César, ditador perpétuo de Roma. És maior que Pompeu, quem sabe até maior que o próprio Alexandre. Podes tudo... exceto revolver o passado.

Os olhos de Mirta sequer piscaram ao pronunciar suas últimas palavras, deixando que a retidão de sua voz afastasse seu amante involuntariamente. Numa linguagem corporal imperceptível, César a fitou de longe como se quisesse capturar a nitidez inexistente de um quadro impressionista. Uma estranha se punha diante dele e parecia lhe trazer uma mensagem cifrada como as que são enviadas ao longo da vida quando se está distraído demais para notá-las. Pouco mais do que alguns segundos passaram até que Mirta puxou o véu na altura dos olhos e, sem mais, virou-se de costas para seu tutor como se fosse dele a vez de cumprir uma ordem. Saiu pela porta seguindo o criado que a conduzira e foi ter com Calpúrnia.

Disse à esposa de César que no dia seguinte prepararia um composto de ervas para que fosse usado todas as noites, a partir da primeira lua cheia até o fim de seu ciclo.

A mulher ouvia atenta às indicações, como se Mirta fosse uma autoridade a obedecer. A preocupação devotada de Calpúrnia abriu caminho na dureza desusada da gaulesa e a fez se enternecer brevemente.

— A mistura das ervas o fará sentir-se bem e talvez a doença recue, mas os compromissos de um ditador podem retardar os efeitos do remédio.

— Entendo... — Calpúrnia percebera que Mirta sugeria mais descanso do que trabalho ao pontífice, mas sabia que tal fato jamais ocorreria. César era como uma máquina cujo movimento independia de impulsos externos. — Faremos tudo de acordo com suas instruções, vestal Mirta. Creio que possamos contar com sua colaboração.

— Certamente, tens minha palavra.

A vestal curandeira voltou para a morada sacerdotal protegida pelos altos muros de pedra, sem saber de quantas luas precisaria para estar com Rhodes.

CAPÍTULO XXXIII

A Cabeça de Medusa

Assim que o crepúsculo caiu, Mirta iniciou mais uma vigília vestal. A noite começava em Roma trazendo um silêncio incomum. No Fórum, apesar do costumeiro movimento, tudo parecia estranhamente pacato como se o ânimo natural dos romanos, anestesiado pelo vento frio, os mandasse mais cedo para casa. Cláudia terminara o turno vigil nos moldes de sempre, recebendo a companheira e entregando-lhe a chave do templo, como faziam a cada troca de turno. Despediram-se com o carinho usual, desejando-se mutuamente uma noite tranquila. Mirta desceu até o reservado sagrado onde ficavam os sete objetos de Roma deixando niveladas as três velas da noite que marcariam a duração do plantão. Naquela noite, decidira limpar meticulosamente a estátua da deusa Palas, usando um preparado apropriado para a ancestral escultura: suco de limão, água da fonte Egéria e sal. A Máxima Vestal lhe dissera que há bem pouco tempo haviam limpado a deusa, mas Mirta lhe prestaria a homenagem para apressar a passagem do tempo. Apesar do justificado inverno, o templo, naquele início de noite, parecia-lhe demasiado gélido.

Palas de Atenas era imponente, justa como a consciência dos sábios. Uma deusa grega que provocava emoção peculiar na gaulesa. Talvez por ter vindo da terra que Mirta tanto admirava, das histórias contadas por César e, posteriormente, lidas no Colégio Vestal. Para ela, a Grécia era o próprio Olimpo, de onde saíam as mentes mais brilhantes de todos os tempos, uma nação no sentido mais puro e poderoso da palavra. A deusa viajante, sentada num pedestal de pedra, conhecia o interior e a vida de cada vestal guardiã sendo capaz de guardar para si o destino de todas elas. Mirta a fitara por um longo tempo, pensando nos caminhos da deusa até chegar à Roma, incumbida da proteção de todo um império. Se a estátua de Palas pudesse animar-se, contra quem empunharia a espada companheira de séculos?

As mãos de Mirta emergiram na tina de água fria, dando início ao trabalho de conservação. Nos últimos meses, apesar do afastamento que impunha a César, a alma de sacerdotisa embebia-lhe de glórias e garbos, fazendo-a sentir uma imensa culpa em relação às demais virgens vestais, suas companheiras e confidentes, que viam nela o que Mirta carecia para o celibato: castidade e nobreza. No fundo, o desejo desenfreado de limpar a estátua da deusa intentava a vontade de livrar-se do passado. Mas havia Rhodes em meio ao respeito aos deuses romanos, gregos e celtas. Em verdade, Rhodes era para ela o ser mais precioso de todos os mundos, o mais belo e mais poderoso de todos os deuses que Mirta já conhecera. Seu filho e seu presente. Rhodes era a Gália e era Roma. Ela o queria mais do que qualquer coisa, e mesmo que César tentasse afastá-los, uma força infinita a certificava de que estariam juntos muito em breve. Já se passavam três meses desde a última vez em que se viram. Antes de César voltar de Munda, a gaulesa tratou de inventar uma triste doença da tia em Aventino. Conhecendo os dons de cura da vestal, Fábia Severo exigiu que fosse conduzida imediatamente à colina. Foi então que pôde ver seu filho pela última vez, sem prometer-lhe nada mais do que amá-lo para todo o sempre, não importando o que acontecesse com eles dali em diante. Mirta segurou firme os dois braços magros do menino, abaixou-se em sua direção, consumando no fundo de seus olhos a devoção maternal ao sussurrar-lhe: "Não importa o que lhe digam, jamais esqueça que eu o amo mais do que os deuses podem amar". E recebeu em troca um sorriso tímido e convicto. Com o anúncio do retorno de César, tudo ficaria mais difícil e as visitas a Rhodes cessariam até que tivesse a chance de cobrar de seu amante o direito de ser mãe. Àquela altura ela já não sabia do que o ditador seria capaz e até onde seus planos de afastá-la de Rhodes o levariam. Mirta se via condenada em suas clausuras emocionais.

Agora, meses depois, na presença da deusa, irmã de Vesta, tentava espantar os pensamentos tortuosos, lembrando-se do trajeto do fogo sagrado. Quando a chama fora transportada de Atlântida para a Grécia, Héstia — o nome grego que originou o de Vesta — designou a Palas a incumbência de zelar por ela. Na Grécia, atuou como diretora das virgens e dos oráculos do Templo de Delfos. Palas era a imagem da justiça, a deusa da verdade vigente, a guardiã da moral, o quinto raio da verdade. Em Roma, recebeu o nome de Minerva, embora no sacrário do templo fosse chamada entre suas guardiãs com o nome originário. Inconscientemente, enquanto zelava pela beleza da imagem petrificada, Mirta travava com Palas um elo que a protegeria contra uma eminente injustiça e somente os olhos da deusa impediriam um fim trágico.

As nuances da deusa mudavam de cor conforme as mãos de Mirta espalhavam o preparado sobre a superfície fria de seu formato, e a claridade das tochas acesas do templo refletiam a forte beleza guerreira. Era um momento de descoberta entre as duas; Mirta ligando-se intimamente à figura da deusa, fiel irmã de Vesta, e Palas capturando para dentro das alcovas divinizadas o coração daquela gaulesa. A primeira vela da noite chegava ao meio quando o trabalho meticuloso terminou. Mirta se afastou a poucos passos da estátua a fim de desfrutar da nova imagem, mais iluminada e reluzente do que antes. E Palas de Atena parecia agradecer.

    Mirta subiu os poucos degraus que afastavam a chama sagrada dos objetos secretos, atestou o volume do fogo e descansou o pequeno ancinho de ferro ao lado da lareira. Sentou-se diante da chama pensando nos últimos dias. Diante de si veio a expressão ultimada de Vercingetórix e os olhos secos que se abriam sobre as ordens dos centuriões já marcavam a partida do averno, embora ninguém soubesse, nem mesmo César, o guerreiro das Gálias e filho de um nobre celta havia partido do mundo dos vivos, deixando apenas a carne aquecida como prova de sucumbência. Sua alma atravessara as barras de ferro da prisão romana que o encurralara por longos seis anos e voltara para as florestas frescas da Gália. Vercingetórix era grande demais para lutar por uma vida perdida, se despedira dela muito antes que os romanos o executassem. Não era o guerreiro das Gálias aquele que César enforcara como prêmio de guerra, era apenas a carne suspensa por um esqueleto arrastado até as multidões. Um ser inanimado, um resto de glória. Vercingetórix podia ser exposto, mas já não havia como ser visto no Spolia Opima.

    Absorta pelas chamas voláteis de Vesta, Mirta transcendeu. Viajou anos antes, e chegou ao centro da floresta allobroge, num sacrifício de festim entre os druidas e nobres gauleses. Sentiu o cheiro das árvores e do mato úmido onde seus pés descalços pousavam serenos. Lembrou-se do cheiro molhado das matas misturando-se à fumaça que vinha da aldeia. Uma lágrima materializou a saudade e a fez descansar os olhos do fogo. Aos poucos voltou a si, aos poucos voltou para as velhas pedras de Roma.

O som de sandálias raspando apressadas nas escadas do templo a deixou atenta. A imensa porta de madeira e ferro bateu forte, sobressaltando o ritmo do coração há pouco atenuado. Era Felícia.

— Mirta, depressa... é nossa *Massima*. Está mal e pálida, parece que se despede de nós, é preciso que nos ajude.

A mente agitada e confusa de Mirta fitava Felícia encontrando na companheira a mesma aflição que nascia de seu peito. Embora pudessem contar com o médico de Subura, da última fez que precisaram dos cuidados do homem quase perderam Felícia. Além disso, se Mirta fosse até a *Massima*, Felícia teria que ficar incumbida da vigília até seu retorno. De certa forma, as vestais atribuíam à Mirta a confiança nas doenças do corpo e a proximidade de seus dons as ajudaria até que trouxessem o médico.

— Ficarás aqui, Felícia? — indagou a gaulesa, afoita, passando a mão no manto negro que a protegia do frio.

— Por isso vim. Idália achou melhor que eu ficasse aqui enquanto esperam por você. Corra, é urgente!

Como num mergulho profundo, Mirta desceu as escadas do templo na direção da casa. Surrou o portão que se mantinha trancado pela hora da noite, lá se ia a queima da primeira vela. No Colégio, a criada abriu o imenso portão de madeira, assustada com a ferocidade dos murros de Mirta. Sem entender o porquê da cena, a simples mulher viu o desespero da vestal instalado na face a lhe perguntar: "onde ela está, onde está a *Massima*"?

— Em seus aposentos... — respondeu, numa balbúcia desordenada.

Mirta correu até o fim do corredor de arcos terracota e subiu os dois lances de escada como se fossem um só. Algumas vestais que se preparavam para o descanso, abriram as portas sem entender a corrida esbaforida da companheira e se puseram a indagá-la.

— Que houve Mirta? Por que saístes do templo? Mirta...

Mas a gaulesa respondia apressada que a *Massima* precisava dela, e levando consigo outras companheiras igualmente preocupadas, chegou até os aposentos da Virgo Vestal. Havia uma lei não formalizada no colégio, de não incomodar a tutora exceto em caso de vida ou morte. Todas sabiam disso, mas contavam com o motivo urgente de Mirta. A gaulesa foi adentrando o quarto onde imaginava encontrar a tutora em companhia das outras criadas e de algumas vestais. Mas Fábia Severo estava sentada na cadeira de carvalho e pousava um dos volumosos livros sagrados em seu colo, quando subitamente notou a presença das vestais em seu recinto íntimo. Levantou-se surpresa.

— Que houve? Que tens Mirta? Que fazes aqui? Quem olha por nossa chama?

Quando Mirta a viu disposta e serena, com a postura plácida de costume, sentiu-se petrificada sem forças para a fala. As moças a fitavam sem entender o olhar confuso da companheira. Logo atrás delas, vestindo um traje de dormir, vinha Felícia carregando em si expressão tão atônita quanto as demais. Foi então que a gaulesa notou a armadilha para onde a sobrinha de Sula a empurrara.

— Responda Mirta... acaso deixastes a chama de Vesta sem guarda?

— Felícia foi até lá dizer-me que estavas desfalecida nos braços de minhas companheiras... vim correndo ajudar... *Massima*. — mas Mirta sabia que aquele seria o derradeiro confronto com a falsa amiga. A partir daquele momento a vida de uma delas como sacerdotisa do fogo sucumbiria em poucos dias.

Encenando estupor, a suplente de Fábia Severo se fez surpresa. Negou a versão da gaulesa e lhe atribuiu imediatamente qualquer tipo de devaneio, ou falso testemunho em nome alheio. Mirta a olhou incrédula. Descrente da capacidade humana em tecer a maldade com riqueza de detalhes e na peçonha de Felícia, mal podia crer no plano nefasto da vestal inimiga. Tantos meses se esforçando na mantença de um afeto fictício, para, enfim, materializar a infame estocada nas costas da curandeira. Fábia Severo, sem entender o arrobo de Mirta pedia-lhe explicações, do *"por que havia deixado a vigília?"*, mas a gaulesa só sabia repetir a versão negada por Felícia enquanto esta convencia a todos do devaneio de sua presa.

Agostina e Idália aproximaram-se do quarto, depois que notaram o burburinho. Sem entender muito bem do que se tratava, chegaram quando Fábia Severo cruzava o quarto a caminho da porta.

— Vamos para o templo, quero que me esclareça tudo isso diante de Vesta.

Felícia exigiu que fosse com a *Massima*, pois seu nome estava em jogo. Quando as três cruzaram o portão de madeira na direção da chama, o coração da gaulesa pulsava desesperado pois sua intuição sabia qual o alvo de Felícia: o fogo sagrado de Vesta! A maior de todas as obrigações vestais, o motivo sacerdotal das guardiãs estava morto na lareira sacral. Mirta rogou a *Massima* que acreditasse em suas palavras, repetiu mil vezes os momentos que antecederam sua saída e afirmou diante da face inimiga os fatos. Mas o sangue frio de Felícia fez supor que a gaulesa havia falhado na missão da vigília e por isso intentara todo um teatro contra uma companheira inocente. Incrédula e atordoada com a rapidez dos fatos, Severo se pôs a reacender as chamas de Vesta em meio as cinzas ainda quentes no fundo da lareira. Desesperada, exigiu que ambas saíssem e chamassem Cecília imediatamente, trataria do incidente longe do Templo, a morada sagrada de Vesta não podia sofrer com os destemperos feminis. Com a ajuda da vestal designada, a tutora-mor iniciou uma cerimônia chamada *Redire Ignis* — retornar o fogo — que em décadas como vestal, Fábia Severo jamais precisou utilizar. Aquela era a primeira vez que a superior e guardiã mor de Vesta, via sob seu comando jazer a chama sagrada de Roma. Tal situação teria de ser submetida ao Colégio de Pontífices, embora esta fosse a última vontade da *virgo vestalli*, era seu dever mostrar diante dos sacerdotes sua falha em doutrinar.

Cecília sugeriu que Severo escutasse a voz interior antes de traçar o futuro de Mirta e que consultasse os oráculos antes de sentenciar o destino da sacerdotisa. Fábia Severo saiu em silêncio, beijando a testa da prudente vestal. No pátio da casa, Mirta e Felícia aguardavam de pé a chegada da anciã. Cláudia, Silvia, Ádria, Idália e Agostina estavam no corredor se dispondo a ajudar no momento de agonia silente. Até as amigas de Mirta pareciam confusas, duelando entre o que a razão lhes mostrava e o coração emanava: a negação contundente de Felícia contra a palavra de honra da vestal companheira. Há meses Felícia fazia de tudo para estar ao lado de Mirta, lhe solicitando, tomando partido de suas ideias, deixando que tomasse seu lugar ao lado da *Massima*. Não lhes parecia falsa a tentativa de estreitar os laços com a vestal de Pompeia, tampouco crível que seu nível de maldade atingisse tal magnitude. Mas Agostina fora a única a duvidar; diante de todas as investidas falaciosas de Felícia, não se convencera da mudança abrupta do sangue dos Cornélius, a sobrinha de Sula era ardilosa, má, fria e calculista, e Agostina nunca se convencera do contrário. Mas o momento era difícil, tecer proposituras favoráveis a qualquer dos lados levaria a um futuro e eterno mal entendido, embora a amiga de Mirta sentisse fortemente a verdade saindo por sua íris, reteve os pensamentos.

— Mirta e Felícia — disse a tutora num tom austero e regular — vão imediatamente para os seus aposentos e só saiam de lá quando lhes ordenar.

Felícia se insurgiu.

— Isso é por demais injurioso... sou inocente e não posso submeter-me às infâmias alheias.

Fábia Severo a fitou de um jeito nunca visto antes e foi possível sentir o calor tomando posse de seu corpo maduro. Mirta, de cabeça baixa, agarrada na fé de seus pensamentos, dirigiu-se para o cômodo. Sequer trocou olhares com as amigas, não era justo envolver almas tão puras no combate de outras vidas que vinham exigir ultimato na vida de agora. Felícia havia enfrentado não só a

Mirta, mas também a Vesta, Palas e Belisama. Eram testemunhas impalpáveis que intercederiam em favor da verdade.

   Depois disso, o andar malemolente de Felícia a levou para dentro do quarto. Aquela noite seria a última na vida de uma das duas vestais, pois em breve a ira dos deuses expulsaria a pérfida presença do Colégio.

Sentada à mesa redonda, no salão da biblioteca, Fábia Severo sentia o peso do fracasso, não importando em quem recaísse a culpa do apagar da chama de Vesta, era ela a maior guardiã de todas, a Palas personificada e confiada pelos romanos. A Virgo Vestal mais sábia e por isso responsável e artesã na arte de polir as sacerdotisas do fogo. Fosse Mirta ou Felícia a guardiã culpada pelo grave incidente, já não importava. A verdade era o de menos no real mundo das cinzas jazidas. A gestão ilibada da *Massima* Fábia Rubia Severo restava como ferida aberta no mundo dos deuses e era isso que a fazia debruçar-se sobre o móvel secular, no recôndito da Casa Vestal, derramando lágrimas que jamais secariam. Com a cabeça deitada sobre os braços cruzados, lembrou-se do dia em que alcançou o posto mais sonhado, e lembrou-se das palavras de antigo Pontífice Quintus Caelius Metellus Pius: "*És agora a dona da casa e do fogo vestal, és virgo e máxima. És a luz maternal das casas de Roma. Toma tua missão e faz dela teu legado*". Lembrou-se das décadas que passara em companhia de moças desconhecidas, recebendo-as como filhas que não teve, e do carinho que dedicou a todas elas, na tentativa de trazê-las para a nova casa e mostrá-las a honra, e não o fardo, da vida sacerdotal. Fábia usava de disciplina e rigor com as pupilas, mas fazia por elas o que jamais recebeu em tempos de moça. Quando ingressara na vida sacerdotal, um erro qualquer das vestais era reprovado na varinha de sabugueiro ou na escala ininterrupta de vigília. Agora, minutos antes de redigir a mensagem indesejada ao pontífice, pensava se errara em dar carinho em troca da austeridade que ela mesma tivera de transpor. Com a pena respingando tinta no pergaminho, sentia o peso inequívoco da derrota.

Honrado e Sacro Pontífice

*É com pesar que rogo tua presença o
quanto antes em nosso Colégio.*

*Um infortúnio nos acomete. Sobre os olhos de Vesta,
uma de nossas filhas falhou na missão da chama.
Urge que apliquemos nossa própria sentença antes
que a fúria dos deuses recaia sobre Roma.*

*Com renovadas estimas,
Fábia Rubia Severo*

 Foi então que chamou a escrava e ordenou que mandasse dois escravos ao Colégio dos sacerdotes para que ainda naquela noite decidissem o futuro da vestal ofensora. Uma vela depois, três dos sacerdotes mais antigos vieram ter com ela. César estava fora da cidade, partira um dia antes com o objetivo de reconhecer terras a camponeses e tribunos da plebe, por isso, mediante sua ausência, teriam de encontrar a solução para o fatídico episódio protagonizado por Mirta.
 Enquanto isso, no quarto, a gaulesa chorava um pranto de dor e de ódio. Refaz mentalmente a rápida armadilha de Felícia diante da tola ideia do afeto recíproco nos últimos meses. Mirta subestimara pela primeira vez sua intuição e se culpava por isso. No fundo, uma voz interior lhe dissera que a *"lavanda não muda de cheiro, assim como não perde o lilás"*, mas preferira acreditar em seu invencível dom de cativar. Talvez tivesse cometido os mesmos erros de César, acreditando no poder irresistível de seus encantos. Talvez a estátua de Óstia, o prestígio entre os nobres, o amor das companheiras e da *Massima*, sem

que ela percebesse, subtraíssem sua visão enquanto a impregnavam de brio. Então, esquecendo-se da presença constante do mal, do ônus que a felicidade impõe, Mirta agarrou-se na docilidade fabricada por Felícia. E ruiu. Sem saber, naquele instante, o que as moiras da roda da vida fiavam no tênue fio de seu destino, a gaulesa rogou que Palas e Belisama enfim se unissem em prol da verdade, mesmo que a verdade de hoje justificasse as mentiras do ontem, rogou pelo direito de ver Rhodes mais uma vez. Agora já não sabia se César a apoiaria, ou se aproveitaria a oportunidade de vê-la morta e banida ficando com o exclusivo direito de conduzir a vida do filho que tiveram. Não sabia, nem sentia mais nada do mundo cruel dos ambiciosos romanos. Em meio a angústia de ser condenada à morte e ver seu algoz triunfar, Mirta viu deslizar pelo vão da porta uma pequena tabuinha que dizia: "acreditamos em você, Vesta há de proteger a verdade. Pensa no fogo que queima as infâmias de tua inimiga e crê na luz de nosso templo". Agostina e Idália assinavam a mensagem.

Foi como um náufrago agarrado num remo de galera que Mirta se apegou às palavras das amigas, um bálsamo em meio a iminência de um injusto e cruel banimento. Se considerada culpada, Mirta não seria expulsa do Colégio apenas, a morte era também uma das correntes que lhe assombrava.

No salão vestal, Severo reportava os fatos aos sacerdotes. Procurando sufocar qualquer sinal de parcialidade, manteve a narrativa fria e meticulosa. Os anciões repudiaram o que Mirta fizera, abandonando a chama sem saber o porquê. Mas havia também o direito de defesa da sacerdotisa acusada e, nos casos como aquele, onde a palavra de duas sacerdotisas se confrontava com a verdade, era preciso delegar aos deuses a decisão final. Os costumes supersticiosos dos romanos seriam os instrumentos sancionatórios, então, decidiram que o Áugure, intérprete da natureza, aplicaria o método investigativo entre as duas vestais. Na manhã seguinte, o destino das duas estaria a cargo dos auspícios divinos.

Capítulo XXXIV

A Resposta dos Deuses

Todo o corpo vestal circulava o *atrium* com os olhos fixos no centro do pátio. Recostadas nas pilastras greco-romanas, as amigas de Mirta rogavam aos deuses pela absolvição da vestal pompeiana. A manhã fria daquele fim do ano de 45 a.C. ampliava o suspense e a tensão que silenciava toda a casa. No interior do templo, Agostina entoava orações de Vesta em favor de Mirta e da verdade — ela nunca se convencera da simpatia repentina de Felícia, a quem aludia a imagem de Medusa, prestes a picar venenosamente quem se opusesse ao seu triunfo. Os olhos verdes e frios de Felícia, assim como os da mítica feiticeira, haviam petrificado o passado peçonhento nos últimos meses, mas Agostina fora a única a manter os olhos fechados contra o feitiço. Naquela manhã, seria preciso que as forças guerreiras de Perseu, o deus grego que arrancou a cabeça da Górgona do mal, viessem caçar mais uma das milhares de sementes que Medusa deixara na Terra.

O Áugure fora o primeiro a chegar no Colégio e exigiu solidão por um par de horas na aurora matinal. Rondou os dois tanques de água onde as carpas douradas moviam-se inocentes e faceiras, e jogou-lhes alimento antes que as duas vestais fossem levadas até elas.

Depois, mandou chamar os demais sacerdotes e vestais que seriam as testemunhas da vontade divina. Mirta desceu cabisbaixa e abatida, nitidamente tocada pelos dedos da injustiça, embora até então, tal nitidez viesse apenas dos olhos de suas amigas. Felícia foi a última a chegar, desfilando como uma rainha altiva até a presença dos superiores, carregando a vitória nos longos e loiros cabelos, mantendo a estratégia da verdade vil de encontro com a expressão derrotada de Mirta. E o fazia facilmente, porque as forças gaulesas da amante de César esvaíam-se diante das artimanhas maquinais da romana.

Tomado por um compromisso milenar, o Áugure exigiu que a *Virgo Vestalli* trouxesse até ele as duas acusadas — porque agora não eram mais sacerdotisas e sim suspeitas de um crime imperdoável, o apagar da chama sagrada de Roma. Abriu a lei tabular no capítulo referente ao direito sacro e leu os incisos sobre os direitos e deveres das sacerdotisas do fogo. No dedo anelar da mão direita, um dos sete objetos sagrados de Roma, o anel do rei Numa Pompílio, ostentava o rubi encravado no ouro maciço. Uma das exigências do cargo de intérprete da natureza era justamente essa, possuir o mesmo tamanho do dedo anelar do segundo rei de Roma. Agora, o áugure Augustus Romero Graco, que possuía os gens dos Graco era o portador do anel de Numa.

Um dos livros sagrados foi aberto aleatoriamente, o trecho no qual os olhos atentos do homem pousaram foi a mensagem que antecedeu o ultimato de Mirta e Felícia. A folha amarelada contendo os manuscritos da religião milenar dos romanos anunciou o porvir:

"... *então disse Eneias a seu filho: tu irás ao reino de Alba Longa e levarás minhas cinzas àquela terra, confiando-a em salvaguarda no templo de*

Vesta e diante da luz que protegerá os lares daquele povo, eu viverei sob a chama da verdade."

Começava a partir daquele instante a sentença de vida ou de morte da gaulesa vestal. A voz do homem penetrou nos labirintos da intuição de Mirta e como se ninguém mais, além de ela mesma e dos deuses estivesse ali, iniciou silenciosamente a invocação de seu juízo final. Fixou três cenas diante de si: a noite que conhecera César, o dia em que reencontrou Rhodes e a primeira vez em que pisou no Templo de Vesta. Os momentos marcantes que a traziam para a luz. Então, o áugure lançou o desafio aos deuses.

— As vestais Mirta Fraettellia e Felícia Cornéllius, acusando-se do crime imputado a quem deixa de zelar pela chama sagrada de Vesta, submetem-se aos auspícios dos deuses, para, a partir de agora, mostrarem aos olhos religiosos de Roma quem detém a verdade.

A prepotência de Felícia interrompeu a fala do homem.

— Sou sacerdotisa de Vesta há mais de duas décadas. É no mínimo desleal que os sacerdotes me submetam ao vexame de duvidar de minha palavra diante desta que adentrou nosso colégio praticamente na noite anterior.

Diante da indolência de sua suplente, Fábia Severo sentiu um rubor subir-lhe pelas pernas. Os ensinamentos de obediência e sucumbência em respeito aos sacerdotes pareciam nunca ter sido passados à sobrinha de Sula e por mais que rogasse tratamento diferenciado em relação à vestal mais nova, Felícia só fazia afastar de si qualquer possibilidade de ser ouvida. A arrogância tirava-lhe a credibilidade diante dos olhos experientes dos sacerdotes.

— Não há hierarquia entre os testemunhos vestais, a menos que estivesses sendo confrontada com a palavra de tua *Massima*, momento em que a ti seria imputada imediatamente a sentença a ser cumprida. — o homem liberava a fala austera que o distanciava imparcialmente de Felícia e de Mirta. Foi, então, que as instruiu quanto ao ultimato dos deuses.

— Quero que fiquem posicionadas nas extremidades do tanque das carpas. Aproximem-se na direção que julgarem melhor. As carpas irão ao encontro de quem está com a verdade.

Felícia insistiu, alegando que não seriam meros peixes que determinariam seu destino e, com isso, deixou que a autoridade do Flâmine Claudio Livius atravessasse a manifestação insurgente, tomando para si o partido do áugure.

— Cumpra a determinação de nosso profeta, se tens a consciência e a verdade junto de ti. Do contrário, não será preciso submetê-la aos desígnios da natureza. Serás sentenciada imediatamente por conta de tua insubordinação.

As sacerdotisas ouviram as palavras do Flâmine notando que, apesar do pouco tempo de sacerdócio, a autoridade religiosa lhe caía naturalmente. A voz forte e determinada de Claudius retumbou nos ouvidos de Idália, que se esforçava em volver a atenção para os momentos cruciais de sua amiga. Mirta parou diante do reservatório de água que abrigava os peixes de tons avermelhados, ignorando a atitude de sua inimiga. Cumpriu quase que de maneira autômata a ordem do sacerdote. Escolheu a direção contrária à porta dos fundos, onde o sol surgia e começava a invadir o peristilo da casa naquela hora da manhã. Ficou imóvel com os olhos cerrados e a cabeça baixa, sem liberar qualquer gesto que indicasse sinal para os peixes.

O tom dourado das nuances vermelhas que nasciam com o movimento das carpas, fazia com que os romanos atribuíssem a elas um status de nobreza, de proteção e de alusão ao fogo de Vesta, por isso eram criadas nos dois depósitos de água ao centro do pátio vestal. Eram as guardiãs silenciosas do colégio. Felícia posicionou-se diagonalmente, no ângulo por onde a criada alimentava os animais no início e no fim do dia; pensou que assim, certamente, os peixes iriam até ela. Houve um silêncio sepulcral no recinto. Nem a respiração das vestais nos corredores da casa podia ser ouvida. Os animais, em ambos os tanques se mantinham inertes, no fundo do reservatório, desconhecendo a obrigação de revelar a verdade. Os corações de cada um dos membros da casa suplicavam por sua candidata ante ao confronto vestal, e bem no íntimo da sabedoria sacerdotal de Fábia Severo, uma força lhe mostrava que Mirta dizia a verdade, mas eram as carpas que indicariam o caminho e o destino daquelas duas sacerdotisas.

Cada reservatório de pedra continha quatro peixes propositalmente, porque a soma dos peixes totalizava a idade em que as meninas eram levadas para a morada de Vesta. Desde que a casa fora construída, há quase sete séculos, milhares de peixes habitaram o pátio ajardinado de proporção retangular. Assim que um dos animais findava a missão, outro era trazido imediatamente para que a quantidade fosse suprida. No tanque oposto ao escolhido por Mirta, a primeira carpa se moveu lentamente em direção a Felícia, levando um sorriso mórbido aos lábios da suplente. Os outros sete animais permaneciam alheios às expectativas de todos. Mas a carpa foi até ela, deu meia-volta e cruzou o curto espaço em direção à Mirta, e então todas as outras fizeram o mesmo e, por uma estranha coincidência da natureza, no outro reservatório as demais carpas moveram-se simultaneamente no mesmo sentido, como se cumprissem uma ordem divina, ficaram na borda, olhando-a, reunidas como uma seta na direção da verdade.

Os joelhos de Mirta caíram em terra diante dos sinais dos deuses, e suas mãos pousaram na borda de pedra em sinal de agradecimento. Felícia gritou.

— Isso não é justo! Não é justo! Por que essa estranha tem tudo e todos, quando eu sou uma nobre romana e ela uma simples pompeiana? — os olhos estatelados revelavam a loucura que Felícia tentara esconder por tanto tempo, sua voz tomava uma proporção inapropriada e os sacerdotes acharam por bem intervir, ordenando que os lictores a tomassem pelo braço até que se acalmasse, mas a revolta e a contrariedade revelaram a natureza funesta da sobrinha de Sula.

— Estou fazendo um bem para nosso colégio tentando expulsar essa intrusa que a todos enfeitiça, Vesta há de me perdoar pois meu propósito é mais nobre do que qualquer um de vós.

As palavras ensandecidas, ditas em altos brados assustaram as vestais e Fábia Severo mal podia acreditar no que ouvia. Sentindo que o corpo ruía diante da decepção e da vergonha, a mulher desmaiou subitamente. Felícia foi imediatamente levada ao porão da casa, onde seria amarrada pelos tornozelos em companhia de água e pão, até que o *Pontifex Maximus* e o Colégio dos Sacerdotes, decidissem seu o destino. As companheiras de Mirta — julgando permitido o gesto —, foram abraçá-la oferecendo solidariedade. Cecília ordenara que trouxessem arruda para despertar os sentidos da *Massima*. Os ânimos exaltados aos poucos se acalmaram, e os homens fizeram menção de se retirar logo depois que Fábia Severo recobrou os sentidos. Apontaram a ganância e a inveja de Felícia como a causa de todo o infortúnio sofrido e disseram à tutora que seu trabalho impecável jamais seria posto em dúvida. Não era atributo dela nem de ninguém habitar o ardiloso terreno afetivo de mentes traiçoeiras. Nem mesmo os deuses eram capazes de carregar das almas doentes deste mundo a aptidão para o mal. Agora teriam de esperar o retorno de César para, enfim, sentenciarem o destino daquela mulher. Confeccionariam imediatamente uma mensagem rogando seu retorno, de acordo com o relato detalhado, o pontífice tomaria ciência dos fatos ocorridos em pouco tempo.

CAPÍTULO XXXV

César voltou da Hispânia em outubro, mas não se cansava das pequenas viagens ao longo da Itália, pondo em prática a lei agrária de sua própria lavra, que fora promulgada em 59 a.C. Finalmente, concretizava seus planos de reassentamento rural para oitenta mil pessoas, embora fosse preciso um grande estudo territorial para que tal feito se realizasse diplomaticamente. Era uma forma de retribuir o apoio que recebeu das províncias nas guerras civis, de reconhecer o esforço de seus leais soldados, esvaziar um pouco da Roma sufocada pelas insulas e tornar a Itália gradativamente independente de suprimentos importados pelas províncias estrangeiras. Se os eventos futuros não tivessem estagnado os projetos do ditador, anos depois, Cleópatra não teria atacado o estômago dos romanos.

A sudoeste de Roma, em Sena Gálica — Senigália —, César e seus homens, montaram um acampamento bem equipado com mapas da região e engenheiros que se orientavam com a ajuda de camponeses locais. A tarefa de distribuição de terras era trabalhosa e ele decidiu acompanhar pessoalmente os primeiros projetos, como fizera ao longo da vida, olhando de perto a materialização de seus feitos. Já era noite quando o mensageiro do Colégio de Sacerdotes chegou ao acampamento com a missão de entregar, nas mãos do pontífice, a carta de Deoclécio Marcus Último, suplente de Júlio César. De maneira bem sucinta, a narração dos fatos deixou as pupilas dilatadas do pontífice revelarem sua preocupação. Desenrolou lentamente o pergaminho, caçando o resto de tinta que revelava os episódios recentes ocorridos no claustro vestal e pensou imediatamente em agradecer aos deuses; não só por salvarem Mirta, mas também por evitarem sua exposição ao defendê-la, caso as carpas indicassem-na como culpada. César liberou o mensageiro e mandou que lhe dessem o que comer e um canto para dormir. Ainda no alvorecer, o homem levaria resposta a Deoclécio.

Nos últimos meses Mirta se afastou de César; o caso relativo a Rhodes abriu uma ferida entre os dois e provavelmente nem mesmo a natureza detinha maneiras de fechá-la. Mas César ainda a amava — embora mantivesse uma aspereza em sua direção como resposta às insubordinações da gaulesa, era com ela que desejava se deitar todas as noites. A cabana bem iluminada no centro das campinas da região dos Marche, abrigava um comandante pensativo. Implicitamente, a mensagem enviada pelo sacerdote deixava escapar o pesar pelos infortúnios na casa de Vesta e pelo sortilégio, utilizado por Felícia, para prejudicar a companheira de Pompeia. Agora, os religiosos de Roma deixavam a cargo do *Pontifex Maximus* a pena aplicável à sobrinha de *Lucius Cornelius Sula*.

Como uma maldição, a sina dos Iulius contra os Cornelius parecia desafiar décadas que testemunhavam o combate entre as duas famílias, da mesma maneira que o Tibre invariavelmente desembocava no Mar Tirreno, os interesses dos dois clãs, de uma maneira ou de outra, colidiriam em algum momento. Até que Mirta viesse com a força do vento da Gália apagar a fagulha que teimava em acender as labaredas dos Populistas contra os *Optimates*.

Sem que Felícia desconfiasse, sua perseguição à Mirta fez erigir todas as amargas lembranças de César contra a tirania de Sula. Vieram à tona o exílio que sofrera na juventude por ter se casado com Cornélia, a filha de Cinna, opositor ferrenho de Sula e amigo íntimo de Mário; os ataques sanguinários nas colinas de Roma, onde moravam os Populistas e colaboradores de Mário; a maneira sórdida de dominar a República sem o menor pudor de amedrontar àqueles que se insurgiam contra os *Optimates*. Tudo isso chegava a César junto com a mensagem do sacerdote, revolvendo antigas e amargas lembranças, junto da emboscada que a sobrinha do antigo oponente armara sobre Mirta. Então, por tudo que fizera e, mais ainda, pelo mal arraigado que trazia em sua natureza, ela receberia a sentença que César quisera para Sula.

Algumas velas depois, a caminho de Roma, balançava na bolsa do mensageiros um pergaminho contendo a penalidade de Felícia.

Capítulo XXXVI

O Monte Tarpeia

Uma cesta de pão e uma jarra de água tirada da própria bica, foram levadas até o porão. A criada abriu o alçapão e olhou para a penumbra por onde a luz do dia não penetrava. Na alcova, Felícia, sentada ao chão, causava um misto de repulsa e comoção. A criada que por tantos anos a serviu como a uma deusa, imaculada e nobre, a via segurando os joelhos encolhidos, de cabeça baixa e mal podia acreditar que estivesse viva. Assim, num primeiro momento, sentiu pena. Mas só até o olhar malévolo da vestal encontrar o dela. Para a mulher, que temia a frieza de sua expressão, Felícia continuava sendo uma patrícia poderosa e não uma vestal sacrílega. As sobrancelhas elevadas davam-lhe um ar de loucura e a voz recuada pelo desuso saiu cavernosa, amedrontando a serviçal.

—Aproveite a oportunidade de jogar esmolas a quem vale mais do que tu, mulher da rua, pois jamais encontrará momento como este na vida miserável reservada a ti. Saia daqui, criatura imunda! Saia! — gritou, chutando o prato com o pão na direção da criada.

No refeitório, as moças ouviam os gritos de Felícia, assustadas, como se um leão feroz pudesse fugir e atacá-las. A força negativa daquela voz causava mal-estar a todos, inclusive na *Massima*. Mirta não estava lá; pedira permissão para se recolher recusando o alimento matinal, assim como sua inimiga. As cenas dos dias anteriores a deixaram sem ânimo, sem as forças comuns que a acompanhavam desde menina até a trajetória romana, prejudicando seu poder de renovação. A recente sensação de ser castigada por um erro que não havia cometido, e o medo de ser jogada aos auspícios dos deuses romanos, a fizeram notar que era com o povo de Dannu que podia contar; nos momentos mais difíceis, era aos tutores da intuição gaulesa que recorria. E era justamente isso o que mais a abatia: questionar sua presença dentre os deuses romanos. Questionar o porquê de manter-se num papel, cumprindo obrigações que já não representavam o mesmo ideal — a vontade de estar com César —, quando era apenas Rhodes o dono de seu coração e a força que a impulsionava ao sonho de liberdade. Fábia Severo foi ter com ela na noite anterior e prestou-lhe solidariedade. Disse-lhe que no posto de tutora-mor dificilmente mostrava suas emoções mais profundas, embora sentisse que a verdade estivesse o tempo todo com Mirta, era terminantemente inapropriado afeiçoar-se a qualquer um dos lados quando a palavra de duas sacerdotisas estivesse confrontada. Apesar do carinho da *Massima*, era nítido, até para os mais distraídos olhares, o abatimento da tutora. Muitos anos de convívio a uniam à Felícia, e talvez, não pela vergonha diante dos sacerdotes, mas também pelo motivo conterrâneo que a própria Fábia desconhecia, uma sensação de dor arrastava sua fala. Ela sabia que o destino de Felícia estava fadado a um trágico desfecho, mas por uma questão de comiseração evitava o assunto.

Por conta da tensão que invadiu a casa, os sacerdotes dispensaram as vestais das solenidades públicas. Apenas a vigília se mantinha intocável no caminho das virgens.

Dois dias depois, a Virgo Vestalli comparecia ao Colégio de Sacerdotes, para uma longa conversa com o pontífice.

— Se admitirmos a sobrevida de Felícia, premiaremos suas más ações, exemplificando para as outras vestais o modelo inadmissível das guardiãs de Vesta. Sei que tomas para si, como uma derrota, o crime de tua suplente. Mas não há nada que possamos fazer quando a alma nasce na direção das trevas. Fizestes teu papel, Severo, não te sintas culpada.

Enquanto assinava as determinações formais sobre a sentença de Felícia, César deixava à mostra a aptidão em lidar com a morte.

— Então, pontífice, qual será a penitência de Felícia? — A tutora manteve a postura firme, como haveria de ter a voz suprema das vestais.

— Tarpeia. Será lançada do Monte Tarpeia.

Severo sentiu como se a sentença fosse dirigida à ela mesma. Esperava que o pontífice expulsasse Felícia do colégio, o que seria uma enorme vergonha para qualquer família romana. Ou até mesmo a pena capital, enterrando-a viva com alimento e luz de velas para que os deuses determinassem sua partida do mundo terreno. Mas o Monte Tarpeia... era a pena do *crimen incesti* das vestais mundanas, cuja virgindade se perdera nos braços de um desdenhoso qualquer. A vergonha máxima. Apenas as rupturas sangrentas dos votos e das honras vestais, costumavam lançar as sacerdotisas do monte.

— Felícia traiu toda a Roma, Severo. Não apenas a você e a vestal Mirta. Ao apagar propositalmente a chama de Vesta, apagou a proteção de todos os lares da república. Tem que sofrer os efeitos de seu ato, como prova de nosso respeito a *pax deorum*. Uma marcha fúnebre sairá da Régia na segunda vela da manhã, e quero que todos vejam que os privilégios das vestais têm seu preço.

A *Massima* deixou o colégio pensando na dura missão de informar a sentença de morte à Felícia, que se mantinha resoluta quanto ao jejum, aparentando as feições de uma fera. Uma filha de Medusa com a cabeça intacta.

Naquela manhã, antes de ir ao encontro do pontífice, Fábia recebera uma das criadas em seus aposentos. A mulher se aproveitava da chance para contar que foi Felícia quem armou o cerco contra Cineia, muito tempo antes de Mirta chegar ao colégio. O episódio culminou na expulsão da moça, mas a mulher disse que jamais pôde relatar à tutora o ocorrido, com medo de sofrer sanções, como as chibatadas por insubordinação. Felícia sempre deixara claro seu poder entre as criadas, manipulando-as e chantageando-as à sombra de possíveis delações. Foi isso que fez Fábia Rúbia Severo extrair do cargo que ocupava, as forças para vivenciar a cena que veria no dia seguinte.

Mirta sentiu um frio na espinha quando Agostina e Idália foram ao seu quarto lhe contar sobre a decisão do pontífice. Castigar Felícia com a morte! Era muito na compreensão daquela que havia sido o alvo de toda a maldade, mas que no fundo merecia muito menos o posto de vestal. As imprecações viriam como lanças em sua direção se Felícia morresse por causa dela. Então Mirta se desesperou... causando estupor em Idália e Agostina.

— Mas Mirta, se não fossem os deuses talvez tu tivesses o mesmo fim... foram eles que indicaram a verdade, então pudestes ser inocentadas. — Agostina falava um tanto boquiaberta na direção da amiga, como se a gaulesa não compreendesse a dimensão dos crimes praticados por Felícia.

Idália completou enfaticamente as palavras da companheira.

— Sabes que poderias estar no lugar dela? Acaso te compadeces com quem queria lançar-te às trevas?

Nenhuma palavra trazia a luz das justificativas, pois Mirta já não as tinha. Ela se perdera no propósito do plano de proteção, nas artimanhas de César, no futuro sacerdotal que se tornara insuportável desde que soubera de Rhodes. Então Felícia, que praticara todo o mal motivada pelo medo de ser substituída pelos louros de Mirta, que sonhara com o posto de Virgo, que expulsava qualquer uma de perto da *Massima* por pura insegurança e talvez por um amor materno do qual fora alijada ao longo da vida, seria lançada ao fundo de um precipício? Que fosse expulsa, mas não morta. Não era justo na concepção da gaulesa cuja trajetória falaciosa a todos enganara. Ela teria de falar com o pontífice.

Os passos corridos de Mirta foram até a *Massima*. Bateu ligeiro na porta da biblioteca onde o rosto sorumbático da mulher se perdia pela janela.

— Permissão, *Massima*, posso falar-te? — a respiração ofegante trazia também um pouco da energia que parecia perdida na noite anterior.

— Sim, Mirta, entre.

A gaulesa pensou bem antes de pleitear sua ida até a Régia. Mas sabia que Severo entenderia seu mal-estar ante a pena capital de Felícia, então lançou a súplica motivada pela culpa de tantas mentiras.

— Preciso falar com o pontífice... é urgente. Permita que eu vá até a Régia, pois sei que ele formalizará pessoalmente o ritual da morte de Felícia.

Alguns segundos antecederam a resposta na qual Fábia Severo procurava adequar suas obrigações aos sentimentos de mulher.

— Louvável minha filha, para nós que nascemos com a aptidão indelével de perdoar. Mas não funcionará com nosso pontífice. César é homem de uma só palavra.

Então, voltou o olhar para fora dando o caso por encerrado. Mas Mirta estava resoluta.

— Sei disso, Massima, e respeito as ordens de nosso pontífice, que é nosso tutor e senhor. Mas preciso contar-lhe algo que talvez mude seu veredicto.

Severo virou-se para Mirta intrigada, mudando a expressão abatida para uma espécie de sondagem.

— O que estás dizendo Mirta, acaso estás mentindo para nós? És culpada de algo?

O corpo imóvel e miúdo da moça se manteve firme, denunciando um segredo não revelado e inegociável.

— Tenho que vê-lo, *Massima*.

Fábia Severo a advertiu, dizendo que levasse consigo uma mensagem para o caso de César negar-se a ouvi-la. No entanto, dificilmente o pontífice fecharia as portas para uma virgem vestal, especialmente aquela.

Na companhia de dois lictores, Mirta foi até César, que àquela altura já havia chegado à Régia. Os escritórios com os documentos ritualísticos das vestais ficavam guardados perto da morada do pontífice, para o caso de precisarem consultá-los. Milhares de mensagens aguardavam para serem lidas e respondidas e os criados organizavam-nas por conta da relevância. A vestal ficou na liteira, embora estivesse muito próxima do Templo e da Casa Vestal, teria de aguardar suspensa e longe do chão impuro do Fórum. Mandou que a criada fosse informar ao pontífice de sua presença, antes de adentrar o escritório oficial. Poucos minutos depois, a mulher veio até ela, dizendo que o pontífice a aguardava.

Por dentro da construção havia pouca iluminação, embora o sol do meio-dia trouxesse luz suficiente para mostrar qualquer caminho lá fora, a umidade e o cheiro antigo dos papiros levou-a para os séculos passados. A porta do gabinete oficial estava aberta e ela pôde ver as instruções que César acabara de dar a seu criado pessoal para trazer-lhe água com limão, pois a poeira do documento recém-consultado havia invadido suas narinas. Ignorou temporariamente a presença da vestal que aguardava cabisbaixa com o véu cobrindo-lhe parte do rosto, depois dispensou a presença do criado e dos guardas. Atrás de uma larga mesa cuja madeira escura fazia reluzir a claridade proveniente da janela lateral, César recostava seu corpo na cadeira pousando as mãos entrelaçadas sobre o plexo solar. Mostrando indiferença àquela que vinha até ele, fez um gesto com a cabeça para que começasse a falar, e Mirta sustentou o papel de vestal nutrindo reciprocamente o distanciamento.

— Honrado pontífice, rogo que reconsidere a sentença de morte da vestal Felícia. — o tom baixo de sua voz repercutiu como o pedido de alguém que tentava, a todo custo, bancar seu orgulho.

Como se estivessem atuando numa cena pouco ensaiada, ambos se prenderam às falas pausadas, evitando que qualquer palavra mal empregada comprometesse seus personagens. A resposta veio em forma de questionamento.

— Tu duvidas dos sinais da natureza, vestal Mirta? — Se César soubesse o efeito de sua voz sobre corpo de Mirta, toda vez que pronunciava seu próprio nome, o repetiria muitas vezes até vê-la em seus braços. Mas a gaulesa era valente e, naquele momento, mais afeita aos princípios do que ao coração.

— Jamais, senhor. A natureza é meu norte e sempre será, mas até ela perdoa seus filhos. Depois de uma cheia o rio pode inundar as moradas, mas irriga a terra que se faz fecunda e produz mais frutos.

César apreciava a linguagem figurada, e assim como ele, Mirta a desenvolvia muito bem. Mas o momento entre os dois era tenso, ao redor do assunto central havia muitos sentimentos difusos, amordaçados, impenetráveis. Um embate, dentre os milhares que existiram entre os romanos e os gauleses.

— Pois lhe digo, sacerdotisa, que há terras onde a aridez nada permite crescer, ainda que o Ródano venha inundá-las. — e foi puxando a pena para perto de si com o fito de dar prosseguimento ao trabalho anterior.

— Aproveito tua presença para que leves à tua *Massima* as instruções da marcha fúnebre.

Foi então que uma ponta de intimidade fez o discurso de César perder a rigidez. Ela se aproximou da mesa, o fitou mais de perto e disse, com os olhos mareados: — Não podemos fazer isso... é demais para minha consciência". — então, ele se levantou e se aproximou daquela mulher de estatura baixa e alma nobre, e seguiu enrolando a mensagem enquanto sorvia um pouco da face que o tornava notívago e desejoso.

— Sou César e *pontifex massimus* da República de Roma, sou guardião das virgens vestais e da paz dos deuses. Ditador vitalício e inconteste das leis senatoriais. Minha palavra está dada e é irrevogável. Amanhã, Felícia Cornelius será lançada do Monte Capitolino, na beira da Rocha Tarpeia. Leve este pergaminho até Fábia Severo por ordem de teu tutor. — Então, voltou para trás da mesa, antes que a proximidade com o hálito jovem de Mirta o fizesse sucumbir.

As últimas palavras de quem suportou a autoridade masculina e briosa de César, o fizeram refletir pelo resto do dia.

— Inexiste *pax deorum* quando uma filha de Vesta carece de castidade e vive entre as imaculadas.

— *Mortem ad proditores! Mortem ad proditores!*[6]

O povo nas ruas gritava em direção à vestal traidora. Caminhavam junto à biga que a levava, cruzando a Via Régia. Alguns já a aguardavam no sopé do Monte Capitolino, pois a notícia da morte de uma vestal invadira todos os lares romanos. Acorrentada pelas mãos e pelos pés, a descendente dos Cornelius lançava-lhes seu olhar petrificado e amarelado, cuspindo na direção daqueles que a amaldiçoavam. O cortejo passava lentamente com o intuito de destilar as auguras da sacerdotisa delituosa. Atrás da biga, quatro soldados marchavam ao ritmo da batida una dos tambores, cujo som atravessava todo o fórum. Na *domus publica*, César absorvia o efeito vibratório daquele som, impulsionado por sua decisão. As vestais vinham atrás do corredor de soldados que as separavam de Felícia — teriam de testemunhar o fim daquela que rompera os laços com Vesta. Mirta mal podia suportar a pressão no peito, quando no fundo, antevia aquele fato como um futuro e trágico fim para ela mesma. Mas Felícia atiçava o povo, trincando os dentes na direção de quem a atacava, como uma fera faminta e selvagem provocando mais ódio na população. As matronas lançavam pedras de carvão em sua direção, em resposta às cinzas das chamas de Vesta que ela apagara. O véu já não compunha sua imagem, deixando que os antigos fios sedosos e loiros mostrassem a sujeira dos últimos dias. Não era mais a nobre patrícia romana e sim um objeto rejeitado por sua gente, a reles da qual pretendiam se livrar e apagar da história sagrada de Roma.

---

6. Morte aos traidores!

O atrito do carvão riscava-lhe a face, sinalizando sua condição humana, não de plebe, mas de coisa.

Do alto do Monte Capitolino, sacerdotes de Júpiter e áugures aguardavam a chegada da condenada. Todo o fórum romano podia ser visto de lá, assim como muitos olhares que vinham de longe convergiam naquela direção. Fábia Severo alimentava a figura de Virgo, impassível, estoica... como um soldado de Vesta.

Os soldados do Colégio Sacerdotal soltaram as correntes fixadas na biga, mantendo as algemas nos pulsos de Felícia, arrastando a criminosa na direção do precipício. Seria deles a incumbência de lançar o corpo vestal ao fundo do vale, pois em respeito às tradições sagradas de Roma, era vetado aos religiosos executarem mortes. De frente para os espectadores da cena, Felícia bradou:

— Levarei todos comigo até as trevas, e amaldiçoou os Julius até a décima geração.

Então, rapidamente, um dos soldados a empurrou da Rocha Tarpeia e foi possível ouvir as sandálias raspando a ponta do rochedo encravado na colina do Capitólio.

O monte de carvão incandescente no templo de Vesta estalava ferozmente, enquanto o corpo de Felícia ruía no encontro da morada última.

Capítulo XXXVII

Quinze de março do ano 44 a.C.

Um vento forte e inesperado bateu a janela do quarto de Mirta com tanta força que derrubou alguns objetos no chão. Era madrugada, e um silêncio absoluto assombrava o Fórum. A gaulesa, insone, levantou-se para fechar a janela. No alto das árvores viu uma coruja inerte, fitando-a penetrantemente. De repente, o animal enviou um gorjeio contundente e afiado em sua direção, e Mirta sentiu-se fraca como se não pudesse evitar os efeitos de seus pressentimentos. Imediatamente, a imagem de César veio até ela. Naquele instante, nenhum outro sentimento tomou conta de seu peito, senão a imensa sensação de perda. Algo iria acontecer e ela precisava alertá-lo. Por mais que quisesse evitá-lo, naquele início de alvorecer precisava adverti-lo do que nem mesmo ela sabia... mas era algo ruim e tinha cheiro de sangue, um cheiro tão forte que Mirta fechou a janela para não senti-lo. Às vezes, ela preferia abrir mão da intuição aguçada e não sofrer com as visões que lhe atormentavam ao longo da vida. Tentou voltar para o sono agitado, interrompido pela fúria do vendaval. Em vão. Seu coração aflito impediu que sequer fechasse os olhos. Enquanto isso, no Templo de Júpiter, as espadas trepidavam penduradas na parede. Voltou para a janela, abrindo-a com vagar, receosa por causa da ave, como se o bicho pudesse devorá-la. Respirou aliviada ao ver que a copa da árvore estava só. Abriu um pouco mais a brecha e espiou ao redor, certificando-se da ausência matreira que a perturbou. Enfim, certa de que poderia finalizar a abertura total da madeira que fechava seu cômodo para a vida lá fora, a gaulesa sentiu o vento entrando pelo quarto e a natureza renovou um pouco do ar sufocado ali dentro. Foi então que o voo rasante da ave, bem diante da face de Mirta, a fez pular para trás. Sua respiração saltou ofegante, e agora a gaulesa tinha certeza do que a coruja viera lhe dizer:

César iria morrer!

No interior do *atrium vestae* as folhas secas passavam apressadas como se quisessem se esconder debaixo dos bancos de pedra, e a água dos tanques estava tão escura que não se podia ver as carpas descansando em seu interior. Mirta desceu as escadas e foi até a cozinha em busca de água fresca. Uma garrafa de bronze era mantida com o que as vestais traziam da Fonte Egéria. Sentou-se no refeitório por um longo tempo. Até que descansou a cabeça atordoada sobre a superfície da mesa, procurando lucidez em meio às visões de dor que a perseguiam. Algumas portas batiam ferozmente com o vento, e o que parecia apenas um prenúncio, agora era uma certeza. A gaulesa dirigiu-se ao *lararium* da casa e acendeu a vela cujo pavio há pouco aceso acabava por render-se aos domínios da natureza. A penumbra da noite envolvia Mirta no corredor da Maison Vestal, e a única presença de luz era aquela refletida em sua face. Rezou para os deuses em que mais confiava e misturou Belenus a Júpiter, Danu a Juno e Belisama a Vesta. Esqueceu seu imenso segredo e, balbuciando palavras gaulesas, pediu perdão a todos. Se tivesse agido contra as leis dos céus, se houvesse tentado contra aquilo que o divino poder dos deuses considerasse correto, que todas as pragas do mundo viessem até ela. Mas rogou, com toda fé, que poupassem a vida do pai de seu filho. Seu grande amor. A chama da vela ardia fraca lutando contra a vontade do vento e Mirta ansiava para que nenhum outro sinal ruim surgisse diante de seus olhos. Com os pés descalços, caminhou sobre a grama do jardim, entoando as forças da Mãe Terra, mas seu medo era tão grande que impediu a conexão com a Gália. Talvez porque a lembrança de suas raízes lacerasse as lembranças saudosas de César, e das florestas onde se encontravam no fim da tarde.

Havia desespero ao seu redor, e vinha de uma voz que só ela podia ouvir, Mirta precisaria vencer a batalha contra seu orgulho e avisar a César dos maus auspícios que se avizinhavam. Mas de que maneira? César era supersticioso e procurava respostas dos deuses quase todos os dias. Costumava consultar os adivinhos e confiava muito na intuição de sua amante. Contudo, as últimas insubordinações de Mirta o irritaram por demais, sua frieza conseguira afastá-los de tal modo que César se perguntava a que ponto sua personalidade havia influenciado a gaulesa. No fundo, ele sabia que havia rompido sua confiança e ela, como legítima gaulesa que era, não o perdoara. Depois de voltar a Roma, ele havia se esquecido de alguns pressupostos gauleses, e um deles era de que a palavra valia ouro para os homens de honra. Ter submetido Mirta à falsa ideia da morte de seu filho, por considerá-la fraca em seguir adiante com o plano, fora um golpe fatal na relação dos dois — foi quando ela experimentou o poder de manipulação do lendário romano. Mas tudo isso parecia não existir no eixo que mantinha o corpo pequeno de Mirta de pé no centro da casa. Sob a presença de algumas estrelas, imaginava um jeito de se encontrar com o ditador. Correu até os aposentos da escrava cozinheira, fazendo a mulher aprumar a presença diante dela.

— Acalme-se, não há motivos para alarde. Quero que ouças o que lhe digo: assim que o sol nascer, logo no alvorecer, leves esta mensagem à casa de nosso pontífice. Diga que lhe entreguem com a máxima urgência, é questão de vida ou de morte.

A escrava arregalou os olhos que tão cedo não voltariam a se fechar. A cena inusitada de Mirta acordando-a e designando-a para uma missão secreta, a fez despertar por completo. Sob a cama desarrumada da mulher, Mirta deixou um pequeno pergaminho. Podia parecer indulgente passar à frente da Vestal Máxima, que geralmente era quem intermediava o contato com o tutor das moças, mas Mirta estava disposta a pagar o preço. Além disso, confiava no amor que César tinha por ela. O ditador de Roma a considerava íntegra, e conhecia o sexto sentido de sua amante. Ela não se arriscaria para alertá-lo se não houvesse um motivo forte para isso. Caso estranhassem a postura da sacerdotisa, seu amante encontraria um jeito de salvá-la. Não haveria problemas se a escrava cumprisse a ordem de Mirta.

A proximidade com a casa do Sumo Sacerdote permitia o regresso breve da mulher. E assim foi feito. A própria gaulesa certificou-se do cumprimento de sua vontade, quando a última vela da noite escorria jazida e o portão dos fundos bateu pesado. Esperou ansiosa pelo retorno da mensageira. Mandou a mulher dizer à guarda pessoal de César que levava uma mensagem importante ao Pontífice Máximo, encomendada pela vestal Mirta. Qualquer homem romano, principalmente os oficiais de César, levaria a encomenda ao líder, pois a remetente gozava de respeito e confiabilidade suficiente para isso. Poucos minutos depois, a escrava voltou, e assim que atravessou o portão, Mirta sentiu na leveza de seu semblante que havia cumprido a missão. Então, a gaulesa pôde respirar um pouco mais aliviada, mas não o suficiente.

Quando o sol firmou sobre o céu suspeito da cidade, o movimento no Colégio Vestal inaugurou mais um dia. Um dia inesquecível para Roma e para a Idade Antiga. Inesquecível para as épocas vindouras e cruel para a alma apaixonada de uma certa curandeira gaulesa. No café da manhã, a animação comum das moças a incomodou. Agostina, em seu usual bom humor, brincou com a amiga.

— O que tens, Mirta? Dormistes mal ou queres passar adiante a ida a Egéria? — indagou, jogando uma migalha de pão sobre a face de Mirta, tentando arrancá-la da tristeza.

Mas a gaulesa não retribuiu o sorriso tímido que liberava nessas ocasiões. Foi lacônica.

— Não é nada.

As companheiras devotadas de Mirta estranharam a seriedade. Tentaram puxar da amiga alguma pista. Algo havia capturado a doçura da gaulesa. Então, foi a vez de Cecília.

— Sentes algo? Queres que peçamos à *Massima* que a substitua? Podemos buscar água em teu lugar.

Foi, então, que resolveu expulsar seus temores, a preocupação genuína de suas amigas arrancava-lhe um pouco da angústia voraz.

— Sinto-me estranha... uma sensação de morte e tristeza invadiu-me pela manhã. Algo de ruim galopa em direção a Roma.

Houve um silêncio sepulcral. Por conta das provas que Mirta havia dado sobre seus prenúncios ao longo dos anos de vida sacerdotal, as vestais temeram suas palavras. Idália ternamente tratou de acalmar os ânimos.

— Acalma-te Mirta. Talvez sejam os pesadelos desta noite reverberando em teus pensamentos. Além disso, a chama de Vesta arde jovem e renovada em nosso templo...

Cecília baixou a cabeça. Depois, buscando palavras discernidas, refutou os presságios de Mirta.

— É certo que nossa chama arde em paz, mas lembrem-se: hoje faz duas semanas que a renovamos. Tivemos dificuldade em acendê-la depois que jogamos as antigas cinzas no Tibre.

As moças relembraram o fato. Haviam insistido três vezes seguidas, esperando que a chama tomasse volume e forma suficiente, a fim de permanecer ardendo dentro do templo. A própria Vestal Máxima comentara o fato com certa preocupação. Era verdade, e Mirta havia se esquecido completamente do ocorrido. Na ocasião, preferiram não comentar com os Áugures, assim não nasceriam boatos contrários às bem-aventuranças que Roma vivera nos últimos tempos, desde que César regressara.

— Mas não há de ser nada, agora pela manhã iremos a *Fontana Egéria*, se quiserem, podemos pedir aos lictores que afastem os curiosos para fazermos orações e sacrifícios em nome de Roma.

Todas concordaram.

Logo depois que Fábia Severo entrou no salão, repassando os compromissos de cada uma, as moças correram aos aposentos e colocaram seus véus. Mirta levou um de seus penates, havia feito dois, representando ela e César, mas depois que soube da sobrevida de Rhodes, tratou de confeccionar mais um, o menor deles. Naquela manhã ela levaria os penates de César até a fonte de Egéria. Apertou-o contra a faixa de lã que circulava sua cintura. Na ida para a fonte, tentou afastar o sentimento de perda. Do interior da liteira buscou o movimento diário do fórum como fuga. Quando chegaram à fonte e encheram os potes de barro com a água da semana, Agostina pediu que os lictores se afastassem. Sugeriu que praticassem o *Fastigare deos*, tentando vencer os deuses em orações. Mas o que as moças sagradas de Roma não sabiam era que as previsões de Mirta se apressavam cruelmente sobre o *mantum* da urbi.

Na *domus publica*, César insistia com Calpúrnia que iria ter com o Senado. Alguns assuntos pendentes aguardavam sua chancela. Além disso, ele sabia do complô que se alinhava como uma teia bem debaixo de suas barbas, mas confiante em seu poder político e diplomático, esperou que a identificação dos conspiradores lhe fornecesse chance de reverter a situação. No entanto, aquela era uma manhã atípica na mansão do pontífice. Antes que levantassem para o café da manhã, Calpúrnia o fez prometer que não iria.

César estranhou a insistência da esposa que conhecera sobre o traço da retidão matrimonial.

— Por que pedes isso com tanta veemência? — questionou, mostrando um pouco de desprendimento para não alimentar as suspeitas da mulher.

— Esta noite tive pesadelos horríveis com você, sinto-me terrivelmente vencida numa batalha tortuosa travada em minha mente.

— Não sejas tola... — respondeu, dando-lhe um beijo na testa ao se levantar. — De agora em diante terás muitos pesadelos, pois minha palavra é lei em Roma, e meus desafetos hão de se insurgir contra isso.

Calpúrnia lhe rogou que ficasse e com certa relutância César prometeu satisfazer os pedidos da mulher. Ele tinha algumas cartas para redigir à aldeia allobroge, avisando que suas promessas seriam cumpridas em breve. Dissera aos líderes locais, quatro anos antes, que os recompensaria pelo apoio e que algumas cadeiras no senado seriam reservadas a eles. César cumpria suas promessas, levasse o tempo que fosse. E essa promessa era também para Mirta e Rhodes. No salão que antecedia a varanda de arcos, uma linda mesa de mármore esperava a presença dos donos, repleta de frutas e pães recém assados. A mulher do ditador respirou um pouco aliviada, certa de que seu marido, pelo menos naquele dia, estaria a salvo. Os pesadelos de Calpúrnia tomaram corpo pela vidência de alguns adivinhos que pediam cautela a César, até os idos de março. Entre os goles de suco que inauguraram seu desjejum, César tomou ciência de algumas correspondências. Seu secretário pessoal lhe trouxe em separado o pergaminho que a gaulesa havia enviado.

— Senhor, logo pela manhã a escrava do Colégio Vestal deixou aos cuidados da guarda uma mensagem, disse que era urgente. — o homem se esquivou para trás, como quem pede licença.

César franziu o cenho e abriu curioso o rolo de papel... naquela manhã inusitada desde os primeiros raios de sol, as letras apressadas de tinta negra o surpreenderam. Era a grafia irretocável de uma gaulesa romanizada. Um ligeiro contentamento invadiu o peito maduro e guerreiro de César.

Estimado e Sacro Pontífice

São os deuses que me sopram a necessidade de reportar-te auspícios que vieram até mim...

Um feixe de orgulho masculino invadiu rapidamente as conexões neurais de César. Pensou que a sisudez de sua amante havia sucumbido à saudade e finalmente ela o veria! Aquele decerto era um bilhete factoide invocando-o para uma conversa a sós. Mas César não teve tempo de concluir a leitura. O servo anunciava que Décimus Junius Albinus, senador de Roma e aliado de Brutus, que fingia manter com o ditador uma relação afável, o invocava a ir ao Teatro de Pompeu, onde os senadores o aguardavam. César enrolou o papiro de Mirta e o devolveu para seu servo. Pelo olhar, o homem sabia o que fazer com a mensagem, iria guardá-la até que seu *domino* pudesse lê-la com vagar.

Calpúrnia degustava o desjejum acreditando que suas advertências haviam libertado César de um perigo iminente. Tampouco percebeu a reação do marido diante da mensagem vestal. No entanto, os passos de Albinus travestidos de lisonja, a tomaram de surpresa.

— Tão cedo nos dando a honra de tua presença, estimado Albino. — César estranhou o oligarca em pessoa, já pela manhã.

— Perpétuo César, vim garantir tão nobre presença dentre nós. — seus lictores mantinham as mãos sobre adagas discretamente colocadas na cintura, mas isto não despertou a estranheza dos anfitriões. Era comum que os seguranças particulares de senadores e nobres se mantivessem a postos.

Na cabeceira da enorme mesa, César ainda vestia seus trajes domésticos, afastando a ideia de partir. Apenas uma túnica clara, muito bem cortada e bem lavada, abrigava seu corpo. Convidou Albino para sentar-se à mesa e experimentar os damascos saborosos que haviam chegado de Óstia, mas a ansiedade controlada do senador não deu brechas ao desfrute.

— Agradeço-te César, mas ouso em apressá-lo porque boa parte do senado nos aguarda.

Talvez pela presença inesperada daquele homem, ou pela certeza de sua imortalidade perante o povo de Roma, César subestimou os sonhos de Calpúrnia e sua própria intuição sobre não comparecer em público naquele dia. Pousou o guardanapo de linho sobre a mesa e pediu que a visita o aguardasse. Voltaria em poucos minutos para acompanhá-lo à reunião senatorial. Calpúrnia, pedindo licença à visita e ordenando que os criados lhe oferecessem o melhor vinho, saiu elegantemente da sala e foi até César.

— Júlio, não vês que esta manhã está por demais matreira? Nada é mais estranho do que a presença de Décimo Albino em nossa casa logo cedo. — e sentando-se na beira da cama segurou as mãos do marido que permanecia de pé, dobrando a toga sobre as espáduas.

César a levantou delicadamente, pois assim a tratara por toda a vida. Então, olhando-a nos olhos, lhe disse:

— Sei que estás aflita. Eu também sinto que algo se avizinha sobre minha sombra, mas sou César, descendente de Vênus e ditador Perpétuo de Roma. Não posso deixar que sonhos escabrosos me afastem de compromissos importantes. Senadores me esperam e César é homem de levar a presença a quem o conclama.

— Prometa-me que levará Antônio contigo, tem olhos rápidos e é a melhor pessoa para te escoltar.

O ditador cumpriu o pedido da esposa. Desceu a *domus publica* no sentido sul, pois queria mostrar a Albino e seus clientes o local onde, em breve, construiria um colossal monumento para as lutas de gladiadores. O Colosso de Roma, em consonância com o Colosso de Rhodes.

Não seria fácil para o conspirador atrair a presa, a imagem de César provocava comoção e alvoroço. Gente de todo tipo o seguia e mandava-lhe entregar tabuinhas com pedidos e mensagens de toda natureza. Algumas com orações e rituais em favor do ditador. Outras rogavam por perdão e liberdade de algum condenado. César havia anistiado muitos homens da morte, sabia que o crime entre as sete colinas de Roma versava basicamente sobre a sobrevivência e a disputa de poder. No fim das contas, era fazer justiça entre injustos — uma análise do mais culpado e do menos culpado. Os verdadeiros criminosos de Roma, vestidos em suas togas confortáveis e disfarçados sobre o poder da *vervi* rebuscada, o aguardavam sequiosos no Teatro de Pompeu.

Já se passavam algumas horas desde que as vestais haviam saído para buscar água da Fonte Egéria mas por conta de uma pavimentação no trajeto em que costumavam fazer, foi preciso aumentar a distância e refazer o percurso. Mirta estava um pouco mais aliviada, pois as orações e entoações que fizeram em nome de Roma haviam trazido a falsa noção de paz. No fundo, ela sabia que era o desejo de enganar suas visões, contudo, rezou para estar errada. Àquela altura, César já teria lido sua mensagem e apesar de conhecê-lo bem para saber que isto não seria fator impeditivo às suas ações, ela estava acenando para que os olhos do ditador ficassem mais abertos do que nunca.

As vestais subiram a caminho do Fórum, deixando para trás seus pedidos à Egéria. Na época, o Anfiteatro Flaviano — o atual Coliseu — não existia. Naquele local, somente um vale pantanoso resistia às construções de Roma. Sobre a enorme depressão, árvores faziam um círculo esverdeado e fresco. Os lictores e servos, juntos às sacerdotisas, formavam um pequeno grupo. O local estava calmo, pois situava-se ao sul do burburinho do fórum. Nenhuma utilidade pública fora designada a ele. De repente, o séquito parou. Evitavam a colisão imediata com a multidão que acompanhava César, Marco Antonio e Albino. As vestais curiosas, tentavam saber do que se tratava quando o lictor lhes informou que era César quem havia saltado de sua carruagem a poucos metros dali. O coração de Mirta veio à boca, obrigando-a a abrir parte do véu que cobria o transporte. Idália estranhou a atitude intempestiva da amiga. A cena que ficaria impressa para o resto da vida da gaulesa, trazia César mostrando a seus seguidores o lugar que havia escolhido para a construção Colossal, destinado para lutas de gladiadores. Girou com as mãos estendidas para o alto, como se quisesse mostrar a circunferência do monumento e com o ar de semideus que gostava de destilar na multidão, sorriu para Marco Antônio, que o fitava orgulhoso. No futuro, o Colosso de César estaria ali, enorme, e seria o maior símbolo de Roma para as próximas gerações, exatamente como seu idealizador havia sonhado, o Coliseu romano se ergueria no vale pantanoso onde Mirta e César se viram pela última vez. No entanto, isso demoraria mais de um século e César não carregaria esse feito. Sua vontade sequer seria mencionada. A construção receberia o nome de Anfiteatro Flaviano, em homenagem ao imperador Tito.

Envolvido em seu sonho arquitetônico, César se descontraía ao imaginar o Coliseu.

Mas Antônio parecia estar mais atento que o ditador, a respeito da expressão contrariada de Décimo Albino. A fala eloquente e precisa do ditador não podia ser ouvida da distância em que estavam as vestais, contudo, a prevalência visual permitia um perfeito ângulo entre os galhos das árvores. Enquanto traçava detalhes da arquitetura monumental que havia desenhado ainda na Gália, César girava no entorno. Ele não tinha pressa e já havia aceito o convite dos senadores, mas isso não significava dizer que os saciaria prontamente. Provavelmente, foi entre as observações sobre como aproveitar a área escolhida, que percebera a presença do séquito vestal. Exigiu que fosse aberto o caminho para que passassem. Imediatamente a multidão se afastou.

Desejou que Mirta estivesse ali, e como descendente de deuses, realizou seu último desejo.

Três liteiras passavam diante dele, e o pontífice máximo as observou como um pai acompanha o caminho do filho. Do interior da cadeira móvel Mirta viu, pela última vez, o rosto de César. Seu único e verdadeiro amor, o pai de seu filho, seu herói e algoz. Seu mentor. E foi o vento, talvez vindo da Gália e atravessando todas as fronteiras, que adentrou a liteira deixando, por poucos segundos, o ditador de Roma capturar a imagem de Mirta. A seda que cobria o conteúdo inviolável das sacerdotisas levantou obediente, cumpridora de seu papel no destino dos homens. A uma distância de poucos metros, eles se viram e se despediram, silenciosamente. Ninguém notou a fração que o tempo concedeu para que as almas gaulesa e romana se tocassem no fim. César penetrou os olhos de Mirta como um falcão e um imperceptível sorriso instalou-se em seus lábios. Então, pôde ver o amor que a gaulesa ainda nutria por ele, e viu seu filho, a noite de iniciação, os encontros no nemeton e no Templo de Vesta. Eram segundos que morreriam com ele em poucas horas. A gaulesa concluiu, então, que César havia lido seu bilhete e a troca de olhares era a bandeira branca que ambos acenavam. Um imenso ímpeto de pular da liteira e jogar-se nos braços de seu amante a invadiu com tanta força que fez arder seu peito, uma força maior do que todas as chamas acesas nos lares romanos. Mas era algo impossível. Eles sufocariam mais um dos tantos abraços impróprios que lhes foram furtados. Mirta sabia que aquela era a despedida e que Egéria não teria forças para estancar a ambição da morte de levar consigo um filho de Vênus. Então, um aroma surpreendente de pinho passou por lá e o peito de Mirta se contraiu novamente. O séquito seguiu seu caminho.

 Antônio prometeu a César apressar os planos de construção da obra. O trabalho ficaria a cargo do edil em exercício. A intenção era fazer o maior anfiteatro de todo o mundo ocidental. Em meio às especificações de César teriam que se adiantar, pois o senado os aguardava e a multidão curiosa criava obstáculos para a passagem do ditador. Foi então que começaram o trajeto no sentido do Campo de Marte. Naqueles minutos que antecederam a tocaia preparada por seus inimigos, Roma desfrutou da última caminhada de seu monarca. César, em verdade, não precisava de uma coroa de louros. No coração do povo, a gente romana, já existia um rei, e era Caio Júlio César. O homem que dizimou um número incontável de gauleses, que reformulou a dinastia egípcia e derrotou Pompeu não só na vida, como em número de vitórias. César iria além dele mesmo e talvez esse tenha sido o castigo dos *Optimates*. Àquela altura ele respondia aos anseios do mundo helenístico, sua figura se confundia entre a de um rei e a de um deus, este último confirmado por ele quanto à sua origem. Sua sobrevida como um deus, de fato, nascera naquele fatídico 15 de março, embora tivesse sido arquitetada dias antes. Os conspiradores ousaram pensar em jogá-lo de uma ponte, no dia de inauguração. Estavam impacientes, aflitos com a decisão de matá-lo de forma infalível, então reformularam o plano, pois César, como exímio nadador apesar dos cinquenta e seus anos de idade, certamente sobreviveria. Era preciso garantir a morte num golpe contundente, implacável. Ainda que para isso, as mãos fidalgas de Roma tivessem de trabalhar como as dos matadores da colina de Célio.

    O então maior teatro fixo de Roma, com pátios ajardinados e estátuas variadas, fora o palco escolhido para a derrocada de César. Um verdadeiro espetáculo a céu aberto. Mas, naquele dia, uma peça de horror e carnificina seria disposta ao povo romano. O ditador, confrontando os auspícios demonstrados e exigindo demais dos deuses, dispensou a guarda pessoal. Decerto fora a audácia desmedida que o conduzira. Sua confiança exagerada havia calado o resto de intuição que o acompanhava. O poder arrancou-lhe o medo e César não percebia que perdera o temor dos deuses, e foi então que errou. Julgou-se no rol da Tríade Capitolina, capaz de tudo, acima de todos. Apesar dos inúmeros sacrifícios ofertados a Fortuna, Vênus e Júpiter Optimus, já não se conectava com as divindades, porque dele exalava a imortalidade.

Estava tudo arquitetado. Assim que saiu do transporte em companhia de Marco Antônio, alguns senadores tomaram a atenção de seu primo, tirando-o do foco de proteção. A cada degrau vencido por César na direção dos senadores, ondas de frio lambiam o corpo de Mirta. No pátio da casa vestal, fraca e sem entender a impiedosa corrente que a derrubava para baixo, a gaulesa pediu ajuda. Nesse ínterim, conduziam o ditador perpétuo para o interior do salão anexo ao teatro. Lá, sobre a toga branca ajustada de modo a diferenciá-lo dos demais, César sentou-se, altivo e propenso ao diálogo. Queria desmanchar a insegurança crescente da massa oligarca. Tudo aconteceu rápido demais, para que nenhum *libertati* desistisse da ideia sanguinária de matá-lo. Foi Tullius Cimber quem iniciou a fagulha famigerada daquela manhã, pedindo a César através de uma petição, que reconsiderasse o exílio de seu irmão. O ditador, de forma relutante, deu a deixa: disse que depois falariam do assunto. Era tudo o que queriam: a oposição inicial acenando ao ataque. Ali nasceu a primeira facada, atingindo o braço do general romano. César se esquivou dizendo: *"Ista quidem vis est"*— Isto é uma violência! Em seguida, Cássio se aproximou desferindo o segundo golpe na altura do peito, enquanto outros senadores se aproximavam apoiando a ação e dificultando a saída da vítima. Os olhos incrédulos de César retardaram a verdade, mas as manchas vermelhas timbradas na veste escorriam silenciosamente. Cortes sucessivos lhe rasgavam a pele, no ombro, nas mãos, pois os malfeitores lançavam-se imperitos sobre o corpo surpreso do homem. Ele resistiu quando percebeu a batalha campal para a qual o atraíram, esgueirou-se sobre os ombros de Brutus esperando abrigo, mas este, dando um passo atrás, deixou que seu suposto pai caísse sem socorro. Então, começaram a lacerar sua pele com adagas senatoriais, do que se dizia uma República, sem que se pudesse precisar qual delas atingiria o Pontífice de Roma no ponto letal. Eles sabiam que precisariam de muitos golpes para matá-lo, a resistência de César não os pouparia, teriam de fatigar o caráter assassino que possuíam, por isso o esfaquearam vinte e três vezes. Foi como um elefante abatido que o mítico general romano desfaleceu aos pés do busto de Pompeu. Só assim, numa luta covarde entre seus pares, César morreria. Se estivessem em campo, nem mesmo o mais jovem e viril senador o derrotaria. Pois ele era César!

Agora, seu corpo ruía levando consigo a alma combatente do romano. Brutus havia desferido o derradeiro golpe, no estômago de César.

Um a um, como ratos saindo dos bueiros, os conspiradores correram para fora do salão. Temiam encontrar Antônio quando este se deparasse com a cena de horror, talvez o horror que César sentira ao ver a cabeça de Pompeu num baú de ébano em braços alexandrinos.

No coração do Fórum, algumas vestais corriam para socorrer Mirta. Ela dizia palavras estranhas numa língua ininteligível. Pranto, dor e inconsciência a tiravam da personagem romana. Deitada na grama e encolhida como se quisesse reduzir seu corpo ao menor tamanho possível, a gaulesa chorou. Pensou na oração de César: "Júpiter, acode-me, porque tu o podes". Repetindo-a insistentemente, inúmeras e sucessivas vezes até que a voz não mais se podia ouvir. Do lado de fora do Colégio, na Régia, o movimento corriqueiro do dia rompera-se com gritos inaceitáveis: *César é morto, César é morto!* O céu escureceu para Mirta, trazendo nuvens negras e impiedosas das quais ela não poderia fugir. Seus órgãos se contraíram de tal maneira que pareciam um só!

Rompendo a tradição inviolável do posto, Fábia Severo abriu a porta principal da casa por conta própria, sem esperar a ação das escravas. Foi correndo ter com as pedras de Roma, aquelas por onde todos os segredos passavam desavergonhados. Homens de conduta louvável atravessavam diante da mulher sacerdotisa, sem notar sua presença, pois o fantasma de César tomava o lugar de todos. Com as mãos no rosto e sem acreditar no caos que via, Severo foi levada para dentro da casa por seus lictores, sem saber como dizer às dezessete sacerdotisas que seu tutor jazia sobre o manto da intolerância. Sentou-se no banco de pedra, incrédula e entregando-se às lágrimas, notificou as guardiãs de Vesta sobre o assassínio de César. Pediu calma e silenciou. Esperou que os sacerdotes viessem até ela. Pela primeira vez em quarenta anos, a Máxima Vestal não sabia o que fazer. "Nunca um Pontífice fora assassinado!" As companheiras de Mirta olhavam surpresas na direção do corpo encolhido, no centro do pátio. Chocadas pela notícia e pela reação antecipada de Mirta.

Horas depois, a cidade ficou irreconhecível. Depois dos anúncios funestos da morte de César, os romanos não sabiam o que fazer. Pensavam que haviam visto de tudo, mas nada se igualava ao golpe vil aplicado a César. O virtuoso e invencível Julio César, que falava a língua do povo. Desígnio de poucos. E por falar e ouvir o que era proibido nas castas superiores, lançaram-no ao além. Jogaram-no diante do destino fatídico dos Graco. A toga ensanguentada foi ao povo. Causou o ápice da comoção. Nas ruas não se falava em outra coisa senão vingar a morte do ditador. Os *libertatis*, auto-denominados por Brutus e Cássio, acusavam a vítima de tirania, julgavam ter a favor da causa a ignorância plebeia. Mas Antônio veio a público relembrando os feitos heroicos de César contra a indiferença prepotente do senado. O povo quis revanche e, rompendo os costumes, reclamou o corpo do homem para render-lhe homenagem, enquanto César, desalmado, adentrava a *domus publica*. Na mansão do pontífice, a criadagem controlava o pranto. Calpúrnia, como nobre e esposa irreprovável, manteve-se de pé, embora nem mesmo soubesse em que superfície se mantinham seus calcanhares. As doze tábuas proibiam manifestações acaloradas entre os cidadãos romanos nas cerimônias fúnebres. Por isso, somente em seus aposentos, longe do olhar militar dos soldados e das condolências dos sacerdotes, foi que se permitiu despedir-se do corpo do marido.

Capítulo XXXVIII

As Cinzas de César

Poucas horas se passaram até que os romanos assentassem a ideia da morte de Júlio César. Enquanto o povo se dava o direito de reclamar por justiça pedindo a cabeça dos assassinos e rogando cerimônias públicas em nome do ditador, as vestais, em companhia dos demais colégios religiosos, iniciavam a difícil tarefa de ordenar os ritos fúnebres. Quando a retidão das sacerdotisas tomou o lugar do arroubo, algumas delas se perguntavam sobre as visões de Mirta. Além disso, a origem das palavras estranhas que pronunciou quando César sofria o ataque, as deixou intrigadas. No entanto, o estupor dos fatos que haviam de ser suportados não abrira espaço suficiente para que as mentes sacerdotais questionassem as premonições da gaulesa. O assassínio de César se dera pela manhã, e agora a tarde chegava tensa como se noite fosse. Para Mirta não havia mais diferença entre os estágios do dia, porque tudo era dor e escuridão. A surdez só lhe permita ouvir a voz de César dizendo *"Volo te mecum"*, enquanto beijava sua testa. Ela daria tudo para voltar no tempo e ouvir pela primeira vez seu código de amor. Sentiu-se vazia, como se nenhum feixe de ânimo pudesse levantar o corpo miúdo na cama de seu amplo quarto vestal. Lembrou-se de Rhodes. Então, seu corpo doeu ainda mais, como se as lembranças lhe açoitassem a alma até o fundo dos ossos. *Meu filho!* Ainda lhe restava o amor de Rhodes e ela teria de encontrar um meio de protegê-lo... A insegurança política de Roma emergiria do solo assim que as cinzas de César esfriassem e o destino de seu filho certamente não mais estaria a salvo. Talvez a própria família postiça de Aventino corresse perigo. Tantos medos diante do pior de todos: César havia partido. Mirta sentiu a solidão consumindo o ar. Nem Idália ou a casa em que vivera nos últimos quatro anos, nem Fábia Severo ou as pedras do Fórum, nem os ciprestes achatados dos quais ela tanto gostava, nada. Absolutamente nada a tirava do limbo.

    A porta do quarto, encostada, abriu-se por completo. A vestal máxima aproximou-se. Estava fraca, combalida pela indignação.

    — Minha filha... sei que estás muito abalada, todas nós estamos. Fostes trazida para nossa morada sacerdotal pelas mãos de nosso pontífice. Sei que se sentes imensamente agradecida pelos grandes favores feitos à tua família. Mas Roma nos conclama. Somos a proteção personificada dos lares romanos, somos o parâmetro do povo. Agora, mais do que nunca, devemos manter nossas cabeças eretas, para que os inimigos de César saibam que Roma resistirá.

    Mirta jogou a cabeça sobre o colo de Fábia Severo e permitiu derrubar sobre as pernas maduras da mulher, todo o pranto que restava dentro de si. As mãos senis passavam plácidas pela extensão dos cabelos gauleses. Diante do quadro, pela primeira vez, um contato íntimo e profundo nasceu entre elas. Severo afagava a cabeça de Mirta de maneira terna, forte e solidária.

    — Lembro-me como se fosse hoje a primeira vez em que Júlio César vestiu a túnica de Pontífice. — parecia que a morte de

César tinha aberto a liberdade para que Fábia Severo o chamasse pelo nome. — Estava radiante. A maturidade chegava sobre sua fronte retirando aos poucos os fios na raiz de sua testa, mas isso só o tornava mais apropriado para o cargo. Nunca ninguém nos olhou com tanto respeito sem que se levantassem rumores e imprecações contra ele. Eu já servia Vesta há quase três décadas e durante toda minha vida sacerdotal me lembro de ter constituído o sacerdócio sobre a tutela de nosso saudoso Pontífice Quinto Cecílio Metelo Pio. Estava assim como você, minha filha. Inconsolável. Metelo era para mim um exemplo a ser seguido, nosso verdadeiro *pater deorum*, o homem que honrava as sacerdotisas de Vesta, nos convocando para todas as cerimônias religiosas. César seguiu o modelo de seu antecessor. Naquele ano em que perdemos nosso antigo pontífice, ganhamos em César um novo amigo.

Mirta sentia que a razão voltava aos poucos, talvez por conta da proteção que a *Massima* lhe dava.

— César foi tão bom para você e para todas nós, como Quinto Metelo fora para as sacerdotisas de minha geração. Outro igualmente especial nos será enviado pelos deuses, enquanto Vênus recebe seu descendente no vale eterno das almas.

Secou as lágrimas da gaulesa e olhando-a firmemente, invocou sua presença na cerimônia fúnebre que seria realizada na *domus publica*. A leitura do testamento de César se realizaria na presença de Fábia Severo e mais quatro vestais, dentre elas, Mirta. O Colégio de Pontífices aguardaria a cremação de César para designar o novo Pontífice Máximo. Embora uma íntima cerimônia fosse reservada a Calpúrnia e parte da família, era impossível reduzir a ocasião ao número restrito que a mulher tanto desejava. A tradição de Roma, misturada a um novo episódio da História, teria de conciliar o clamor público e religioso com a dor dos familiares.

— Agora lave seu rosto com as águas sagradas de Egéria, isso lhe trará conforto. Dentro de uma hora estaremos no pátio a caminho de nossa missão. — e, dizendo isso, mudou o tom da fala acalentada mostrando a Mirta porque era a mulher mais poderosa da religião romana.

    A porta bateu. No quarto, a obrigação sacerdotal sustentava agora sua existência. Mirta foi até seus pertences e procurou os penates. As figuras — dela, de César e de Rhodes — se uniram pela força das mãos que as apertava, e a gaulesa implorou a Belisama que lhe desse motivos para continuar viva. Pediu perdão a Vesta. Rogou a Júpiter que dissesse a César o quanto o amava e que lhe enviasse sinais nos quais encontraria respostas. Depois, fez exatamente o que sua superiora dissera. Banhou o rosto abundantemente com a água da Fontana de Egéria, e nesse ato recriou-se mil vezes procurando dentro de si um espaço vazio para uma nova construção. Um espaço sem feridas abertas que permitisse algumas horas de paz. Prendeu seus cabelos com o penteado das seis tranças, e as cruzou harmoniosamente sobre a nuca, como faria para seu próprio casamento. Nenhum fio dos castanhos cabelos de Mirta ousou desobedecê-la. Apesar da dor, seus olhos expressivos ressaltavam ainda mais a profundidade de sua beleza. Vestiu sua estola e amarrou o *vittae* entre os quadris e o busto. Escolheu o mais alvo véu de sua coleção, prendendo-o com uma coroa de verbena da qual César tanto gostava. Quando suas companheiras a viram, pensaram se tratar de uma noiva.

Leitura do Testamento de Gaius Iulius Caesar

IMP·C·IVLIVS·CÆSAR·DIVVS

"Na qualidade de *magister equitum* do Exército Romano, na qualidade de primo de nosso ditador perpétuo, na qualidade de comandante nas Gálias a serviço de Gaius Iulius Caesar, incumbido do dever legal da leitura do testamento de nosso amado general de todas as Itálias que vivem em Roma, início precoce e injustamente o que amiúde me desalenta, a leitura do testamento a mim designada":

Initium

I – Estimada família e esposa Calpúrnia, respeitáveis sacerdotes de Júpiter, veneráveis áugures, sagradas sacerdotisas de Vesta, leais e bravos centuriões romanos, amado povo de Roma. Faço a todos saber que no momento da leitura deste estarei entregue nos braços de Vênus Venerix, sendo assim, determino que vinte mil denários de minha fortuna sejam designados para a construção de um templo em favor da deusa.

II – Deixo liberto meu servo e fiel escravo Demétrius para todos os fins da vida civil e para isso reservo cinco mil denário em favor do mesmo.

III – Minha villa em Acio, deixo para Marcus Antonius, amado primo e companheiro das vitórias memoráveis de meu exército.

IV – Reconheço como meu legítimo filho, Otávio, filho de minha sobrinha-neta Ácia Alba Cesonia, que passará a se chamar Gaius Iulius Caesar Octavianus, emanando dele todos os direitos reservados a um legítimo herdeiro de nobre e ditador romano.

V – A cada colégio religioso de nossa cidade deixo dez mil denários respectivamente e individualmente para ampliação de suas sedes e templos.

VI – Para Calpúrnia, nossas propriedades espalhadas pelo território italiano, todos os nossos escravos e tesouros que ela saberá encontrar.

VII – Por fim, tudo aquilo que posso chamar de amor, deixo para Rhodes. Onde mais fui feliz.

Gaius Iulius Caesar
Ditador Perpétuo de Roma

A voz de Antônio ecoou no salão de mármore onde o corpo de César descansava sobre um tapume de carvalho cujo cheiro da madeira remeteu Mirta à Gália, tornando aquele momento demasiado doloroso. O último inciso do testamento, onde César mencionara o nome de Rhodes, fora o sinal que o pai de seu filho deixara a ela. O sinal de que amava os dois, pois César não teria como deixar pistas para Mirta, além das que tentou lhe dar nos últimos anos. Ao ouvir o nome de Rhodes, uma saudade de César invadiu sua alma de um jeito que nem mesmo ela saberia dizer. Uma saudade doce, de arrependimento e amor. De perdão. Uma saudade que ela jamais esqueceria. Precisou de muitas entoações silenciosas para suportar seu compromisso tímido e despedir-se do jeito que a postura vestal permitia. Calpúrnia, sentada na cadeira de César, mantinha a cabeça baixa durante toda a cerimônia, parecia tentar convencer a si mesma da partida desnecessária de seu marido. Das varandas da casa chegava o odor de fumaça, porque o povo revoltoso punha fogo em monumentos do fórum e, ao longo da Via Sacra, as aglomerações indicavam a revolta da nação cesarina. Como nunca se vira anteriormente, os sacerdotes de Júpiter levaram as espadas do templo até a casa de César. Renderam-lhe homenagens elevando as espadas horizontalmente a altura do peito, dizendo: "Vá filho dos deuses, pois Júpiter em tudo pode".

César já havia perdido a cor de um ser vivo e um incrível aspecto de figura modelada cobriu sua face, deixando-o mais presente do que nunca. As vestais iniciaram suas homenagens acendendo tochas ao redor do pontífice, de modo que ao fim sobrasse uma pequena lareira a ser acesa simbolicamente como a presença de Vesta. De mãos dadas e ao redor da chama, rezaram para César. Depois, uma a uma, se despediram reverenciosamente diante do corpo. Mais de perto, a mãe do único e verdadeiro herdeiro do ditador de Roma atestava a crueldade dos traidores. Cortes, já limpos, porém evidentemente profundos, podiam ser vistos nos braços e no rosto de César, mas nem assim tiravam-lhe a altivez.

Mirta foi a última a se aproximar, sucedendo a superiora. Agora, na cabeceira do túmulo improvisado de César, onde veria pela última vez as feições de seu grande amor, a gaulesa transcendeu os costumes e as tradições vestais. Permitiu-se tocar a pele fria de César e segurar-lhe a mão direita. Naquele momento, não temia nada nem ninguém, pois o corpo vestal que carregava tocara algo jazido, o esqueleto inofensivo na condição de homem. Transmitiu no calor de suas mãos toda a dor e o amor que César deixou dentro dela e rogou que jamais a esquecesse. Inevitavelmente, deixou que as lágrimas escorressem da face, irrigando os jasmins que rodeavam todo o entorno sepulcral. Ninguém a repreendeu.

Naquela noite tudo fugia do protocolo porque não havia a menor preparação para perderem César.

    Antônio, na companhia da guarda pessoal do ditador, desceu no sentido da Rostra levando o corpo quase divino de Júlio César. Lá, uma pira do tamanho que Roma jamais vira se formava apressadamente.

PARTE III

CAPÍTULO XXXIX

A Fuga

Sequer uma palavra fora pronunciada na volta para casa. Os sacerdotes de Júpiter, bem como o Flamen, acharam por bem poupar as sacerdotisas da cerimônia de cremação. As ruas estavam repletas de pilhagens e animais soltos, gente de todas as idades chorava a morte de César. Àquela altura, os assassinos do ditador já haviam fugido para suas Villas e, posteriormente, reunindo seus próprios exércitos, se espalhariam pelos territórios além da Itália. Alguns foram pegos refugiados no Templo de Júpiter, e lá mesmo provaram o sabor da morte.

    Na mansão vestal Mirta afastou-se do grupo. Com um gesto negativo respondeu ao convite de Idália para tomarem a sopa. Voltou para a clausura. Sentiu falta da chama de Vesta, mas aquela não era sua noite de vigília e teria de suportar o silêncio consumindo suas lembranças. Deitou sobre o colchão de feno e notou sobre as pernas a força do dia fatigante que havia enfrentado. Procurou se aninhar junto ao amontoado que formava um reconfortante travesseiro, embora aquela fosse apenas uma intenção de acalmar seu coração, de tentar pensar no que viria dali em diante, já que o propósito de viver com César e Rhodes agora não passava de um sonho. Deixou a porta do quarto encostada para lembrar-se de que ainda havia vida lá fora. O som dos talhares de prata atritando junto ao prato de estanho faziam-na acompanhar de longe o movimento que ainda restava no início da longa noite que enfrentaria. Deitou-se de lado, em posição fetal. Aninhou os braços por debaixo do travesseiro, depois de puxar a coberta para aquecer o corpo gélido. Notou um som oco rente ao ouvido, assim que encostou a cabeça. Um pergaminho pequeno fora depositado em sua cama e ela não fazia a menor ideia de quem o havia deixado ali. A cera timbrada formava em relevo um símbolo desconhecido, e Mirta encontrou dificuldade para abrir o lacre quase inviolável da mensagem.

"Hoje à noite estaremos na saída da cidade, em direção a Porta Flamínia. Ao final da segunda vela da noite, dois cavalos a aguardarão. Venha se quiseres fugir com Rhodes. Não será possível mantê-los seguros em Roma. Caso não venhas, o levarei para longe daqui.

— Ícaro

Atordoada, a gaulesa mal podia acreditar no que lia. Um susto desenfreado invadiu seu pensamento pela esperança de poder viver ao lado de Rhodes, sem saber onde, nem como, mas estava desperta com a possibilidade. Ícaro lhe acordava em meio aos ecos da morte de César, dando-lhe esperanças, contudo, impondo uma decisão de vida ou de morte. Ela teria pouquíssimo tempo para reunir seus pertences e amadurecer a ideia de fugir sob as barbas dos sacerdotes de Roma. Abandonar suas companheiras e a mulher admirável que era Fábia Severo. Abandonar a única irmã que teve na vida, Idália. Sua irmã de alma. Seria como afundar nas entranhas da religião romana os mesmos punhais que haviam matado César, com traição e frieza. Mirta estava mais uma vez deixando para trás aqueles que amava. Talvez essa fosse sua sina, ou seu castigo por largar a Gália. Um frio urgente se instalou no estômago vazio e a fez pensar nas poucas horas que teria para escapar. Lembrou-se do sorriso desprotegido de Rhodes e dos abraços que havia lhe dado, nas vezes em que encontrou brechas para visitá-lo em Aventino. A cada encontro estava mais alto, como um broto de carvalho. Mais esperto e gaiato. Seria um prêmio viver com seu filho em qualquer lugar fora daquele mundo injusto que Mirta conhecera. Assim que a notícia da morte de César confirmou os pressentimentos de Mirta, ela pensou na perda de seu protetor. Sabia que ele sempre estava por perto cuidando dela e de Rhodes, e pelo que a gaulesa conhecia da política romana, com a ausência de César um destino cruel e fatal poderia muito bem atingi-los.

Abriu a cortina que fechava o vão do nicho na parede. Pensou em como levar tudo o que César havia lhe dado no baú. Então, notou que a caixa de madeira já não estava lá. Imaginou que o depositário de sua mensagem havia levado tudo, facilitando a fuga. Dentro do armário, apenas um manto com capuz de tom rubro fora deixado para o disfarce da gaulesa. Suas vestes de sacerdotisa ficariam para trás, abandonadas pelo fantasma da vestal desaparecida. Num ímpeto de ansiedade extrema, Mirta fechou a porta do quarto rapidamente e reuniu o que acreditava poder levar consigo. Alguns escritos de Roma e da história das vestais, aos quais vinha se dedicando ao estudo, quis carregar. Talvez aquela fosse a única lembrança material que teria da vida inventada. Num saco de pano, guardou os gravetos e os penates, os documentos sagrados e um único véu dentre a coleção que possuía. Depois, o escondeu dentro do nicho revestido de pedras como se ocultasse as provas de um crime, e deitou-se com a intenção de acalmar as batidas do coração — estava ofegante. Teria pouco tempo para pensar em como sair da mansão vestal sem deixar pistas e sem ser vista. Uma fuga! Se houve momento como este na vida de qualquer virgem vestal, com certeza estava sepultado nos arquivos secretos de Roma, sem que nenhuma filha de Vesta conhecesse o fato. Se Mirta fosse pega, a morte era certa, fundamentada em tantos motivos que o povo jamais esqueceria da indigna gaulesa. Além disso, Ícaro havia sido claro... *"ao final da segunda vela da noite"*, teria de estar lá. Qualquer demora acarretaria desistência e talvez ela jamais visse Rhodes novamente.

    A primeira vela da noite foi acesa. Nesse momento, dariam início à cremação de César e, de dentro do Colégio, as vestais fariam preces para o ditador. Protegidas do tumulto e da revolta do povo, no coração do *atrium vestae*, entoariam as orações fúnebres dos antigos sacerdotes. Mas Idália bateu à porta informando Mirta de que os planos de Fábia Severo haviam mudado: fariam um ritual no Templo de Vesta e o coração de Mirta saltou aflito com medo de que a mudança atrasasse seus planos e, consequentemente, mudasse todo o rumo de sua vida. Imediatamente, a gaulesa se aprumou surgindo no pátio da casa preparada para dar início aos rituais. Fábia Severo notou a mudança de ânimo e considerou o fato de Mirta mostrar-se disposta a homenagear seu pontífice, em respeito à grande ligação que provara ter com ele. No interior do templo, a vestal Ádria demonstrava a aflição de ficar a sós em meio aos gritos da multidão enfurecida. Acalmou-se com a presença das demais. Enquanto a Vestal Máxima desceu até o reservado onde os objetos sagrados de Roma ficavam guardados. Elas sabiam que apenas em momentos de grave instabilidade política isso acontecia, porque o receio de que a República ruísse em meio ao caos que se instalava era enorme. Diante da estátua da deusa Palas — um dos sete objetos sagrados — a tutora pediu permissão para usar o anel de Numa Pompílio. A joia fora usada pelo rei na noite de inauguração do Templo de Vesta. Setecentos anos antes, Vesta entrava para a sacralidade romana, protetora dos lares, guardiã da chave de Roma. Agora era o momento de invocá-la mais do que nunca. E Mirta temia o tardar das horas que urgiam diante da vela derretida. Sentiu-se culpada por desejar que tudo aquilo acabasse depressa, mais rápido do que um piscar de olhos, pedindo a Vesta que a deixasse seguir a vida ao lado de seu filho e para que César pudesse seguir um caminho de luz. Não existia a menor chance de doar-se naquele momento sagrado das vestais, agora uma condição visceral e oposta à castidade vestal a invocava para fora dali. Algo que nenhuma das mulheres dentro daquele templo havia conhecido, o doloroso e infinito universo materno. Diante da derradeira conexão com a deusa, Mirta sentiu o rosto aquecido pelo calor da lareira e o cheiro da madeira que ardia exalando o perfume seco do qual ela jamais se esqueceria, o cheiro da sacralidade romana e da proteção de Vesta. Ali, havia escrito seu nome na história. Havia se tornado uma grande sacerdotisa e respeitada romana. Agora, surpreendentemente, sentia-se traidora da gente que aprendera a amar, devedora do povo, das ruas de Roma, de sua estátua em Óstia. Mirta assistia calada à conversa das duas versões de si mesma: a gaulesa curandeira e a sacerdotisa romana, ambas competindo no âmbito da saudade.

Enfim, Fábia Severo encerrou o ritual. Dispensou a vestal Ádria, que estranhou a decisão já que seria dela toda a noite de vigília. Era a própria Severo quem desejava ficar a cargo da chama, e naquela inusitada noite, as moças se perguntavam se haveria algo mais a experimentar sobre as vontades dos deuses. Assim que saíram do templo, Mirta tratou de mostrar seu cansaço. Despediu-se de Idália de um jeito suspeito, tamanha a brevidade do cumprimento. Deu-lhe um beijo na testa.

— Prometa-me que nunca esquecerás o quanto a amo, como uma verdadeira irmã...

O olhar profundo de Mirta tornou a fala distante como se quisesse ecoá-la nos tímpanos da companheira por muito tempo, o que de fato se fez. A segunda vela da noite fora acesa, reduzindo o tempo como um castigo. Apenas três horas separavam o destino de Mirta da vida vestal, como se possível fosse aniquilar os efeitos de toda uma jornada nesse curto espaço de tempo. Ela abriu a janela, para ter com as árvores de Roma um último instante. Do alto do Palatino as copas achatadas dos pinheiros davam força para a aventura de Mirta, porque o vento passaria milhões de vezes entre eles sem que suas vidas mudassem, mas se alguém tivesse a chance de transformar seu próprio destino, bastaria.

   O prato onde a vela acesa derretia no cômodo, fora trazido para baixo. Apenas uma ligeira claridade se instalara de longe, evitando assim — o que acontecia em algumas noites agitadas — que as companheiras de Mirta viessem até seu quarto conversar até que o sono chegasse. Mas aquele havia sido um longo e desgastante dia, provavelmente muitas delas já estariam dormindo e, pelo tardar das horas, os escravos já haviam apagado as tochas do pátio. Assim como no quarto de Mirta, era provável que apenas a chama no *lararium* trouxesse um feixe de luz para dentro da casa. Os alfarrábios, bem como pequenos objetos de valor aguardavam dentro do saco de pano, debaixo do travesseiro, para uma longa viagem. Em breve, no lugar da camisola branca de algodão vestiria os andrajos deixados por Ícaro e com o enorme capuz preso à túnica esconderia boa parte do rosto. Sentou-se na cama desfazendo uma a uma as seis tranças. Seus longos cabelos chegavam à altura das costelas, soltos e ondulados, certamente esconderiam seu aspecto vestal. O difícil seria passar diante do templo sem que os guardas a notassem; numa noite como aquela, estariam mais atentos do que nunca. Além disso, a melhor rota de fuga para a Flamínia, ficava ao norte do fórum. Mas para isso teria de passar em frente a Régia e atravessar parte da Via Sacra. Em meio ao trajeto imaginário, notou que parte da vela chegava ao meio. Decidiu espiar pela fresta da porta, teve certeza de que a casa dormia. Vestiu o disfarce, pegou seus pertences e abriu o resto da porta encostada. Seu coração quase deu um salto com a presença de Idália bem diante de si, prestes a bater à porta.

— Mirta, onde vais? E que trajes são estes? — os olhos arregalados da moça perderam a expressão de doçura.

Mirta não temia mais nada. Nem mesmo a reprimenda dos deuses ou sacerdotes. Por isso, não viu outra saída senão contar a Idália tudo o que podia em pouquíssimo tempo. Puxou-a para dentro do quarto e desabotoou todas as verdades de uma só vez, não lhe restava tempo para mais nenhuma falsa versão da realidade.

— Vou-me embora, Idália. Nunca mais nos veremos, porque esse mundo não pertence a mim.

— Estás louca, o que dizes? Tente dormir, a morte de nosso pontífice decerto abalou seu juízo. — dizendo isso empurrou o corpo de Mirta para perto da cama.

Mas foi Mirta quem a sentou na cama a fim de evitar que o corpo ingênuo de Idália ruísse com o impacto do porvir.

— Minha querida amiga, sinto muito por tudo... jamais desejei magoar qualquer uma de vocês. Só peço a ti que me deixes ir, não me impeças, por Vesta!

O pensamento de Idália fundia-se entre a visão de Mirtaem seu disfarce e as palavras incoerentes, jamais se aproximaria da verdadeira história de Mirta. A gaulesa não a poupou.

— Não sou romana, Idália. Tampouco casta e minha família jamais morou em Pompeia. Aliás, nunca conheci meu pai ou minha mãe. Fui criada numa aldeia ao sul da Gália, onde conheci Júlio César. O latim, aprendi ainda menina pois nossa terra há muito é província romana, além disso, os anos de convívio com César facilitaram o aprimoramento do idioma para me tornar vestal. Hoje, se me permitires, fugirei com meu filho e nunca mais retornarei a Roma.

O maxilar amolecido da vestal se abriu ligeiramente, e os lábios trêmulos denunciavam o inevitável estupor. *"Mirta devia estar em transe"*.

— És gaulesa? Tens um filho? Mirta... precisas de um médico, vou até a *Massima*.

Mirta a segurou firmemente nos dois braços e olhou novamente no fundo de seus olhos.

— Ó Idália... minha querida! — abraçando-a, chorou timidamente. — Os deuses sabem o quanto sofri mantendo minha falsa identidade por todo esse tempo.

Era verdade! Uma verdade tão surreal para a postura ilibada e ordeira da jovem, que seu primeiro reflexo fora negá-la. Diante da emoção contundente da gaulesa um sopro de coerência invadiu os pensamentos incrédulos da ouvinte. Como? Um sacrilégio de tal proporção nunca fora visto em todo o mundo romano, talvez nem mesmo na Grécia onde Héstia nascera, inspirando a deusa Vesta dos romanos. Os Idos de março pareciam devastar a cidade de maneira incansável. Os olhos de Idália encheram-se de lágrimas e horror. Não podia acreditar no que ouvia, tudo muito forte e rápido para a compreensão sacerdotal.

— Não pode ser, os deuses jamais permitiriam tamanho sacrilégio! Estás mentindo!

— Quisera eu que tudo isso fossem inverdades em minha vida, mas não o são. Eu me tornei vestal porque César assim o quis. Quando cheguei a Roma já estava grávida de um filho dele. Fiquei numa das sete colinas esperando para ter meu bebê e depois disso me entregar a Vesta. Depois, me fizeram acreditar que meu filho era morto, pois César assim decidiu. Temia que eu desistisse do plano. Agora que ele se foi, não existe motivo para que eu fique em Roma. Meu filho corre perigo Idália, não sei o que será de nós, mas se algo acontecer de ruim, quero estar com ele.

— E dizes que és minha irmã? Vivendo com uma infâmia dessas entre nós...

— Vesta sabe quantas vezes pensei em te contar, mas julguei injusto dividir o peso impuro de minha vida com alguém tão casta e devotada. Jamais duvidei de nossa amizade, no entanto, mantê-la ciente de toda minha vida seria como enclausurá-la junto comigo.

A memória da vestal começou a juntar as partes retalhadas de episódios vividos.

— Isso explica tudo... o desmaio com a notícia de Cleópatra e César. O transe em língua estrangeira, as vezes que negou estar na presença do pontífice como se quisesse evitá-lo, sua reação diante da morte súbita e seus presságios... Mirta! Você vai morrer.

A gaulesa levantou a cabeça sem nenhuma esperança de perdão. Em poucos minutos, todos saberiam de sua origem e talvez ainda naquela noite fosse enterrada viva. Manteve-se silente e viu a esperança no rosto de Rhodes indo embora. Idália não liberava qualquer expressão compreensiva.

— Eles irão atrás de ti... pelos deuses, Mirta! És gaulesa! Que queres que eu faça? Sou uma sacerdotisa de Vesta, não posso pactuar com imprecações aos deuses. — o silêncio deixou que Idália ouvisse suas próprias palavras. — Pelas barbas de Júpiter, serei jogada da Rocha Tarpeia caso descubram que sei de algo, e mais, para onde irás na penumbra da noite quando Roma grita a morte de César e o povo se lança louco pelas ruas?

— Aguardam-me ao fim da Via Sacra, ainda não sei meu destino. Certamente iremos o mais longe possível, mas tenho pouco tempo. Do contrário, levarão meu filho para longe e jamais o verei.

— Mirta... pareço estar no meio de um pesadelo, não posso crer numa história tão bem arquitetada, sem que nesses anos todos ninguém tenha notado. — as mãos abertas cobriam-lhe as maçãs do rosto.

— Exceto Felícia. — a gaulesa lembrou as perseguições maquiavélicas da vestal falecida.

— É verdade... Felícia sempre se incomodou com sua presença e ascensão, como um cão de caça farejando a presa. — uns segundos silentes intercalaram a conversa. — Mas ela não estava certa, Mirta, és especial. Talvez por isso Vesta tenha prolongado tua vida sacerdotal. Ó Juno, sabes que eu preferia viver mil vezes sem saber desse segredo.

— Idália, se me denunciares serei morta. Quanto a isso, sempre vivi a espera de algo que desvelasse minha origem gaulesa. No entanto, é meu filho o que mais quero na vida e o direito de vê-lo crescer. Não me negues esse direito que já fora usurpado por César, porque ele estava certo... Nunca me tornaria vestal se soubesse que Rhodes estava vivo, tive a certeza disso no dia em que o vi, meses atrás.

— Então lhe disseram que teu filho era morto?

— Sim, César obrigou dona Ismênia e Ícaro a manterem essa versão.

— D. Ismênia... seria tua tia de Aventino?

— Sim, Idália. Uma tia que em verdade nunca foi de minha família, mas me acolheu como uma mãe.

De súbito, Idália a abraçou, perdoando-a de um jeito que só os irmãos de alma fazem.

— Espere aqui.

Mirta ouviu os passos escassos da companheira. Estava no quarto ao lado. Alguns minutos depois, voltou com um véu dobrado.

— Tome, leves contigo o endereço de alguém que poderá lhes ajudar, mas não o perca de maneira alguma, senão serei eu a vestal desavergonhada a entrar para a história batizando uma cova com meu próprio nome.

As duas se abraçaram por alguns minutos e as lágrimas foram inevitáveis. Mirta nunca imaginaria tal reação na amiga, o raciocínio rápido a fez pensar inclusive em ajuda. Talvez a afinidade e o amor fraterno que tinham entre si superasse os desígnios sacerdotais. Além disso, Idália sabia que a castidade nem sempre fazia de uma romana o modelo de vestal. Decerto, pactuar com Mirta seria a maior aventura que viveria em trinta anos de sacerdócio.

— Minha amiga... me perdoe. Espero que possas viver com essa verdade sem duvidar dos deuses. Somos nós os impuros, não eles.

— Você se espantaria com tudo o que sei das famílias romanas e com minha capacidade de fingir desconhecê-las. — o comentário fez com que Mirta visse uma faceta realista de Idália. — Agora vá. Amanhã direi para todos que fostes ao Tibre pela manhã e que as águas agitadas do rio levaram teu corpo, um colar de ouro é o suficiente para que a criada confirme a versão. Será mais um golpe para nossa *Massima*, mas creio que no meio de tanto sofrimento o coração humano já não conhece seus limites. Ela é forte, o tempo também.

A companheira de Mirta abraçou forte o corpo gaulês, dizendo-lhe ao ouvido "é uma pena... um dia, você seria uma grande *Massima*". Então, entrou no quarto sem olhar para trás.

No corredor de arcos que circundava toda a casa das vestais, os passos de Mirta alcançavam pouco a pouco o portão da entrada. Seu destino parecia longe demais, sentia que quilômetros a distanciavam da saída e a sensação de ser pega imprimia tamanho medo dentro de si que o coração fazia a túnica tremer na altura do peito. A noite silenciava os arredores do *atrium vestae*, nem as cotovias testemunhavam aquele momento, dormiam serenas nas copas das árvores. Mirta sabia que sua grande amiga, a alguns metros dali, deitada na cama e fingindo dormir, partilhava do mesmo ritmo do seu coração. Se Mirta fosse pega, sozinha e àquela hora da noite no pátio da casa, precisaria de um motivo extremamente urgente que justificasse a saída após o horário de descanso. Mas os pertences trazidos com ela deflagrariam a intenção clara de fuga, o que, além de provocar verdadeiro escândalo, reuniria todos os sacerdotes na escolha do método aplicado na sentença de morte da fugitiva. Abandonar os votos de vestal e a honra de zelar pela chama da cidade não só figurava verdadeiro crime, como também inauguraria na história de Roma um inédito caso de banimento. Um precedente jamais visto desde os primórdios. Mirta ultrapassaria o mito de Tarpeia e da própria Rhea Silvia que copulara com o deus Marte dando à luz Rômulo e Remo. Abrir os portões da cidade, perder a castidade com um deus e procriar, tudo isso já se havia visto em Roma, mas não praticado por uma gaulesa. Uma nativa selvagem cujo destino comum a levaria como escrava e cativa para qualquer casa romana; tudo isso se recriava dentro de Mirta no longo caminho até a saída da casa. Ao fim do corredor escuro uma escolha precisa a levaria até Rhodes, desceria as escadas até a ala da criadagem e utilizaria a saída dos fundos ou, enfrentando toda sorte diante da entrada principal da casa, esperaria a ronda dos soldados espreitando o momento certo de abrir o portão e escapar. Era o caminho mais curto até o local designado por Ícaro. Depois de tudo que havia vivido naquele dia, raciocinar com rapidez em meio ao perigo era praticamente impossível. Um instinto a empurrou escada abaixo. Na cozinha, a penumbra a fez esbarrar numa tina de barro que por pouco não fora ao chão. Os pés descalços da gaulesa facilitavam a escapada e retiravam-lhe o aspecto fidalgo de vestal, além disso, os andrajos e os cabelos soltos arrematavam a figura destoante das sacerdotisas. Ao abrir a porta estreita de madeira, sentiu o vento da liberdade. Estava frio, mas seus pés acostumados às baixas temperaturas da Gália nada sofriam porque a ânsia de fugir com Rhodes dominava qualquer desconforto físico. Encostou a porta com cuidado e estranhou a ausência dos vigilantes àquela hora. Pelos fundos, livre dos muros que enclausuravam as vestais, notou o ruído da noite sofrida de Roma. A presença de fumaça em pontos isolados inebriava a cidade, facilitando a fuga. Mirta correu sem parada, sem olhar para trás, tamanho o desespero de chegar a Rhodes. Foi então que sentiu o quanto havia fingido para si mesma, se convencendo de que poderia viver como alguém que não era, alugando seu corpo para a personagem que criara com César e sufocando tudo que sempre fizera parte de sua vida. Enquanto as pedras de Roma raspavam sob seus pés, imprimia-lhes sua vontade liberta, provando um gosto de vingança franqueada da Mirta gaulesa sobre a Mirta romana. Os gritos da multidão que aguardava para homenagear seu ditador nos últimos minutos nesse mundo, norteou a escapada como uma bússola. Mirta se embrenhou pelo povo, vestindo o capuz. Marco Antônio segurava uma tocha acesa, e fazia o povo relembrar o brilhantismo de César, ao ouvi-lo, os passos de Mirta ficaram mais lentos e fracos, quase a derrotando. Mas saiu dali antes que seus próprios ouvidos a delatassem diante do Fórum Romano. O clamor era tamanho que as pessoas não se viam, apenas a luz proveniente do fogo que se lançaria sobre o corpo de César, interessava os olhos romanos e tudo que ela não poderia aguentar era uma visão como aquela. Foi se acotovelando entre o povo até chegar ao fim da Régia e, novamente correu. Esbarrou na guarda pessoal de algum nobre que vinha na direção oposta e ouviu xingamentos que jamais ousariam lhe dizer uma hora antes, mas Mirta só lembraria desses detalhes dias depois, estava possuída pelo inevitável desejo de liberdade. Passou pela Rostra, onde oradores insuflavam a massa a descer ao encontro do líder caído. Pelos cálculos da gaulesa ainda restava uma boa distância a percorrer. Rezou para que não a importunassem durante a andança solitária, qualquer cuidado era pouco nas noites de Roma, quanto mais para uma mulher de aparência plebeia, mas o motivo pelo qual a cidade se agitava permitiu o cruzamento do trajeto sem maiores percalços.

Mirta correu sem olhar para trás por muito tempo, mas não sentia cansaço porque a ânsia de ser ela mesma a fortalecia inesgotavelmente. Assim que avistou os três arcos que davam início à Porta Flamínia, imaginou ser ali o ponto final da Via Sacra, onde Ícaro havia planejado encontrá-la. O local estava escuro, a não ser por duas tochas que indicavam a estrada que levava ao litoral leste da Itália, nada ao redor parecia mostrar a presença de alguém além dela. Galopes enfurecidos cruzaram os arcos na direção do Fórum, não fosse o reflexo da gaulesa escondendo o corpo por trás das pilastras, seria jogada ao chão. Era o exército de César, sob o comando de Antônio, rastreando as imediações à procura dos fétidos *libertatis*. Um quarto de hora se passou, até que dois robustos cavalos puxando uma carroça simplória e guiados por alguém que vestia algo parecido com o disfarce de Mirta, parou a poucos metros dos arcos. Da distância em que estava e com o pouco de luz que podia prevalecer em sua visão, Mirta não viu o corpo miúdo de Rhodes. Era possível identificar apenas uma presença corpulenta no comando da carroça. Talvez fosse Ícaro, mas preferiu aguardar um sinal para se aproximar, estava aflita e temerosa, pois caso não viessem resgatá-la teria de se lançar por todas as colinas até chegar em Aventino, à casa do soldado. Do outro lado da estrada, o homem desceu da carroça, aprumou algo na parte de trás e amarrou os animais num tronco de árvore, depois seguiu na direção da gaulesa que se mantinha de cabeça baixa por trás das pilastras da Porta Flamínia. O capuz cobria boa parte do rosto, permitindo, contudo, que Mirta capturasse qualquer movimento em sua direção. Então, teve a certeza de que era ele. Na metade do espaço que os separava, o homem parou, lançando uma fala num idioma muito comum aos ouvidos saudosos de Mirta: *"Os ydych am fynd i Galia gymryd cam ymlaen"* (Se quiser ir para a Gália, dê um passo à frente).

    Só podia ser ele, seu amigo centurião, conhecedor dos mais variados dialetos da Gália. Então, ela saiu de trás da pilastra e se fez ver por completo. Ícaro se aproximou e Mirta o abraçou. "Obrigada, meu amigo, por tudo". Os dois subiram no transporte e seguiram por dentro da Flamínia, atravessando a Ponte Malio, sem emitir qualquer palavra. Não podiam forçar a velocidade dos cavalos por conta da escuridão e para não chamar a atenção de ladrões ou de vagabundos mal intencionados. Mirta rompeu o silêncio, sussurrando a dúvida.

— Vamos para a Gália? E Rhodes, nos aguarda em algum lugar próximo?

— Rhodes está mais perto do que pensas. Assim que estivermos em segurança, você o verá.

Ícaro achou prudente seguirem adiante o quanto pudessem, até alcançar o próximo lugarejo onde parariam para dormir numa estalagem. Pediu que Mirta se mantivesse silente a maior parte do tempo e só falasse na segurança de um cômodo fechado.

Um romano de qualidade duvidosa lhes deu a chave do quarto que os abrigaria até a quinta hora da manhã. Sairiam bem cedo, já que por ele teriam seguido caminho por mais tempo, mas sabia que o corpo e a alma fatigada de Mirta necessitavam de descanso. Ícaro pediu que ela ficasse no quarto enquanto apanhava as coisas de valor e dava de comer aos animais. Meia hora depois, entrou no quarto com Rhodes no colo, adormecido como um anjo.

— Onde ele estava? — Mirta levantou-se correndo para pegar o filho no colo.

— Estava conosco todo o tempo. Dormiu cedo e o acomodei nos cobertores, atrás da carroça, assim o tempo passaria rápido para ele e você não ficaria ansiosa para vê-lo. Sei como as mães costumam demonstrar a saudade. — Ícaro deixou escapar um sorriso lateral.

Mirta estava finalmente sentindo que a vida valia a pena, pois a lua ia levando embora o seu pior dia, trazendo a esperança de um recomeço com Rhodes em seus braços. Os três adormeceram assim que Ícaro apagou a vela.

Descansaram por poucas horas, o suficiente para recompor os corpos fatigados da fuga noturna. Ícaro mostrou à Mirta os dois baús com moedas de ouro e joias que César deixara para Rhodes. Achou por bem cobri-las com um pano puído e dispôs algumas frutas por cima. Dessa forma, caso fossem obrigados a mostrar a mercadoria transportada às tropas particulares espalhadas pela Itália teriam grandes chances de despistá-los.

CAPÍTULO XL

Os Segredos da Flamínia

Estavam cansados. Há quase duas semanas se escondendo pelas províncias ao longo da Via Flamínia. O último refúgio fora um casebre abandonado próximo a Ariminum, mas apenas por duas noites as estrelas os acompanharam pelas cercanias. Um cenário como aquele atraía não só viajantes, mas perigosos corsários fugitivos que se favoreciam do instável aspecto político de Roma. Havia momentos em que as estalagens ao longo da estrada surgiam tentadoras, com a promessa de um banho quente e uma cama confortável, no lugar da grama úmida que os aguardava ao fim do dia. Mas tudo dependia do instinto militar de Ícaro e Mirta o obedecia sem contestar.

A cada dia, Ícaro sentia mais dificuldade em identificar estradas paralelas à Via Flamínia. A possibilidade de esbarrarem nas tropas dos *libertatis* crescia com as mudanças dos ventos. Rhodes se mostrava um pequeno guerreiro, muito observador. Gostava de ajudar o centurião a afiar a lâmina do gládio e, embora Mirta o repreendesse, o gene diplomático do menino fingia obedecer até que a mãe lhe desse as costas. Perguntava a Ícaro quando teria um instrumento de defesa como aquele, mas o soldado romano só fazia sorrir diante da ansiedade do menino. Então Rhodes franzia o cenho, demonstrando o descontentamento face a pouca credibilidade em suas aptidões.

    Naquela noite eles acamparam próximo a Patavium, abandonando o litoral da Emília-Romana. Mirta agradecia aos deuses por terem cruzado a região, dias antes, evitando a proximidade com a maresia de Ariminum. Não seria justo que o destino a impusesse mais essa prova e, de alguma forma, em meio a todo o medo de serem pegos, ela sentia que o tempo das provações se dissipava como as brumas que nasciam do solo invernoso na aldeia allobroge. Sentada na beira da carroça, onde havia acomodado o corpo sonolento de Rhodes, a gaulesa observava a fogueira de Ícaro tomar volume. De dentro do saco com seus pertences, Mirta tirou o véu que a amiga vestal a havia dado. Nele, o endereço de um abrigo seguro a fez pensar num período de trégua para aqueles três corpos cansados. A tinta escrita às pressas por Idália havia secado, a ponto de fazê-la pensar que havia se passado muito tempo desde a última noite na morada vestal, então, o rosto angelical de sua amiga romana veio até ela como um sinal luminoso, indicando um bom presságio. Além disso, sem notícias sobre a situação de Roma, tanto ela quanto o centurião fiel de César deixavam nascer a dúvida em forçar a marcha até a Gália.

    — Talvez pudéssemos aguardar notícias de Roma até tomarmos o caminho da Transalpina. — os gravetos estalaram em uníssono antes que Ícaro se pronunciasse.

    — Tem sido difícil mantê-los em segurança... Mas creio que forçar a marcha até os allobroges sem sabermos sob qual comando estão submetidos, pode ser precipitado de nossa parte.

Mirta sentiu que o amigo tinha o mesmo receio que ela. De que adiantaria chegarem tão perto da aldeia se a província estivesse sob o comando de forças inimigas? Foi então que decidiu mostrar o endereço que Idália lhe dera.

— Mirta, não sei como conseguistes tal direção, mas espero que confies cegamente na fonte. Conheces melhor do que eu o destino de uma vestal impura, sabes que durante muito tempo a perseguirão. Talvez isto seja uma armadilha...

— Não, Ícaro. Poupe sua mente de preocupações... quem me deu este véu talvez valha mais do que nós dois juntos.

O centurião agachado próximo ao fogo deixou que Mirta notasse a fadiga instalada nas têmporas de seu rosto e embora ele fosse o líder, naquele momento se rendera à sugestão e à intuição de Mirta, pois o corpo já dava sinais de rendição.

— Está bem, amanhã tomaremos o caminho de Patavium...

Mirta respirou como se estivesse voltando para casa.

— Ficaremos um tempo à espreita para que eu possa ter certeza de que o posto é seguro. Em tempos de guerra, desconfio até de Marte. — depois, se aninhou no monte de trapo onde costumava estirar o corpo no fim da noite, deixando Mirta com seu olhar perdido a imaginar Patavium.

CAPÍTULO XLI

O Caminho de Patavium

—Mamãe... deixe que me banhe neste rio... por favor. Rhodes estava entusiasmado com o volume de águas cristalinas que margeavam a estrada. Ícaro tivera de arriscar a travessia por dentro do caminho que fazia o Rio Pó. O mais extenso rio da Itália nascia nos alpes e desaguava faceiro no mar Adriático, por isso segui-lo na direção de sua nascente seria o jeito mais rápido de chegarem a Patavium. As temperaturas no mês de abril presenteavam a tentativa do menino em se divertir. Mirta olhou para Rhodes e sorriu. Sabia que as tradições gaulesas estavam impregnadas em sua pequena alma e que o rio o invocava para novas descobertas, embora fosse cedo demais para que ele soubesse.

Ícaro fingia não ouvir o pleito da criança a perturbar a mãe. A marcha forçada que havia instituído assim que saíram do acampamento, perderia o ritmo se sucumbissem aos cantos caídos dos olhos de Rhodes. Mas já era próximo do almoço e estavam mesmo para fazer a refeição matinal quando o menino sugeriu a parada. Circulando ao redor do pedido de Rhodes, Mirta invocou a refeição.

— Está bem — respondeu Ícaro, um tanto contrariado — que será de mim com vocês dois a me atocaiar? Mas terá de ser por pouco tempo. Se quisermos chegar a Patavium antes das estrelas, não podemos nos distrair.

Mal a carroça parou, Rhodes foi descendo a pequena depressão de terra que dividia as águas da beira da estrada. Seu corpo magro e esguio, muito parecido com o do pai, foi despindo-se rapidamente das sandálias de couro e dos andrajos, no afã de se banhar o máximo que pudesse. Enquanto Ícaro descia para buscar água e dar de beber aos cavalos, Mirta se incumbia de preparar as guarnições que, àquela altura, já não eram muitas; alguns pedaços de pão, frutas e um resto de azeite teria de saciá-los até o próximo e misterioso ponto de apoio em Patavium. O centurião molhou o pedaço de broa num pouco do azeite e carregou uma maçã para o alto, onde a carroça ficara parada na beira da estrada. Estava atento a qualquer aproximação e temia pelo conteúdo do transporte. Enquanto Mirta reunia a porção destinada a Rhodes, sentiu uma imensa vontade de se juntar a ele — a alegria de seu filho brincando nas águas viajantes do Pó alimentava o recente prazer de vê-lo crescer. Juntou rapidamente o resto da guarnição e suspendeu a túnica alaranjada que a fazia se passar por camponesa, então deixou parte das canelas submersas, alimentando um pouco da vontade de mergulhar junto de seu filho. Rhodes sorriu ao ver a sombra miúda de sua mãe refletida ao seu lado.

— Entre mamãe, veja como a areia no fundo é branca e macia!

Mirta evitou olhar para trás e encarar o olhar reprovador de Ícaro, estava à espera de uma chance para chamá-los. Agachou na altura da criança evitando molhar as vestes. Rhodes estava submerso, boiando, deixando apenas o nariz e as maçãs do rosto sentirem a ação dos raios solares.

— Você gosta muito da água, não é meu filho?
— Sim. Gosto de ouvir o barulho debaixo dela...
— E como é esse barulho?

Rhodes levantou a cabeça repartindo o regozijo da brincadeira com a mãe.

— É o barulho do silêncio.

Alguns segundos se passaram até que Mirta pudesse dizer as palavras corretas para seu pequeno filósofo, enquanto fitava orgulhosa a face de Rhodes.

— As vezes é preciso ouvir o silêncio...
— Então venha mamãe, deite comigo aqui na água.

O convite de Rhodes revolveu mais uma vez a necessidade celta que conectava Mirta a seus antepassados e aos costumes de sua religião. A água era um imenso portal para o mundo ancestral dos celtas e Mirta não temia o submundo, nem os mortos. Lembrou-se da túnica restante que Ícaro trouxera, e deitou ao lado do menino fazendo aquilo que mais desejou nos últimos anos: brincar livremente com seu filho.

— Rhodes, quando chegarmos na Gália você será ungido pelas águas dos rios que correm por nossa aldeia, então poderá ouvir muito mais do que o barulho do silêncio.

— Mamãe... eu só ouço o barulho do silêncio quando abro os meus olhos. Quando eles estão fechados, ouço a voz de meu pai.

Um nó muito apertado nasceu subitamente na garganta da gaulesa impedindo que desse continuidade à conversa. Mas os dois foram despertados pela voz grave de Ícaro que bradava em tom muito claro:

— Retirada, retirada!

Parecia que não, mas Rhodes adorava quando Ícaro os tratava como soldados, embora muitas vezes soasse como brincadeira, era algo mais automático do que o próprio centurião pudesse perceber. Enquanto o menino subia o aclive de terra, Mirta pensava na voz que Rhodes ouvira.

Em poucos minutos entrariam na Via Annia, a estrada que os levaria até o ponto desejado.

Ao longe avistaram o que parecia um tapete de lascas de madeira, aglomerados de maneira organizada, formando as peças de um quebra-cabeças urbano. Eram os telhados de Patavium, delimitando visualmente o tamanho da cidade. A alvenaria romana reunida circularmente, formava-se precisamente no centro do Rio Bacchiglione, rodeando a cidade como um fosso. Lentamente, eles se aproximaram das muradas, não sabiam a atmosfera que encontrariam por lá, embora a sensação de paz aumentasse cada vez mais enquanto ganhavam a nitidez visual dos contornos locais; era certo que estavam tensos demais para notar as peculiaridades gentis de Patavium. Na linha do horizonte as colinas de Euganei protegiam a região como guardiãs verdejantes e silenciosas, enviadas pelos deuses para dificultar qualquer tipo de ameaça aos habitantes da região de Vêneto. Pequenas pontes circulavam os vários ramos do Bacchiglione, levando as pessoas até o interior da cidade propriamente dita. A pequena Patavium desenvolvera um tipo de vida peculiar, o comércio concentrava-se às margens do rio, deixando as complexas ruas albergando as vias residenciais. Mirta pensou no Bacchiglione como uma espécie de *Decumanus Maximus* aquática — uma extensa avenida feita de água pura e abundante.

Era bom sentir a energia do rio se renovando através do fluxo das águas. No meio da gente que se agitava entre as margens, Rhodes, Mirta e Ícaro nem pareciam forasteiros, ao contrário, as vestes comuns e o modelo familiar que destilavam, invariavelmente, facilitou a entrada. Apesar do aspecto acolhedor, Patavium deixava os pelos das narinas do centurião um tanto inquietos. Da última vez que passara por lá, os conluios contra César eram crescentes, não fosse a aptidão militar de Marco Antônio, os simpatizantes de Pompeu tomariam toda a cidade tornando-a um imenso quartel general. Para ele, Patavium parecia bucólica, mas falsamente acolhedora.

Bem mais estreito do que o Brenta, o rio Bacchiglione trazia águas claras que permitiam revelar seu fundo, onde pequeninas pedras brancas reluziam sob o resto de luz que o sol projetava no fim da tarde. A temperatura agradável fez nascer um bem-estar partilhado entre aquelas três almas viajantes.

O centurião abriu o véu que Mirta havia lhe confiado com o fito de memorizar o endereço:

"Primeira casa de pedra, logo após a ponte terceira de Patavium... procurar por Tullia."

A ponte terceira era uma das sete que circundavam a cidade, mas estava ao norte, na direção oposta. Ícaro tomou as instruções com um velho ferreiro, cuja paciência reduzida por causa do movimentado estabelecimento, limitou-se a indicar o caminho num gesto apressado. De qualquer forma, não seria difícil chegarem à ponte, aliás, praticamente impossível não a encontrar, considerando que Patavium era uma espécie de ilha.

— Lá está a casa de pedra... fiquemos ao longe enquanto é dia. Prefiro espreitar um pouco até que nos sintamos seguros.

O comentário puxou Mirta à realidade. A onda de paz que a gaulesa havia sentido há menos de vinte e quatro horas, morrera nas areias da desconfiança. De repente, o medo de ter feito a escolha errada a tomou de arroubo. A insegurança travestida de passado a fez pensar que colocaria Rhodes e Ícaro em perigo. Talvez Idália tivesse plantado uma emboscada, impulsionada pelo dever da "paz dos deuses". *Talvez fosse uma gaulesa tola e de fraca intuição e por excesso de confiança tivesse, mais uma vez, acreditado na raça que odiava os gauleses...*

Diferente do lado sul da cidade, o movimento na direção norte era escasso e por causa do pouco comércio, a região se fazia com aspecto eminentemente residencial. Tranquila e silenciosa, a não ser pelo som de um ou outro carro de boi que passavam em intervalos extensos. Ícaro guardou a carroça num beco estreito, amarrando bem o conteúdo protegido pelo velho cobertor. Ali, o futuro de Rhodes e Mirta descansava como se fosse mercadoria perecível e de pouco valor.

Mais de uma hora se passara quando um jovem e bem apessoado rapaz, adentrou o portão principal da casa. De fora, a impressão que dava era que a simples morada fosse grande e espaçosa, embora não se pudesse predizer se seus donos eram ricos ou pobres padovanos. Por causa da expressão pacífica daquele que parecia ser um dos moradores, Mirta sentiu-se mais à vontade perante a expectativa de se aproximarem.

— Temos de tomar uma decisão Ícaro... escurecerá em pouco tempo e não teremos suprimentos para passar a noite, tampouco abrigo seguro. Não creio que Idália tenha me traído, somos amigas.

Os olhos ressabiados do centurião deflagraram o desconforto em prosseguir com a apresentação em frente ao largo portão de madeira, mas em parte ela estava certa; a noite rondava o crepúsculo primaveril e em poucos minutos teriam de tomar uma decisão. Mirta firmou os punhos e apertou forte a aldrava de ferro, batendo no portão até que alguém a ouvisse. Foi uma mulher com as mãos sujas por uma mistura alaranjada quem veio ao encontro da porta. O mesmo semblante dócil do rapaz que adentrara a casa há pouco, vinha em formato feminil e fitava Mirta curiosamente. Pela escassez de rugas e abundância de viço na pele da mulher, Mirta pensou imediatamente se tratar da irmã mais velha do rapaz. No ângulo que se abriu no portão, a gaulesa pôde capturar pouco mais do que noventa graus de um modesto, porém romântico, jardim. Rhodes estava de mãos dadas com a mãe, completamente alheio ao motivo que os levava até a porta misteriosa de onde escapava parte do sossego que teriam em breve.

— Procuro por Tullia... — disse, estendendo o véu à interlocutora, certa de que era ela a ponte que Idália havia construído. — Venho por intermédio de Idália.

— Idália! — o nome transformou de súbito a feição curiosa da dona da casa, que imediatamente convidou Mirta para entrar. Foi quando Ícaro se juntou em companhia da mãe e do menino, saindo do ponto cego que o portão semifechado bloqueava. As mãos sujas de barro impediram que os tocasse, mas a linguagem corporal os abrigava nitidamente, como se o nome da vestal romana, revestido por um código secreto, desse à luz a uma confiança nascitura com os estranhos. — Entrem... por favor!

Tullia os acomodou na sala ampla da casa, onde um pequeno pátio coroava ao centro, uma virtuosa oliveira. Era como a maioria das construções italianas, com um pórtico em arcos e um átrio retangular aberto ao céu, levando a luz diurna para o interior. Não havia nada suntuoso ou magnífico nos objetos decorativos, ao contrário, eram simples e rústicos, mas extremamente belos. Praticamente toda a residência fora edificada com o uso de pedras, embora internamente os revestimentos de madeira estivessem presentes. Tullia pediu que a criada trouxesse água para as visitas e talvez, por causa da presença de Rhodes, esquecera de mencionar o vinho.

— Digam-me, em que posso lhes ajudar? Como está Idália?

— Gostaríamos de um lugar seguro para descansar, por um par de dias, até seguirmos viagem.

— Fiquem o quanto precisarem. Nossa casa é simples e não tenho mais do que uma criada para os afazeres domésticos, mas saibam que o que tivermos à mesa será de vocês como é nosso.

Ícaro interrompeu a conversa, preocupado com a carroça que deixara no beco próximo à casa. Tullia lhe deu a chave do portão dos fundos e disse que acomodasse os pertences onde lhe parecesse apropriado. Enquanto isso, desferiu uma rajada de perguntas à Mirta.

— Diga-me, como vai minha amiga? Como andam os acontecimentos em Roma? A notícia da morte de César atordoou até as colinas de Vicenza...

Rhodes se aproximou de Mirta e apertou forte sua mão ante a pergunta de Tullia, deixando que a anfitriã notasse certa relação entre os visitantes e o ditador de Roma.

— Idália está bem, é a melhor vestal de nosso colégio... — o ato falho fez escapar da boca de Mirta o primeiro segredo a ser revelado na modesta casa de Patavium, mas Tullia tinha a boa natureza de Idália, revelando uma tendência ao não julgamento. — Quanto a César, toda a Roma chora sua morte...

— Sinto falta de Roma, mas em momentos como esses, em que um líder como César jaz repentinamente deixando a todos nos braços da incerteza, penso na escolha que fizemos. Além disso, desde que Patavium foi presenteada com a *Lei Júlia*, sentimos novamente o orgulho de sermos romanos.

Havia tristeza na saudade de Tullia e um pouco de remorso, que deixava um mistério quanto à sua relação com Idália e com a capital da República.

Mirta tratou de esclarecer que Ícaro era um amigo em quem muito confiava e que a levaria, com seu filho, para a Gália. Com isso, Tullia pôde reservar um quarto nas dependências da casa para Mirta e Rhodes, enquanto Ícaro ficaria num aposento externo, ao lado da oficina artesanal da família. Embora acabassem de se conhecer, a identificação entre a gaulesa e Tullia Livius fora imediata, muito próxima da afeição que sentira por Idália ao entrar pela primeira vez no Colégio Vestal. Do corredor que vinha da área externa da casa, um homem, aparentando pouco mais do que quarenta anos, caminhava intrigado ao encontro das visitas recém-chegadas, mas seu olhar esboçava certa preocupação. Tullia tratou de apresentar o marido, Darius, cuja expressão libertara-se do desconforto ao ouvir o nome de Idália.

— São amigos de Idália, e precisam de estadia e segurança por alguns dias...

— Se são amigos de Idália, também são nossos.

Enquanto tentava entender o que aquelas pessoas aparentemente simples faziam em Patavium, com indicações de uma vestal de Roma, Darius mergulhou as mãos sujas de barro numa tina funda e cheia d'água, trazida pela criada.

— Estão de passagem por Patavium ou pretendem fixar residência?

Mirta silenciou por alguns instantes e respondeu com outra pergunta.

— Permitam-me uma pergunta... acaso possuem altar doméstico?

— Por certo! Fica logo após o corredor, à direita, verás assim que cruzares a porta... no nicho de pedra.

Então Mirta foi até lá, enquanto Ícaro se incumbia de guardar os animais e a carroça nos fundos da casa. Rezou para Vesta e agradeceu por estarem seguros numa casa de família amigável e afetuosa. Pediu proteção e luz embora sentisse uma eterna dívida com a deusa, e prometeu construir um templo para Vesta próximo ao nemeton de Belisama. Os anos como vestal a fizerem depender do fogo sagrado tanto quanto os romanos. Um estado quase catatônico a tirou por alguns minutos daquele local e num instante que pareceu longo e duradouro, Mirta foi estar com Idália. Em pensamento invocou o doce sorriso de sua amiga e a agradeceu através das ondas de amor que as envolvera desde a primeira vez em que se viram. Mirta sabia chegar até as boas almas através do pensamento fraterno, o fazia desde pequena e provavelmente continuaria fazendo até a sua morte. Houve uma atmosfera de paz que trouxe silêncio e resignação aos corações da casa, e então ela voltou para junto dos anfitriões, agradecendo mais uma vez a acolhida e finalmente respondendo a Darius a pergunta anterior.

— Estamos de passagem, só precisamos de alguns dias de descanso até tomarmos o caminho para a Gália.

Darius fitou sua visita por muitos minutos que foram interrompidos pela fala gentil de Tullia.

— Vamos, me acompanhem, vocês devem estar cansados... os levarei até o cômodo reservado.

Enquanto sua esposa se afastava em companhia da estranha e do menino, Darius refletia intrigado nas várias possibilidades que fariam uma mulher, aparentemente pobre, receber de Idália o endereço dele e de Tullia. Eles tinham uma dívida de gratidão com a moça e talvez agora tivessem a chance de pagar parte disso, ajudando alguém cujos modos e a fala em nada condiziam com o aspecto. Mas os dias passariam calmos e elucidativos, trazendo respostas mais surpreendentes do que ele pudesse prever.

CAPÍTULO XLII

A Casa dos Livius

Tito, o filho do casal, era um belo rapaz. Reservado em seu modo de agir, mas igualmente gentil. No auge de sua mocidade, já havia escrito alguns ensaios e poemas, no entanto, eram a arte da retórica e a literatura suas grandes paixões. Assim como todo homem de alma literária daquela época, sonhava em ir para a Grécia, o berço da civilização e do pensamento filosófico. Mas as guerras civis afastavam-no vertiginosamente dessa possibilidade. Além disso, as modestas posses de sua família não encontrariam meios de sustentá-lo em tão distantes terras; a não ser pelas aulas do idioma grego que lecionava para os jovens ricos de Patavium, não havia nenhuma renda extra além da cerâmica. No entanto, Mirta sabia que Tito chegaria mais longe do que a própria Grécia, porque sua viagem atravessaria o tempo de muitas vidas. Seu nome seria mencionado em terras longínquas, nas grandes e nas pequenas escolas de história espalhadas pelo mundo. O jovem Tito alimentava o desejo de ser o primeiro em toda a Itália, a criar uma obra completa sobre a verdadeira história de Roma, dos primeiros dias da fundação até os tempos de sua morte. Um peregrino das lendas e pesquisador ferrenho nas fontes que restavam intactas até aquele momento. Embora Tito sequer pudesse imaginar, a hóspede misteriosa de sua mãe em breve lhe daria informações valiosas sobre seu trabalho, e ele faria seus primeiros esboços sobre a religião de Roma através dos olhos estrangeiros de Mirta.

    A família vivia basicamente do trabalho ceramista. Inúmeros objetos ocupavam os fundos da casa, onde uma pequena oficina funcionava do nascer do sol ao cair da tarde. Tito ajudava seus pais quando o ofício de professor encontrava brechas; embora Tullia preferisse que o filho se dedicasse aos estudos na intimidade do quarto, o rapaz dava um jeito de compor as obrigações de todos os lados. Dormia tarde, quando a lua se colocava bem acima do telhado da casa, iluminando todo o jardim. Às vezes, quando o pensamento insone de Mirta a levava até o jardim dos fundos, e lá se iam muitas saudades noite afora, era possível notar o apagar da luminosidade no quarto de Tito, alforriando a lamparina. Era dedicado a um instinto natural de buscar respostas, e no futuro, as contaria como ninguém.

    Pela manhã, quando todos na casa esperavam pelo pão de milho feito ainda na madrugada, Tito chegava da rua como se o sol para ele tivesse nascido há mais tempo. Trazia sempre um papiro debaixo do braço, como se o elemento indissociável rogasse sua proteção. Servia-se de um sorriso tímido para codificar seu "bom-dia", mas não deixava de passar pela mãe dando-lhe um beijo nas mãos. Darius continuava a comer, como se quisesse afastar tal gesto em sua direção, mas Tito pousava delicadamente a mão esquerda sobre o ombro do pai, capturando o olhar brioso do genitor. Depois de alguns dias em companhia da família, Rhodes passou a imitar o gesto do rapaz, beijando as mãos de

Mirta simultaneamente ao gesto de Tito, isso furtou o primeiro sorriso aberto do tímido anfitrião. Talvez tenha sido neste exato momento que nascera a amizade dos três.

Os Sete Objetos Sagrados

A prosa seguia animada no café da manhã. Mirta e Rhodes se sentiam cada vez mais à vontade em companhia da família — algumas semanas já haviam se passado, fazendo parecer que a paz finalmente chegara para eles. Os anfitriões se divertiam com as perguntas de Rhodes e o cheiro do cervo assado que Ícaro havia caçado no dia anterior, invadia o apetite de todos, causando inquietação em Darius.

— Acho que nossa criada está a deliciar-se com nosso assado...

— Tenha paciência, homem, deixe que a carne obtenha o sabor dos temperos junto da brasa. Vá, coma mais um pouco de pão e espere a hora certa de degustar o bicho. — Tullia voltou-se para os hóspedes e agradeceu ao centurião mais uma vez. Dificilmente comeriam algum animal daquele porte num dia simples, sem festejos.

Rhodes sentiu a falta de Tito, pois o aspecto juvenil do rapaz o fazia se sentir quase um grande homem. Às vezes, quando Tito decidia levar seus livros para o jardim da casa, Rhodes corria até Mirta rogando por algo que pudesse ser lido, afinal, já se considerava um pequeno intelectual romano, inclusive surpreendendo o anfitrião com citações de Catulo e de Cícero. Tito sorria surpreso com a prodigiosa eloquência do pequeno visitante e, gentilmente, perguntava-lhe como teria ele alcançado tamanho conhecimento. Então Rhodes, mordendo a isca da vaidade, estufava o peito e respondia: "aprendi com meu tutor". Tito observava a criança como se alguma peça estivesse desordenada. Rhodes falava bem, assim como sua mãe, mas se vestia como filho de criados, quase sempre descalço e, com vestes empobrecidas pela ação do tempo. Mirta preferia assim, queria que Rhodes descobrisse a importância do eu em detrimento das posses que naquele momento, não poderiam ostentar. Queria que seu filho se detivesse no foco da vida, na devoção aos deuses e a seu povo, contra o desejo de ambição e poder; tinha medo de que o gene de César aflorasse a qualquer momento.

— Onde está Tito? — o menino perguntava, cheio de intimidade.

— Está no quarto, Rhodes, preferiu não interromper os estudos. Mais tarde virá ter conosco, agora precisa descobrir alguns segredos de Roma. — a resposta de Tullia aguçou ainda mais a curiosidade do menino.

— Segredos, que segredos?

Mirta interrompeu a insistência do filho.

— Chega de perguntas, mocinho, já está passando dos limites.

Mas foi Darius quem deu continuidade ao assunto, impelido pela mesma curiosidade de Rhodes.

— Segredos de Roma? Mas não era sobre os reis que Tito pesquisava ainda ontem?

— Sim, por isso mesmo chegou aos objetos sagrados de Roma. — a mãe de Tito respondia empolgada enquanto rasgava um pedaço de pão. — Descobriu que no templo da deusa Vesta existem sete objetos sagrados que protegem Roma há setecentos anos, mas parece que há muita discussão a respeito disso.

Enquanto misturava o suco de romã com um pouco de mel, Ícaro parecia ler o pensamento de Mirta e rogava para que ela não revelasse a parte mais forte de seu passado: o de sacerdotisa fugitiva.

Rhodes concluiu pensando em voz alta:

— Aposto um denário que um deles é uma espada!

Todos riram da natureza precocemente guerreira do molecote, Tullia sentia um enorme prazer em ter companhias tão agradáveis que a lembrassem de sua cidade natal. Finalmente o animal assado chegou fazendo cessar o assunto por causa do delicioso aroma da carne, cujo tempero misturava vinho, alecrim e folhas de louro. O vapor quente inebriou até o apetite discreto de Mirta, desacostumada a refeições matinais daquela proporção. Depois de alguns minutos, ela mesma se ofereceu para levar um pouco para Tito, afinal, o sabor tenro da carne perderia os encantos assim que ela esfriasse. Tullia agradeceu o gesto.

— Importa-se que eu entre? — a gaulesa bateu à porta semicerrada.

Havia uma infinidade de papiros espalhados pela cama e o próprio Tito parecia não saber por onde começar, por isso a chegada da gaulesa provocou uma pausa necessária no universo particular do pesquisador.

— Sim, Mirta, entre!

— Achamos que você deveria provar do assado enquanto a carne se faz macia e aquecida...

— Obrigado, será bom para que eu possa organizar meus pensamentos.

Delicadamente, Mirta tateou um espaço e se sentou. Observou por um tempo a fome que Tito ignorava há muitas horas, mas que agora se rendera aos prazeres palatáveis da refeição. Procurou um jeito natural de adentrar o assunto, embora soubesse que uma mulher simples e pobre — em território romano — jamais teria o conhecimento que ela estava prestes a ofertar. Estava disposta a ajudá-lo, por gratidão ao carinho recebido na casa dos Livius, sobretudo por reconhecer na face de Tito uma virtude raramente vista em terras itálicas — ele exalava um compromisso firmado com a verdade.

— Tullia nos contou sobre sua pesquisa... disse-nos que procuras pelos sete objetos sagrados de Roma.

O rapaz parecia envolvido com o alimento, mas diminuiu imediatamente o ritmo da mastigação diante do interesse de Mirta.

— Isso, procuro pelos verdadeiros objetos, pois com o material que consegui para as pesquisas encontrei muitas controvérsias.

— E quais foram os nomes dos objetos que encontrastes?

Tito ficou visivelmente desconfortável, e se não fosse a proposta que Mirta lhe fez em seguida teria, gentilmente, insinuado que precisava de silêncio e solidão para dar continuidade aos estudos.

— Se queres saber quais são os sete objetos sagrados de Roma, eu posso lhe dizer. Mas, para isso, terás que me prometer algo...

— Como tu podes conhecer um segredo como este... afinal, Mirta, quem és tu?

— É justamente isso que irei lhe contar, depois de concluirmos sua intentada pesquisa sobre os sete objetos sagrados.

— E o que queres que eu lhe prometa? — Tito estava cada vez mais surpreso com a postura assertiva de Mirta e podia ver que ela não brincava com a verdade.

— Prometa-me que um dia contará parte de minha história e a de meu filho.

Por um tempo o rapaz pensou se poderia cumprir a promessa. Afinal, não fazia a menor ideia de quem eram seus hóspedes e o rigor moral, muito latente desde menino, o fazia se confrontar com as possíveis histórias que Mirta parecia esconder. No entanto, a alma historiadora de Tito Lívio estava à flor da pele, incitando a busca pelo passado e o presente de Roma, por isso, o silêncio que deixou como resposta permitiu que Mirta desse início às muitas revelações que faria durante o tempo em que permanecera em Patavium. A fala da gaulesa deu início a revelações que Tito jamais imaginaria ouvir.

— Tito, o primeiro e mais importante objeto sagrado é a imagem da deusa Palas Atena. Uma estátua de pedra, com aproximadamente dois metros, sentada sobre um pedestal. Veio de Tróia juntamente com a chama sagrada de Vesta.

— Mas... como tu podes afirmar com tanta precisão? — Tito tinha um formato de rosto comprido, maçãs do rosto proeminentes, olhos curiosos. Não conseguia disfarçar sua inquietude.

— Ouça com calma, Tito, e anote tudo que lhe digo, não te arrependerás. Depois saberás como sei destes e de outros segredos de Roma.

O nanquim diminuía vertiginosamente enquanto Tito Lívio registrava com avidez tudo que saía da boca de Mirta como se fossem profecias. Ela seguiu firme e nomeou com riqueza de detalhes o que eram *"as coisas sagradas que não podiam ser divulgadas"*. Entre uma e outra revelação, uma advertência em forma de *mea culpa*.

— Saibas que lhe digo estas coisas, Tito, por reconhecer em ti muitas virtudes, uma delas o respeito pelos deuses. Não divulgues estes segredos enquanto não terminares tua obra. Um dia, toda a Roma conhecerá teu valor, estejas certo disso, mas guarde até lá as coisas que são sagradas. São muito poderosas e de fato protegem Roma, a mim é custoso revelá-las, mas sei que terão um papel importante em tua vida, assim como tiveram na minha.

Durante o relato de Mirta, vez por outra Tito fazia perguntas procurando elucidar um pouco mais dos objetos e encontrava na retidão da sacerdotisa detalhes surpreendentes.

— O que seria o *Acus*?

— Uma imagem cônica da mãe dos deuses, foi encontrada nas margens do Tibre na noite em que os gauleses invadiram a cidade, há trezentos anos. Naquela ocasião, os invasores recuaram em virtude de um acordo proposto por Marco Fúrio Camilo.

À tarde, depois de Mirta ter se dedicado um pouco a Rhodes, a ansiedade do anfitrião o levou até ela. Estavam na oficina vendo Darius e Tullia confeccionarem um dos doze vasos de cerâmica retratando os trabalhos de Hércules, encomenda feita por um rico nobre de Vicenza. Então, Rhodes quis saber quem era o "tal" deus grego mais forte do mundo e perguntou à sua mãe se podiam render sacrifícios a ele, ainda naquela tarde. Mirta explicou a Rhodes que lhe contaria todas as histórias sobre o filho de Zeus e prometeu que fariam um "sacrifício" para Hércules num outro dia.

Naquela mesma tarde ela cumpriu parte da proposta feita ao jovem escritor. No jardim da casa, detalhou para Tito os últimos cinco objetos pelos quais ele tanto ansiava. Falou da Carruagem de barro levada a Veio e das Cinzas de Orestes, dispostas no templo num pote de bronze. O sagrado Véu de Ilíone, a filha mais velha de Príamo. O Anel do rei Numa, que os romanos acreditavam ter caído dos céus. Por último, ela precisou de cuidado para dizer a Tito por que o Fascilum, um falo ereto que acreditavam evitar o mal, representava o espírito da fertilização. A menção ao membro viril, no ambiente onde as sacerdotisas abdicavam trinta anos da vida sexual em nome da castidade parecia contraditória, mas Vesta tornara-se virgem e sagrada diante das outras deusas, justamente pelo dever de zelar pelo matrimônio e pela proteção dos lares romanos. Por isso a imagem do que gerava a vida humana estava em meio aos objetos sagrados, evocando os muitos filhos que nasceriam em Roma, o povo. O Fascilum seria de Marte, o deus romano mais viril de todos.

Tito estava perplexo. Não com o desvelo inesperado dos objetos sagrados e sim por onde eles haviam escapado: dos lábios de Mirta. Segredos sagrados e seculares saltavam como se quisessem renome e glória, através da ponta da pena de Tito Lívio. Agora não era mais a ansiedade da pesquisa que prenunciava as noites insones, mas o que Mirta guardava em sua origem desconhecida, sua jornada misteriosa, que a levara até Patavium. Durante muitos dias o caráter reservado de Tito perdeu espaço para o desejo de saber mais. Agora ele estava irrefutavelmente ligado a ela e aos preciosos detalhes que, provavelmente, nem mesmo vivendo em Roma, ele teria acesso. As lições de Mirta eram valiosas demais para qualquer cidadão... Mas afinal, quem teria lhe dito todos aqueles segredos? Nos próximos dias ele teria a chance de entender todos os mistérios que cercavam seus hóspedes.

14 de maio do ano 44 a.C.

Uma tarde fria e fantasmagórica invadiu a casa dos Livius em plena primavera. Como se uma força estranha obrigasse Mirta a reviver a recente notícia da morte de César. Exatos dois meses haviam se passado desde a manhã fatídica no Teatro de Pompeu, mas para ela era como se tivesse acabado de acordar de um pesadelo, como se o tempo se desobrigasse a varrer, ao menos um pouco, a saudade doída. Por causa da friagem inusitada, Mirta cobriu o corpo de Rhodes, o menino se rendera aos encantos da cama após o chá de laranja que Tullia havia feito. O rosto angelical daquele pequeno guerreiro a fez pensar nos traços de César, o desenho fino dos lábios de Rhodes a remetiam a presença dele... E como era difícil para ela continuar amando quem já não podia mais ser abraçado e beijado, nem curado através de suas mãos. Mirta sentia doer o peito como se um buraco profundo estivesse sendo lentamente cavado, e onde sua tenra maturidade não significava nada no vale sombrio de uma saudade irremediável, saudade de quem ela jamais veria. Foi inevitável render-se às lágrimas. Mais uma vez, a vida a obrigava a viver sem o amor, sem a expectativa do retorno de César, sem a esperança de vê-lo voltar de suas batalhas adentrando Roma, ou a aldeia allobroge. Nenhum remédio, de todos que Mirta havia conhecido, seria capaz de remover aquela dor. Nem mesmo o tempo, que Mirta pensou muitas vezes dominar. Sabia, desde o dia em que o vira de pé na entrada da cabana do acampamento romano, que nenhum outro homem naquele mundo a faria sentir e viver o amor novamente. Lembrou-se do que dissera a César na Villa Boscoreale... *"o meu tempo de amar é o teu tempo neste mundo"*, mas para que Rhodes não acordasse com os soluços, Mirta preferiu sair do quarto. Foi na tentativa de capturar um pouco de ar e assolar os pulmões que a gaulesa se deixou levar pelo choro no jardim da casa.

A voz gentil de Tito interrompeu o pranto.

— Que tens, Mirta? Queres que chame minha mãe? Há algo que possamos fazer?

Durante alguns minutos ela só pôde menear a cabeça dando a impressão de que nada, ou ninguém daria conta daquela dor. Tito permaneceu ao seu lado, silente. Pouco podia dizer, pois em mocidade não havia sofrido as ranhuras do amor. Além disso, os estudos aprofundados naquele momento eram o único interesse do rapaz, desfrutes passionais comuns nos meninos daquela idade estavam descartados.

Quando a onda de tristeza finalmente deixou que ela falasse, quase não se podia ouvir sua voz. Parecia que as lágrimas haviam levado um pouco de sua força, reduzindo também a resistência ao medo de sofrer. Foi então que Mirta decidiu abrir sua caixa de Pandora e deixou que Tito Lívio a olhasse bem no fundo, remexendo em todos os relicários de seu passado.

— Tito, meu pranto é gaulês e romano... é latino e saxão. Sou averna, allobroge e romana. Se queres a maior de todas as histórias, então ouças o que tenho a dizer...

Durante horas, os dois, sentados no banco de pedra, conversaram sobre a história de Mirta, viram o chegar das estrelas no compasso em que a rigidez das ideias de Tito escorregava pelos caminhos percorridos pela falsa vestal.

— Não temes os deuses, Mirta? Pelas coisas que tu e César fizeram...

— Só temo por Rhodes, meu filho é minha única prenda nesta vida. Além dele, nada mais pode ser tirado de mim.

Alguns intervalos de silêncio permearam a conversa, entre a expressão reprovadora de Tito, vez por outra escapava a sensação de que a vida só estava iniciando a missão de surpreendê-lo. Mas ele conhecia também a história de amor de seu pai e de sua mãe, cujo molde escapava das tradições romanas. Exatamente ali, Tito Lívio certificou-se da incoerência do amor — o sentimento supremo que só nasce nos campos onde há sacrifício. Fora assim com seus pais, com Mirta e Júlio César e, provavelmente, ele mesmo teria sua hora.

— Como conseguistes viver tanto tempo se passando por romana? É certo que teu latim irretocável a manteve em segurança, mas todos estes anos... não houve sequer uma armadilha, um momento de aflição?

—Ah, sim... muitos! Em nosso colégio, nas cerimônias entre os nobres de Roma, onde ninguém ouvira falar da família Fraettellia... No entanto, não foram suficientes para revelar minha origem estrangeira, marginal.

— César arriscou demais tua vida e a dele também, como pontífice e ditador.

— Por certo! Isso é algo difícil de explicar apenas com palavras, Tito. Mas um dia amarás alguém, então verás que para os amantes nem o tremor da terra ou a revolta dos mares, a voz dos deuses ou as águas dos céus são capazes de impedir o amor. Ao contrário, essas são circunstâncias que, quando transpostas, nos tornam ainda mais fortes.

— Mirta, sei que temos uma dívida... e terei de cumpri-la para o bem de meu nome e de minha honra. Tu me disseste coisas que meus ouvidos jamais esquecerão e outras que gostaria de nunca ter sabido. Eu não sei quando, nem onde elas poderão ser ditas... Roma pode ser perigosa demais para a sua história e a de Rhodes.

— Não temas, Tito. O tempo é o melhor de todos os enganos... quando pensamos que o perdemos, ele vem até nós.

Trinta anos depois, Tito Lívio escreveu a mais bela obra de seu tempo. O maior historiador romano levou quase quarenta anos escrevendo a História de Roma em cento e quarenta e dois volumes, dando a ela o nome de *Ab urb condita libri — Desde a fundação da cidade*. Dois mil anos depois, apenas trinta e cinco destes volumes seriam encontrados.

Os dias se passaram estreitando, através do convívio, os laços de amizade entre Tito Lívio e a gaulesa allobroge. Mirta tentava mostrar a seu anfitrião que nem sempre as versões dos fatos chegam a todos de maneira justa. Em verdade, ela não queria convencê-lo da bravura de César, nem transformar o ditador de Roma num mártir. Mirta tencionava mostrar a Tito que a ambição era um ponto comum entre os homens de Roma. Fora assim com Pompeu, a quem a cidade de Patavium dedicara apoio nas guerras civis, fora assim com Crasso e Sula, e assim seria até o fim dos tempos com aqueles que detinham o poder. O que a fala suave da gaulesa tentava erigir em meio às cinzas que restavam de César era exatamente o que incomodava a aristocracia romana: César, de fato, amava Roma.

    O rapaz de olhar penetrante e indecifrável parecia soterrar as recentes convicções impedindo a passagem do ânimo em forma de expressão facial. Porém, no íntimo, a versão que a sacerdotisa do fogo lhe trazia surtiria seus efeitos através do tempo.

    — Não te esqueças, Tito... no fim, os homens são muito parecidos, o que os difere é o que fazem pelo próximo.

    Depois que Mirta saciava a curiosidade citadina do rapaz, um longo período de silêncio permeava os arredores da casa, como se o tempo de maturar as verdades pactuasse com a rotina da pacata Patavium. Aos poucos, Tito certificava-se das muitas histórias que Mirta teria para contar, e se perguntava se haveria tempo suficiente para deixá-las nascer naturalmente até a partida da gaulesa e de seu filho.

À Sombra dos Libertatis

Uivos de lobos aterrorizaram o fim de tarde da bucólica Patavium. Darius entrou ofegante pelo jardim da casa, os olhos arregalados deflagravam uma espécie de temor, misturado ao desejo desconhecido de sentir algo que iria além dos dias monótonos vividos ali. Tullia estava sentada próxima à oliveira, em companhia de Mirta e Rhodes. Deixou descansar sobre a pequena mesa de pedra a xícara de barro com o resto de chá que a criara trouxera.

— Entrem e fechem todas as portas! Rápido... os lobos foram soltos nas colinas de Piacenza e já chegam aos montes na cidade. Onde está Tito?

— Tito não está, foi à casa de Quintus Sexto Gentius... Que coisa é essa de lobos em Patavium? Nunca vimos disso por aqui!

A bravura do pequeno Rhodes saiu apressada, aproveitando a deixa para finalmente erguer sobre os olhos dos outros sua natureza combatente. Correu ligeiro até o quarto em busca do gládio.

— Rhodes! Gritou Mirta sem entender a reação do filho.

— Já volto minha mãe...

Nem Tullia ou Darius, visivelmente perturbados, notaram a escapada da criança. Estavam aflitos com a andança solitária e desprotegida de Tito, sequer provido de um animal para a locomoção. Costumava andar a pé pela cidade, era o meio de exercitar o olhar sobre os meandros rotineiros dos cidadãos. Por isso Darius foi passando pelas duas como um batedor, jogando desordenadamente as palavras que ainda surtiam o efeito de mensagem cifrada, pois na intenção de comunicar alardeava intencionalmente o cenário de terror que se instalara no centro de Patavium. Ele, assim como Rhodes, também correu na direção do quarto. Foi buscar o que raramente usava: sua espada romana. Precisava dela para ir ao encontro de Tito e trazê-lo a salvo para junto dos seus.

Pelo andar das horas, provavelmente o rapaz estaria a caminho de casa. Enrolada num tecido nobre, cor de vinho, a espada afiadíssima de Darius refletiu no metal polido o resto de luz natural que entrava pela janela. Agarrando-a pelo cabo, saiu tão rápido quanto havia chegado. Seus calcanhares batiam fortes no chão, porque a força contida que havia em seu corpo podia finalmente ser exposta através da bravura de pai devotado.

Tullia, ainda confusa, interpelou o marido na intenção de colher um pouco mais da situação lá fora, porque a presença da espada trazia a expressão que raramente via no marido. Sabia que o uso da arma significava perigo dos grandes.

— De onde vieram esses animais... lobos em Patavium?

— Dizem que tropas dos *libertatis* lideradas por Júnio Brutus soltaram-nos na entrada da cidade... e os animais estão há dias sem comer!

Brutus estava por perto! Mirta sentiu um calor subir-lhe a face como labareda, não por medo, mas pelo desejo enorme de vingar César, pois, à distância, Roma não mais surtia os efeitos do sacerdócio vestal a assombrá-la e a volta para a Gália a tornava cada vez mais guerreira. Mas a gaulesa sabia que teria a terrível missão de esfriar o sangue, a fim de proteger seu filho e sua própria pele, bem como manter intacta a integridade da família que os acolhera.

— *Optimates*... aqui? Por que fariam isso? Soltar lobos famintos no interior das muradas de Patavium? Tullia não conseguia convergir os pontos, porque era sabido que os padovanos, ainda que beneficiados pela *Lex Julia*, guardavam uma antiga simpatia a Pompeu, não havia por que serem atacados por Brutus.

— Dizem que procuram traidores, querem capturar os aliados de César e assustar a cidade para que Antônio não encontre apoio em Vêneto.

— Por Marte! Vá... procure Tito e traga-o para junto de nós. Tenha cuidado! — disse, aflita, e então deu-lhe um beijo fraterno e encorajador.

Mirta teve vontade de ir com Darius e caçar com a ponta da espada o fígado amargo de Brutus, mas o devaneio nada mais fez do que jogar nos ares o desejo de vingança que no fundo lhe fazia tanto mal quanto a ausência de César. Rhodes chegou correndo com a pequena espada em riste dizendo que mataria todos os lobos da cidade, mas a preocupação de Mirta, desta vez, não abriu espaço para o orgulho de mãe se engraçar com as aventuras da criança.

— Guarde sua espada meu filho, terás uma missão mais importante que essa...

— Que missão minha mãe?

— Tens que proteger a nós, mulheres, que estamos a sós, sem deixar que nenhuma fera venha nos atacar.

Imediatamente Rhodes liberou a espada pousando-a no pé da oliveira e se pôs entre Tullia e Mirta como um centurião, desta vez imitando os trejeitos de Ícaro. Lá fora, o som da matilha que uivava dava a noção de uma distância não muito confortável. Junto dela, em poucos minutos, o galope agressivo da tropa *optimate* atravessaria aquele ponto da cidade. A criada veio até sua domina dizer que nos fundos da casa um grupo de lobos rondava silencioso. Tullia olhou para Mirta com uma expressão temerosa, não por si, mas pela moça e por seu filho. Assim como Idália, a anfitriã aprendera a sentir grande afeição pela gaulesa, deixando correr solta a afinidade, e por isso as duas, naquele instante, pensavam a mesma coisa: os lobos chamariam a atenção para a casa e, em breve, as tropas comandadas por Brutus invadiriam a morada dos Livius, encontrando não só uma nobre romana refugiada ao norte como uma falsa e desertora vestal. A cena imaginária de morte e sangue as aterrorizou. Mirta interveio junto da criada antes que Tullia lhe dissesse o que fazer.

— Traga-me um ramo de sálvia, o quanto antes... depressa!

Em pouco tempo, Mirta acendia o maço da erva diante do altar doméstico da casa. O fogo constantemente vivo no nicho onde a fé dos Livius morava tranquila, se fez corpulento enquanto Mirta rezava, desta vez, em sua língua natal. Depois, dividiu o maço fumegante com Tullia e foi aos fundos da casa onde o muro alto de tijolos e o portão largo de madeira, as separava dos animais. O cheiro da sálvia queimada envolveu a casa como uma nuvem enquanto Mirta dizia coisas das quais nem ela mesma tinha conhecimento. Às vezes saíam como prece, outras como ameaça, oscilando a expressão gentil da gaulesa entre o estado de transe e consciência.

O tom da voz mudou. Mais baixo e grave do que o normal. Do outro lado do muro, os uivos cresciam como resposta às preces de Mirta, intercalados por rosnados. O grupo parecia grande pelo som que produzia, mas ninguém, àquela altura, teria coragem de conferir. Rhodes seguiu a mãe até o local, obediente e imbuído da missão que lhe fora conferida. Mas Tullia estava aflita demais com a ausência de Darius e Tito para deixar se entregar no ritual de sua hóspede. Andava pela casa de um lado para o outro de maneira sistêmica, desgastando o assoalho de pedra. Mirta mandou que a criada confeccionasse mais um ramo da erva e desse a Tullia para que a fumaça de sálvia tornasse o cheiro insuportável para o olfato aguçado dos lobos. A sálvia espantava os maus espíritos e os lobos sabiam disso, estavam impregnados pela ganância dos homens irascíveis que não os alimentaram e os usavam como armas letais para aterrorizar a população. Embora fossem símbolo de sabedoria para os celtas, naquele momento Mirta precisava dizer-lhes que fossem embora, pois eram uma ameaça e por isso não eram bem-vindos. Conversar com a natureza sempre fora um exercício para os celtas e Mirta o fazia sem dificuldades. Ela respeitava o simbolismo dos lobos, mas não os deixaria triunfar como armas de *Optimates*. De repente, o diálogo hostil entre Mirta e as feras acinzentadas diminuiu... parecia que tinham ido embora, e por alguns instantes só se ouvia o silêncio lá fora.

Mas a escapada repentina dos bichos nada mais era do que uma manobra sorrateira e estratégica daquele tipo de animal.

O som que se ouvia há pouco, nos fundos, enfrentando as palavras de Mirta por detrás da murada, agora intimidava quem atravessasse o batente dos portões de entrada. Provavelmente, o marido e o filho de Tullia estavam próximos da casa, impedidos de entrar. A voz de Darius confirmou as suspeitas.

— Não abram os portões! — bradou para a mulher. — Nossa casa está cercada por muitos deles.

— Você está com Tito?

— Sim, estamos juntos... mas não abra os portões.

Dava para imaginar os olhos amarelos dos lobos cercando o cavalo de Darius e por um par de vezes o grunhido que alguns deles soltavam por conta da espada lhes ferindo a pele de raspão. Mirta sabia que isso só pioraria as coisas, mais lobos viriam ao encontro do grupo e isso dificultaria ainda mais a situação dos dois, principalmente se as patas do cavalo fossem atingidas pelo ataque de um deles. O maço de sálvia parecia não sucumbir às cinzas e liberava uma fumaça ziguezagueando por cima da construção amuralhada. A tensão de Tullia se transformava em pavor e Mirta previa exatamente o que o medo podia fazer: aumentar a confiança dos animais. O cavalo relinchou alto provocando, em seguida, o grito de Darius:

— TITO!

Foi então que Mirta abriu o portão, quis chamar a atenção dos lobos para que não atacassem o rapaz que caíra com o movimento assustado do cavalo. Seus pés descalços a fizeram chegar num segundo imperceptível até os dois. Rhodes e Tullia, à essa altura, não temiam mais nada e tinham seus alvos afetivos em meio ao cerco que os animais faziam ao redor dos três. Mirta pedia a Tito que não se movesse. Por instinto de guerra, Darius resolveu assentir à ordem de Mirta que surgira lá fora, no meio deles, como uma aparição. Em posse do ramo fumegante, a gaulesa averna deixou erigir das profundezas de sua religião a conexão que tinha com as ervas. Usou-as como os guerreiros allobroges usavam seus machados e como os soldados de Roma impunham seus gládios.

Mas eram as palavras a maior arma de Mirta.

Age, lupo cineree
Locum tuum in silvae tene
Causam mali relinque
Filios argillae dimitte ab te
Quia nihil contra te facient...[7]

E, repetindo várias vezes as mesmas palavras, Mirta rodeava por dentro de um círculo imaginário, afastando os lobos como num balé silencioso. Tito permaneceu imóvel, entorpecido por tudo aquilo como se estivesse mergulhado numa das histórias gregas que gostava de ler antes de se deitar. Até o cavalo parecia entender o trabalho da gaulesa, cujo efeito concreto afastava os animais, agora sem a intenção de atacá-los. Convenciam-se pouco a pouco da partida. De repente, como se acordassem de um sonho, os bichos bateram em retirada e atravessaram a ponte terceira, seguindo em direção à colina arborizada na direção norte.

Os Livius puderam respirar em paz.

---

[7]. *Vá lobo cinza; Toma teu lugar na floresta; Abandona a causa do mal; Deixa esses filhos do barro; Porque mal nenhum fazem a ti.*

Tullia Livius

— Venha Rhodes, tenho uma incumbência para você... — Tullia mostrou o vaso recém-saído do forno, cuja cerâmica estalava no processo de secagem. — Vamos, preencha de tinta negra todo espaço do traçado, não deixe que escorra para fora das figuras. Assim, saberei se estás habilitado para ser meu aprendiz.

Pronto! Foi o suficiente para entreter o pequeno romano por um bom tempo enquanto a anfitriã e a mãe trocavam uma prosa na hora do chá.

Tullia notara que Mirta estava pensativa e uma atmosfera de despedida começou a se esboçar nos misteriosos olhos da gaulesa. Pela janela da oficina percebera quando a gaulesa se apegou a um punhado da terra vermelha, esfregando entre as palmas e cheirando-a, como se dali exalasse um diagnóstico. Um hiato de silêncio instalou-se entre elas, enquanto a criada trazia o chá preferido da dona da casa.

— Hum... essa é a melhor parte do dia, quando o cheiro da laranja vem me avisar que o trabalho está quase no fim.

Mirta sorriu. Tullia também, mas desta vez utilizou-se disso para finalmente estancar o resto de segredos que existia entre elas. Os homens não estavam na casa. Darius saíra pela manhã e demoraria para voltar; fora a Vicenza comprar mais um forno para as encomendas que não paravam de chegar a casa dos Livius e Tito o acompanhara, a fim de pesquisar nos escritórios oficiais algum documento desconhecido sobre as origens de Roma.

— Achas que verás Idália novamente? — Tullia perguntou, como se já soubesse a resposta.

— Não, Tullia. A menos que os deuses teçam circunstâncias que agora eu não posso vislumbrar. Por segurança, tanto para mim quanto para Idália, creio que não possamos mais nos ver.

— Nem eu, Mirta... nem eu poderei mais ver minha amiga querida. Tullia completou, com os olhos baixos.

Mirta esperou que Tullia abrisse o manancial de segredos entre elas, porque se a chegada da gaulesa, juntamente com seu pequeno filho, e sob a escolta de um centurião confundiam a imaginação dos Livius, para Mirta também restavam dúvidas sobre as ligações daquela família e sua nobre amiga vestal.

— Crescemos juntas, Idália e eu. Nossas famílias têm laços comerciais e afetivos há mais de cinco gerações. Passei muitos verões na Villa dos Balbo, meus irmãos e irmãs também. Apesar da diferença de idade entre nós, porque sou uns bons anos mais velha, sempre nos sentimos muito ligadas. Eu dizia que ela seria minha cunhada, porque desde muito cedo percebi o amor nascer entre ela e Claudio... meu irmão caçula.

Quando Mirta se deu conta de que Claudio Livius era irmão de Tullia, uma colcha de retalhos foi se alinhavando rapidamente diante dela, e cada pedaço de tecido era uma cena cortada da história de vida daquelas duas mulheres. Tullia oscilava entre um gole de chá e a vontade de deixar escapar um segredo empoeirado na prateleira de uma vida cheia de saudades.

— Depois de uns anos, os Balbo decidiram ofertá-la à Vesta... Sei que Idália preenche todos os predicados de uma sacerdotisa, mas preencheria também a vida de meu irmão querido porque ele a amou desde o primeiro dia em que a viu. Mas como diz o ditado: quis o destino, aceita o homem.

— Idália é forte, digna o bastante para soterrar a dor, mas sinto que nunca se recuperará do casamento de Claudius com Antônia. — Mirta constatou com suavidade o comentário, mas não imaginava há quanto tempo Tullia vivia sem notícias dos Livius.

— Pelos cabelos de Vênus! Idália não merecia isso... acaso os Balbo casaram sua filha mais nova com meu irmão?

— Pensei que soubesses... — A gaulesa deixou escapar a surpresa.

— Mirta, não vejo minha família há anos. Desde o dia em que eu e Darius fugimos de Roma para viver nosso amor. Nosso casamento estava firmado há pelo menos um ano, nossas famílias se respeitavam muito e faziam gosto de nossa união. Darius é homem nobre, descendente dos Cévola, e a cada virada da lua os negócios de seu pai cresciam como as dálias silvestres da primavera. Mas o destino se encarregou de desviar os interesses de nossas famílias, pois os Cévola aceitaram investir nos negócios dos Metella, influentes mercadores do porto de Óstia e meu pai tomou como afronta o acordo mercantil entre os Cévola e os Metella. Sentiu-se traído quando Séptimo Cévola, pai de Darius, aceitou o convite de Rubio Metella, formando uma das mais fortes alianças comerciais de Roma e, consequentemente, elevando-se patrimonialmente sobre nossa família. Naquele momento, a promessa de nos casarmos foi desfeita através de uma carta que pôs fim também a uma amizade de muitos anos.

A voz de Tullia soava melancólica, como um lamento de ninfa, suave e triste como se viesse das profundezas de um submundo. Mirta ouvia atenta e absorta pela imensa teia genealógica dos romanos, que estavam lá sempre que se falava de amor nas terras itálicas. O chá estava frio, mas já não faria diferença para a curiosidade da gaulesa que, sem saliva, tentava acompanhar cada detalhe desvelado por Tullia.

— Foi então que Idália surgiu como uma flecha justiceira entre mim e Darius. Era a festa da Vestália e a mãe de Idália havia rogado o direito de reunir as matronas e as vestais em sua *domus*. O assunto central da noite fora o rompimento dos laços entre a família com os Cévola, e Idália, vendo minha tristeza, no auge de sua meninice vestal, sugeriu que acendêssemos a pira doméstica para que Vesta me reservasse um bom marido. Quando a noite atravessou mais de duas velas, Idália chamou-me à parte, em posse de um pequeno saco de pano. Disse-me que todas as joias que sua mãe lhe dera estavam ali e que aquilo seria suficiente para que eu e Darius começássemos uma vida longe de Roma, que se ela mesma tivesse oportunidade teria feito isso com Claudius, mas lhes faltava coragem e idade para fugirem mundo afora, e que se eu quisesse viver uma história de amor estaria fazendo isso por mim, por Darius e por ela. Essas foram as últimas palavras que ouvi de Idália e foi também a última vez que a vi, bem como a própria Roma. Naquela mesma noite fugi com Darius, e uma escrava que criara Idália levara à casa dos Cévola uma mensagem, dando conta de nossa fuga.

Os olhos da gaulesa estavam vivos, em alerta. Precisou de muitos minutos até partir para sua própria história, porque Tullia a fitava como quem espera o retorno da confiança e Mirta se sentia segura para revelar o que a havia levado até a casa dos Livius.

CAPÍTULO XLIII

As fases da lua já tinham mudado várias vezes desde o dia em que Ícaro partira em busca de notícias da situação na aldeia allobroge; após a morte de César o futuro político das províncias poderia também sofrer mudanças. Era preciso certificar-se quanto a escolha de Mirta em voltar para sua gente; se o cenário de anos atrás fosse o mesmo, sem dúvida Mirta e Rhodes teriam uma chance de viver em paz. Embora a inconstância de poder nas colônias de Roma impedisse previsões prolongadas quanto ao futuro dos habitantes, nas Gálias uma espécie de tendência atravessava as narinas de quem cruzasse os alpes, como se a natureza trouxesse sinais de vida ou de morte a quem chegasse na terra dos celtas. E foi em busca desses sinais que o bravo centurião percorreu em poucos dias, a distância entre Patavium e a aldeia allobroge. Durante dez dias Ícaro acampou nas florestas entre a Transalpina e a Narbonense, ganhando pouco a pouco o terreno em direção à aldeia de Mirta. Naquele momento, sua posição como cidadão de Roma era delicada.

Só e afastado do comando de uma centúria, seria difícil provar a alguém sua lealdade, tanto a César e seus vingadores, como aos *libertatis*, caso fosse surpreendido por qualquer das partes nos meandros das estradas paralelas. Ele próprio já não saberia dizer a quem, ou a que causa pertencia. Uma única certeza o fazia continuar se enveredando como musgo floresta adentro... manter sua palavra lançada em juramento, de "proteger Mirta e Rhodes", com a própria vida se preciso fosse. Ícaro pensava na promessa feita a César, na gratidão pela casa de Aventino, protegida pelo selo do ditador perpétuo, nas condecorações e benesses que seu general lhe dera em vida. Mas pensava também em Mirta. E naqueles olhos verdes, quase sempre mareados pela saudade de César, olhos que o deixavam cada vez mais certo de que seu futuro não seria outro senão ao lado daquela mãe e daquela criança. Talvez ela jamais o visse como um dia vira César, mas esse era o celibato que o amor não correspondido impunha ao soldado de Roma.

Era preciso caçar durante o dia e descansar sempre que o ritmo da floresta permitia, para que as caminhadas noturnas em direção aos allobroges o aproximassem suficientemente sem arriscar a própria pele. No décimo dia de viagem, Ícaro chegou a uma parte conhecida da região, onde esteve sob o comando de Marco Antônio e César por quase oito anos. Embora algumas pontes construídas após sua partida o confundissem, as colinas verdejantes e aromáticas que cercavam a aldeia de Mirta estavam lá, resistentes e mágicas. O aroma distante dos assados típicos da região, invocaram as lembranças da chagada na aldeia, uma década antes. No entanto, o atual homem solitário em meio ao solo molhado da Gália perguntava àquele de dez anos antes o que valia mais... o destemor de um bravo soldado em busca de um líder gaulês ou a missão de devolver uma filha da terra aos braços de sua gente? Não mais havia a couraça *musculata* pesando em seu peito, nem o cheiro de sangue impregnado nos troncos das árvores ao redor. Eram apenas ele e os espíritos da floresta allobroge, questionando a essência de mais um romano dos tantos que a invadiram.

Depois de quase dois meses Ícaro voltou a Patavium, acompanhado de três guerreiros da aldeia, alguns belos animais e um carro puxado por quatro alazões gauleses. No interior do veículo, o chefe druida da aldeia; Cohncot, aguardava para escolher a curandeira e o herdeiro de César. As coisas na tribo allobroge pareciam calmas, pacificadas pelo comando dos romanos e bem próximas do que César havia prometido quando saíra de lá. Enquanto cumpriam o plano de viagem até Patavium, Ícaro e os chefes do clã pensavam nas muitas justificativas que dariam caso fossem abordados por forças inimigas. A própria Gália continuava perigosa mesmo para aqueles que nasciam dela, o território dividido por ceutões e avernos, aquitanos e helvécios, ainda resistia a eles mesmos. Mas os allobroges, em breve, teriam grandes líderes e seriam uma fortaleza impenetrável tanto para romanos, quanto para os próprios gauleses. Teriam um território mais rico do que Bribacte, e confrontariam o próximo imperador de Roma. Isso porque o líder escolhido por Dannu estava a caminho.

A Lua Azul

Naquele fim de agosto do ano 44 a.C., a lua estava azul — assim se dizia quando a segunda lua cheia aparecia num mesmo mês. Mirta sabia que a natureza lhe dava sinais de que havia tomado as decisões que protegeriam Rhodes. Sabia que os espíritos de sua terra haviam perdoado a tudo que fora feito contra suas crenças, em nome do amor pelo qual ela tinha lutado. A lua estava cheia, azul e dócil. Junto dela, emoções profundas tornaram a noite propícia para o que a gaulesa não mais poderia adiar: a partida!

    De mãos dadas com Rhodes, arrastando no quintal da casa a barra do vestido branco de um ombro só, Mirta caminhou no sentido da sala onde os Livius juntavam-se à mesa na presença de Ícaro e dos líderes allobroges. Riam alto, relaxados, deixando que Mirta absorvesse, a poucos metros dali, a cena de descontração. O chefe druida que os acompanhou até Patavium tentava a todo custo aprovar o pudim de damasco que seria servido mais tarde, mas o azedinho da fruta lhe provocava caretas inevitáveis, que arrancavam risos soltos de Tito. Rhodes sorriu para a mãe, sob a copa das jovens árvores do jardim, dividindo com ela o prazer do momento. Existia uma atmosfera de paz ao redor da casa e o deleite de assistir a romanos e gauleses confraternizarem, foi partilhado entre mãe e filho. Às vezes, ela tinha a impressão de ler os pensamentos de Rhodes.

    — Finalmente vieram ter conosco! — Tullia sorria, faceira, brincando com o pequeno hóspede. — Rhodes se fartou tanto de brincar na terra que a água do poço foi pouca para retirar toda a sujeira.

    — Pois, então... o pano de secar estava escuro de lama, então resolvi devolvê-lo à banheira.

    Rhodes torceu o nariz. Não gostava de ver sua tenra intimidade a postos entre os adultos.

    — Podemos pedir que a criada traga o assado? — com a chegada de Mirta, Darius lembrou-se da fome que lhe roía o estômago. Bateu palmas, pois esse era o sinal de que estavam prontos para o prato principal. Ele e Ícaro saíram para caçar naquela manhã, assaram perdizes suficientes para alimentar um exército.

    A magreza de Mirta agora surgia com elegância, pois o ombro nu deflagrava a sensualidade quase sempre escondida e os olhos rápidos de Ícaro tentaram admirá-lo sem que se notasse. Por causa da liberdade que sentia vivendo entre os Livius, já não prendia mais os cabelos, quando muito uma trança longa e sem arremate a mantinha um pouco mais romanizada. Mas não numa noite de Lua Azul.

Uma pequena caixa de marfim ficou ao seu lado, no banco de madeira. Enquanto a refeição corria suave e aprazível, a gaulesa sorveu para dentro de si mais um dos milhares de momentos que preencheriam seu álbum de saudades. Muitas, milhares de cenas em que fora feliz apesar de tudo. O platô em Óstia e a casa de Rúbio Metella. A Villa Boscoreale, a casa de Aventino, a Maison Vestal. O fulgor da lareira no templo de Vesta! Em poucos dias, as terras itálicas estariam para trás e a Gália finalmente a receberia de volta. Só que agora havia uma parte romana em Mirta, uma metade arquitetada por um grande homem, um líder. Uma metade que fora respeitada, homenageada e consagrada. E, sem saber, todos que estavam ali, sentados à mesa, representavam um pouco de tudo que ela tivera ao longo da vida. Amor, ascendência, fé, coragem e amizade.

Tito parecia notar o sorriso suave de Mirta e sabia que com ele nascia também uma ponta de despedida. Talvez todos soubessem que seria o próximo passo, mas davam à gaulesa a oportunidade da decisão.

Ao fim do jantar, Darius pediu mais vinho e disse que teriam de brindar em homenagem ao Deus Baco, que trouxera junto de seus novos amigos mais alegria para a vida dele e de sua família. Isso tornou mais difícil a posição da gaulesa, embora tenha sido, de certa forma, a deixa que ela precisava.

— Temos de brindar por muitas coisas, amigo Darius... — Então sua voz rompeu o silêncio ao qual tinha se entregado durante todo o jantar. Brindemos à amizade, acima de tudo... e ao amor que dela não se afasta. Brindemos também ao reencontro das almas amigas...

Darius fingia não notar onde o afluente das palavras de Mirta desaguaria, e fez o brinde proposto por ela.

— À amizade! Ao encontro das almas amigas e ao deus Baco, que não deixa nossa casa secar sem o vinho!

Todos riram antes que a próxima golada de vinho fresco os fizesse ouvir um pouco mais de silêncio. Ícaro tentou facilitar as coisas para a amiga e trouxe para si a culpa da qual ela não conseguia se livrar.

— A cigarra está cantando, parece que teremos muitos dias de sol... isso é bom para deslocamentos prolongados.

— O que são deslocamentos, mamãe?

Antes que Mirta respondesse, Tito olhou para Rhodes como se fosse o seu irmão caçula e lançou a resposta para o menino de um jeito professoral, intentando sufocar a tristeza.

— Deslocamento é retirada, Rhodes, retirar algo ou alguém de um lugar para o outro. Mudar de posição.

— Ah... — Rhodes olhou para cima buscando unir a explicação de Tito com a sugestão de Ícaro.

— Temos que ir, Tullia... não podemos exigir demais dos deuses, se nos dão essa oportunidade, é hora de partirmos. Tudo conspira para isso e não devemos protelar, pois não sabemos até quando a Flamínia estará segura.

A mãe de Tito Lívio sabia que Mirta teria de ir, mas nem por isso sentia-se conformada. Queria sua nova amiga por mais tempo, trazendo um pouco mais de Roma através das conversas longas que tiveram nos últimos meses, um pouco mais de Idália e também de suas famílias. Um pouco mais dos segredos que as uniam.

Os homens foram para fora da casa, pois Darius queria lhes mostrar a ferida que aumentava no lombo de seu melhor alazão, quem sabe os celtas tinham um remédio eficaz para aquele tipo de enfermidade.

Mirta empurrou lentamente a caixinha de marfim para junto de Tullia, dizendo coisas que impediam a resistência ao presente.

— Permita que este pequeno agrado fique convosco... nada que eu tenha pode comprar o carinho e a proteção que nos deram.

Saibam que jamais esquecerei tudo que tivemos desde o dia em que batemos no portão da casa dos Livius...

— Mirta... és, para mim, uma irmã.

Então, Mirta chorou o pranto que pensara ter sob controle e abraçou a mulher romana de alma padovana.

— Jamais a esquecerei, e os manterei em meu pensamento todas as vezes que fizer qualquer sacrifício em homenagem a Vesta e Belisama. Serão protegidos contra qualquer infortúnio, pois são pessoas boas e decentes. Marte protegerá tua casa com a espada dos deuses guerreiros.

Tito Lívio ouvia as palavras de Mirta como se escutasse uma profecia, num misto de esperança e confiança.

— Agora tome, aceite este presente como forma de minha gratidão e use-o quando mais precisares e da maneira que lhe convier.

Um tom de verde muito forte saiu da caixinha, iluminando o rosto perplexo de Tullia. Lá dentro, um colar de esmeraldas presas numa grossa malha de ouro finalizada com um fecho de dois ganchos, fazia reluzir a beleza da joia. Uma riqueza com a qual Tullia, na condição de ceramista, jamais poderia sonhar.

— Não posso... é... muito valiosa, Mirta. Seria demais ter uma beleza dessas aqui em Patavium, os banquetes de Roma passam longe de nós e não teria onde usá-lo. Logo desconfiariam de nossas posses...

— Pense num jeito seguro de usá-lo, talvez o pescoço não seja o melhor lugar. — E, dizendo isso, Mirta olhou para Tito como se ele fosse o destino mais certo daquele presente.

As duas ficaram mais um par de horas proseando no salão da casa, até que Rhodes caiu sonolento sobre o colo da mãe, invocando o conforto da cama. No dia seguinte, o café da manhã seria a última refeição compartilhada. Ícaro levou Rhodes para a cama enquanto Mirta ainda se despedia da família que os acolhera. Antes de se recolher, Mirta virou-se para Tito que através da timidez deixava escapar o pesar, e vaticinou um futuro com o qual ele sempre sonhou:

— Todo o mundo que conhecemos e os que estão por vir, saberão quem é Tito Lívio. Tu serás o maior e mais ousado de todos — afirmou, passando as mãos sobre os ombros magros do rapaz. E Mirta o fez crer nas palavras que dizia com a pureza d'alma gaulesa. Depois, foi deitar-se com Rhodes, sonhando com a volta para casa.

Finalmente, a Gália

Abraços. Promessas de um reencontro.

Mirta passou para Darius o mapa da aldeia allobroge, disse-lhe que aquele pedaço de terra os albergaria a qualquer tempo, se um dia precisassem. Beijou Tullia na testa, dizendo-lhe que sentiria muita falta do seu chá de flor de laranjeira. Segurou firme as mãos de Tito e lhe desejou toda a sorte do mundo quando estivesse em Roma.

— Teus últimos dias de vida serão em Patavium, antes disso, porém, terás uma vida inteira dedicada a Roma... não se perca quando estiveres por lá. As pedras do Fórum são grandes, mas não são maiores que os deuses.

Tito sorriu. Já podia ver a estrada da qual Mirta havia lhe falado... *Roma é uma estrada, às vezes de terra batida, noutras de pedras redondas. Serás tu a fazer o teu caminho*.

Quando o carro puxado por dois belos cavalos ia saindo das vistas dos Livius, Rhodes pulou em direção à casa e correu para abraçar Tito.

— Não te esquecerei, Tito — balbuciou, encostando a cabeça na altura do umbigo do rapaz, levando consigo uma lágrima roubada das alcovas retilíneas de Tito Lívio.

— Nem eu a ti Rhodes, nem eu.

E o Povo de Dannu Finalmente Sorriu

Aos poucos, Mirta reconhecia o cheiro de sua terra, tanto que a emoção lambeu seu rosto, umedecendo a pele gaulesa, por muito tempo refugiada na pele romana. Enquanto isso, Rhodes sorvia tudo ao redor tentando encontrar os espíritos dos quais sua mãe tanto falava. Mirta tinha dificuldades de manter o trote de seu animal. Sem pressa, embora aumentasse a distância entre ela e o resto do grupo. O medo que a perseguira desde o dia em que partiu e abandonou sua gente, suas raízes, se foi...Estava novamente ungida pelas bênçãos de Belisama, pelo vento da Gália, pelo cheiro do mato. O choro chegou trazendo força e alegria, ainda que a saudade de César a acompanhasse pelo resto de sua vida.

Adiante, seu filho seguia impregnado de entusiasmo, como se a sensação da mãe se alinhasse a dele e tornasse dupla a jornada que Mirta fizera. Talvez Rhodes soubesse que fora trazido pelos deuses, justamente naquele pedaço de terra. E vinha para mudar os caminhos de amor entre um romano e uma gaulesa cumprindo seu destino, mesmo sem notar. Assim como no futuro mudaria o destino de sua gente no papel de guerreiro gaulês, carregando em si sua irrefutável entranha romana. Naquele momento, pela primeira vez, recebia as bênçãos celtas, ungido na pia batismal de lendas ancestrais.

Ao atravessarem a floresta allobroge, Mirta sabia o que encontraria diante de si... Por conta da época do ano e do calor que se fazia presente nas roupas suadas, só havia uma certeza no alto da colina: os extensos campos de girassóis. Luminosos e vastos campos de girassóis. Rhodes olhou para trás e sorriu compartilhando com a mãe a surpreendente beleza do lugar, então, pôde notar uma expressão jamais vista em seu semblante, a expressão da paz. Ali, justamente naquela campina coberta por um tapete amarelo como o ouro, seu pai e sua mãe se encontraram pela primeira vez, e selaram suas almas para sempre.

O sempre que atravessaria muitas vidas.

FIM

Carta ao Leitor

Queridos Leitores

Por que a Dama do Coliseu?
    Muitas pessoas me perguntam se o Coliseu existia na época de Júlio César. E a resposta que você pode encontrar com facilidade é; não. O Coliseu romano foi construído muitas décadas após a morte de Júlio César. No entanto, acredito que se César não tivesse morrido nas circunstâncias que morreu teria, sim, construído algo do tipo para a sua Roma Quadrada.
    O fato de o livro se chamar A Dama do Coliseu, se deu porque em 30 de Julho de 2011, eu e minha família estivemos nos porões do Coliseu, em uma visitação noturna, guiada pela Superintendência Arqueológica de Roma. Naquela noite, eu vivenciei uma das experiências mais fantásticas da minha vida. Senti-me forte e poderosa, feliz e completa. O que era aquela sensação? Eu não sabia.
    Tiramos algumas fotos e em uma delas eu vi a imagem de uma mulher. Depois disso, tudo na minha vida girou em torno desta

imagem que vi e senti nos porões do Coliseu. Júlio César, a Gália, os optimates e os populistas, as reentrâncias da Roma Antiga, foram instrumentos utilizados para colocar vida àquela foto. Ela é a minha musa inspiradora. Mirta, um nome que veio para mim como todos os outros personagens que estiveram, de uma maneira ou de outra, na vida de Júlio César.

Quando voltamos para o Brasil eu não parava de pensar na imagem que vi no Coliseu, muito menos ignorar todas as sensações que senti naquela noite. Foi algo que jamais esquecerei e que desejo ardentemente sentir novamente. É praticamente uma prova de fogo relatar a força da emoção que me consumiu ao entrar nos porões do Coliseu na noite de 30 de julho de 2011. Quase sempre me sinto fracassar nesta tarefa. Roma é muito grande para as palavras!

Muitos livros de Direito e Processo do Trabalho me testavam, inquirindo meu destino e projetando uma vida paralela, onde eu sonhava ser um membro do Ministério Público do Trabalho. Eram os meus planos, era o que me propus a fazer antes de viajarmos, um projeto de estudo que levaria um tempo indeterminado até que eu passasse no concurso público. Mas, de repente, a urgência e a vontade de escrever a história dessa mulher me tomou por completo, e o que parecia a vida de uma advogada, esposa e mãe, se transformou numa missão — para mim, é essa a sensação.

Mirta mudou minha vida, me fez sentir prazer todas as vezes que estive diante da tela do computador, ora imaginando cenas perfeitas, ora invocando tudo isso que invadiu minha vida desde aquele dia. Nunca houve a ideia de desistir, ao contrário, para ela e para a escrita sempre fui plena e pretendo ser por muito tempo.

Um forte e emocionante abraço,

GABRIELA MAYA

AGRADECIMENTOS

A Autora Agradece:

A Deus, por me escolher para contar essa história.
Esta obra não seria possível sem a vasta pesquisa sobre a vida de Júlio César, que felizmente chegou até mim pela obra de Joel Schmidt, historiador e romancista francês cuja narrativa me permitiu capturar um pouco do gênio inconteste que foi aquele general romano, em sua biografia de Júlio César. Foi um prazer conhecer a vida e os episódios marcantes de César, através dos olhos desse historiador. Também à fantástica pesquisa de Adrian Goldsworthy, que gerou seu César — A Vida de um soberano, permiti-me esbarrar em pérolas das quais não teria chance de conhecer em minha língua natal. São pessoas que merecem meu muito obrigada pela profissão que abraçaram e pela contribuição na vida dos amantes da História Antiga.

Agradeço também o Professor Antônio da Silveira Mendonça, cujo trabalho memorável de tradução da obra produzida pelo próprio Caio Júlio César, O BELLUM CIVILE — A Guerra Civil, desenhou delicadamente para o português essa joia da literatura antiga.

Meu profundo e inesquecível agradecimento a Janaína Lucena, fotógrafa, amiga de longas datas, por sua dedicação, carinho e senso estético na foto da capa. Nossa seção de fotos está em meu coração.

A minha linda sobrinha ítalo-brasileira, Vestal, Giullia Dozzo. Amada fadinha que acreditou nesse sonho e me emprestou seu rosto. Te amo.

Por último agradeço o amor infinito de meu marido e meu filho que me ajudaram e me encorajaram na trajetória dessa gaulesa transmigrada no Coliseu. Gustavo, por ouvir capítulo a capítulo e compartilhar comigo suas impressões. Jonas, por ser o meu guardião sincero e visionário.

Os ventos do destino continuam soprando em...

RHODES

Em guerra consigo mesmo, o pequeno gaulês Rhodes cresce em meio ao povo allobroge após escapar de Roma com sua mãe, a curandeira Mirta. Ele deseja ser um guerreiro poderoso, devolver a autonomia da tribo – província há muito dominada por Roma –, contar aos quatro cantos que é o verdadeiro filho do falecido Júlio César e tomar seu posto como herdeiro.

Enquanto Otaviano Cesar, futuro imperador, luta pelo poder e para vingar a morte de seu tio-avô em uma Roma dominada por guerras civis, Rhodes se torna querido e valioso para seu povo. Há, em seu destino, a profecia druídica de que ele será um líder espiritual. Mas Rhodes não quer ouvir falar de outra coisa, senão em seu arco e flechas, batalhas, exércitos e liderança.

Na busca por seu lugar na História de Roma, Rhodes ganha e perde: amores, batalhas, entes queridos.

Os cenários da Gália, da Britânia céltica, do Egito e de Roma são como as flechas de Rhodes traçando para o leitor a saga de um guerreiro que luta entre seus verdadeiros dons e a missão ancestral que recebeu de seus pais.

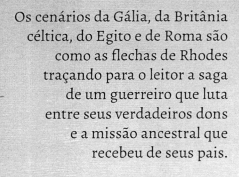

sarvier

São Paulo, 2021